AF533962

Zum Buch:

In den Selkirk Mountains, einem abgelegenen Stück Land voller Wildheit und Einsamkeit im Nordosten der USA, direkt an der Grenze zu Kanada, soll die Wildtierbiologin Alex Carter herausfinden, ob wirklich wieder Rentiere in der Gegend eingewandert sind – doch die Stimmung ist angespannt. Die Tatsache, dass in Kürze ein Stück sehr alten Waldes mit einer dichten Baumpopulation abgeholzt werden soll, ruft Natur-Aktivisten auf den Plan, die sich den Holzfällern in den Weg stellen. Doch bald ist klar, dass im Dunkel des Waldes noch mehr lauert …

Zur Autorin:

Die Idee für die Reihe um Alex Carter kam Alice Henderson bei ihrem Brotjob, den sie mit großer Leidenschaft ausübt: Sie arbeitet als Rangerin in einem Naturreservat, wo sie abgelegene Kameras überprüft, das Auftreten bestimmter Spezies überwacht und Brutgebiete aufzeichnet. Neben Wölfen, Wildkatzen und gefährdeten Fledermäusen beobachtete sie auch Bären-Populationen.

Lieferbare Titel:

Wild
Eis

Alice Henderson

STILL

Thriller

Aus dem amerikanischen Englisch
von Joannis Stefanidis

HarperCollins

Die Originalausgabe erschien 2022 unter dem Titel
A Ghost of Caribou bei William Morrow, an Imprint of
HarperCollins *Publishers*, New York

1. Auflage 2023

Deutsche Erstausgabe

Published by arrangement with HarperCollins *Publishers* Ltd., New York
Gesetzt aus der Stempel Garamond
von GGP Media GmbH, Pößneck
Druck und Bindung von CPI books GmbH, Leck
Umschlaggestaltung und -abbildung von Hafen Werbeagentur, Hamburg
Printed in Germany
ISBN 978-3-365-00449-4
www.harpercollins.de

Für meine Eltern,
die meine Liebe zu Wildtieren und zum Schreiben
gefördert haben.

Für Jason,
meinen Abenteurer-Kollegen
und fantastischen Wildtierfotografen

Und für alle Forscher und Aktivisten da draußen,
die sich für den Schutz der Karibus
und ihrer Lebensräume einsetzen.

Karibu-Gebiet in den südlichen Selkirk Mountains

Grenze USA-KANADA

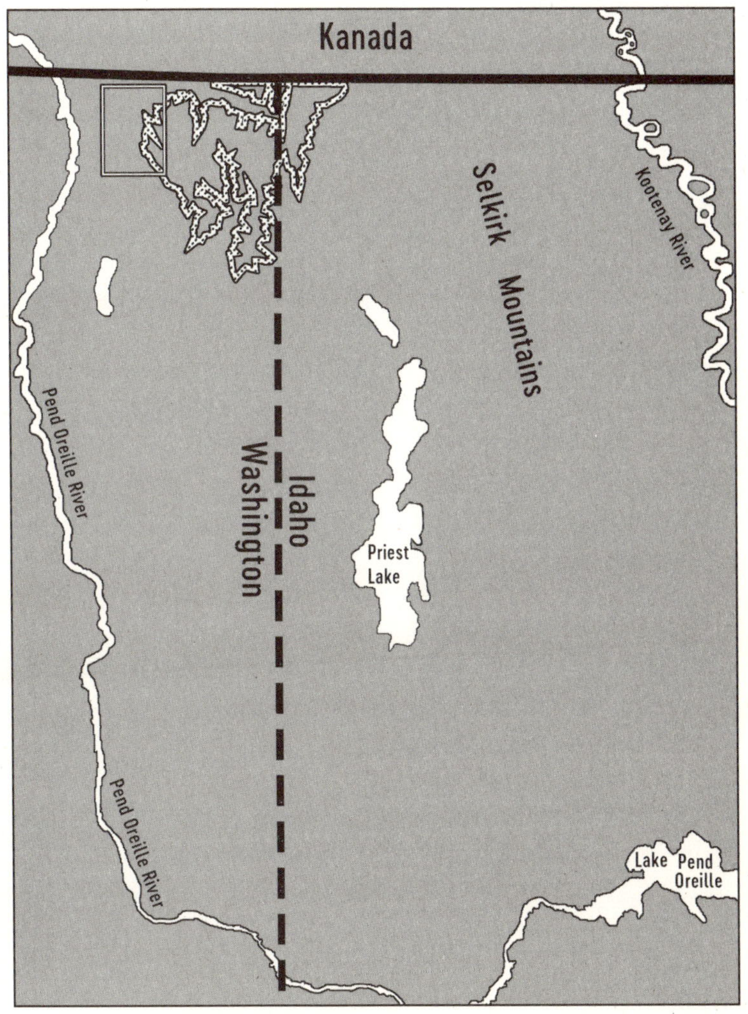

Selkirk-Wildtierreservat

ausgewiesenes Habitat für bedrohte Bergkaribus

PROLOG

COLVILLE NATIONAL FOREST, WASHINGTON
VOR VIERZEHN MONATEN

Amelia Fairweather war gerade in ihr Zelt gekrochen, um sich schlafen zu legen, als sie draußen ein seltsames Surren hörte. Sie kauerte in der Dunkelheit und lauschte. Sie war etliche Kilometer von der nächsten Ansiedlung entfernt, von jeder menschengemachten Geräuschquelle. Das Surren wurde lauter. Beunruhigt wandte sie sich auf den Knien zum Zelteingang um und zog die Taschenlampe aus der Zelttasche.

Das seltsame Surren wurde intensiver. Die Taschenlampe an die Brust gepresst, überlegte sie, ob sie einen Blick nach draußen riskieren sollte. Und dann flammte unvermittelt ein gleißendes Licht über dem Zelt auf und verwandelte es in ein gelbes Leuchtfeuer. Ihr stockte der Atem.

Sie öffnete den Reißverschluss des Zelts und krabbelte nach draußen. Sie hatte ihr Lager auf einer kleinen Lichtung aufgeschlagen, durch die ein Bach floss. Blendend weißes Licht fiel auf den umliegenden Wald. Sie schirmte ihre Augen ab und blickte nach oben, sah aber nichts in der gleißenden Helligkeit.

Das Licht am Himmel begann herabzusinken. Panik ergriff sie. Hastig steckte sie die Taschenlampe ein und rannte auf die schützenden Bäume zu.

Das Surren wurde noch lauter; das Licht folgte ihr und erfasste sie, als sie den Waldrand erreichte.

Sie lief zwischen den Bäumen hindurch, sprang über umgestürzte Stämme, schob sich zwischen Felsblöcken hindurch. Das *Ding* blieb über ihr, sein Licht folgte jeder ihrer Bewegungen. Sie brauchte bessere Deckung. Oder musste Hilfe holen. Aber der nächste Ort war über dreißig Kilometer entfernt. Sie war hier draußen auf einem ihrer regelmäßigen Trekkingausflüge unterwegs, die sie unternahm, um dem Trubel der Großstadt zu entfliehen und mit ihren Gedanken allein zu sein.

Trotz ihrer zweiundsiebzig Jahre war sie durch das Wandern in hervorragender körperlicher Verfassung. Aber während sie ziellos zwischen den Bäumen hindurchhastete, überkam sie Panik. Ihre Füße platschten durch einen Bach, und am anderen Ufer stürzte sie über einen Baumstumpf. Sie fiel schmerzhaft aufs Knie, rappelte sich wieder auf und rannte weiter.

Plötzlich drang ein ohrenbetäubendes Geräusch aus dem Ding über den Bäumen, ein tiefer pulsierender Ton, der in ihrer Brust vibrierte. Er ertönte noch zwei weitere Male, wie eine Art Warnhupe. Erneut geriet Amelia ins Stolpern, fing sich aber wieder. Das Ding folgte ihr unerbittlich, eine Sphäre aus strahlendem Licht, das alles um sie herum erhellte. Es gab keine Möglichkeit, sich vor ihm zu verstecken. Es sauste ihr mühelos hinterher, ließ sich nicht abschütteln. Sie hatte den Eindruck, dass es noch viel schneller fliegen könnte, falls dies erforderlich wäre. Ihr Herz raste, sie konnte keinen klaren Gedanken fassen. Was für ein Ding war das, Herrgott noch mal? Was wollte es von ihr?

Sie rannte in einen dichten Primärwald voller hundert Meter hoher Douglas-Fichten. Sie wusste, dass hier selbst tagsüber nur wenig Sonnenlicht den Waldboden erreichte. Das seltsame Flugobjekt schwebte über den Fichten, hatte nun Mühe, mit seinem Lichtstrahl die Baumkronen zu durchdringen.

Dies war ihre Chance. Sie hielt sich im Schutz der hohen Bäume, sprang über Stümpfe und moosbewachsene Felsen. Sie wagte es nicht, ihre Taschenlampe einzuschalten, obwohl ihre Umgebung nun schwerer zu erkennen war.

Erleichterung durchflutete sie, als das Flugobjekt die Suche nach ihr in der falschen Richtung fortsetzte. Sie hetzte weiter, ihre Lungen brannten, sie bekam Seitenstiche. Sie durchquerte einen weiteren Bach, schlängelte sich zwischen mächtigen Baumstämmen hindurch, und trotz ihrer Panik freute sie sich, als sie bemerkte, dass das Ding weiter in die falsche Richtung flog.

Im Dunkeln, nur vom Mondlicht geleitet, rannte sie einen steil abfallenden Hang hinunter, bis sie glaubte, ihre Lungen würden bersten. Sie hörte das ferne Surren des Flugobjekts kaum noch. Noch einmal erklang der durchdringende Ton der Warnhupe, dann erlosch das Licht abrupt.

Sie hatte es abgehängt.

Amelia blieb stehen, krümmte sich, Hände auf den Knien, und japste nach Luft. Der Schreck hatte sie bis ins Mark getroffen, vernebelte ihre Gedanken. Sie hatte weder Karte noch Kompass dabei, wusste nicht, wo sie hier war. Das Blut rauschte ihr in den Ohren.

Dann kehrte das Surren zurück, wurde lauter. Sie riss den Kopf herum. Diesmal verströmte das Flugobjekt kein Licht, aber es kam zweifellos näher. Sie blickte um sich und entdeckte am Boden einen langen ausgehöhlten Stamm. Sie rannte hinüber und schob sich in den Stamm hinein, erst mit dem Kopf und den Schultern, dann mit dem restlichen Körper, bis sie vollständig in der hölzernen Hülle verschwunden war. Sie drehte sich darin um, das Gesicht nur Zentimeter von der Innenseite des Stammes entfernt. Sie wartete, atmete den Geruch von Erde und Moos ein.

Das Ding kam herangeflogen, und sie spürte förmlich, dass es irgendwo über ihr schwebte. Es sank tiefer und tiefer, und sie geriet in Panik in der Enge des Baumstamms. Das Ding wusste, wo sie war, auch ohne Licht. Erneut ertönte der tief dröhnende Ton, und sie schreckte zusammen. Sie war hin- und hergerissen: Sollte sie rauskriechen und ihre Flucht fortsetzen oder im Versteck bleiben? Dann war es direkt über ihr. Es bestand kein Zweifel, dass es sie gefunden hatte.

Sie schob sich aus dem Baumstamm und rannte davon. Das Licht erfasste sie, und nach wenigen Schritten spürte sie einen stechenden Schmerz am Hals.

Dennoch rannte sie weiter, aber plötzlich wurde ihr schwindlig und sie geriet ins Trudeln. Sie stolperte und stürzte, versuchte, sich aufzurappeln, doch dann wurde ihr speiübel.

Sie kippte nach vorn. Ihr Gesicht fiel auf ein Bett aus Kiefernnadeln, und dann wurde es schwarz um sie.

1. KAPITEL

BELLAMY FALLS, WASHINGTON
HEUTE

Alex Carter erkannte Ben Hathaway, der vor dem Coffeeshop auf sie wartete, schon von Weitem. Er sah genauso aus wie bei ihrer ersten Begegnung im Snowline Resort in Montana, wo sie im vergangenen Jahr ihre Vielfraß-Studie durchgeführt hatte. Sein zerzaustes sandfarbenes Haar reichte ihm jetzt fast bis auf die Schultern. Große athletische Statur, darüber ein verwaschenes blaues Flanellhemd, ausgeblichene Jeans, Trekkingschuhe.

Er wandte sich um und erblickte sie, warf ihr ein strahlendes Lächeln zu. »Alex Carter!«, rief er.

»Ben Hathaway!«

Er breitete die Arme aus und zog Alex zu sich heran, und augenblicklich umhüllte sie sein vertrauter Duft, leicht würzig, wie Zimt.

Er trat einen Schritt zurück und grinste. »Schön, dich zu sehen.«

»Dito.«

Er deutete um sich auf das Städtchen am Fuß der schneebedeckten Selkirk Mountains. »Nicht schlecht, oder? Es ist toll hier draußen, weit weg von meinem Schreibtisch in D.C.« Ben war Regionalkoordinator des *Land Trust for Wildlife Conservation*, kurz LTWC. Er managte Projekte im ganzen Land, sogar auf der ganzen Welt, und war ständig unterwegs.

Er deutete auf den Coffeeshop hinter sich. »Möchtest du etwas trinken?«

Sie lächelte. »Klingt gut.«

Er hielt die Tür auf, und warmer Kaffeeduft wehte ihr entgegen. An den Wänden hingen Bilder lokaler Künstler, die Atmosphäre war einladend und entspannt. Die Gäste lasen in Büchern, zeichneten oder arbeiteten an Laptops.

Sie bestellten einen Mokka und einen Milchkaffee und wählten einen Tisch am Fenster.

Bens Anblick zauberte ein Grinsen auf ihr Gesicht. Sie hatte ihn kennengelernt, nachdem sich ihr Bostoner Leben in einen Scherbenhaufen verwandelt hatte, und er war ein wunderbarer Seelenverwandter gewesen in einer Zeit, als nur wenige Leute ihren Wunsch, sich in die Wildnis zu begeben, hatten nachvollziehen können.

Sie nahm einen Schluck vom Milchkaffee, und sie erzählten einander, was sich bei ihnen in letzter Zeit ereignet hatte. Ben berichtete ihr von einem neuen Programm gegen Wilderei, das er in einem LTWC-Schutzgebiet in Südafrika auf den Weg gebracht hatte. Alex schilderte ihm ihre dramatischen Erlebnisse in der kanadischen Arktis, wo sie Eisbären studiert hatte. Sie horchte auf, als er ein zweitausendfünfhundert Hektar großes Gebiet in Alaska erwähnte, das der LTWC womöglich erwerben würde, wo Lachse flussaufwärts schwimmen und sich von verfressenen Braunbären fangen lassen konnten, während sie den Wasserfall hinaufzuspringen versuchten.

Sie lächelte und trank einen Schluck. »Wie lange bleibst du in Bellamy Falls?«

Er runzelte die Stirn und schaute auf seine Armbanduhr. »Nicht annähernd so lange, wie ich gern würde. Heute

Abend nehme ich den Flieger nach D.C. Ich schätze, wir sollten jetzt zum geschäftlichen Teil übergehen.«

Alex verspürte einen Anflug von Enttäuschung darüber, dass er sofort wieder abreisen würde. »Na gut, was hast du für mich?« Am Telefon hatte er sich vage ausgedrückt und sie nur gebeten, sich mit ihm in dem reizenden Städtchen Bellamy Falls im Bundesstaat Washington zu treffen und ihre Outdoor-Ausrüstung mitzubringen. Das war simpel: Seit sie ihr Apartment in Boston gekündigt hatte, war sie ständig unterwegs gewesen, erst in Montana, dann in Manitoba. Alles, was sie benötigte, trug sie bei sich.

Er holte einen Laptop aus seiner Umhängetasche und klappte ihn auf. »Vor zwei Wochen war eine ehrenamtliche Mitarbeiterin von uns im Selkirk-Wildreservat unterwegs gewesen und hat diesen Schnappschuss mitgebracht.« Er klickte auf ein Foto und drehte den Bildschirm in ihre Richtung. Auf dem Foto sah man im Hintergrund einen hoch aufragenden Primärwald und, völlig verschwommen, die pelzige Seite eines dunkelbraunen Tiers dicht vor der Kamera. Es war so unscharf, dass sie nicht erkannte, was es war.

»Worauf schaue ich?«

Ben grinste und beugte sich vor. »Diese ehrenamtliche Mitarbeiterin geht regelmäßig zu den selbstauslösenden Kameras, die wir im Reservat platziert haben, und tauscht die Akkus und Speicherkarten aus. Vor zwei Wochen war sie mal wieder dort draußen unterwegs und sah zwischen den Bäumen etwas, das sie zunächst für einen Elch hielt. Aber dann kam es näher, und sie hatte bessere Sicht auf den Kopf. Sie glaubt, dass es ein Bergkaribu war, aber es lief weg, bevor sie es eindeutig bestimmen konnte. In einer der Kameras fand sie dann dieses Foto auf der Speicherkarte.«

Alex staunte nicht schlecht. »Ein Bergkaribu? Ist sie sich sicher?« Alex wusste, dass es in den USA früher viele Bergkaribus gegeben hatte, aber heute nicht mehr.

Anders als die Barren-Ground-Karibus, die in Alaska in den endlosen Weiten der Nordwest-Territorien und entlang des Yukon lebten, hatte die südlichen Bergkaribus ein trauriges Schicksal ereilt. Sie waren so schwer zu fassen gewesen, dass die Leute sie als die »Grauen Geister des Waldes« bezeichnet hatten. Anstatt in der offenen Tundra hatten sie in kleinen Herden in dichten Urwäldern gelebt. Ihre großen schaufelartigen Hufe hatten es ihnen ermöglicht, sich im Winter in extrem verschneiten Hochlagen fortzubewegen, wo sie sich von Flechten ernährt hatten. Durch die Rodung der Wälder und andere Faktoren war ihre Zahl jedoch auf eine einzige kleine Herde zurückgegangen, die in Idaho und Washington überlebt hatte und als South-Selkirk-Population bezeichnet wurde. In einem letzten Versuch, sie zu retten, hatte Kanada dann die letzten beiden Mitglieder der Herde, beides Weibchen, zu sich geholt und nach Norden gebracht, wo sich die beiden Tiere der schwindenden Bergkaribu-Population in British Columbia angeschlossen hatten.

Hierzulande war das Bergkaribu praktisch ausgestorben. Die Vorstellung, dass ein solches Tier nun von Kanada nach Washington State hinübergewandert war, war also bemerkenswert. Nach langem Hin und Her und zahlreichen Klagen von Naturschutzorganisationen hatte der *U.S. Fish and Wildlife Service* nämlich – endlich – ein geschütztes Habitat für diese Spezies ausgewiesen. Dieses Karibu hatte also eine Chance. Falls es tatsächlich hier war.

Alex betrachtete das unscharfe Foto der selbstauslösenden

Kamera. »Das Fell scheint tatsächlich ein dunkles Braun zu sein. Schade nur, dass man nicht sieht, ob es weiße Flecken hat.« Die meisten Bergkaribus hatten dunkelbraunes Fell mit einigen weißen Stellen an den Seiten und einem weißen Schulter- und Nackenfleck. Dazu hatten sie weiße Streifen oder »Socken« über den Hufen. Und im Gegensatz zu anderen Hirscharten konnte beiden Geschlechtern ein Geweih wachsen, wenngleich es bei Weibchen seltener geschah. Mit zusammengekniffenen Augen blickte sie auf das Foto. »Es ist so verschwommen.«

Ben nickte. »Offenbar ist es zügig und leider viel zu dicht an der Kamera vorbeigegangen.«

Sie lehnte sich auf ihrem Stuhl zurück. »Du glaubst also, dass es im Reservat ein Bergkaribu gibt?«

Er atmete aus, sein charmantes Lächeln kehrte zurück. »Könnte sein.«

»Und du möchtest, dass ich es finde?«

»Ganz genau.«

Alex schaute wieder auf das Foto vor ihr.

»Es gibt ein altes Farmhaus im Reservat«, fuhr er fort. »Es gehörte dem früheren Besitzer des Landes. Es ist nicht so schick wie das Snowline, aber es gibt eine Heizung und fließend Wasser. Und eine Innentoilette.«

»Du meinst wohl eher, es ist nicht so *unheimlich* wie das Snowline.« Sie lachte und dachte an ihre damalige Unterkunft in Montana, wie der Wind durch die kaputten Fenster geheult hatte und wie die gruseligen Dinge, die sich dort vor der Umwandlung in ein Naturschutzgebiet zugetragen hatten, Teil des regionalen Legendenkanons geworden waren.

Auch Ben lachte. »Das Farmhaus ist absolut nicht unheimlich.« Er machte eine Pause, nahm einen Schluck von seinem Mokka. »Glaube ich zumindest. Und es gibt noch einen weiteren Vorteil.«

»Und der wäre?«

Er beugte sich vor. »Im Laufe der Woche kommt Kathleen Macklay in die Gegend.«

Auf Alex' Gesicht breitete sich ein Lächeln aus. »Echt jetzt?« Kathleen war Büroleiterin bei der Polizei in Bitterroot, dem Städtchen in Montana. Alex hatte sie bei ihrem ersten Auftrag für den LTWC kennengelernt, und sie hatten sich auf Anhieb gut verstanden.

Er nickte. »Japp. Sie kommt jeden Sommer her und betätigt sich als Brandbeobachterin. Sie war es auch, die uns den Tipp gegeben hat, dass das Land, auf dem sich unser Reservat befindet, zum Verkauf stand. Ihr Feuerwachturm befindet sich im angrenzenden Nationalforst.« Er nippte an seinem Mokka. »Also, bist du interessiert?«

»Bin ich.«

»Dann lass uns zum Reservat fahren. Ich zeige dir das Haus und die Gegend, damit du einen Eindruck bekommst.«

Sie tranken ihren Kaffee aus und machten sich auf den Weg. Ben hatte einen Toyota Prius gemietet und bot an, sie zu fahren. Alex ließ ihren eigenen Mietwagen, einen Jeep mit Allradantrieb, am Bordstein stehen. Auf der Main Road fuhren sie aus dem charmanten, um 1900 gegründeten Städtchen heraus, vorbei an Kunstgalerien, einem Gemischtwarenladen, einem Kino mit einer Leuchtschrift aus den Dreißigerjahren und zwei Saloons. Der ganze Ort hatte etwas Bohemehaftes an sich, mit seinem New-Age-Laden, dem öffentlichen Kunststudio, dem kleinen Theater und den beiden Lokalen mit Livemusik.

Außerhalb der Stadt bog Ben auf eine kleinere Straße ab,

die zwar asphaltiert, aber voller Schlaglöcher war. Nach fünfzehn Kilometern bog er abermals ab, nun auf eine Schotterpiste. An der Abzweigung stand eine Sammlung von Metallbriefkästen des *U.S. Postal Service*.

»Hier wird deine Post ankommen, sobald du einen Nachsendeantrag gestellt hast.«

Er fuhr den steilen, unbefestigten Weg hinauf in die Berge. Alex kurbelte das Fenster herunter und roch im Fahrtwind den Duft von sonnengewärmten Kiefern, fühlte sich wohl in Bens Gegenwart. Lächelnd schaute er zu ihr hinüber, genoss die wilde Landschaft genauso wie sie.

Er bog ein letztes Mal ab und fuhr über die rumpelige Piste zu einem kleinen Schindelhaus.

»Es wurde 1936 gebaut«, sagte Ben und stellte den Motor aus. »Von einer Familie, die hergezogen war, um Pferde zu züchten.« Alex blickte sich um, sah die verfallenen Überreste alter Zaunpfähle und Pferdegatter. Den Zaundraht hatte man entfernt.

Sie stiegen aus, und Ben zog ein Schlüsselbund aus der Tasche. Sie nahmen die drei Stufen zur Haustür, und er schloss ihnen auf. Sie betraten ein gemütliches Wohnzimmer mit einem Sofa, einem Couchtisch und einem gut gefüllten Bücherregal.

Er führte sie durchs Haus, zeigte ihr die beiden Schlafzimmer, die altmodische Küche mit Gasherd und das Badezimmer mit Dreißigerjahre-Armaturen.

»Du hast hier keinen Handyempfang, aber es gibt zwei Festnetztelefone – eins in der Küche, das andere oben im großen Schlafzimmer.« Er schrieb ihr die Nummer auf. »Es gibt sogar Satelliteninternet. Ist zwar langsam, aber es funktioniert.«

Sie kehrten ins Wohnzimmer zurück, wo Alex sich die Bücher ansah. Mit Freude nahm sie zur Kenntnis, dass es Bände über Malerei und Vogelbestimmung gab, dazu Fachbücher übers Fährtenlesen und Tierexkremente. Sie zog ein Wildblumenlexikon heraus und drehte sich zu Ben um. »Es ist wunderbar hier. Ich werde in letzter Zeit verwöhnt. Normalerweise übernachte ich in freier Wildbahn in einem winzigen Zelt, aber bei meinen letzten Aufträgen gab es heißes Wasser und allen anderen Komfort.«

Ben lachte. »Freut mich, dass es dir gefällt. Komm mit. Ich zeige dir das Reservat.«

Sie holten ihre Tagesrucksäcke aus Bens Wagen und gingen über einen Pfad, der an einer prächtigen Wildblumenwiese entlangführte. Alex erfreute sich am Anblick der gelben Gletscherlilie, der leuchtend orangefarbenen Kolumbienlilie, des scharlachroten Malerbusches und der zartvioletten Blütenblätter des alpinen Porzellanröschens. Sie erklommen einen steilen Anstieg und überquerten einen Pass zum nächsten Berg. Schneefelder bedeckten die Hänge. Neugierige Murmeltiere, deren goldenes Fell im Sonnenlicht glänzte, lugten aus Steinhaufen heraus, um sie zu beobachten. Sie hörte sogar das charakteristische »Iiip!« eines Amerikanischen Pfeifhasen, des kleinen stimmgewaltigen Verwandten des Kaninchens, der in hoch gelegenen Gegenden lebte. Über ihnen kreiste ein Steinadler am Himmel und stieß einen Schrei aus.

Sie wusste längst, sie würde diesen Auftrag sehr genießen.

Sie erreichten einen saphirblauen Gletschersee. Auf dem Wasser schwamm eine Säger-Familie, alle tauchten ab und wieder auf, schwimmend wie Korken.

Alex und Ben wanderten am Seeufer entlang und stiegen

dann weiter bergauf in Richtung eines weiteren Passes. Ihr taten schon die Beine weh von der Kletterei. Daran musste sie sich erst wieder gewöhnen, zuletzt war sie auf dem flachen Eis der Hudson Bay unterwegs gewesen.

Als sie sich dem oberen Ende des Hangs näherten, erstreckte sich vor ihnen plötzlich ein dichter Primärwald. Sie traten in dessen kühles schattiges Herz. Gewaltige Bäume strebten turmhoch gen Himmel. Der Wind duftete süß und aromatisch.

»Oh, wow«, hauchte sie ehrfürchtig.

»Das ist wirklich etwas Besonderes, nicht wahr?«

»Kann man wohl sagen.«

Er deutete auf einen der Bäume. »Dort hat unsere Mitarbeiterin das mutmaßliche Karibu gesehen.«

Jetzt nahm Alex die selbstauslösende Kamera wahr, die das besagte Foto geschossen hatte. Sie blieben stehen, standen schweigend da, blickten um sich. Alex erwartete fast, dass gleich das Karibu hinter einem Baum hervortreten würde.

»Komm mit, ich muss dir auch den weniger schönen Teil zeigen.«

Sie setzten ihren Aufstieg fort, folgten einem alten Jägerpfad, der sich durch den Wald wand. Das zwischen den Ästen herabströmende Sonnenlicht ließ Teile des Waldbodens golden erstrahlen, illuminierte an den Baumstämmen zarte Farne und smaragdfarbenes Moos.

Ben bog nach links auf einen anderen Jägerpfad ab, der über die Baumgrenze hinaus zu einem steil ansteigenden Geröllhang führte. Hier hingen orange- und goldfarben leuchtende Flechten an den Felsen, in schattigen Bereichen lagen noch Schneereste.

Unterhalb von ihnen erstreckte sich über Hunderte von Metern der Primärwald, bis er abrupt endete. Alex stockte der Atem. Eine Schneise der Verwüstung grenzte an den Wald, ein Areal ohne einen einzigen Baum. Man sah nur noch die Stümpfe.

»Holzeinschlag?«, fragte sie.

»Japp«, antwortete Ben tonlos. »Dort endet unser hübsches Reservat. Das benachbarte Land gehört zwar zum Nationalforst, aber es ist seit Generationen in privatem Besitz. Der Eigentümer hat beschlossen zu roden, um das Holz zu verkaufen.«

An das kahle Areal schloss sich weiterer alter Baumbestand an, in dem die Abholzung bereits begonnen hatte. Zwischen den Stümpfen standen Holzschleppfahrzeuge, Fällkräne, Bulldozer und andere Gerätschaften.

Ben deutete darauf. »Siehst du, wo all die Maschinen stehen?«

Alex nickte.

»Dort gehen die Arbeiten weiter. Es gab zwar ein Moratorium gegen die Abholzung von altem Baumbestand in dem Gebiet, aber ein von der Holzindustrie geschmierter Kongressabgeordneter hat ein Schlupfloch im neuen Gesetzentwurf genutzt.«

Alex erkannte seltsame farbige Stoffplanen, die über einigen Bulldozern und Fällkränen ausgebreitet waren. »Was ist das?« Sie nahm ihr Fernglas aus dem Rucksack und drehte am Fokusrädchen, bis sie ein scharfes Bild hatte.

Sie sah bunte Transparente, auf denen Slogans standen wie »Stoppt die Zerstörung!«, »Rettet den Wald!«, »Bäume statt Geldgier!«.

Nun erkannte sie auch Leute zwischen den Transparenten.

Einige saßen auf den Bulldozern, andere liefen zwischen den Zelten umher, die sie dort aufgeschlagen hatten.

»Aktivisten«, sagte Ben. »Sie kampieren dort seit einigen Tagen. Diverse Naturschutzorganisationen haben gegen die Rodung geklagt, deshalb gibt es einen vorläufigen Arbeitsstopp, während ein Bundesrichter den Fall prüft.«

Alex blickte nach Norden, in Richtung der kanadischen Grenze, die knapp fünfundzwanzig Kilometer Luftlinie entfernt lag. Falls die Zerstörung des alten Baumbestands in dieser Region fortgesetzt wurde, hätten die Bergkaribus keine Möglichkeit mehr, das Reservat zu erreichen. »Du meinst also, wenn wir nachweisen können, dass sich ein Bergkaribu zu uns begeben hat, könnten wir zusätzlichen Druck ausüben, um die Abholzung zu stoppen?«

»Genau. Und zwar nicht nur hier, sondern auch in anderen alten Baumbeständen, die sich auf dem Land des Besitzers befinden und bisher noch unberührt sind. Der LTWC hat ihm angeboten, sein Land zu dessen Schutz mit einer Grunddienstbarkeit zu versehen. Und für den Fall, dass er dies ablehnt, versuchen wir, Geldgeber zu finden, die genügend Finanzmittel aufbringen, um ihm das Land abzukaufen und die Bäume auf diese Weise zu retten.«

»Was sagt er zu dem Angebot?«

»Er will darüber nachdenken. Wir stecken noch in den Verhandlungen.«

Alex wusste, wie wenig Urwald es in den USA noch gab. Sie hoffte auf einen Erfolg der Verhandlungen.

»Also, was meinst du?«, fragte er.

»Ich bin dabei.«

Ben lächelte. Einen Moment lang glaubte sie, er würde sie umarmen, doch er tat es nicht. Er sah auf seine Uhr und verzog das Gesicht. »Warum vergeht die Zeit hier draußen immer so schnell? Ich muss zurück in die Stadt und mich auf den Weg zum Flughafen machen.«

Einmal mehr verspürte Alex den altbekannten Anflug von Enttäuschung, weil ihr klar war, dass sie Bens freundliches Wesen und seine angenehme Art vermissen würde.

Sie wanderten zurück, während die Nachmittagssonne sich nach und nach dem Horizont zuneigte, ihr Licht schräg in den Wald warf und die Baumstämme golden färbte. Im Westen zogen dichte graue Wolken auf, und Alex freute sich auf etwas Regen. Sie liebte wolkige Tage und den Duft des Waldes nach einem Regenguss.

Zurück im Haus, holte Ben einen großen Karton aus dem Prius und stellte ihn auf den Esstisch. »Das ist die Ausrüstung, die du brauchen wirst: GPS-Gerät, Landkarten, weitere selbstauslösende Kameras, Akkus, Speicherkarten und einige Halsbandkameras, falls du das Karibu findest.« Alex bemerkte, dass das Halsband auch die Temperatur des Tieres aufzeichnen würde und auch, falls es verendet, seinen Tod. Er deutete auf einen schwarzen Metallkoffer an der Wand. »Da drin ist das Betäubungsgewehr.« Er klopfte auf den Karton, den er hereingetragen hatte. »Hier sind noch zusätzliche Pfeile drin, dazu Betäubungsmittel und Sauerstoff, den du verabreichen kannst, wenn das Tier narkotisiert ist. Wir haben bereits die amtliche Genehmigung, dem Tier eine Kamera anzulegen.«

Alex hatte unglaubliche Aufnahmen von Halsbandkameras gesehen, die an Wildtieren jeder Art angebracht worden waren. In Verbindung mit GPS konnten Forscher damit nicht nur die Bewegung der Tiere verfolgen, sondern auch, welchen Lebensraum und welche Nahrungsquellen sie nutzen.

»Ich tu mein Bestes.«

Er lächelte. »Gut. Ich denke, wir haben alles geklärt. Sollen wir zurückfahren?«

Alex nickte, immer noch leicht traurig über seine nahende Abreise.

Sie kehrten in die Stadt zurück, und Ben stoppte den Prius hinter Alex' Jeep. »Am liebsten würde ich ein paar Tage bleiben und mit dir ausgiebig wandern gehen. Aber ich muss zurück wegen einer Haushaltssitzung. Der Spaß hört nie auf.«

Alex lächelte verdrossen. »Schade, dass du nicht mehr Zeit hast.«

»Ich weiß. Es ist wie ein Déjà-vu – wir treffen uns irgendwo, ich weise dich schnell ein und muss dann sofort wieder verschwinden.« Er schnallte sich ab. »Lass uns aussteigen, damit ich noch einen letzten Blick auf diese großartige Bergwelt werfen kann.«

Sie stiegen aus dem Prius und blieben einige Augenblicke auf dem Gehsteig stehen.

Dann umarmte er sie, und für einen kurzen Moment schmiegte sie ihr Kinn an seine Schulter. Er löste sich von ihr und betrachtete sie. »Viel Glück da draußen. Halt mich auf dem Laufenden. Genieß die Wildnis für mich.«

»Mach ich. Und danke noch mal für den Auftrag.«

Er lächelte wehmütig. »Pass auf dich auf. Und grüß Kathleen von mir.« Dann stieg er wieder ins Auto und fuhr davon.

Alex sah ihm nach, bis der Wagen auf den Highway abbog, der zum Flughafen von Spokane führte.

Sie holte tief Luft, blickte zu den verschneiten Bergen auf, froh, an diesem Ort zu sein. Sie stieg in ihren Jeep, um zum Lebensmittelladen zu fahren und für die nächsten Tage einzukaufen.

Auf dem Weg ins Stadtzentrum musste sie plötzlich abbremsen, weil sich auf Höhe des Stadtparks eine Menschenmenge auf der Fahrbahn versammelt hatte. Sie parkte am Straßenrand und stieg aus.

»Was ist hier los?«, fragte sie eine junge Frau, die eine Schürze des Lebensmittelladens und der dazugehörigen Bäckerei trug.

Sie wandte sich Alex zu, ihr Blick gehetzt. »Die haben etwas gefunden. Auf dem Spielplatz …« Sie deutete zu einer Gruppe von Leuten, die am Rand des Parks beieinanderstanden und die Köpfe zusammensteckten. »Eine Leiche.«

2. KAPITEL

Der Sheriff traf ein und schob sich durch die Menge. Alex schätzte, dass rund vierzig Leute alles stehen und liegen gelassen hatten, um aus den umliegenden Geschäften zu eilen und sich am Stadtpark zu versammeln.

Zwischen den Leuten stürmte eine Frau heraus, eine Hand vor den Mund geschlagen. Sie war ganz grün im Gesicht. Ein Raunen ging durch die Menge.

»Es muss Irma sein. Wer denn sonst?«

»Habt ihr das Gesicht gesehen? Allmächtiger.«

»Es ist völlig zerstört.«

»Wer ist Irma?«, fragte Alex die Person neben ihr, eine ältere Frau mit schlohweißem Haar und faltigem Gesicht.

»Irma Jackson«, flüsterte die Frau. »Sie ist vor sieben Monaten verschwunden. Sie hat für den Forest Service als Rangerin gearbeitet. Eines Tages ist sie auf Patrouille gegangen und nicht zurückgekehrt. Die Rettungstrupps haben wochenlang nach ihr gesucht. Alle dachten, sie hätte sich vielleicht verirrt oder wäre abgestürzt oder so. Aber das hier, das hat niemand erwartet.«

Der Sheriff, eine kleine Frau mit langen grauen Haaren, die zum Zopf geflochten waren, rief in die Menge: »Weg mit euch, Leute! Ihr wollt doch keine Beweismittel zertrampeln.«

Die Leute gehorchten widerwillig. Alex las es an den Gesichtern ab, wer von ihnen die Leiche gesehen hatte. Der fassungslose Blick, der Schock in den Augen. All das war ihr nur allzu vertraut. Sie hatte genug eigene Schrecken erlebt.

Die Menge wich etwas zurück, und Alex hatte freie Sicht auf die Leiche. Dies war kein natürlicher Tod gewesen. Der Anblick machte sie fassungslos. Die Frau war auf dem Kinderspielplatz an eine Wippe gebunden. Selbst aus einiger Entfernung erkannte Alex, dass der Körper mit grausigen Schnittwunden übersät war. Außerdem kam sie nicht umhin zu bemerken, dass die Frau schon seit geraumer Zeit tot war. Sie schien geradezu mumifiziert.

»So was hab ich schon bei Tierkadavern in der Wüste gesehen«, erklärte ein Mann. »Sie ist schon seit Monaten tot, würde ich sagen. Seht euch ihren Zustand an.«

Einer anderer Schaulustiger meldete sich zu Wort.

»Wie will man da sicher sein, dass es überhaupt Irma ist?«

»Na, sie trägt die Uniform des Forest Service. Oder das, was davon übrig ist«, sagte der Mann. »Sieht aus, als wäre sie darin herumgekrochen. Sie starrt vor Dreck. Die Knie sind völlig durchgescheuert.«

Andere Stimmen meldeten sich.

»Kein Werkzeuggürtel. Kein Funkgerät.«

»Keine Waffe.«

»Wo ist sie gewesen?«, fragte die Frau in der Ladenschürze. »Warum hängt man jetzt ihren Körper hier so hin?«

Plötzlich hob ein älterer Mann mit langem strähnigem weißen Haar und Vollbart anklagend die Hand und zeigte auf den Sheriff. »Ich hab dir gesagt, dass es so kommen würde!«, schimpfte er. »Aber du wolltest nicht auf mich hören.«

»Hör auf, Bill«, sagte die Polizistin und hob beschwichtigend die Hand. »Das ist nicht der richtige Zeitpunkt, um wieder mit dem Unsinn anzufangen.«

»Unsinn?«, rief der Mann. »Verdammt, Maggie, ich sag dir seit Monaten, dass die da draußen sind.«

»Nicht *das* wieder, Bill«, spöttelte die Frau und machte eine wegwerfende Handbewegung.

»Ich hab es *gesehen*!«, rief Bill und schaute zu den Umstehenden. »Tu nicht so, als hättest du es nicht auch gesehen. Das helle Licht über dem Wald.«

Die Leute zuckten mit den Schultern, schüttelten den Kopf.

»Glaubst du, ich mache Witze?«, donnerte er, den Blick wieder auf die Polizistin gerichtet. »Schau dir ihre Wunden an, Maggie! Das sieht doch aus wie eine Viehverstümmelung. Erinnerst du dich, was mit Carls Herde passiert ist?«

Maggie legte eine Hand an ihren Dienstgürtel. »Das war damals keine Viehverstümmelung, Bill. Die Läsionen wurden durch die Ringelflechte verursacht, eine schwere Pilzinfektion.«

»Glaubst du, ich erkenne keine Viehverstümmelung, wenn ich eine sehe?« Bill drängelte sich vor und packte sie am Arm. »Schau sie dir an, Maggie! Was glaubst du denn, wer ihr das angetan hat?«

»Jedenfalls keine verdammten Außerirdischen«, rief ein Mann in Bills Richtung. »Um Himmels willen, lass Maggie ihre Arbeit tun.«

Alex befand, dass der Mann recht hatte, und räumte das Feld, ging zum Wagen zurück. Der Appetit war ihr vergangen, aber sie musste trotzdem für die kommenden Tage einkaufen.

Während sie auf den Lebensmittelladen zutrottete, blickte sie noch einmal zurück zu der Menschentraube. Die Leute wirkten aufgewühlt, denn eine der ihren hatte ein gewaltsames Ende gefunden. Sie fragte sich, was mit der Rangerin geschehen war und ob ihr Mörder womöglich unter den

Personen zu suchen war, mit denen sie gerade noch zusammengestanden hatte.

Ein Stück die Straße hinunter erreichte Alex den Laden, ein kleines Holzgebäude, an deren Fensterfront per Hand die aktuellen Angebote für Bioprodukte und frische Backwaren angeschrieben waren.

Selbst gezogene Tomaten für 52 Cent das Stück!

Bananen im Angebot!

Hausgemachter Apfel- und Brombeerkuchen!

Sobald sie die Tür öffnete, schlug ihr der Duft von frisch gebackenem Brot und Kuchen entgegen. Sie nahm einen kleinen Einkaufskorb und merkte schnell, dass sie die einzige Kundin im Laden war.

Die Frau hinter der Kasse schaute mit besorgter Miene aus dem Fenster. »Kommen Sie gerade vom Park?«, fragte sie.

Alex nickte.

»Was ist denn da los? Wen hat man gefunden?« Die Kassiererin war jung, um die sechzehn, mit einem Nasenpiercing und einer langen blauen Strähne im schwarzen Haar. Auf ihrem Namensschild stand *Sophie*.

»Ich habe mitbekommen, dass es wohl eine Frau namens Irma Jackson ist.«

Der Kassiererin blieb der Mund offen stehen. »Mein Gott. Wurde sie ermordet?«

»Es sieht so aus. Die Polizei ist schon vor Ort.«

Ihre Augen weiteten sich, sie schüttelte den Kopf. »Ich glaub das nicht.«

»Kannten Sie Irma?«

Sophie nickte. »Sie hat mir Spurenlesen beigebracht. Sie hatte diesen tollen Kurs für Kinder organisiert.«

»Es tut mir sehr leid.«

Die Kassiererin senkte den Blick, schaute an der Kasse vorbei, ihr blasses Gesicht eine Maske der Fassungslosigkeit.

»Kann ich irgendwie helfen?«, bot Alex ihr an.

Sophie schaute auf und schniefte. »Nein. Es geht schon. Carol kommt ja gleich zurück.« Mit dem Daumen deutete sie zur Backwarentheke im hinteren Ladenteil. »Sie ist unsere Bäckerin.«

»Ich glaube, ich habe sie am Park gesehen. Die Versammlung löst sich allmählich auf. Der Sheriff hat den Leuten gesagt, sie sollen nach Hause gehen.«

Die Kassiererin seufzte. »Oh gut.« Sie blickte um sich. »Ich hab mich hier früher nie unwohl gefühlt. Aber plötzlich ist es eine richtige Geisterstadt. Wer auch immer Irma das angetan hat, könnte –« Ihre Stimme erstarb. Sie lächelte gezwungen. »Tut mir leid. Machen Sie nur, erledigen Sie in Ruhe Ihre Einkäufe.«

Alex bedachte sie mit einem teilnahmsvollen Lächeln. »Ich brauche nicht lange.«

»Nehmen Sie sich so viel Zeit, wie Sie wollen, im Ernst. Ich finde es unheimlich, hier ganz allein zu sein.«

Alex ging durch die Gänge und wählte Lebensmittel aus, die sich schnell und umstandslos zubereiten ließen. Nudeln, vegetarische Würstchen, Hafermilch, braunen Reis, Zutaten für Avocado-Burritos, Grünkohl und roten Pfeffer zum Anbraten in Olivenöl, verschiedene Nusssorten. Sie war keine große Köchin und betrachtete Essen als bloße Notwendigkeit, deshalb war der Einkauf schnell erledigt.

Als sie zur Kasse zurückkehrte, schaute Sophie gedankenverloren aus dem Fenster. Draußen schlurften die Einwohner von Bellamy Falls die Straße entlang, die Köpfe zusammengesteckt, in Gespräche versunken.

»Die Leute kommen zurück«, hauchte Sophie erleichtert. Sie wandte sich zur Kasse und begann, Alex' Waren zu scannen.

»Besuchen Sie hier Familienangehörige?«, fragte sie.

»Nein, ich bin Wildtierbiologin. Ich bin für eine Weile im Selkirk-Reservat stationiert.«

»Oh, großartig. Muss ein cooler Job sein.«

Alex lächelte. »Ja, es ist ziemlich cool.«

Sie bezahlte und wandte sich zum Gehen. »Das mit Irma tut mir wirklich sehr leid.«

Sophie biss sich auf die Lippe. »Danke.«

Als Alex den Laden verließ, kam gerade die Bäckerin herein. Sofort eilte Sophie zu ihr herüber. »Was ist passiert? Was sagen die Leute?«, hörte sie im Hinausgehen Sophie aufgeregt fragen.

Alex brachte die Einkäufe zum Wagen und verstaute sie. Dann ging sie hinüber zur Post und füllte das Nachsendeformular aus. Ein einzelner Angestellter schaute aus dem Fenster, an dem die Leute vorbeiströmten.

Als Alex an den Schalter trat, beendete er seine Beobachtungen und blickte auf die Adresse, die sie auf dem Formular angegeben hatte. »Sie wohnen im Reservat?«

»Ja. Ich bin Wildtierbiologin und wurde dorthin versetzt.«

»Wunderschöne Gegend. Wird Ihnen gefallen dort oben.«

Alex kehrte zum Wagen zurück und fuhr auf der Main Road aus der Stadt, warf dabei erneut einen Blick auf das alte Kino und die Kunstgalerien. Am Stadtpark trieben sich noch einige Schaulustige herum. Ein Deputy winkte die Leute fort, während der Sheriff um die Tote herumging und Notizen machte.

Alex bog auf die schmale Straße zum Reservat ab und rumpelte über die vielen Schlaglöcher. Sie ließ das Fenster herunter und genoss den Geruch des nahenden Regens in der Luft.

Als sie die Schotterpiste erreichte, ging es steil bergauf, und in den vielen Haarnadelkurven ließ sie besondere Vorsicht walten. Alex fragte sich, wie viele Leute hier zu schnell gefahren und den Hang hinabgestürzt waren. Die Kurven waren so eng, dass man nicht sah, ob einem dahinter jemand entgegenkam. Nur an einer der Kurven stand ein Hohlspiegel, und sie überlegte, ob es an dieser Stelle mal einen Zusammenstoß gegeben hatte.

Schließlich bog sie auf den Weg zum Reservat ein und fuhr auf der rumpeligen Piste zum Farmhaus.

Als sie ausstieg, nahm sie sich einen Moment Zeit, um die Berge zu bestaunen. Die Luft roch hier oben noch stärker nach Ozon. Sie freute sich schon auf den Regen. Nur wenige Dinge hatten eine so beruhigende Wirkung auf sie wie Regenprasseln auf der Kapuze ihres Parkas.

In der Küche räumte sie die Einkäufe ein. Nachdem alles verstaut war, setzte sie sich an den Esstisch und öffnete den Karton, den Ben ihr dagelassen hatte.

Darin befanden sich Akkus und Speicherkarten für die zahlreichen selbstauslösenden Kameras, die überall im Reservat angebracht worden waren. Anders als bei ihrem Auftrag in Montana, wo sie Vielfraße aufgespürt hatte, gab es im hiesigen Reservat bereits ein Netz dieser Kameras. Dennoch hatte Ben ihr fünf weitere mitgebracht, die Alex an strategischen Punkten platzieren konnte, um das mutmaßliche Karibu dingfest zu machen.

Sie holte auch die Betäubungspfeile und die Fläschchen mit dem Betäubungsmittel heraus, zusammen mit dem Gegenmittel, das sie verabreichen würde, nachdem sie dem Tier eine Halsbandkamera umgelegt hatte. Dann klappte sie die topografische Landkarte des Reservats auf. Ben hatte die Standorte der bereits aktiven Kameras gekennzeichnet. Sie studierte die Karte und verglich die Standorte mit den Satellitenbildern auf ihrem Computer. Sie musste Gebiete mit altem Baumbestand finden.

Bergkaribus waren auf Primärwald angewiesen, weil sie sich im Winter von Baumflechten ernährten, die für ihr Wachstum sechzig bis hundert Jahre benötigten. Die Flechten hingen hoch in den Ästen. Bei starkem Schneefall im Winter nutzten die Karibus die Schneedecke als Plattform, um diese hohen Äste zu erreichen und die Flechten herunterzureißen. Keine andere Hirschart überlebte allein durch den Verzehr solcher Flechten, die im Grunde eher nährstoffarm waren. Bergkaribus waren einzigartig.

Doch mit dem Abholzen des alten Baumbestands waren zunehmend junge Wälder in den Fokus der Karibus gerückt. In denen gab es vor allem Rehe, Elche und Hirsche, die sich diesen Lebensraum normalerweise nicht mit Karibus teilten. Auch gab es in jungen Wäldern Wölfe, die über Holzfällerstraßen und Schneemobilpfade ins Hochland gelangten. Sie hatten dort unzählige Karibus gerissen, zu denen sie normalerweise keinen Zugang gehabt hätten.

Und so waren durch den beispiellosen Holzraubbau und den Rückgang der Schneemenge aufgrund des Klimawandels schließlich die letzten Karibus der South-Selkirk-Population aus den Vereinigten Staaten verschwunden.

Im Karton fand Alex gleich vier Halsbandkameras mit GPS. Es handelte sich um ein experimentelles Modell, das sie unbedingt ausprobieren wollte. Normalerweise verwendeten Forscher Halsbandkameras, die am Ende der Saison von den Tieren abfielen. Die Forscher mussten die Kameras dann mühsam in der Pampa einsammeln, um an das Filmmaterial zu gelangen.

Aber der LTWC hatte ein Team mit der Entwicklung dieses neuen Modells beauftragt. Es übertrug die Videos via Satellit, und so ließen sie sich mühelos herunterladen. Statt monatelang auf das Filmmaterial zu warten, würde sie das aktuelle Verhalten des Karibus mitverfolgen können (falls sie es denn fand) und zudem die GPS-Koordinaten erhalten.

Vielleicht würde sie ja sogar gleich mehrere Karibus entdecken. Dass Ben ihr vier Kameras dagelassen hatte, zauberte ihr ein Lächeln aufs Gesicht. Offenbar war er auch optimistisch, dass sie mehr als ein Exemplar finden würde.

Sie kannte die Videos von gewöhnlichen Halsbandkameras, die man bei Barren-Ground-Karibus und Weißwedel- und Maultierhirschen benutzt hatte. Sie liebte diese Clips, wo man den Tieren dabei zuschaute, wie sie durch ihren Lebensraum streiften, wie sie miteinander interagierten und ihre Jungen umsorgten.

Wie auch immer, mit etwas Glück würde sie zumindest eines dieser neuen Modelle zum Einsatz bringen.

Sie nahm das Betäubungsgewehr aus dem Koffer und checkte es durch. Es war ein schwarzes Pneu-Dart G2 X-Kaliber mit einem Hundert-Zentimeter-Lauf aus rostfreiem Stahl und einem CO_2-Zylinder zum Abschuss der Betäubungspfeile.

Sie beschloss, sich als Erstes dorthin zu begeben, wo die ehrenamtliche Mitarbeiterin das mutmaßliche Karibu gesichtet hatte, und systematisch nach Fährten und Exkrementen zu suchen. Sie warf einen Blick auf die Uhr. Es war fast sechs. Zu spät, um heute noch aufzubrechen.

Sie bereitete sich ein frühes Abendessen zu und verzehrte es auf der Veranda, betrachtete währenddessen die atemberaubende Landschaft.

Als sie fertig war, schaute sie erneut auf die Uhr. Zur Abwechslung war sie diesmal in derselben Zeitzone wie ihr Vater, also griff sie nach dem Festnetztelefon und wählte seine Nummer.

Ihr Vater, ein namhafter Landschaftsmaler, lebte im kalifornischen Berkeley. Er meldete sich nach dem zweiten Klingeln. »Hallo?«

»Dad, ich bin's, Alex.«

»Hallo, Mäuschen! Ich hab die Nummer nicht erkannt.«

»Das ist der Anschluss des Hauses, in dem ich seit heute wohne. Ich habe einen neuen Auftrag vom LTWC erhalten.«

»Wunderbar! Welche Spezies ist es diesmal?«

»Bergkaribus.«

Er stieß einen Pfiff aus. »Oha, das ist ja ein Ding. Hast du mir nicht mal erzählt, dass diese Tiere aus den USA verschwunden seien? Bist du in Kanada?«

»Nein, in Washington State. Eine ehrenamtliche Mitarbeiterin der Stiftung glaubt, im Reservat ein Exemplar gesehen zu haben.«

»Wow! Das wäre ja mal was.«

»Ich hoffe, dass ich die Sichtung bestätigen kann«, sagte Alex. »Wie läuft es bei dir?«

»Ganz gut.« Sie hörte, wie er auf seinem Stuhl herumrutschte. »Genau genommen sitze ich gerade auf heißen Kohlen.«

»Warum? Was ist los?«

»Ich habe mich als Residenzkünstler beim diesjährigen Plein-Air-Festival am Grand Canyon beworben. Es gab im letzten Moment eine Absage, und jetzt hoffe ich nachzurücken.«

»Das ist großartig!« Ihr Vater bewarb sich jedes Jahr als Gastkünstler bei einem der infrage kommenden Nationalparks. Die Konkurrenz war riesig, und er war schon oft enttäuscht worden. Aber er war auch schon mehrere Male angenommen worden und hatte an wunderschönen Orten gemalt. *Plein Air* bedeutete, dass die Künstler unter freiem Himmel malten und versuchten, das Licht und die Stimmung der Landschaft einzufangen. Beim Grand Canyon Festival wollte er schon seit Jahren mitmachen. »Ich drück dir ganz fest die Daumen.«

»Danke! Erzähl, wie bist du diesmal untergekommen?«

»In einem alten Farmhaus aus den Dreißigerjahren. Es ist toll.«

»Das klingt ja richtig nobel verglichen mit dem Zelt, in dem du sonst meistens kampierst. Lass mich wissen, wie es läuft. Ist das die Nummer, unter der ich dich erreichen kann?«, fragte er.

»Ja. Handyempfang habe ich hier nicht.«

»Okay, Mäuschen. Wir bleiben in Kontakt. Oh, und mail mir deine Adresse. Ich muss dir ein paar Briefe nachsenden.«

»Mach ich. Gib mir Bescheid, falls sie dich im Grand Canyon annehmen.«

»Na klar. Ich hab dich lieb!«

»Ich dich auch!«

Der Regen begann aufs Dach zu prasseln, und Alex wandte sich wieder zum Esstisch, um sich in die neuesten Forschungsarbeiten zum Bergkaribu zu vertiefen. Alex verfügte bei diesem Thema über Vorwissen. Während ihrer Promotion hatte sie einen Sommer lang bei einem Barren-Ground-Karibu-Projekt mitgearbeitet und eine Faszination für das Bergkaribu entwickelt, das sich so sehr von seinem Pendant in der arktischen Tundra unterschied.

Karibus waren die am weitesten verbreiteten Huftiere der Welt und hatten sich so entwickelt, dass sie in einer Vielzahl von Lebensräumen überleben konnten. Einige durchstreiften die flache offene Tundra der Arktis, andere lebten in den Nadelwäldern der Taiga südlich des Polarkreises in Nordamerika, Skandinavien und Russland.

Alle Karibus auf der Erde gehörten zu einer einzigen Spezies, dem *Rangifer tarandus*. Aber wegen seiner unterschiedlichen Lebensräume hatte sich das Karibu in zahlreiche Unterarten entwickelt, sich an seine jeweilige Nische angepasst.

Das Bergkaribu (*Rangifer tarandus caribou*) war das am südlichsten lebende Karibu auf dem nordamerikanischen Kontinent, aber inzwischen hatte es über sechzig Prozent seines historischen Lebensraums verloren. Früher hatte es diese Tiere im gesamten Norden der USA gegeben, einschließlich Wisconsin, Maine, Michigan, Idaho, Washington, Montana, Minnesota, New Hampshire und Vermont.

Auch in seinem Verhalten war das Bergkaribu einzigartig. Anders als ihre nördlichen Nachbarn legten diese Tiere keine großen Entfernungen zurück. Stattdessen begaben sie sich mehrmals im Jahr in steiles bergiges Gelände, wechselten je nach Jahreszeit zwischen den Ökosystemen in Tälern und denen in hochalpinen Regionen.

Bergkaribus durchstreiften die gemäßigten Regenwälder des Landesinneren, wo gewaltige Rotzedern und Hemlocktannen wuchsen. Vom Waldboden bis in die Wipfel wimmelte es dort von Leben. Bis heute bevölkerten diese Tiere diese einzigartige Region im kanadischen British Columbia und – vor ihrem Verschwinden aus den USA im Jahr 2019 –

auch den gemäßigten Regenwald bis hinunter in die Selkirk Mountains in Washington und Idaho.

Sie konnte es kaum erwarten herauszufinden, ob eines dieser Geschöpfe nun nach Washington zurückgekehrt war. Auf der vor ihr ausgebreiteten Landkarte zeichnete Alex die Route ein, die sie morgen nehmen wollte. Als sie spürte, dass ihr allmählich die Augen zufielen, faltete sie die Karte zusammen und stieg die Treppe hinauf zum Schlafzimmer.

Sie entleerte ihren Rucksack aufs Bett, legte ihre Kleidung zusammen und verstaute sie in einer antiken Kommode, die mit einem Art-déco-Wasserfallmuster verziert war. Der Holzgeruch, der aus der Schublade drang, erinnerte sie an das Haus ihrer Großmutter, und einen Moment lang verspürte sie tiefe Sehnsucht nach ihr.

Ihre Großmutter väterlicherseits, von allen Miss Lacey genannt, hatte aus dem Süden gestammt. Sie hatte Alex schon vor der Schule Lesen und Rechnen beigebracht, sodass Alex bei ihrer Einschulung einen gewaltigen Wissensvorsprung gehabt hatte. Das war gut für sie gewesen, denn als Kind in einer Militärfamilie hatte sie des Öfteren den Wohnort und damit auch die Schule gewechselt. Ihre Mutter war Kampfpilotin bei der U.S. Air Force gewesen, und Alex und ihr Vater hatten mit ihr auf der ganzen Welt gelebt.

Während der Sommermonate hatte Alex immer für längere Zeit bei ihrer Großmutter bleiben dürfen, was Alex genossen hatte. Sie war eine liebevolle unbeschwerte Frau gewesen, hatte Alex spannende Geistergeschichten erzählt. In ihrem Haus hatte es sogar einen alten Schaukelstuhl gegeben, von dem es hieß, er könne von selbst schaukeln.

Alex atmete den Duft der alten Holzschublade ein und schob sie mit einem traurigen Lächeln zu.

Sie packte ihre restlichen Sachen aus: Regenkleidung, zusätzliche Stiefel, ihre Canon DSLR, ein GPS-Gerät und einen Krimi, den sie auf den Nachttisch legte. Dann hängte sie den Rucksack in den Schrank.

Schließlich schlüpfte sie in ihren Pyjama und legte sich in das rustikale Bett. Sie erwog, noch ein bisschen im Krimi zu schmökern, starrte stattdessen aber an die Decke und hing ihren Gedanken nach. Was sie wohl finden würde in den Wäldern? Sie lächelte begeistert in sich hinein. Dann fielen ihr die Augen zu, und sie sank in tiefen Schlaf.

Alex wurde wach, als heller Mondschein durch das Schlafzimmerfenster fiel. Sie setzte sich auf, ihre Kehle war trocken. Sie nahm einen Schluck aus dem Wasserglas, das auf dem Nachttisch stand, und schaute aus dem Fenster auf die silbrige Landschaft. Die Äste der Bäume stachen silbern heraus vor der schwarzen Bergsilhouette.

Der sternenfunkelnde Nachthimmel lockte sie aus dem Bett zum Fenster. Sie hatte es offen gelassen, und der köstliche Pinienduft wehte zu ihr herein. Sie sog ihn tief ein, betrachtete unterdessen das prachtvolle Sternenband der Milchstraße, die sich bogenförmig durch den nächtlichen Sommerhimmel zog. Das Sternbild des Schützen hing tief am Horizont, das Zentrum der Galaxie schoss aus ihm heraus wie Wasser aus einem Wasserfall. Sie erkannte den Lagunennebel mit bloßem Auge und konnte sich ein Grinsen nicht verkneifen.

Sie schloss die Augen, genoss den Moment, die Dunkelheit, den Duft des Waldes.

Als sie sie wieder öffnete, zog rechts von ihr ein kleines seltsames Licht ihre Aufmerksamkeit auf sich. Es sauste davon, verschwand in der Ferne. Sie versuchte, noch einen Blick darauf zu erhaschen, aber konnte sich nicht hinauslehnen wegen des Fliegengitters.

Dann sah sie es wieder, wahrscheinlich einige Kilometer weit entfernt, eine sich schnell bewegende Lichtkugel knapp über den Baumkronen. Erst dachte sie an eine Drohne, aber dafür sah es zu groß aus. Es drehte sich nach unten, leuchtete aufs Blätterdach, dann hob es sich wieder und glitt über die Bäume hinweg.

Alex runzelte die Stirn. Sie hatte Aufnahmen der *Marfa Lights* in Texas gesehen, der seltsamen Lichtsphären, die über dem Wüstenboden tanzten und für die es bis heute keine Erklärung gab.

Könnte das hier etwas Ähnliches sein? Oder war es Sumpfgas? Oder eine seltsame Lichtbrechung in der feuchten Luft? Oder …

Sie musste an den alten Mann denken, der den Sheriff zur Rede gestellt hatte. Bill. *Ich hab es gesehen!*, hatte er gebrüllt. *Tu nicht so, als hättest du es nicht auch gesehen. Das helle Licht über dem Wald.*

Sie blickte gebannt in die Nacht hinaus. Und mit einem Mal war das Licht einfach verschwunden. Sie blieb noch lange am Fenster stehen, doch es kam nicht zurück. Schließlich gab sie auf, zog die Vorhänge zu und legte sich wieder ins Bett.

Sie lag wach und stellte sich vor, wie die Lichtkugel auf das Haus zugeflogen kam. Mitten im Nirgendwo zu sein und eine überaktive Fantasie zu haben war zuweilen kein Vorteil für sie. Sie lauschte dem seufzenden Wind in den Kiefern vor dem Haus. Dem *Uuhuu* einer Eule.

Schließlich schloss sie die Augen, aber die seltsame Lichtkugel ließ sie lange nicht in den Schlaf finden.

3. KAPITEL

Am nächsten Morgen frühstückte Alex rasch und trank ihren Kaffee draußen auf der Veranda. Dann holte sie ihren Rucksack aus dem Schrank und überlegte, was sie für ihre erste Tagestour ins Reservat benötigte, bei der sie die Kameras überprüfen wollte. Sie packte ein Sandwich und einen Müsliriegel ein, dazu eine Wasserflasche samt Filter, des Weiteren den Kompass und die Landkarte, Regensachen, ihr GPS-Gerät und eine weitere selbstauslösende Kamera. Sie war gerade dabei, ihr kleines Erste-Hilfe-Set im Rucksack zu verstauen, als sie ein Auto hörte.

Das Haus lag so weit ab vom Schuss, dass sie sich nicht vorstellen konnte, wer hier plötzlich auftauchen sollte.

Sie trat ans Fenster und sah einen Polizei-SUV vorfahren. Der Sheriff stieg aus, steckte sich das Hemd in die Hose und setzte ihren Hut auf. Sie beugte sich in den Wagen und nahm etwas vom Beifahrersitz. Wenige Augenblicke später klopfte es an der Tür.

Alex fragte sich, was die Frau wohl wollte. Die Fliegengittertür knarrte, als sie sie öffnete.

Der Sheriff nahm ihre Sonnenbrille ab und schob sie in den Ausschnitt ihres Hemds. »Dr. Carter?«

Sie nickte. »Kann ich Ihnen helfen?«

»Ich bin Sheriff Maggie Taggert.« Alex schüttelte ihre Hand und merkte, dass sie rau und schwielig war. »Darf ich reinkommen?«

»Sicher.« Alex trat zur Seite, bedeutete ihr einzutreten.

Taggert schaute sich um, ließ ihren Blick über die Einrichtung schweifen. »Ist schon eine Weile her, dass ich hier war. Ich kannte die Familie, die hier lebte. Nette Leute.« Sie deutete auf die Couch. »Können wir uns setzen?«

»Klar. Möchten Sie einen Kaffee? Ich habe gerade welchen gemacht.«

Taggert lächelte. »Das wäre sehr nett.«

Alex ging in die Küche und schenkte ein. Sie holte die Hafermilch aus dem Kühlschrank und stellte sie zusammen mit etwas Zucker und den beiden Tassen auf ein Tablett.

Im Wohnzimmer ließ sich Taggert auf die Couch nieder und rückte ihren Dienstgürtel zurecht. Sie gab etwas Zucker und Hafermilch in ihren Kaffee und trank einen Schluck, nickte anerkennend.

Alex fragte sich, ob der Besuch etwas mit der Toten im Park zu tun hatte. Taggert zog eine Mappe hervor und breitete eine Reihe von Fotos auf dem Tisch aus. Unter ihren Fingernägeln klebten Reste schwarzer Schmiere, als hätte sie an ihrem Wagen herumgeschraubt.

»Sehen Sie sich die bitte an.«

Alex setzte sich neben die Polizistin und betrachtete die Fotos. Darauf zu sehen war immer dieselbe lächelnde Frau mit kurzen grauen, schlicht frisierten Haaren und Augen, die ein Geflecht tiefer Falten umgab. Alex schätzte sie auf Anfang siebzig. Alle Fotos waren in freier Natur aufgenommen worden. Alex erkannte den Yosemite-, den Yellowstone- und den Glacier-Nationalpark. Auf allen Fotos trug die Frau eine dicke lila Fleecejacke mit Aufnähern der Nationalparks. Außerdem trug sie eine auffällige Halskette: eine silberne Bärentatze, besetzt mit einem funkelnden violetten Kristallstein.

Mit ihrem schlanken Finger deutete Sheriff Taggert auf das Yosemite-Foto. »Das ist Amelia Fairweather, eine Outdoor-Enthusiastin, die überall in den USA und Kanada lange Wanderungen unternommen hat. Vor über einem Jahr ist sie in unserer Gegend spurlos verschwunden. Seither beschäftigt mich der Fall.«

Alex betrachtete die Frau auf den Fotos, studierte die freundlichen Augen. Man sah ihnen die Lebensfreude an. »Sie wurde nicht gefunden?«

Taggert schüttelte den Kopf. »Einige Leute denken, sie habe sich vielleicht mit ihrem unangemessen jungen Liebhaber nach Mexiko abgesetzt. Sie war alles andere als arm, und ja, sie war mit einem deutlich jüngeren Mann liiert. Manche spekulieren, dass die beiden in die Karibik, nach Südamerika oder in ein anderes Tropenparadies geflohen sind.

Aber ihre Töchter gehen fest davon aus, dass ihr etwas zugestoßen ist. Sie meinen, es sei ausgeschlossen, dass ihre Mutter sich so lange nicht bei ihnen melden würde. Außerdem besaß sie eine Gärtnerei in Seattle. Die war ihr Lebenstraum. Davor war sie jahrelang als Unternehmensberaterin tätig gewesen, hatte mit einem Partner eine Kanzlei besessen. Eines Tages hatte sie die Arbeit hingeworfen und mit ihren Ersparnissen die Gärtnerei aufgebaut. Darauf haben natürlich einige Leute hingewiesen und gesagt, ihr sei offensichtlich zuzutrauen, ihr Leben von heute auf morgen zu ändern. Ihr Kanzleipartner, der über ihren abrupten Abgang seinerzeit nicht sehr erfreut war, gehört zu den Leuten, die davon überzeugt sind, dass Amelia irgendwo in Acapulco oder Rio am Strand liegt.«

Taggert schaute zur Decke auf, ihr Blick leer. »Ich hatte allerdings das Gefühl, dass da einiges im Argen lag. Vielleicht war der Kanzleipartner an ihr interessiert, und sie hat ihn abgewiesen. Sie wissen schon, eifersüchtig, weil sie einen jüngeren Mann vorgezogen hat.«

»Was, glauben Sie, ist mit ihr passiert?«

Taggert räusperte sich und schaute traurig auf die Fotos. »Ich bin geneigt, den Töchtern zuzustimmen. Nach allem, was ich über Amelia Fairweather erfahren habe, war sie eine hingebungsvolle Mutter. Ich glaube nicht, dass sie ihre Töchter einfach so im Stich gelassen hätte.« Sie sah Alex mit grimmiger Miene an und deutete zum Fenster. »Ich glaube, ihr ist irgendwo dort draußen etwas zugestoßen. Vielleicht hat sie sich verirrt oder sich ein Bein gebrochen, hat sich unterkühlt und es nicht mehr zurückgeschafft.«

Taggert rutschte unbehaglich auf der Couch herum. »Ich weiß, es klingt morbide, aber ich wäre Ihnen sehr verbunden, wenn Sie bei Ihrer Arbeit die Augen offen halten könnten. Ranger haben unweit der Reservatgrenze Fairweathers verlassenes Zelt und ihre Ausrüstung gefunden.« Sie griff in die Mappe und zog eine abgenutzte Landkarte heraus, klappte sie auf und deutete auf einen gelb markierten Punkt. »Dort wurde ihr Zelt gefunden.«

Alex beugte sich vor und sah sich die Stelle an. »Das ist *genau* an der Reservatgrenze.«

Taggert griff erneut in die Mappe und zog einen Zettel heraus. »Dies ist eine Liste einiger Sachen, von denen sie sich, ihren Töchtern zufolge, niemals freiwillig getrennt hätte. Falls Sie also dort draußen einen dieser Gegenstände finden sollten, melden Sie es mir bitte. Oder falls Sie, Sie wissen schon …«

»Menschliche Überreste entdecke?«, vervollständigte Alex den Satz der Polizistin.

Taggert nickte. »Genau.«

Alex nahm den Zettel und sah sich die Liste an.

- *Casio G-Shock Armbanduhr mit Höhenmesser und Thermometer*
- *Marschkompass mit eingravierten Initialen AF*
- *Silberne Bärentatzen-Halskette mit violettem Kristallstein*
- *Lila Fleecejacke mit Nationalpark-Aufnähern*

Der Sheriff deutete auf zwei Nahaufnahmen von Amelia Fairweather. »Hier sieht man die Halskette und die Jacke ganz deutlich. Die Halskette gehörte ihrer Mutter. Offenbar hat Amelia sie nie abgenommen. Und an der Jacke trug sie zahlreiche Nationalpark-Aufnäher.«

»Ich werde die Augen offen halten.«

Taggert schob die Fotos zusammen und ließ sie, bis auf eines, wieder in der Mappe verschwinden. »Das hier können Sie behalten«, erklärte sie und nahm noch einen Schluck vom Kaffee. »Ich möchte gern daran glauben, dass Amelia irgendwo am Strand liegt und es sich gut gehen lässt.«

Alex betrachtete noch einmal die freundlich lächelnde Frau auf dem Foto. »Ich auch.«

Die Polizistin erhob sich von der Couch und ging um den Tisch herum. Alex bemerkte, dass Taggert nicht die typischen Sheriff-Stiefel trug, sondern Birkenstock-Sandalen über regenbogenfarbenen Socken. »So, jetzt habe ich Sie lange genug in Beschlag genommen. Danke, dass Sie sich die Zeit genommen haben.«

»Kein Problem. Hat mich gefreut, Sie kennenzulernen.«

Alex begleitete Taggert zur Tür.

Während die Polizistin in den SUV stieg, blickte Alex auf das Foto und fragte sich, was Amelia Fairweather zugestoßen war.

Sie sah auf die Uhr und überlegte, ob sie, bevor sie aufbrach, noch ihre Freundin Zoe Lindquist anrufen sollte, weil sie ihr noch nichts von ihrem neuen Auftrag erzählt hatte. Sie hatten sich auf dem College kennengelernt, als Alex bei einem Musical, in dem Zoe mitspielte, den Oboe-Part im Orchester übernommen hatte. Später war aus Zoe eine gefragte Hollywood-Schauspielerin geworden, die ihre Arbeit derart in Beschlag nahm, dass Alex sie seit über zwei Jahren nicht gesehen hatte.

Sie ging in die Küche und wählte auf dem Festnetzapparat Zoes Handynummer. Zoe ging nie ran, wenn eine unbekannte Nummer anrief; sie hatte sogar eine gefakte Mailbox-Ansage für den Fall, dass ein Stalker oder eine Boulevardzeitung an ihre Privatnummer gelangt war.

Alex lächelte, während sie Zoes neuester Ansage lauschte. Sie hatte sich mal wieder einen komischen Namen ausgedacht, der nach der übereifrigen Chefin eines Gartenvereins in der Nachbarschaft klang. »Hallo, dies ist der Anschluss von Eugenia Puddlejump. Bitte hinterlassen Sie eine Nachricht.«

»Hey, Zoe. Ich bin's, Alex. Ich hab keinen Handyempfang und werde auch in absehbarer Zeit keinen haben. Unter dieser Nummer kannst du mich erreichen.«

Sie legte auf. Augenblicke später klingelte das Telefon. »Hallo?«

»Alex!«, drang die vertraute Stimme ihrer Freundin aus dem Hörer. »Schön, dich zu hören!«

»Dich auch! Wie geht's dir?«

»Bestens! Wie es aussieht, bist du wieder irgendwo in der Wildnis unterwegs. Was ist es diesmal, die Antarktis? Grönland?«

»Washington State.«

»Hey, gar nicht mal schlecht. Bist du nach Seattle gejettet? Ist so eine coole Stadt.«

»Nein, ich bin nach Spokane geflogen und hab mir dort einen Mietwagen genommen.«

»Und lass mich raten: Die Zeit in der Stadt hast du total verschlafen, um am nächsten Tag ans Ende der Welt zu fahren und dich mit Wieseln anzufreunden, oder so.«

»Ich glaube, hier gibt es keine Wiesel. Und tatsächlich habe ich die Nacht in einem Hotel in Spokane verbracht und bin sogar in einer schicken Mikrobrauerei essen gegangen.«

»Und du hast mich nicht eingeladen?«

»Du steckst doch mitten in deinen Dreharbeiten.« Zoe war gerade am Set in Studio City, Kalifornien, und schoss Szenen für einen epischen Science-Fiction-Film mit dreistelligem Millionenbudget. »Wie läuft's denn so?«

»Es ist total verrückt, Alex. Wart mal eine Sekunde.« Alex hörte, dass Zoe irgendwohin ging, und plötzlich wurden die Hintergrundgeräusche leiser. »Okay. Bin wieder da. Ich verstecke mich in einem begehbaren Schrank.«

»Warum tust du das?«

»Ich glaube, jemand versucht, die Dreharbeiten zu sabotieren.«

»Im Ernst?«

»Ja, klar.«

»Was ist denn los bei euch?«, fragte Alex.

»Na ja, die erste seltsame Sache war, dass wir dachten, die hätten uns fürs Catering endlich einen Super-Koch geschickt, der uns leckere Häppchen zubereitet. Bis dahin hatte es nämlich nur Obst und Bagels mit Frischkäse gegeben. Und plötzlich war da dieser Koch mit einem portablen Ofen und allem Schnickschnack, und er machte uns köstliche kleine Brioches und Schnittchen und Crêpes. Wir waren total begeistert. Zwischen den Takes sind wir ihm nicht von der Seite gewichen. Das Essen war göttlich. Zumindest dachten wir das.«

»Was ist passiert?«

»Na ja, zuerst meinte einer der Techniker, dass er sich nicht gut fühle. Ihm brach der Schweiß aus, und er wurde grün im Gesicht. Dann das Gleiche mit einem der Beleuchter. Er sah aus, als würde er gleich kotzen. Und dann hat die erste Regieassistentin *tatsächlich* gekotzt. Sie hat es gerade so bis zum Mülleimer geschafft und ihren gesamten Mageninhalt darin entleert. Das war vielleicht ein Anblick!

Ich sag dir, Alex, es war das Ekelhafteste, was ich je gesehen habe. Es hat uns völlig aus dem Konzept gebracht. Wir wurden alle krank, mussten immer darauf achten, dass ein Behälter in der Nähe stand. Ich habe mich hundeelend gefühlt und ständig versucht, nicht abzureihern. Dazu die widerlichen Schweißausbrüche unterm Make-up. Unser Regisseur, der von dem Essen wohlweislich nichts angerührt hatte, wurde ganz kirre, weil die Hälfte der Crew ständig am Reihern war. Es war total chaotisch.

Als wir alle völlig fertig waren, haben wir dann festgestellt, dass der Koch verschwunden war. Hat sich einfach in Luft aufgelöst, der Schlawiner. Sein kleiner Ofen war auch weg. Und dann kam heraus, dass niemand den Kerl eingestellt hatte. Nicht der Regisseur und das Produktionsteam auch nicht. Niemand hatte je von dem Mann gehört.«

»Das ist ja furchtbar. Glaubst du wirklich, ihr wurdet vorsätzlich vergiftet?«

»Keine Ahnung. Jedenfalls mussten wir die Dreharbeiten für einige Tage unterbrechen. Die Leute waren ganz wackelig auf den Beinen und zogen sich in ihre Trailer und Hotelzimmer zurück. Ich habe mich nie im Leben so elend gefühlt.«

»Wie geht es dir jetzt?«

»Besser, aber das war nur die erste seltsame Sache, die passiert ist.«

»Was denn noch?«

»Wie du weißt, drehen wir hier ein Science-Fiction-Epos. Der ausführende Produzent ist mit dem Leiter eines Studios für Spezialeffekte befreundet und wollte den Außerirdischen plastisch darstellen statt per Computer. Jetzt haben wir am Set also diese riesige Alien-Puppe, die vierzehn Techniker mit komplizierten Controllern bedienen müssen. Ich meine, der Alien ist vier Meter groß, hat einen peitschenden Schwanz, mahlende Kiefer und einen riesigen Schädel mit stechenden Augen, die sich verengen, blinzeln und einen anstarren können. Es ist schon unheimlich genug, wenn er einfach nur dasteht. Aber wenn die Techniker loslegen, fängt das Ding an, sich fließend zu bewegen. Ich sitze also eines Abends in meinem Trailer und versuche, mich zu entspannen. Der Alien sollte über Nacht eigentlich nebenan im Lager stehen. Und was passiert? Als ich die Jalousien runterziehe, um mich schlafen zu legen, werfe ich zufällig einen Blick nach draußen und vor dem hydraulischen Tor zur Lagerhalle steht das Vieh.«

»Wie bitte?«

»Ja. Der Alien stand einfach nur da. Starrte zu mir rüber. Weit und breit kein einziger Techniker in Sicht. Das Ding wird ja über Funk gesteuert, also denke ich, dass sie vielleicht alle im Lagerhaus hocken und sich einen Spaß machen. Ich will nicht darauf hereinfallen, also tue ich einfach so, als würde ich zu Bett gehen, und knipse das Licht aus. Als ich kurz darauf wieder ans Fenster trete, hat das Ding schon den halben Parkplatz überquert und steht fast vor meinem Trailer. Und ich werde natürlich nervös, obwohl ich das Ganze immer noch für einen Scherz halte.«

»Versteh ich gut. Was hast du dann gemacht?«

»Ich hab mir mein Handy geschnappt und den Chef für die Spezialeffekte angerufen. Als er abnahm, hörte ich im Hintergrund irische Musik. Es war superlaut, als ob er in einer Bar wäre. Er war völlig überrascht und meinte, er und sein Team seien unterwegs, um einen Geburtstag zu feiern. Dann schaute ich wieder nach draußen, und der Alien stand direkt vor meinem Fenster und starrte mich finster an. Ich schrie auf und meinte zu dem Spezialeffekt-Heini, seine Puppe habe eine Fehlfunktion oder einen Kurzschluss oder sie sei besessen oder was auch immer, und kurz darauf erschien er dann plötzlich mit seinen Leuten am Set. Sie eilten ins Lagerhaus und fanden die Controller genau so vor, wie sie sie zurückgelassen hatten: abgeschaltet und ohne Strom. Aber inzwischen drückte sich der Alien an die Außenwand meines Trailers und starrte zu mir rein, als wäre er King Kong und ich Fay Wray.«

»Was haben die Techniker gemacht?«

»Sie haben den Alien eingeschaltet und ins Lager zurückmanövriert. Sie sagten, es müsse eine Art Scherz gewesen sein, obwohl ihnen unbegreiflich war, wie jemand ins Lager gelangt war und den Alien ohne weitere Helfer zum Laufen gebracht hatte. Selbst der Chef der Spezialeffekte und die vier Männer, die mit dabei waren, hatten Mühe, das Ding wieder ins Lager zu manövrieren. Es war total unheimlich.«

»Das kann man wohl sagen«, pflichtete Alex ihr bei.

»Und wenn die Puppe beschädigt worden wäre, hätte es uns teure Drehzeit gekostet. Deshalb und wegen der Lebensmittelvergiftung denke ich an Sabotage.«

»Könnten die beiden Sachen zufällig passiert sein?«, fragte Alex vorsichtig.

»Vielleicht. Aber ich habe ein komisches Gefühl bei dem Ganzen.« Sie atmete aus. »Wie auch immer, erzähl von dir! Wie ist es dort so?«

Alex beschrieb erst, wie schön die Gegend war, ehe sie Zoe dann etwas widerwillig von der toten Rangerin im Stadtpark und der vermissten Wanderin erzählte.

»Das ist ja grauenvoll ...«, sagte Zoe.

»Der Sheriff hat mich gebeten, nach der Wanderin Ausschau zu halten. Anscheinend war sie nicht weit von der Reservatgrenze entfernt, als sie verschwand.«

»Hast du keine Angst? Was, wenn sie von einem Bären oder einem Wolf gefressen wurde, oder so?«

Alex gluckste. »Entgegen der landläufigen Meinung sind solche Angriffe äußerst selten. Nein, ich halte es für wahrscheinlicher, dass sich die Frau verirrt hat. Vielleicht ist sie an Unterkühlung gestorben.«

»Oder derjenige, der die Rangerin getötet hat, hat auch die Wanderin auf dem Gewissen«, entgegnete Zoe.

»Ja. Daran habe ich auch schon gedacht.«

»Und du bist ganz allein dort draußen?«

»Ich habe Bärenspray. Und ein Betäubungsgewehr.«

»Das klingt nicht sehr beruhigend.«

»Ich werde vorsichtig sein. Ich halte die Augen offen.«

»Das solltest du auch«, sagte Zoe.

»Und du hältst mich über deinen Alien auf dem Laufenden.«

»Mach ich.«

Sie legten auf, und Alex lächelte. Es war immer schön, mit Zoe zu sprechen. Sie war ihr während des Studiums stets eine gute Freundin gewesen, war für sie da gewesen, als Alex nach Boston zu ihrem Freund gezogen und die Beziehung schließlich gescheitert war. Sie hatte Glück, Zoe zu haben.

Sie trank ihren Kaffee aus, packte dann ihre Ausrüstung zusammen und machte sich auf den Weg zu ihrer ersten Erkundungsrunde durch das Reservat.

Sie wanderte fast den ganzen Vormittag zu den Standorten der Kameras und tauschte deren Akkus und Speicherkarten aus. Die Kameras waren mit einem Gurt und einem Vorhängeschloss am Baum befestigt und arbeiteten mit Infrarot. Sobald ein Tier den Erfassungsbereich betrat, wurden ein Foto und ein Video aufgenommen. Auf dem kleinen Kamerabildschirm konnte man sich die gespeicherten Fotos ansehen, aber Alex beschloss, die Karten auszutauschen und sich die Bilder zu Hause auf dem größeren Laptop-Bildschirm anzuschauen.

Sie hoffte, auf einem der Fotos das Bergkaribu zu entdecken. Diese faszinierenden Tiere waren so selten, dass sie noch nie eines in freier Wildbahn gesehen hatte. Sie überlebten selbst frostigste Wintertemperaturen mithilfe ihres speziellen Fells, das hohles Deckhaar enthielt und dadurch ein isolierendes Luftpolster schuf. Aber wegen dieser Eigenschaft und wegen ihres dunklen Fells konnten sie im Sommer auch überhitzen.

Und alle Karibu-Unterarten einschließlich des Bergkaribus hatten große gerundete Hufe, die es ihnen ermöglichten, auf der Schneedecke Halt zu finden, fast so, als trügen sie Schneeschuhe. Barren-Ground-Karibus konnten am Tag über hundertfünfzig Kilometer zurücklegen und waren bis zu fünfzehn Stundenkilometer schnell. Mit ihren breiten Hufen waren sie auch ausgezeichnete Schwimmer, benutzten sie wie Paddel und erreichten im Wasser Geschwindigkeiten von bis zu acht Stundenkilometern.

Nach einiger Zeit verzehrte sie im Gehen ihr Sandwich und trank ihr letztes Wasser. Sie begann, nach einer Wasserquelle Ausschau zu halten, um die Flasche wieder aufzufüllen, und stieß auf einen rauschenden Bach, der von einer steilen Bergklippe herabstürzte.

Alex folgte dem Ufer einige Meter, bis sie eine Stelle fand, an der ein Felsen sanft zum tosenden Wasser abfiel. Sie nahm den Rucksack ab und holte den Wasserfilter heraus. Sie legte den langen Schlauch in den Bach und hielt den Pumpengriff in die Öffnung ihrer Wasserflasche. Voller Vorfreude darauf, gleich kaltes Gletscherwasser zu trinken, pumpte sie es durch das Filtersystem im Griff, während sie den wilden Bach an ihr vorbeirauschen sah.

Sobald sie fertig war, nahm sie einen großen Schluck, dann füllte sie die Flasche wieder auf. Wasser spritzte ihr auf die Knie. Das Rauschen des Baches war so laut, dass kein anderes Geräusch an ihre Ohren drang. Es erinnerte sie an einen Vorfall im Yosemite-Nationalpark, wo sie in einer ähnlichen Situation aufgesehen und am gegenüberliegenden Ufer einen Schwarzbären erblickt hatte, der ebenfalls trank. Der Bär hatte sich genauso über sie erschrocken wie sie über ihn, denn das tosende Wasser war so laut gewesen, dass sie einander zunächst nicht bemerkt hatten. Der Bär hatte sie neugierig beobachtet, sich schließlich umgedreht und war im Wald verschwunden.

Von den Ästen der gewaltigen Rotzedern und Hemlocktannen, die Alex umgaben, hingen sattgrüne Flechten herab. Der Boden roch feucht und erdig, und sie hielt inne und genoss es, hier draußen in freier Wildbahn zu sein, wo ihr ein frischer Wind um die Nase wehte.

Sie richtete sich auf und holte die Karte heraus, orientierte sich mit dem Kompass und stellte fest, dass es noch knapp einen Kilometer bis zur nächsten Kamera war, die in nördlicher Richtung hinter dem nächsten Bergkamm lag.

Der Standort der besagten Kamera befand sich keine hundert Meter von der Reservatgrenze entfernt.

Gerade als sie sich in Bewegung setzen wollte, erregte eine kleine schlammige Stelle am Bachufer ihre Aufmerksamkeit. Darin befand sich ein Hufabdruck, perfekt erhalten im weichen Untergrund. Sie bückte sich, stützte sich mit der Hand auf dem moosbewachsenen Ufer ab. Sie erkannte sogar die beiden kleinen Abdrücke der Afterkrallen, die ein wenig über die Hufrundung hinausragten. Beim Laufen auf Eis sorgten diese speziellen Krallen für die nötige Standfestigkeit. Der Abdruck stammte also nicht von einem Maultierhirsch oder einem Elch. Alex war verblüfft.

Der Abdruck stammte von einem Karibu.

Als könnte er auf magische Weise wieder verschwinden, kramte sie eilig ihre Kamera hervor und machte Fotos. Dann holte sie ihr Multifunktionswerkzeug heraus. Sie musste immer schmunzeln, wenn sie es in die Hand nahm. Ihr Vater hatte es ihr zum Highschool-Abschluss geschenkt und *Alex Carter – Das Abenteuer ruft* eingravieren lassen. Sie legte es als Referenzgröße neben den Hufabdruck und schoss ein paar weitere Fotos.

Die Spur sah frisch aus. Sie blickte um sich, hielt nach Bewegungen Ausschau.

Sie verstaute rasch den Wasserfilter und das Multitool. Parallel zum Ufer suchte sie nach weiteren Spuren und machte große Augen, als sie tatsächlich welche fand. Das Karibu war dem Bachlauf gut fünfzehn Meter gefolgt und danach in den Wald zurückgekehrt. Dort war der Boden trockener, und sie hatte Mühe, seiner Spur zu folgen. Sie gelangte an einen Bärentraubenbusch und betrachtete ihn. Mehrere Zweige waren offenkundig abgefressen worden. Sie fotografierte auch das und ging weiter.

Einige Meter entfernt befand sich ein weiches Bett aus Moos und Flechten, dazwischen lagen Flecken aus nackter Erde, wo sich das Karibu an der weichen Vegetation gütlich getan hatte. Auf einer solchen kahlen Stelle im Moos fand Alex zwei weitere Spuren von ihm.

Sie hielt inne und lauschte intensiv, hoffte, die Schritte des Karibus zu hören, wenn unter seinen Hufen ein Zweig knackte. Doch der nahe Bach übertönte die meisten Geräusche im Wald.

Sie holte erneut das Werkzeug raus und fotografierte die Hufabdrücke, entdeckte dann einen kleinen Kothaufen des Karibus. Sie kniete sich hin und schob einen Zweig hinein, um zu sehen, wie frisch der Kot war, und wie sich zeigte, war das Innere feucht und grün. Das Karibu konnte also nicht weit sein.

Alex grinste und ballte triumphierend eine Faust. Sie fotografierte den Kot und verstaute ihn dann grinsend in ihrem Rucksack. Ah, das glamouröse Leben einer Wildtierbiologin.

Sie konnte die Fäkalienprobe an ein Labor schicken, um herauszufinden, was das Karibu gefressen hatte.

Sie ging weiter, den Blick auf den Boden gerichtet. Sie fand weitere Stellen, wo das Tier an struppigen Fingerkrautsträuchern geknabbert hatte, dazu einen weiteren Hufabdruck. Aber da sich das Tier zum Bergkamm hinauf begeben hatte, wurde der Boden entsprechend trockener, und sie hatte Schwierigkeiten, seinen Bewegungen zu folgen.

Dann verlor sie vollends seine Spur. Sie zückte ihr Fernglas und hielt Ausschau, aber es war vergebens. Sie sah auf der Karte nach, wo die nächsten Kameras waren. Am nächsten war die an der Reservatgrenze. Eine weitere befand sich im Westen, in der Richtung, in die sich möglicherweise das Karibu entlang des Kammes bewegte.

Sie wandte sich wieder dem Bachufer zu, wo sie den ersten Hufabdruck entdeckt hatte. Sie holte die neue Selbstauslöser-Kamera aus dem Rucksack und sah sich nach einem geeigneten Baum um. Ein perfekter Kandidat stand etwa acht Meter entfernt von dem Abdruck im Schlamm. Sie legte einen frischen Akku und eine Speicherkarte ein und befestigte die Kamera dann mit dem Trageriemen am schlanken Baumstamm.

Sie schaltete die Kamera ein und unterzog sie einem Schnelltest; sie freute sich, als das Gerät sie kurz darauf drei Mal erfolgreich am Bachufer abgelichtet hatte. Sie schloss das Gehäuse, verriegelte es mit einem Vorhängeschloss und nahm sich dann einen Augenblick Zeit, um ihre Umgebung zu studieren, in der Hoffnung, dass das Karibu noch einmal zurückkehren würde. Doch sie wusste, dass es dazu nicht kommen würde.

Aber immerhin hatte sie nun Gewissheit, dass es in der Gegend war.

Mit geschultertem Rucksack setzte sie ihren Aufstieg zum Bergkamm fort. Sie war bester Laune und spürte auf dem Weg nach oben kaum das Gewicht an ihrem Rücken. Sie dachte bereits darüber nach, wie man den Lebensraum für das Karibu verbessern und wiederherstellen könnte, und sie fragte sich, ob es allein hergekommen war und ob es ein Bulle war oder eine Kuh.

Sie war derart vertieft in ihre Gedanken, dass sie den Mann mit dem Gewehr erst sah, als sie sich bereits auf der anderen Seite des Passes an den Abstieg machte.

4. KAPITEL

Alex erstarrte. Der Mann kauerte kurz hinter der Reservatgrenze zwischen den Bäumen des Nationalforsts. Sie konnte die rot lackierten Metallpfähle sehen, die die Grenze markierten. Er hatte Alex nicht bemerkt, und sie wich wieder zurück, legte sich oben auf dem Kamm flach auf den Bauch.

Er wühlte mit einem kleinen Klappspaten in der Erde herum. Sein Haar hing ihm in langen schmutzigen Strähnen über die Schultern. Sein blasses Gesicht war voller Schlammspritzer. Alex wollte sehen, was er da trieb, und zückte ihr Fernglas. Er trug einen ausgefransten Pullover, seine Hose war ein Flickenteppich aus verschiedenen Stoffen, zusammengehalten von groben Nähten. Seine Stiefel bestanden vor allem aus Klebeband. Auf seinem Rücken schimmerte ein Gewehrlauf im Sonnenlicht. Neben ihm lag ein kleiner Rucksack.

Plötzlich hielt der Mann inne und schaute um sich. Alex duckte sich schnell. Als sie wieder hinüberspähte, hatte sich der Mann aufgerichtet. Seine ledrige Haut war voller Sommersprossen und ungesunder roter Flecken von Jahren unter der gleißenden Sonne. Sein fettiges Haar schien er wochenlang nicht gewaschen zu haben. Eilig tauschte sie das Fernglas gegen die Kamera aus, stellte sie auf vierzigfachen optischen Zoom und schoss ein Foto von ihm.

Er sah aus, als würde er schon ewig hier draußen leben.

Er kauerte sich hin und zog ein kleines Notizbuch aus der Gesäßtasche. Er kritzelte etwas hinein, dann langte er nach dem Klappspaten und dem Rucksack und marschierte in den Nationalforst davon. Alex blieb eine Weile reglos liegen.

Als feststand, dass er verschwunden war, erhob sie sich, stieg über die Anhöhe und machte sich auf den Weg zu der selbstauslösenden Kamera, die sich ganz in der Nähe befand. Vielleicht gab es ja Aufnahmen von dem Mann. Mithilfe des Kompasses in ihrem GPS-Gerät bahnte sie sich ihren Weg, achtete nervös auf Bewegungen zwischen den Bäumen. Ihre Hochstimmung war verflogen, sie sorgte sich, dass der Mann mit dem Gewehr ins Reservat eindringen oder dass das Karibu in den Nationalforst hinüberwechseln könnte, wo es ungeschützt wäre.

Sie nahm die Kamera aus dem Gehäuse und klickte durch die Fotos der letzten Stunde. Der Mann war auf keiner der Aufnahmen zu sehen. Aber vielleicht war er ja an einem anderen Tag hier gewesen. Sie tauschte die Speicherkarte und den Akku aus und eilte davon, zurück über den Kamm, tiefer hinein ins Reservat.

Als sie das Farmhaus erreichte, war es zu spät, um Ben noch anzurufen. Bei ihm in Washington D.C. war es drei Stunden später. Deshalb stiefelte sie nur nervös im Wohnzimmer herum, trank Tee und dachte über den Tag nach. Sie sah sich die Fotos an, die sie von den Hufabdrücken gemacht hatte, und beim Anblick ihres Multitools beschlich sie plötzlich ein ungutes Gefühl. Sie hatte es eben nicht mit ihren anderen Sachen ausgepackt.

Sie klopfte ihre Hosentaschen ab, schaute noch einmal im Rucksack nach. Das Multitool war weg. Verdammt! In ihrer Aufregung hatte sie es offenbar verloren. Sie runzelte die Stirn. Wenigstens war es draußen im Reservat passiert, nicht in der Stadt auf einer belebten Straße, wo es jeder aufheben konnte. Morgen würde sie noch einmal den Weg abgehen und danach suchen.

Schließlich setzte sie sich hin und sah sich die Fotos auf den Speicherkarten an. Ihr war klar, dass die meisten der derzeit im Reservat verwendeten Kameras nicht an Orten platziert waren, wo sich Karibus aufhalten würden, denn niemand hatte mit ihrer Anwesenheit gerechnet.

Sie wusste, dass sie die Kameras in Gebieten anbringen musste, wo es alte Bäume mit Flechten gab. Flechten hatten Alex schon immer fasziniert. Als Kind hatte sie zum ersten Mal die zarte grüne Becherflechte gesehen und sie für einen magischen Feenkelch gehalten. Zu Hause hatte sie dann alles über Flechten gelesen, was sie in den Bestimmungsbüchern ihres Vaters finden konnte, und erfahren, dass sie symbiotische Algenzellen waren, die mit Pilzen zusammenlebten. Der Algenanteil produzierte Nährstoffe aus Sonnenlicht, und der Pilz ernährte sich davon. Ein Wunderwerk der Natur, das Alex mit seiner schillernden Formenvielfalt ein ums andere Mal in Staunen versetzt hatte.

Bergkaribus fraßen zwar alle Arten von Pflanzen einschließlich Gräsern, Blättern von Laubbäumen, Sträuchern, Weidentrieben und Moosen, aber ihr Überleben hing vor allem von Baumflechten ab, da diese Nahrungsquelle ihnen ermöglichte, die langen Winter zu überstehen, in denen die übrige Vegetation unter einer dicken Schneedecke begraben war.

Alex wusste, dass Bergkaribus vor allem auf zwei Gattungen von auf Bäumen lebenden Flechten angewiesen waren: auf die *Bryoria*- und die *Alectoria sarmentosa*-Gattung. Die

Bryoria-Flechtenart wurde auch als Rosshaarflechte bezeichnet und hing in haarähnlichen braunen Büscheln von den Bäumen herab. Die *Alectoria sarmentosa*, auch bekannt als Hexenhaar, war dagegen hellgrün und wuchs in langen verschlungenen Zweigen.

Leider wuchsen beide Gattungen unglaublich langsam und lebten vor allem in alten Wäldern, die seit über zweihundertfünfzig Jahren existierten. Wegen der allseits grassierenden Abholzung wurde diese lebenswichtige Nahrungsquelle der Karibus immer rarer.

Die größte Hoffnung setzte Alex in die Kamera, die den Hufabdrücken des Karibus am nächsten war, also sah sie sich deren Speicherkarte als Erstes an. Auch fragte sie sich, ob sie darauf Aufnahmen von dem seltsamen Mann finden würde.

Während sie durch die Fotos scrollte, sah sie eine Vielzahl von Wildtieren. Die Kamera war gut platziert an einem Bach, an dem alle möglichen Waldgeschöpfe ihren Durst stillten: ein Schwarzbär, zwei Maultierhirsche, ein Puma, eine Waschbärenfamilie, ein Brautentenpaar und ein Rotfuchs. Außerdem gab es Aufnahmen von Vögeln im Baum gegenüber, darunter eine vom Aussterben bedrohte Oregon Abendammer, deren Anblick sie schmunzeln ließ. Sie notierte, auf welchen Bildern Tiere zu sehen waren, damit sie die Aufnahmen an den LTWC weiterleiten konnte.

Als sie beim letzten Foto anlangte, spürte sie Enttäuschung in sich aufsteigen. Es gab keine Aufnahme von dem Karibu. Und keine von dem Mann. Vielleicht bedeutete es, dass er nicht in das Reservat eingedrungen war. Aber die Kamera war leicht schräg angebracht, sodass man auf den Fotos auch einen Teil des Nationalforsts sah.

Als sie die Bildnummer eines Marders notierte, der auf den

Kamera-Baum kletterte, hielt sie inne. Die Nummern waren nicht fortlaufend, einige fehlten. Das Marder-Foto hatte die Nummer 1225, das nächste die Nummer 1233. Sieben Fotos waren verschwunden. Sie ging die Aufnahmen noch einmal durch und stellte fest, dass zwischen Nummer 427 und 433 fünf weitere Fotos fehlten und zwischen Nummer 241 und 254 gleich zwölf. Sie vergewisserte sich noch einmal in aller Ruhe, dass ihr kein Fehler unterlaufen war, und nach einigen Minuten stand dann zweifelsfrei fest: Die Fotos waren verschwunden.

Und die einzige Möglichkeit, wie es dazu hatte kommen können, war, dass jemand das Schutzgehäuse geöffnet, die Kamera herausgeholt und die Fotos absichtlich gelöscht hatte. Aber die Gehäuse waren ausnahmslos mit Vorhängeschlössern gesichert. Stirnrunzelnd lehnte sich Alex auf ihrem Stuhl zurück. Jemand könnte im Besitz eines zusätzlichen Schlüssels sein, überlegte sie, oder sogar das Schloss geknackt haben. Sofort dachte sie an den Mann mit dem Gewehr. Vielleicht war er auf der Flucht, hielt sich versteckt und hatte mitbekommen, dass er fotografiert worden war. Vielleicht wollte er anonym bleiben.

Sie dachte an die vermisste Wanderin, Amelia Fairweather, und fragte sich, ob der Mann gefährlich war. Vielleicht war er nur ein Landstreicher, den es in den Wald verschlagen hatte, überlegte sie, vielleicht war er aber auch etwas weitaus Schlimmeres.

Am nächsten Tag setzte sich Alex auf einen der hohen Hocker am Küchentresen und zog das Festnetztelefon heran. Sie wählte Bens Nummer in Washington D.C.

Seine muntere Stimme hob augenblicklich ihre Laune. »Alex! Wie läuft's bei dir?«

»Äußerst vielversprechend!«, antwortete sie. »Ich habe Karibu-Spuren und Karibu-Kot gefunden.«

»Soll das ein Scherz sein?«

»Nö. Ich habe an einem Bachbett, wo ein Karibu getrunken hatte, eine neue Kamera aufgestellt.«

»Ich fasse es nicht. Ich meine, ich hatte auf so etwas gehofft, aber dass es so schnell klappt? Tolle Neuigkeiten!«

Sie grinste. »Finde ich auch!« Dann dachte sie an die anderen Dinge, die sich seit seiner Abreise ereignet hatten, und wurde still.

»Ich habe das Gefühl, dass du mir noch etwas sagen willst.«

»Es gab ziemliche Unruhe in der Stadt. Eine Rangerin wurde ermordet.«

»Wie bitte? Das ist ja furchtbar!«

»Und wusstest du, dass eine Wanderin vermisst wird?«

»Ja, das ist mir bekannt«, sagte er. »Seit etwas über einem Jahr, richtig? Man hat sie nie gefunden.«

»Stimmt. Sheriff Taggert hat mich gebeten, nach Hinweisen auf die Frau Ausschau zu halten, denn sie ist unweit der Reservatgrenze verschwunden. Und gestern habe ich dort draußen einen Mann beobachtet.«

»Wo genau?«

»Auf der Nordseite, in der Nähe der Stelle, wo ich die Karibu-Spuren entdeckt habe. Er war drüben im Nationalforst und hatte ein Gewehr dabei. Er hat mich nicht bemerkt. Und es war irgendwie seltsam. Er wühlte mit einem Klappspaten in der Erde herum. Aber vielleicht ist er nur ein Jäger oder Landstreicher. Er sah ziemlich abgerissen aus, trug total zerlumpte Kleidung.«

»Aha.«

»Als ich auf den Fotos einer Kamera nach ihm gesucht

habe, habe ich festgestellt, dass diverse Aufnahmen gelöscht worden sind.«

»Glaubst du, er ist ein Wilderer? Hat er vielleicht Beweise vernichtet?«

Alex runzelte die Stirn. »Möglich wäre es.«

»Die Vorstellung, dass er das Karibu abschießen könnte, macht mich krank.«

»Mich auch. Ich werde der Polizei Bescheid geben. Da jemand umgebracht wurde und eine weitere Frau vermisst wird, könnte es wichtig sein.«

»Du bist doch vorsichtig dort draußen, nicht wahr?«, fragte Ben.

»Natürlich. Ich ziehe gleich mit dem Betäubungsgewehr los und hoffe, das Karibu zu finden und ihm eine Halsbandkamera umlegen zu können. Ich maile dir die Koordinaten der Stellen, wo ich seine Spuren gefunden habe.«

»Das mit dem Karibu ist wirklich eine tolle Neuigkeit inmitten all der schlechten Nachrichten.«

»Auf jeden Fall. Und was ist bei dir los, Ben?«

»Wir stecken gerade in den Verhandlungen über eine Grunddienstbarkeit für ein zweitausendfünfhundert Hektar großes Areal in New Mexico. Es liegt direkt an der Grenze, und wir hoffen, dass Jaguare und mexikanische Grauwölfe das Gebiet für sich reklamieren können.«

»Das ist aufregend!«

»Dem Besitzer liegt der Schutz der Wildtiere sehr am Herzen. Sein gesamtes Anwesen hängt nicht am öffentlichen Stromnetz. Er macht alles mit Solar- und Windenergie.«

Alex sah es deutlich vor Augen, die weiten Berge und den dunklen Himmel. »Viel Glück bei den Verhandlungen.«

»Danke. Oh, und ich habe dir Kathleens Nummer besorgt.

Sie trifft im Laufe des Tages in der Gegend ein und möchte sich gern mit dir treffen.«

Alex lächelte und notierte die Nummer, die er ihr durchgab. »Ich freue mich auf sie.«

»Pass auf dich auf.«

»Mach ich. Ich melde mich, sobald es etwas Neues gibt.«

»Okay.«

Sie legten auf, und Alex bereitete alles für ihren baldigen Aufbruch vor, in der Hoffnung, das Karibu zu finden.

5. KAPITEL

Eine halbe Stunde später machte sich Alex auf den Weg, das Betäubungsgewehr am Rucksack befestigt. Sie hatte noch zwei zusätzliche Kameras eingepackt, um sie an geeigneten Stellen aufzuhängen, sowie den Sauerstoff und alle vier Halsbandkameras. Es wäre dämlich, das Karibu zu betäuben und dann festzustellen, dass die Kamera defekt war.

In freier Wildbahn mit Hochtechnologie herumzuhantieren konnte immer zu Problemen führen. Einmal war sie in einem abgelegenen Gebiet unterwegs gewesen, um Daten von diversen Temperatursensoren herunterzuladen, die sie in einem Habitat Amerikanischer Pfeifhasen platziert hatte. Diese kleinen Verwandten des Kaninchens lebten in felsigen Hochlagen. In den kurzen alpinen Sommern horteten sie Gras, das sie in der Sonne trockneten. In den langen kalten Wintern ernährten sie sich dann von diesen Vorräten und hielten sich unter dem wärmedämmenden Schnee warm.

Sie hatte die Populationen in der Sierra Nevada und im Great Basin jahrelang beobachtet und war über deren Rückgang besorgt. Deshalb war sie eines Nachmittags mit ihrem Laptop losgezogen, um die Daten herunterzuladen. Doch als sie die ersten Sensoren erreichte, stellte sie fest, dass ihr Laptop-Akku defekt war. Sie konnte den Computer nicht hochfahren, musste unverrichteter Dinge umkehren und sich dann Tage später abermals auf den Weg machen. Seitdem wusste sie nur zu gut, wie wichtig es war, auf alle Eventualitäten vorbereitet zu sein.

Ein anderes Mal hatte sie einen neuartigen Temperaturlogger verwendet. Als sie Wochen später zum Gerät zurückgekehrt war, hatte sie festgestellt, dass das Gerät keine Daten aufgezeichnet hatte.

Alle vier Halsbandkameras mitzunehmen bedeutete zwar zusätzliches Gewicht im Rucksack, aber das war es ihr allemal wert.

Als sie sich auf den Weg machte, setzte leichter Regen ein und sie holte ihre Regenkleidung und die Schutzhülle für den Rucksack heraus. Dichter Nebel hing im Wald und verlieh ihm eine geheimnisvolle Aura. Regentropfen fielen von den herabhängenden Rosshaarflechten, der Geruch von Erde, Farn und modrigem Holz erfüllte die Luft.

Sie erreichte den Bach, an dem sie die Karibu-Spur entdeckt hatte, und sah, dass der Hufabdruck im Uferschlamm durch den Regen verwischt war. Sie suchte das Ufer ab, fand aber keine frischen Spuren. Sie scrollte durch die wenigen Fotos, die die Kamera geschossen hatte, aber auf ihnen sah man nur einen Elch, einen Schwarzbären und einen Raben.

Sie ging weiter in die Richtung, in die das Karibu verschwunden war, aber sie fand weder Spuren noch Kothaufen. Sie hielt auch nach ihrem Multitool Ausschau. Sie ärgerte sich bei der Vorstellung, es unwiederbringlich verloren zu haben.

Sie prüfte die nächste Kamera, fand aber weder einen Hinweis auf das Karibu noch auf den bewaffneten Mann; auch fehlten diesmal keine Fotos.

Sie sah auf der Landkarte nach und beschloss, zu zwei anderen Kameras weiterzugehen, die sie noch nicht überprüft hatte. Immer wieder blieb sie stehen und lauschte, vernahm aber nur das fröhliche Zwitschern der Vögel im Geäst und das stete Tröpfeln des Regenwassers, das aus den Baumkronen auf den Waldboden herabfiel.

Als der Regen zunahm, stellte sie sich unter einen Baum und verzehrte ihren Wegproviant, einen Burrito mit braunem Reis, schwarzen Bohnen und einer Avocado. Während sie aß, lauschte sie dem Seufzen des Windes in den Bäumen. Eine Schwalbenschwanzdrossel trällerte ein Lied. Alex lächelte; sie hatte diesen fröhlichen Gesang schon immer geliebt.

Wenngleich sie in ihrer Schutzkleidung völlig trocken blieb, beschloss sie zu warten, bis der Regen etwas nachließ, und setzte sich auf einen umgestürzten Baumstamm. *Das ist das wahre Leben*, dachte sie, *hier draußen an diesem magischen Ort zu sein und dem Regen und den Vögeln zu lauschen*. Sie war nur ein weiteres Tier im Wald, fühlte sich vollkommen zufrieden und zu Hause.

Als der Regen schwächer wurde, setzte sie ihren Weg fort. Sie entdeckte den an einem Baum befestigten Apparat, und ihr Herzschlag beschleunigte bei der Vorstellung, dass sich auf der Speicherkarte womöglich Fotos vom Karibu befanden. Sie entriegelte und öffnete das Gehäuse, leicht vorgebeugt, um es mit der Parkakapuze vor dem Regen zu schützen.

Auf der Speicherkarte waren Hunderte von Fotos, deshalb tauschte sie sie gegen eine neue aus. Sie würde sich die Aufnahmen zu Hause ansehen.

Sie verschloss das Gehäuse und wollte sich abwenden, als ihr etwas ins Auge fiel, das einige Meter entfernt zwischen den Tannennadeln am Boden lag. Sie ging hinüber und bückte sich. Vor ihr lag ein olivgrüner Kompass. Sie hob ihn auf, wog ihn in der Hand. Dann drückte sie auf den Knopf an der Seite, und der Deckel sprang auf.

Es war ein Militär-Marschkompass der Marke Sportneer. Sie schaute auf das weiße Zifferblatt und den grün fluoreszierenden Pfeil. An den Gehäuseseiten befanden sich eingekerbte Lineal-Markierungen, die sichtlich abgegriffen waren, als wäre der Kompass ziemlich oft benutzt worden. Auf eine Ecke des Gehäuses war mit einem Permanentmarker ein spiralförmiges Muster aufgemalt.

Sofort dachte sie an den Zettel, den Taggert ihr gegeben hatte, die Auflistung von Amelia Fairweathers Sachen. Darunter war auch ein Kompass gewesen mit ihren Initialen. Alex drehte ihn in der Hand, fand aber keine Gravur.

Sie holte ihre Karte heraus und schätzte die Entfernung zum Nationalforst ab. Sie war nur etwa zweihundert Meter von der Grenze entfernt. Jemand hätte leicht versehentlich aufs Reservatgelände gelangen und den Kompass beim Wandern verlieren können. Sie dachte an den Mann, den sie gestern beobachtet hatte. Der Kompass sah nicht so aus, als würde er hier schon ewig liegen. Angesichts der vielen Aktivisten und Holzfäller in der Gegend war es allerdings durchaus möglich, dass es den einen oder anderen mal auf diese Seite der Grenze verschlug.

Sie steckte den Kompass ein und suchte auf der Karte nach dem nächsten Kamerastandort. Während sie sich zwischen den mächtigen, mit Moos und Flechten bedeckten Bäumen darauf zubewegte, hielt sie nach Hinweisen auf das Karibu Ausschau. Aber sie fand nichts, weder Hufabdrücke noch Kothaufen. Allmählich sank ihr Mut.

Gerade als sie beschloss, vor Einbruch der Dunkelheit

zum Haus zurückzukehren, vernahm sie plötzlich wütendes Gebrüll und blieb abrupt stehen.

Alex schlich durch das Unterholz, um herauszufinden, woher das Gebrüll kam. Die Grenze zwischen dem Forst und dem Reservat verlief mitten durch das Gehölz. Sie hielt inne und lauschte, während der Regen auf ihre Parkakapuze tropfte. Dann erschallte eine wütende Männerstimme zwischen den Bäumen, und im nächsten Moment begann eine Kettensäge zu rattern. Der Motor stotterte, worauf der Mann laut fluchte. Was er genau sagte, konnte sie nicht verstehen.

Sie eilte den Hang hinab. Als der Lärm der Kettensäge plötzlich erstarb, blieb Alex stehen und vernahm nun eine Frauenstimme.

»... noch jemand verletzt ...« Die Worte der Frau verhallten im Wind. Rings um Alex prasselte der Regen auf den Boden.

Die Kettensäge jaulte wieder auf, und nun sah sie auch den Mann, etwa hundert Meter entfernt in eine blaue Abgaswolke gehüllt. Ein Stück dahinter stand ein Quad. Der Mann brüllte erneut und rannte auf die Frauenstimme zu, während er die Kettensäge aufheulen ließ. Er war auf der Seite des Nationalforsts. Alex hockte sich schnell hinter einen Baumstamm. Der Mann blieb vor einer gewaltigen Rotzeder stehen. Ihr Stamm war so dick, dass, so vermutete Alex, sechs Personen mit ausgestreckten Armen nicht ausreichen würden, um sie zu umfassen. Erneut ließ er die Kettensäge aufheulen. »Ich schneid dich aus dem Baum raus, du Rotznase!«

»Es gab ein offizielles Moratorium gegen das Abholzen«, rief die Frau leise zurück. Alex erkannte, dass die Stimme von weit oben kam. Sie legte den Kopf in den Nacken und schaute an der riesigen Rotzeder hinauf, sah nun eine Reihe behelfsmäßiger Plattformen am Stamm. Äste und Wipfel anderer Bäume versperrten ihr teilweise die Sicht, aber sie war sich sicher, dort oben eine junge Frau zu erkennen, mindestens sechzig Meter hoch in der Luft.

»Ich kann auf den Nachbarbaum klettern und auf deine beschissene Plattform rübersteigen und dich einfach umnieten«, rief der Mann mit boshafter Stimme.

»Ich füge niemandem Schaden zu. Ich möchte nur nicht, dass dieser Hain abgeholzt wird«, rief die Frau herunter.

»Natürlich schadest du jemandem, nämlich den Menschen. Du zerstörst ihre Arbeitsplätze. Du und deine Ökospinner-Kumpane habt diesen Arbeitsstopp verursacht.«

»Dies ist einer der wenigen verbliebenen Urwälder in unserem Land«, rief sie mit ruhiger geduldiger Stimme herunter.

Der Mann trat gegen den Baumstamm und ließ seine Kettensäge aufheulen.

Plötzlich lag eine Hand auf Alex' Schulter, und sie sprang auf und fuhr herum, ihr Herz raste.

Vor ihr stand ein schlaksiger Teenager. »Hey«, sagte er freundlich. Er trug eine regenbogenfarbene Strickmütze über einem wilden roten Haarschopf, dazu ein Hanfhemd und eine ausgebeulte Cargohose. »Total irre, oder?«, sagte er und deutete auf den Mann mit der Kettensäge.

»Wer bist du?«, fragte sie und hatte den Eindruck, dass ihn die aggressive Konfrontation, die sich vor ihnen entspann, nicht im Geringsten zu überraschen schien.

»Dennis Copperfield. Sind Sie die Wildtierbiologin? Wir haben gehört, dass jemand kommen würde.«

»Ja, die bin ich.«

Er deutete nach oben ins Geäst der mächtigen Rotzeder. »Agatha lebt seit unfassbaren sieben Monaten auf diesem Baum. Sie ist mitten in der Nacht raufgeklettert, etwa drei

Monate bevor das Moratorium begann. Die können ihn nicht abholzen, solange sie dort oben ist. Es ist der höchste Baum im ganzen Wald. Wir nennen ihn Gaia.«

Erst jetzt bemerkte Alex den Korb mit Wasserflaschen, Lebensmitteln und Batterien, den Dennis in der Hand hielt. »Ich muss die Sachen zu ihr hochbefördern. Agatha hat einen Seilflaschenzug. Aber an dem Kerl komme ich nicht vorbei.« Er grinste sie schief an. »Ob Sie vielleicht ein Ablenkungsmanöver starten könnten?«

Alex betrachtete den jungen Burschen ungläubig. *»Häh?«*

»Ich meine es ernst. Agatha hat seit zwei Tagen nichts getrunken, und die Batterien in ihrem Walkie-Talkie sind auch fast leer. Können Sie uns helfen?«

»Was soll ich tun?«

Der Teenager zuckte mit den Schultern. »Keine Ahnung. Vielleicht den Kerl in ein Gespräch verwickeln?«

Alex verlagerte das Gewicht von einem Bein aufs andere. »Den wütenden Mann mit der Kettensäge?«

Wieder das Grinsen. »Genau.«

Sie schaute auf den Proviantkorb, dachte daran, mit welcher Hingabe sich diese Agatha für ihre Sache einsetzte. Obwohl der Kerl nicht aufhörte, sie zu bedrohen, bot sie ihm tapfer die Stirn und war voll im Recht. Sie tat niemandem etwas zuleide, und außerdem gab es ein Moratorium gegen die Abholzung.

Alex nickte. »Na gut. Ich werde sehen, was ich tun kann.«

Dennis holte ein Walkie-Talkie hervor und sprach hinein. »Agatha, ich komme gleich. Mach dich bereit, das Seil runterzulassen.«

Alex ging in Richtung des Holzfällers und rief: »Hey!«

Seine Kettensäge tuckerte immer noch. Sie übertrat die

Grenze zum Nationalforst. »Hey, entschuldigen Sie bitte«, rief sie laut. Er fuhr herum, erblickte sie und machte ein überraschtes Gesicht.

»Hey«, wiederholte Alex. »Tut mir leid, Sie zu stören. Ich bin die neue Wildtierbiologin im Reservat nebenan. Alex Carter.« Da er die Kettensäge weiter gefährlich hochhielt, beschloss sie, ihm lieber nicht die Hand zu reichen.

Der Mann musterte sie abfällig, als wäre sie Müll, in den er auf der Straße getreten war. Wenigstens nahm er nun die Kettensäge herunter. »Und?«

Alex fuhr fort: »Ich habe mich nur gefragt, was es mit dem Tohuwabohu hier auf sich hat. Ist alles in Ordnung?«

Er deutete auf den mächtigen Nadelbaum. »Die verdammte Göre sitzt seit Monaten auf dem Scheißteil. Sie muss da endlich runter. Haben Sie Einfluss beim Forest Service?«

»Ein bisschen«, flunkerte Alex. Sie sah, wie Dennis hinter dem Mann zu der Rotzeder schlich, den Korbgriff an einem Haken am Seil einhängte und dann in den Schutz der riesigen Bäume zurückeilte. Der Korb schnellte augenblicklich in die Höhe und verschwand aus ihrem Blickfeld.

Die Kettensäge tuckerte immer noch in den Händen des Mannes. »Vielleicht können Sie mit denen ja mal ein Wörtchen reden, damit die verdammte Holzfällung endlich wieder in Gang kommt. Meine Kollegen wurden schon in andere Gegenden versetzt, und ich sitze hier rum und muss auf die teuren Geräte aufpassen, die allmählich Rost ansetzen.« Er deutete in die Richtung, in der sie und Ben an ihrem ersten Tag das Holzfällerlager gesehen hatten.

»Ich schaue, was ich tun kann«, entgegnete Alex. Als sie erkannte, dass Dennis außer Sichtweite war, sagte sie: »Dann noch einen schönen Tag.«

Sie wandte sich um und setzte sich in Bewegung.

»Hey, warten Sie«, rief der Mann ihr nach. »Sie sagten, Sie sind die neue Biologie-Tante im Reservat?«

Sie wandte sich wieder um. »Ja.«

»Dann sind Sie also diejenige, die versucht, dieses verdammte Karibu zu finden?«

Alex' Miene wurde hart.

»Wenn das Vieh wirklich dort draußen ist, dann eiert jedenfalls nur eins davon bei uns rum«, sagte er wütend. »Das reicht nicht als Grund, um unsere Arbeit zu stoppen.«

Sie schürzte die Lippen. »Aber wenn man den alten Baumbestand bewahrt, könnten weitere Karibus in die Gegend zurückkehren.«

Ein wütendes Funkeln lag in seinen Augen. »Und wozu soll das gut sein?«

Alex wusste, dass es Zeitverschwendung wäre, sich weiter mit dem Mann zu unterhalten. »Ich muss zurück ins Reservat.« Sie wandte sich um und stiefelte davon.

»An Ihrer Stelle würde ich es keinem erzählen, wenn ich dieses Karibu finden würde«, rief er ihr nach.

Sie ignorierte ihn und ging weiter. Der Mann schaltete die Kettensäge aus und stapfte zu seinem Quad hinüber. Als er in Richtung des Holzfällerlagers davonröhrte, trat Dennis hinter einem Baum hervor.

»Hey, danke. Coole Aktion.«

»Keine Ursache.«

»Werden Sie wirklich mit dem Forest Service über die Abholzung sprechen?«

»Ich kann versuchen, beim zuständigen Bundesrichter herauszufinden, wie der aktuelle Stand der Dinge ist.«

Er schaute zu den hoch aufragenden alten Bäumen auf.

»Ich hoffe, das Moratorium ist von Dauer.« Er richtete den Blick wieder auf Alex. »Hey, danke noch mal.«

»Habe ich gern gemacht.«

»Und falls Sie den Kerl melden wollen, sein Name ist Clyde Fergus. Wir haben uns schon des Öfteren über ihn beschwert, aber passiert ist nichts.«

»Ich werde sehen, was ich tun kann«, sagte Alex. Dann winkte sie zum Abschied und kehrte zum Reservat zurück; die Vorstellung, womöglich all diese Bäume zu verlieren, machte sie ganz krank. Der alte Wald war von unschätzbarem Wert für Karibus und andere Tierarten wie Grizzlys, Raufuß- und Schleiereulen, Mauersegler, den bedrohten Kanadaluchs und viele weitere. Die Abholzung wäre ein unersetzlicher Verlust.

In düsterer Stimmung marschierte sie zum Haus zurück. Der Regen wurde stärker, und sie zog sich wieder die Parkakapuze über den Kopf. Nebel stieg auf und verschleierte die umliegenden Gipfel. Der Wald roch nach feuchten Kiefern, Moos und Erde. Sie sog den Duft tief in ihre Lungen, und ihre Laune hob sich ein wenig. Hexenhaarflechten hingen von den Ästen herab, Regen tropfte von ihren meergrünen Strähnen. Wo Alex auch hinsah, überall hingen leuchtend grüne Wolfsflechten an der Baumrinde, ein deutlicher Beleg dafür, dass die Luft hier besonders sauber und frisch war.

Sie hoffte, dass sie morgen mehr Glück haben würde mit ihrer Suche nach dem Karibu.

Zurück im Haus, kochte sich Alex Nudeln mit Tomatensoße und aß am Wohnzimmertisch, während sie sich die Aufnahmen der Kameras ansah.

Es gab so viele Wildtiere im Selkirk-Reservat, dass Alex beim Durchgehen der Fotos lächeln musste. Unter anderem bekam sie einen Schwarzbären, einen grasenden Elch, einen umherstreifenden Puma und einen Kojoten zu sehen, alle in bester Fotoqualität abgelichtet.

Aber eine Aufnahme von dem Karibu fand sie nicht. Wenn sie doch nur besser wüsste, wo genau im Reservat das Tier umherstreifte. Dann überkam sie ein ungutes Gefühl – was, wenn das Karibu nach Norden zurückgewandert war, hinein in den Nationalforst? Dann würde sie es nie finden.

Alex wusste, dass, soweit bekannt, 2014 zum letzten Mal ein Karibu von Kanada nach Washington State herübergekommen war, als ein mit einem Funksender versehenes Männchen zehn Tage in den USA verbracht hatte. Doch dann war es nach Kanada zurückgekehrt.

Sie hatte sich die Geschichte der Regierungsmaßnahmen für die South-Selkirk-Population angesehen. Das Bergkaribu war 1984 im Rahmen des *Endangered Species Act* als gefährdete Art eingestuft worden. Doch der *U.S. Fish and Wildlife Service* hatte die Ausweisung eines kritischen Lebensraums für die Selkirk-Population bis 2011 hinausgezögert und war deshalb von zahlreichen Naturschutzorganisationen verklagt worden. Ursprünglich hatte der USFWS vorgeschlagen, einhundertzweiundfünfzigtausend Hektar auszuweisen, doch am Ende waren es lediglich etwas über zwölftausend Hektar geworden.

Seit der Ersteinstufung des Bergkaribus im Jahr 1984 hatten Interessengruppen wiederholt versucht, dies rückgängig zu machen, und auch nach der Ausweisung des kritischen Lebensraums hatte sich dies fortgesetzt. Der Bestand des Selkirk-Karibus war unterdessen auf ein gefährlich niedriges

Niveau geschrumpft. Die letzten beiden Mitglieder der Population, beide weiblich, waren 2019 nach Kanada umgesiedelt worden.

Im selben Jahr hatte der USFWS schließlich entschieden, die Einstufung des Bergkaribus nicht mehr rückgängig zu machen, und hatte den auch für die Selkirk-Population geltenden Gefährdungsstatus bestätigt.

Auf ihrem Laptop öffnete Alex Satellitenbilder des Reservats und suchte darauf nach Gebieten mit altem Baumbestand, die sie noch nicht erkundet hatte. Sie markierte die Gebiete auf ihrer topografischen Karte.

Allmählich spürte Alex ihre Erschöpfung und gönnte sich eine Pause. Sie sah auf die Uhr. Sie könnte Kathleen anrufen und sich mit ihr auf einen Kaffee verabreden. Kurz entschlossen ging Alex in die Küche und wählte auf dem Festnetzapparat die Nummer, die Ben ihr gegeben hatte.

Während sie wartete, lächelte Alex bei dem Gedanken an ein Wiedersehen mit der Frau. Als sie einige Monate im Snowline Resort-Wildtierreservat in Montana gearbeitet hatte, in der Nähe des winzigen Städtchens Bitterroot, war Kathleen die erste Person gewesen, die ihr freundlich gesonnen war. Es würde schön sein, sie zu treffen.

Kathleen nahm nach dem dritten Klingeln ab. »Hallo?«

»Kathleen, hier ist Alex Carter.«

»Alex! Ben sagte mir, dass du anrufen würdest.«

»Wie geht es dir?«

»Gut, gut. Ich bin fast in Bellamy Falls. Dort werde ich mich mit Lebensmitteln eindecken und mich dann zu meinem Feuerwachturm aufmachen. Meine Schicht beginnt offiziell in vier Tagen.«

»Wollen wir uns vorher auf einen Kaffee treffen?«

»Sehr gern!«

Sie verabredeten sich in dem kleinen Coffeeshop, in dem Alex mit Ben gewesen war.

»Ich freue mich total, dich wiederzusehen!«, sagte Alex.

»Ich mich auch!«

Sie legte auf und fuhr den Computer herunter, denn der anstrengende Tag forderte endgültig seinen Tribut. Sie ging nach oben ins Schlafzimmer und zog ihren Pyjama an, stand einen Moment lang da und schaute aus dem Fenster auf den Wald.

Und dann erstarrte sie.

Das seltsame Licht war wieder da.

6. KAPITEL

Alex beobachtete, wie das Licht hoch über den Bäumen tanzte, ein Stück herabsank und dann über den Wald hinwegsauste. Sie schätzte, dass es kilometerweit entfernt war, aber es war schwierig, die genaue Entfernung oder die Größe des Dings zu bestimmen. Dann schoss es zu ihrer Rechten aus dem Blickfeld.

Da sie sich wegen des Fliegengitters nicht aus dem Fenster lehnen konnte, stieg sie rasch in ihre Stiefel und eilte die Treppe hinunter.

Sie stieß die Hintertür auf und trat auf die Veranda hinaus. Nun konnte sie das Licht deutlich erkennen, das über die Bäume im Norden hinwegraste, gelegentlich abstoppte, zwischen den Bäumen herabsank und dann wieder aufstieg.

Sie konnte es auf die Entfernung nicht hören, aber es musste ein ziemlich großes Fluggerät sein, um einiges größer als eine gewöhnliche Drohne. Sie spürte, wie die Urangst vor dem Unbekannten in ihr aufstieg.

Das Licht sank erneut in eine Lücke zwischen den Baumkronen herab und verschwand aus ihrem Blickfeld. Angespannt wartete sie auf seine Rückkehr. Und dann schoss es senkrecht nach oben und raste davon, bis sie es nicht mehr sah.

Stirnrunzelnd blickte sie in die Ferne, während die Sekunden verstrichen und zu Minuten wurden. Was zum Teufel hatte es mit dem Licht auf sich?

Nach zehn Minuten kehrte sie ins Haus zurück und schloss die Tür ab, während sie weiter über das seltsame Fluggerät nachgrübelte.

Sie stieg die Treppe hinauf und kroch unter die Bettdecke, schauderte. Was immer auch dieses Ding war, es machte ihr Angst.

Als Alex am nächsten Morgen ihren Tee aufgebrüht hatte, klingelte das Telefon. Sie ging zum Küchentresen und nahm ab.

»Hallo?«

»Alex, ich bin's, Ben.«

Alex lächelte und spürte, wie ihr beim Klang seiner Stimme Farbe ins Gesicht stieg. »Hi, Ben. Wie läuft's in D.C.?«

»Jede Menge Arbeit. Die endgültige Vertragsfassung für unser Projekt in New Mexico ist reingeschneit und dazu die Bewilligung neuer Finanzmittel für die Einstellung von zusätzlichen Rangern, die in einem unserer kenianischen Reservate nach Wilderern Ausschau halten sollen.«

»Das sind doch tolle Neuigkeiten.«

»Und ob. Sag mal, hast du heute schon was Bestimmtes vor?«

»Nein, ich will nur eine Runde drehen, um weitere Kameras aufzustellen.«

»Gut. Ich hätte nämlich etwas für dich.«

»Was denn?«

»Zwei Autostunden von dir entfernt gibt es eine gemeinnützige Organisation, die Futter für die South-Selkirk-Population gesammelt hat, als sich diese noch auf amerikanischem Boden befand. Die Gruppe hat Flechten aus Gebieten besorgt, in denen es keine Karibus mehr gab, und sie dorthin gebracht, wo noch Mitglieder der Population lebten. Aber als die beiden letzten Tiere dann nach Kanada umgesiedelt wurden, gab es keinen Bedarf mehr für all diese Flechten. Wir könnten sie für unser Karibu als Winterfutter verwenden. Hast du Lust, dorthin zu fahren und sie abholen?«

Alex gefiel die Vorstellung, bei einer netten Spazierfahrt durch Washington State noch mehr von dieser herrlichen Gegend zu sehen zu bekommen. »Na klar, das mache ich gern. Wie heißt die Organisation?«

»*Conservation Washington.* Ich maile dir die Wegbeschreibung. Sind total nette Leute. Ich hatte schon mal mit dem Direktor zu tun. Sein Name ist Clay Halvorson. Im Winter nimmt er manchmal freiwillige Helfer mit, um Wildtiere zu beobachten. Sie haben einen Anhänger, den du problemlos an deinen Jeep ankoppeln kannst.«

»Ist gebongt. Ich fahre da heute hin.«

»Fantastisch. Und wie läuft es bei dir so?«, fragte er.

Alex dachte an ihre unschöne Begegnung gestern im Wald. »Erinnerst du dich an das umstrittene Areal mit altem Baumbestand, wo derzeit die Arbeiten ruhen? Ich bin dort auf einen total aggressiven Holzfäller gestoßen, der eine junge Frau angegangen ist, die sich auf einem Baum verschanzt hat.«

»Klingt unangenehm.«

»Kann man wohl sagen. Ich war mit dem Betäubungsgewehr unterwegs, hatte aber keinen Erfolg.«

»Ich drücke dir die Daumen.«

Nachdem sie aufgelegt hatten, setzte sich Alex an den Küchentisch und trank ihren Tee. Bens E-Mail traf ein, und sie notierte die angegebene Adresse. Dann las sie im Internet über *Conservation Washington*. Die Organisation machte sie neugierig. Sie stellte Gelder für die Karibu-, Vielfraß- und Wolfsforschung zur Verfügung und unterstützte, wie Ben erwähnt hatte, Projekte zur Beobachtung von Wildtieren.

Sie packte Trinkwasser und einige Müsliriegel in ihren Tagesrucksack und goss den restlichen Tee in ihren Thermobecher. Dann fuhr sie los und beschloss, unten noch schnell in den Briefkasten zu schauen. An der Abzweigung hielt sie vor der Ansammlung silberner Kästen an. Sie schloss die kleine Tür auf und nahm einen Stapel Post heraus.

Das meiste war Werbung, aber ganz unten lag ein großer Umschlag von ihrem Vater, in dem ihre nachgeschickte Post steckte: diverse Spendenaufrufe von gemeinnützigen Organisationen und ihrer früheren Uni, der University of California, sowie eine kurze Nachricht ihres Vaters und mehrere Zeitungsartikel, die er für sie aus der *New York Times* ausgeschnitten hatte. Und dann erstarrte sie, ihre Kehle war plötzlich wie ausgetrocknet.

Da war eine Postkarte. Und sie war von *ihm*.

Sie hob die Karte zögerlich an, fühlte sich plötzlich wie betäubt, das Blut rauschte ihr in den Ohren, ihr Herz setzte einen Schlag aus.

Zurück im Jeep, legte sie die restliche Post auf den Beifahrersitz, behielt nur die Karte in der Hand. Die Vorderseite zeigte eine Panoramaansicht von Auckland, Neuseeland. Sie drehte die Karte um. In der vertrauten Großschrift stand dort: *ALEX, TUT MIR LEID, DASS ICH MICH NICHT FRÜHER GEMELDET HABE. ICH WEISS NICHT, WAS ICH SAGEN SOLL, ABER ICH DENKE AN DICH UND WÜNSCHE DIR NUR DAS BESTE.*

Sie erhielt diese unsignierten Postkarten seit ihrer Vielfraß-Studie in Montana. Lange Zeit hatte sie nicht gewusst, von wem sie stammten. Auf den Karten waren immer Orte abgebildet, an denen sie gearbeitet hatte, so als hätte der Absender ihre Route nachverfolgt, um die Gegenden zu erkunden, in denen sie gewesen war. Sie hatte jedes Mal eine Gänsehaut bekommen. Und erst vor wenigen Monaten hatte sie die Identität des Absenders herausgefunden und seitdem nichts mehr von ihm gehört. Er war abgetaucht.

Sie schaute auf die Karte. Er dachte also noch an sie. Aber im Gegensatz zu all den früheren Postkarten, die er ihr geschickt hatte, stammte diese nicht von einem Ort, an dem sie zuvor gewesen war. Er folgte ihr nicht mehr.

Sie fragte sich, was er in Neuseeland tat. Gemischte Gefühle stiegen in ihr auf. Würde sie ihn jemals wiedersehen? *Wollte* sie das überhaupt?

Sie legte die Karte zur restlichen Post und startete den Jeep.

Während der Fahrt zur *Conservation Washington* zwang sie sich, an das Karibu zu denken und an das Futter, das sie bei der Organisation erhalten würde. Sie wollte nicht länger über die Postkarte nachdenken, denn jedes Mal, wenn *er* ihr in den Sinn kam, klopfte ihr Herz viel zu schnell. Bald aber zog die atemberaubende Landschaft sie in ihren Bann, und sie begann, die Fahrt zu genießen. Ab und an trank sie von ihrem Tee und blickte zu den imposanten Gipfeln auf, die sie umgaben. Diese atemberaubende Gegend war ihr völlig neu, und sie freute sich, nun auch diesen Teil von Washington State kennenzulernen.

Als sie aus einer Kurve herausfuhr, bremste sie sanft, damit eine Hirschmutter und ihre beiden gefleckten Kitze in Ruhe die Fahrbahn überqueren konnten. Mit aufgestellten Ohren und nervösem Gang trippelten die Jungtiere zur anderen

Straßenseite und verschwanden im Wald. Während Alex ihnen nachblickte, fragte sie sich, ob das Karibu im Reservat womöglich ein Weibchen war. Falls ja, war dies die Jahreszeit, in der es Nachwuchs zur Welt bringen könnte.

Im Gegensatz zu anderen Hirscharten, die im Frühjahr oft zwei Kitze gebaren, bekamen Karibus nur ein Junges. Nach der Paarung früh im Winter trugen Karibu-Mütter sieben bis acht Monate lang ihr Junges aus. Weibliche Karibus legten ihr Geweih erst spät im Frühjahr ab, anders als ihre männlichen Artgenossen, die es bereits zu Beginn des Winters verloren. Dadurch konnten die Kühe das Geweih länger für die Nahrungssuche unterm Schnee nutzen und während ihrer Schwangerschaft an Masse zulegen. Bei ihrer Geburt waren Karibu-Kälber nahezu voll entwickelt; schon eine Stunde nach der Geburt machten sie ihre ersten Schritte, und nach einigen weiteren Stunden konnten sie bereits mehrere Kilometer weit laufen.

In den ersten Wochen blieben die Kälber stets in unmittelbarer Nähe der Mutter, die ausgesprochen beschützend war und sich mit wütender Entschlossenheit auf jeden Angreifer stürzte, selbst auf andere Karibus, falls diese eine Bedrohung darstellten. Die Kühe kommunizierten mit ihren Kälbern durch Grunzlaute und fütterten sie mit Muttermilch, die satte zwanzig Prozent Fett enthielt und damit eine der nahrhaftesten in der gesamten Tierwelt war; die Milch einer Milchkuh besaß zum Beispiel nur einen Fettanteil von fünf Prozent. Nach nur einem Monat wurden die Kälber entwöhnt, und im Laufe des Sommers mischten sie sich dann unter die anderen Mitglieder der Herde und lösten sich allmählich von der Mutter.

Alex fuhr weiter und merkte, dass sie wieder über die

Postkarte nachdachte. Nach einer Weile gelangte sie in ein Gebiet, in dem es, wie sie schätzte, Ende letzten Jahres einen riesigen Waldbrand gegeben hatte. Die Gegend war komplett schwarz, weit und breit gab es keinen einzigen lebenden Baum oder Strauch. Die Brandschützer hatten die verkohlten Bäume allesamt gefällt und die Stämme entlang der Fahrbahn aufgestapelt.

Die Strecke führte sie durch eine Reihe steiler Serpentinen, und für Alex sah es ganz so aus, als wäre das Areal reif für einen Erdrutsch, da keine Vegetation mehr existierte, die dem Erdboden Halt gab.

Langsam und stirnrunzelnd nahm sie eine Haarnadelkurve nach der anderen. Schwere großflächige Brände wie diese, die bis in die Baumkronen hinaufreichten und von den Wäldern nichts mehr übrig ließen, fraßen sich durch den gesamten Westen, verursacht durch die vom Klimawandel bedingten Trockenperioden und die jahrelange unbedachte Feuerunterdrückung. Die vom Menschen praktizierten Brandschutzmaßnahmen hatten nämlich dazu geführt, dass sich im Unterholz der Wälder gefährliche Mengen an Material ansammelten. Normalerweise wurde dieses Material durch kleinere, natürlich entstandene Brände entlang des Waldbodens beseitigt, aber da diese Brände seit geraumer Zeit durch den Menschen verhindert wurden, gab es schlichtweg zu viel Unterholz. Im Zusammenspiel mit den verheerenden Trockenperioden nahmen diese Waldbrände nun epische Ausmaße an, vernichteten weite Teile des Baumbestandes. Viele Bäume, die den geringfügigeren Bränden auf dem Waldboden standzuhalten vermochten, überlebten die katastrophalen Feuerwalzen nicht, die sich bis zu den Kronendächern emporfraßen.

Am Fuße des steilen Streckenabschnitts beschleunigte sie ein wenig, fühlte sich verdrossen. Sie fuhr an mehreren Verkehrsschildern vorbei, die Einheimische als Schießscheiben benutzten, Tempolimits und Kurvenwarnungen durchsiebt mit Einschusslöchern.

Schließlich bog sie auf eine unbefestigte Straße ab, auf der sie vier Kilometer fuhr, bis sie ein niedriges weißes Gebäude mit Flachdach erreichte. Seitlich war der Name *Conservation Washington* aufgemalt und das dazugehörige Logo: die stilisierten Silhouetten eines Karibus, eines Vielfraßes und eines Fischmarders unter einem Baum.

Kaum hatte sie angehalten, trat ein Mann aus dem Haus und winkte ihr zu. Sie stellte den Motor ab und stieg aus.

»Dr. Carter?«, fragte er.

Sie lächelte, reichte ihm die Hand. »Clay Halvorson?«

»Ja, der bin ich.« Sie wechselten einen Händedruck. Er war ein großer Mann, sein langes, ausgebleichtes blondes Haar war zu einem Pferdeschwanz zurückgebunden. Die jahrelange Arbeit in der Sonne hatte seine Haut geschädigt, doch die vielen Lachfalten verliehen ihm eine freundliche Ausstrahlung. Seine grünen Augen funkelten. »Wir freuen uns sehr, dass Sie für unsere Flechten Verwendung haben. So verwelken sie nicht nutzlos.«

»Der LTWC ist wirklich dankbar. Falls unser Karibu beschließt, bei uns zu überwintern, wird es sich über das zusätzliche Futter freuen.«

»Ben hat mir gesagt, die Anwesenheit des Karibus im Reservat sei zweifelsfrei bestätigt.«

Sie nickte. »Ja, das stimmt. Ich plane, ihm bei passender Gelegenheit eine Halsbandkamera umzulegen«, erklärte sie.

»Das wäre fantastisch. Ich frage mich, ob es allein rübergekommen ist.«

»Genau das hoffe ich herauszufinden.«

»Das wäre nicht ungewöhnlich, oder? Ein männliches Exemplar, das auf der Suche nach einem neuen Revier ist?«

»Das ist richtig. So etwas kommt vor.« Sie deutete auf das Logo. »Bevor ich herkam, habe ich mich über Ihre Organisation informiert«, sagte sie. »Ich bewundere Ihre Arbeit.«

Er lächelte. »Ja, seit es keine Karibus mehr bei uns gibt, gilt unser Augenmerk vor allem dem Vielfraß und dem Fischmarder. Wir hoffen, sie besser schützen zu können.«

»Vielfraße sind faszinierend«, sagte sie und steckte die Hände in die Hosentaschen. »Ich habe letztes Jahr eine Vielfraß-Studie durchgeführt.«

Er zog die Augenbrauen hoch. »Ach ja? Wo denn?«

»In Montana. Gibt es hier viele Vielfraße?«

»In unserer Gegend einige wenige. Wir haben im ganzen Staat Köderstationen und Kameras aufgestellt. Wir hoffen, mehr über ihre Populationsdichte in Erfahrung zu bringen.«

»Und wie ist Ihr derzeitiger Wissensstand?«, fragte sie.

»In der Kaskadenkette haben wir drei Exemplare registriert.«

»Das ist erstaunlich.«

Er lächelte verdrossen. »Jetzt müssen wir nur noch die Bundesregierung dazu bringen, sie in die Liste der gefährdeten Arten aufzunehmen.«

Alex biss sich auf die Lippe. »Das wäre schön, ja.« Sie wusste jedoch, dass der *U.S. Fish and Wildlife Service* sich seit Jahrzehnten weigerte, Schutzmaßnahmen für Vielfraße zu ergreifen, obwohl ihre Zahl stetig zurückging. Einst waren sie bis zu den Großen Seen und New Mexico vorgedrungen, doch jetzt gab es sie nur noch in den Rocky Mountains und der Kaskadenkette, insgesamt wohl weniger als dreihundert Exemplare.

»Kommen Sie«, sagte er. »Ich zeige Ihnen die versprochenen Flechten.« Er steuerte einen Schuppen an, der etwa hundert Schritte hinter dem kleinen Hauptbau stand. »Wir haben sie schon auf den Anhänger verladen. Den können Sie uns gerne bei passender Gelegenheit zurückbringen. Wir benötigen ihn in nächster Zeit nicht.«

Sie erreichten den Schuppen, und er zog die große Aluminiumschiebetür auf. Drinnen standen Metallregale mit Harken, Schaufeln, Kettensägen, Kellen, Bolzenschneidern. In einer Ecke standen Benzinkanister neben Werkzeugkästen, Mörtelklötzen, alten Gummistiefeln und Langlaufskiern. In der Mitte des Raums stand der abgedeckte Anhänger.

Clay löste eines der Bungeeseile, mit denen die blaue Plane befestigt war. Er hob sie an, und darunter kamen Dutzende von durchsichtigen Säcken voller Rosshaar- und Hexenhaarflechten zum Vorschein.

»Das ist wunderbar«, sagte sie und beugte sich vor, um einen besseren Blick auf die Flechten werfen zu können.

»Ich bin froh, dass sie nun einem guten Zweck dienen werden. Wir wussten nicht, was wir noch damit anfangen sollten.«

»Unser Karibu wird sich freuen.«

Clay legte die Plane zurück und verknotete das Seil wieder. »Helfen Sie mir doch bitte, den Anhänger rauszuschieben, dann können wir ihn an Ihren Jeep ankoppeln.«

Kurz darauf stand der Anhänger vor dem Schuppen, und Alex ging zum Wagen, setzte sich hinters Steuer und fuhr ihn im Schritttempo zurück. Nach wenigen Augenblicken hatten sie den Anhänger angekoppelt, und sie war startklar.

»Hey«, sagte er und deutete mit dem Daumen zum Flachbau, »im Büro gibt es Sandwiches und Kaffee und Kuchen. Ich meine, falls Sie sich vor der Rückfahrt noch stärken möchten.«

Sie lächelte. »Gern. Das ist nett.«

Alex folgte ihm in das kleine Haus und fand sich in einem gemütlichen Raum mit einem alten Holzschreibtisch und einer Kork-Pinnwand wieder, an der unzählige Flyer und Postkarten hingen; dazu gab es eine Küche mit einem Tisch und mehreren Plastikstühlen. Aus einem Radio in der Ecke tönte leise Classic Rock.

Alex bemerkte, dass sie allein waren. »Wir hatten vorhin eine Geburtstagsparty für einen unserer Helfer«, erklärte Clay. »Die anderen sind schon einen trinken gegangen. Ich werde mich dazugesellen, wenn wir hier fertig sind.« Er ging zum Kühlschrank und holte ein Tablett mit Sandwiches heraus.

Sie nahm sich ein Veggie-Sandwich. »Danke.«

»Das ist aus dem örtlichen Feinkostladen«, sagte er.

Sie setzten sich an den Tisch, und sie biss in das Sandwich. »Hm, lecker.«

Sie erzählten sich von ihren Reiseabenteuern und schönsten Naturerlebnissen, während Alex mampfte und Kaffee trank.

Nach einer Weile schaute sie auf die Uhr. In einer halben Stunde würde die Sonne untergehen, und sie hatte noch die lange Rückfahrt vor sich. »Ich sollte allmählich aufbrechen.«

Als sie aus dem Büro traten, sah sie im Westen dunkle Wolken aufziehen. Die Luft roch nach Ozon.

»Es wird regnen«, sagte Clay.

»Denke ich auch.«

»Ach so«, sagte er und zog eine Visitenkarte aus seiner Brieftasche, »ich würde gerne wissen, wie es mit Ihrem Karibu weitergeht. Schicken Sie mir eine Mail?«

Sie nahm die Karte. »Klar, mach ich.«

Sie verabschiedeten sich, und sie stieg in den Jeep und rumpelte mit dem Anhänger im Schlepptau über die unbefestigte Zufahrt. Sie war dankbar, als sie die asphaltierte Straße erreichte und die Fahrt deutlich ruhiger wurde. Die ersten Regentropfen prasselten auf die Windschutzscheibe und trommelten aufs Wagendach. Der Himmel verdunkelte sich weiter, und während die Sonne unterging, nahm der Regen an Intensität zu, und bald schon ergossen sich windgepeitschte Regenmassen auf die Fahrbahn.

Alex schaltete die Scheibenwischer auf die höchste Stufe und lauschte ihrem rhythmischen Hin und Her. Der Lichttunnel aus den Jeep-Scheinwerfern schnitt durch die einsetzende Dunkelheit. Auf der anderen Fahrbahn rauschte ihr ein Auto entgegen, dessen Fahrer sich nicht die Mühe machte, sein Fernlicht abzublenden. Alex blinzelte, während der Wagen an ihr vorbeischoss und die aufgewirbelten Wassermassen gegen ihren Jeep klatschten.

Sie ging vom Gas, denn der Wolkenbruch steigerte sich zu dem, was ihre Mutter einen »Blindmacher« genannt hätte. Alex konnte kaum noch etwas erkennen. In diesem Moment beneidete sie die Karibus um ihre Super-Sehkraft. Sie konnten bei viel schwächerem Licht besser sehen als Menschen, bis hinunter in den schwachen ultravioletten Bereich. Auf diese Weise orientierten sie sich in den langen dunklen Winternächten oberhalb des Polarkreises, wenn die Sonne nie über den Horizont kam. Und das war nicht das einzig Coole an Karibu-Augen, dachte Alex und lächelte. Sie wechselten auch ihre Augenfarbe je nach Jahreszeit. Im Winter wurden sie dunkelblau, weil sie dadurch mehr Licht aufnahmen. Im Sommer dann färbten sich ihre Augen golden, wodurch sie das intensive Sonnenlicht des Sommers besser zurückwerfen konnten.

Alex hielt auf dem Standstreifen. Ohrenbetäubender Regen prasselte aufs Wagendach. Hagel prallte von der Windschutzscheibe ab und sammelte sich in der schmalen Rinne unter den Scheibenwischern.

Während sie darauf wartete, dass der Sturzregen nachließ, erregte eine Bewegung zu ihrer Linken ihre Aufmerksamkeit. Ein schwarzer Wolf erschien und trat vorsichtig aus der Baumreihe heraus, stellte sich an den Straßenrand. Sie hoffte, dass er nicht vor ein Auto laufen würde, und suchte die Straße schnell nach Anzeichen von Gegenverkehr ab. Doch sie war allein. Erleichtert beobachtete sie, wie der stattliche Wolf über die Fahrbahn trottete und auf der anderen Straßenseite zwischen den Bäumen verschwand.

Ihr fiel die Hirschfamilie ein, die sie an diesem Tag gesehen hatte, und fragte sich, wovon sich dieser Wolf wohl hauptsächlich ernährte und ob er dem Karibu bereits begegnet war.

Sie dachte an den Konflikt, der sich im Bestreben um den Erhalt von Wolf und Karibu entwickelt hatte. Die Wölfe waren ihrer traditionellen Beute – Hirsche, Elche und Rehe – in neue Gebiete gefolgt, in denen alte Wälder abgeholzt worden waren und jüngere Wälder deren Platz eingenommen hatten. Die Wölfe hatten es dabei besonders leicht, denn die durch den Klimawandel dünner gewordene Schneedecke und die Waldwege und Schneemobilpfade verschafften ihnen Zugang zu den von Karibus bevölkerten Gebieten, die für Wölfe im Winter normalerweise unzugänglich waren.

Und so hatten Wölfe begonnen, Bergkaribus zu jagen, doch sie hatten keine natürliche Raubtier-Beute-Beziehung mit dem Karibu. Wenn sich ein Raubtier von einer bestimmten Beutetierpopulation ernährte, nahm diese im Normalfall ab. Dies wiederum führte dazu, dass auch die Raubtierpopulation zurückging und die Beutetierart sich daraufhin wieder erholte. Und so der Kreislauf von Neuem begann. Da Karibus jedoch nicht die normale Beute der Wölfe waren, führte der Rückgang der Karibu-Populationen nicht zu einem gleichzeitigen Rückgang der Wolfspopulationen, weil die Wölfe auch auf Hirsche, Elche und Rehe Jagd machten.

Leider reagierten die Regierungen sowohl in den USA als auch in Kanada nicht auf diese Entwicklung, indem sie die Abholzung alter Wälder stoppten und den Bergkaribus ihren natürlichen Lebensraum ließen. Auch verabschiedete man keine wirksamen Gesetze zum Klimaschutz, um dem Rückgang der Schneedecke entgegenzuwirken. Nein, die Reaktion bestand vielmehr darin, nun eben Wölfe zu jagen. Alex wusste, dass als Schutzmaßnahme für die Karibus über tausend Wölfe abgeschossen worden waren.

Ihr wurde übel bei dem Gedanken, und sie blickte in die Dunkelheit zwischen den Bäumen, wo der Wolf verschwunden war. In diesem Moment donnerte ein Sattelschlepper an ihr vorbei, und die von ihm verursachte Luftdruckwelle schlug gegen den Jeep wie eine unsichtbare Faust.

Die unablässig vom Geländewagen abprallenden Hagelkörner sammelten sich ringsum am Boden und erweckten in der Dunkelheit den Eindruck einer dünnen Schneedecke.

Aus der Gegenrichtung näherten sich keine anderen Fahrzeuge, hinter ihr aber kam ein weiterer Sattelschlepper in Sicht. Sie blinzelte gegen die grelle Reflektion seiner

Scheinwerfer in ihrem Außen- und Rückspiegel. Er wurde etwas langsamer, als er an ihr vorbeifuhr, auf dem Anhänger riesige aufgestapelte Baumstämme, die sogleich über eine Anhöhe hinweg aus ihrem Blickfeld verschwanden.

Kurz darauf wurde der Hagel weniger und hörte dann ganz auf. Aber es regnete weiter, epische Wassermassen stürzten vom Himmel. Als die Sicht wieder besser wurde, startete Alex schließlich den Motor und fuhr weiter. Nun wurde es eine einsame, dunkle Fahrt.

Sie überquerte eine Anhöhe und sah den Holztransporter, der zuvor an ihr vorbeigedonnert war, mit laufendem Motor auf einem großen Rastplatz stehen. Sie fuhr daran vorbei, weiter in Richtung Bellamy Falls. Sie war etwa zwanzig Minuten gefahren, ohne jemanden auf der Straße zu sehen, und sang einen Oldie im Radio mit, als hinter ihr Scheinwerfer auftauchten.

Sie kamen näher und näher. Alex verstellte ein wenig den Rückspiegel, damit es nicht so blendete. Der andere Fahrer fuhr gefährlich dicht zu ihr auf. Wenn sie wegen eines Tiers auf der Fahrbahn eine Vollbremsung hinlegen müsste, würde der Kerl ihr auffahren.

Sie betrachtete die vor ihr liegende Strecke, ein langer kurvenfreier Abschnitt, was bedeutete, dass er sie ohne Weiteres überholen konnte. Aber er tat es nicht. Er fuhr einfach hinter ihr her. Sie erkannte, dass es ein großer Sattelschlepper war, ein Holztransporter. Verunsichert lehnte sie sich in ihrem Sitz zurück, versuchte, der grellen Reflektion im Außenspiegel auszuweichen.

Die Strecke verlief fast zwei Kilometer lang schnurgerade, bis sie steil anstieg. Ein langer Standstreifen kam in Sicht, und Alex scherte nach rechts aus.

Der Holztransporter fuhr vorbei, und sie erkannte, dass es derselbe war, den sie auf dem Rastplatz gesehen hatte.

Nun wieder in Dunkelheit gehüllt, fuhr sie zurück auf die Straße. Mit dem Anhänger im Schlepptau kam der Jeep nur langsam wieder in Fahrt, erklomm aber schließlich den Hügel und gewann auf der anderen Seite an Schwung.

Sie bemerkte, dass sie sich wieder im Brandgebiet befand. Das Licht ihrer Scheinwerfer strich über die riesigen geschwärzten Baumstämme, die zu beiden Seiten der Straße aufgestapelt waren. Nun wurde es richtig steil, in Serpentinen ging es den Berg hinauf. Der Jeep wurde langsamer unter dem Zug des Anhängers.

Sie hatte gerade die erste Haarnadelkurve genommen, als der Regen wieder stärker wurde, aufs Autodach trommelte und in breiten Rinnsalen über den Asphalt strömte. Sie ging vom Gas. Die Straße hier war schmal, es gab keinen Standstreifen, deshalb fuhr sie vorsichtig weiter.

Dann bemerkte sie eine Bewegung links von ihr am Berghang. Sie blickte nach oben und sah, wie riesige Baumstämme den Hang hinabrollten, auf die obige Fahrbahn krachten und dann auf der anderen Straßenseite weiter am Hang hinunterrutschten, direkt auf sie zu.

Alex trat auf die Bremse, der Jeep schlingerte hin und her, und einen Moment lang dachte sie, das Gewicht des Anhängers würde sie von der Straße ziehen und sie zusammen mit den herabstürzenden Baumstämmen den Berg hinunterschleudern. Sie starrte den Hang hinauf und legte hastig den Rückwärtsgang ein, während die Baumstämme auf sie zurollten. Der Anhänger drohte sich querzustellen, während sie den Jeep eilig zurücksetzte und vor ihr der erste Baumstamm auf die Straße krachte. Er verfehlte sie haarscharf, polterte weiter über den Asphalt und verschwand auf der anderen Straßenseite in der Dunkelheit.

Sie setzte den Jeep weiter zurück, aber beim nächsten Baumstamm hatte sie nicht so viel Glück. Er touchierte ihren Kotflügel, und die Wucht des Aufpralls schüttelte Alex auf ihrem Sitz durch. Dann verschwand der Stamm aus ihrem Blickfeld. Sie fuhr weiter zurück, während vor ihr nun ein Baumstamm nach dem anderen vom Hang herabkrachte und den Jeep nur knapp verfehlte. Sie wusste nicht mehr, was sie tun sollte, als sie die Haarnadelkurve erreichte, durch die sie eben erst gefahren war. Die Kurve im Rückwärtsgang zu nehmen war mit dem Anhänger unmöglich, selbst im Schritttempo.

Doch dann rollten die letzten Baumstämme vorbei. Alex wartete mit klopfendem Herzen. Aber es kamen keine weiteren mehr.

Sie umfasste das Lenkrad, erstaunt und erleichtert, noch einmal mit dem Schrecken davongekommen zu sein.

Sie spähte nach oben, doch in der Dunkelheit konnte sie nicht viel erkennen. Sie langte nach ihrem Rucksack, kramte ihre Stirnlampe heraus und leuchtete damit bergauf. Am Hang stand so gut wie kein Baum mehr, genau wie sie es von der Hinfahrt in Erinnerung hatte. Sie dachte an die verkohlten Baumstämme, die entlang der Straße ordentlich aufgestapelt worden waren. Die Regenfluten hatten vermutlich einen dieser Stapel unterspült.

Sie beugte sich über den Beifahrersitz und leuchtete mit der Stirnlampe auf die Wagenseite. Der Baumstamm, der ihren Jeep getroffen hatte, war durch den Aufprall abgebremst worden und kurz unterhalb der Straße vor einem Baumstumpf liegen geblieben. Alex runzelte die Stirn. Er war nicht verkohlt. Der Baumstamm hatte nie in Flammen gestanden. Seine Rinde war völlig intakt, braun, nicht schwarz, und an einigen Stellen klebten sogar noch Flechten an ihm.

Sie zog eine schwere Maglite-Taschenlampe aus dem Handschuhfach. Der starke Lichtstrahl schnitt durch die Dunkelheit und fiel auf die Serpentine unter ihr, wo ein Gewirr von Baumstämmen am Fuße des Hangs zum Liegen gekommen war. Keiner davon war verbrannt, im Lichtstrahl sah sie nur gesunde braune Rinde.

Erneut blickte sie den Hang hinauf und sah nichts als die verkohlte Bergflanke.

Sie startete den Jeep und fuhr weiter, nahm die nächste enge Kurve, auf der Hut vor weiteren herabstürzenden Baumstämmen.

Der Regen prasselte aufs Wagendach. Ohne Bäume oder Vegetation, die dem Boden Halt verliehen, rutschten braune Schlammrinnsale auf die Fahrbahn, hoben sich vom Schwarz des schlüpfrigen Asphalts ab. Alex befürchtete, dass es einen Erdrutsch geben könnte, und wollte den Streckenabschnitt so schnell wie möglich hinter sich bringen. Die nächste Kurve nahm sie fast im Schritttempo, behielt unterdessen im Rückspiegel den Anhänger im Blick. Nur noch zwei Serpentinen, dann wäre sie oben. Die Wassermassen fluteten über die Fahrbahn, trugen Steine und Schlamm mit sich. Sie überlegte kurz, ob sie anhalten und den Regen aussitzen sollte, aber wegen des drohenden Erdrutsches wäre es lebensgefährlich, hier einfach stehen zu bleiben. Sie fuhr weiter.

Ein fester Schlammteppich schob sich auf die Straße, und Alex musste langsam und behutsam darüber hinwegfahren. Plötzlich wurde die Lenkung schwergängig, der Jeep zog zur Seite, und einen Moment lang dachte sie, der Schlamm hätte sich in ihren Hinterrädern oder dem Anhänger verfangen. Sie rang mit dem Lenkrad, das schwer in ihren Händen lag. Vor der nächsten Kurve reagierte der Jeep dann kaum noch, und ihr wurde klar, dass etwas nicht stimmte.

Sie hielt an und zog die Handbremse, blickte auf die gewundene Straße über ihr. Nur eine einzige weitere Serpentine lag noch vor ihr. Sie zog sich die Parkakapuze über den Kopf und stieg aus dem Wagen.

Sie sah sich den Jeep an und erkannte sofort, was das Problem war. Einer der Vorderreifen war geplatzt. Sie kniete vor dem Reifen nieder, fragte sich, ob sie über etwas gefahren war. Und dann fiel das Licht ihrer Stirnlampe auf ein kleines dunkles Loch in der Reifenwand. Sie beugte sich vor, um es genauer zu betrachten.

Sie war über keinen Nagel gefahren. Der Reifen war zerschossen worden.

Sie wippte auf ihre Fersen zurück. Sie hatte keinen Schuss gehört; das Regenprasseln auf dem Wagendach musste ihn übertönt haben. Auf der Hinfahrt hatte sie unzählige durchsiebte Verkehrsschilder gesehen. Vielleicht hatte jemand auf so ein Schild geschossen, aber stattdessen versehentlich ihren Reifen getroffen. Aber noch während sie das dachte, beschlich sie ein unheimliches Gefühl.

Sie spürte einen fremden Blick auf sich. Jemand beobachtete sie.

Dann hörte sie es. Über dem lärmenden Regenprasseln und dem Schwären der Wasser- und Schlammrinnsale, die den Berg hinabströmten. Ein aufheulender Motor. Sie blickte hinauf zur obersten Serpentine. Sie sah aufblitzende Lichter, rote Rücklichter und weiße Scheinwerfer, die zu dem Holztransporter gehörten. Er hatte dort im Dunkeln gestanden, alle Lichter ausgeschaltet, der im Leerlauf tuckernde Motor vom Regen übertönt.

Sie erkannte, dass er unbeladen war. Hatte der Fahrer seine Baumstämme etwa absichtlich den Hang hinabrollen lassen, um sie, Alex, zu erschlagen? Und als das nicht geklappt hatte, hatte er auf ihren Jeep geschossen, in der Hoffnung, dass sie die Kontrolle verlieren und den Hang hinunterstürzen würde?

Alex bekam es endgültig mit der Angst zu tun. Eilig stieg sie in den Wagen. Während sie beobachtete, wie der Sattelschlepper davonfuhr und aus ihrem Blickfeld verschwand, musste sie eine Entscheidung treffen. Sollte sie den Reifen hier an Ort und Stelle wechseln, wo sie für jedermann eine vortreffliche Zielscheibe abgab? Oder sollte sie lieber zum Scheitelpunkt der Strecke hinauffahren, um den Reifen auf ebenem Untergrund zu wechseln, oberhalb des Brandgebiets, wo die Bäume ihr etwas Schutz boten?

Sie fischte ihr Handy aus dem Rucksack. Kein Empfang. Das wunderte sie nicht. Während der Fahrt zur *Conservation Washington* hatte sie fast durchgehend keinen Empfang gehabt. Die Pannenhilfe oder den Sheriff anzurufen konnte sie sich aus dem Kopf schlagen.

Schließlich beschloss sie, die Fahrt bis nach oben fortzusetzen. Zu lenken würde schwierig werden, aber es war allemal besser, als sich auf offener Straße erschießen zu lassen oder darauf zu warten, dass sie ein Erdrutsch in die Tiefe riss. Sie steuerte den Jeep um die vorletzte Haarnadelkurve und die letzte Serpentine hinauf. Nach einer kleinen Ewigkeit erreichte sie endlich den höchsten Punkt der Strecke, wo das Gelände eben war. Zu beiden Seiten ragten Bäume turmhoch in die Dunkelheit. Kurz darauf erreichte sie die Stelle, wo der Holztransporter eben gewartet hatte. Sie hielt an und schaltete das Licht aus. Sie wartete. Lauschte. Sie hörte keinen anderen Motor und sah auch keine Lichter in der Ferne. Natürlich konnte der Kerl im Dunkeln lauern. Alex musste den Reifenwechsel möglichst schnell erledigen.

Sie setzte wieder die Stirnlampe auf und sprang aus dem Wagen, ließ die Lampe aber noch ausgeschaltet. Wegen des angekoppelten Anhängers bekam sie die Heckklappe nur ein Stück weit auf, weswegen sie sich mühsam ins dunkle Wageninnere hineinzwängen und nach dem Fach tasten musste, in dem der Wagenheber und der Kreuzschlüssel steckten. Sie fand beides und schloss die Klappe.

Eilig legte sie den Kreuzschlüssel an die erste Radmutter, versetzte ihm einen beherzten Tritt und löste die Mutter. Dies wiederholte sie bei den drei anderen Radmuttern und schob dann den Wagenheber unter den Jeep. Es war harte Arbeit in der Dunkelheit. Sie spürte, wie das kalte Regenwasser in ihre Socken drang und die Innenseiten ihrer Stiefel durchnässte. Als der Wagen angehoben war, zog sie die Radmuttern ab. Schnell kehrte sie zum Heck des Jeeps zurück, wo der Ersatzreifen hing, öffnete die Radabdeckung und löste den Reifen mit dem Kreuzschlüssel.

Sie rollte den Reifen nach vorne und brachte ihn an, dann senkte sie den Wagenheber ab und stemmte sich mit ihrem Gewicht auf den Kreuzschlüssel, um die Radmuttern so fest wie möglich anzuziehen.

Unterdessen lauschte sie dem Rauschen und Prasseln des Regens, versuchte, dahinter noch andere Geräusche zu erkennen.

Sie war fast fertig, als sie plötzlich das unverkennbare Geräusch eines Gewehrschusses hörte und wie über ihr etwas durch die Luft zischte. Sie warf sich auf den Boden und rollte sich unter den Jeep, den Geruch von feuchtem Asphalt in der Nase, während sie das Gesicht auf die Fahrbahn presste. Ein weiterer Schuss prallte von etwas Metallenem ab. Dann hörte sie in der Ferne das Geräusch eines aufheulenden Motors. Sie spähte unter dem Jeep hervor, sah aber keine Scheinwerfer oder Rücklichter.

Ihr Herz hämmerte. Am liebsten hätte sie auf der Stelle das Weite gesucht, wäre auf den Fahrersitz gesprungen und davongerast. Aber sie wollte den kaputten Reifen nicht zurücklassen. Darin steckte wahrscheinlich noch die Kugel, und sie wollte herausfinden, wer auf sie geschossen hatte, ob es nur Jugendliche waren, die ihr Angst einjagen wollten, oder ob sich dahinter womöglich etwas ganz anderes verbarg.

Sie dachte an den wütenden Holzfäller, Clyde Fergus. Hatte er oder einer seiner Kumpel den Sattelschlepper gefahren? Sie wusste, dass ihm der LTWC ein Dorn im Auge war.

Alex blieb unter dem Jeep liegen, die kalte Nässe auf der Fahrbahn durchdrang ihre Jeans. Wenigstens trug sie ihren wasserfesten Parka, sodass ihr Oberkörper trocken blieb. Jedoch wollte sie nicht zu lange warten, für den Fall, dass der Schütze eine bessere Schussposition suchte. Nach einigen Minuten kroch sie unter dem Jeep hervor, griff den kaputten Reifen, riss die Fahrertür auf und warf den Reifen in den Beifahrerfußraum. Dann sprang sie hinein, startete den Motor und brauste davon.

Sie hoffte, dass der Schütze ihr nicht noch einen Reifen zerschießen würde. Sie beschleunigte und fuhr so schnell, wie es ihr bei dem Regen möglich war. Das Letzte, was sie wollte, war, ins Schleudern zu geraten und im Straßengraben zu landen.

Nachdem sie eine Weile gefahren war, erwartete sie, jeden Moment zu den Rücklichtern des Sattelschleppers aufzuschließen, doch dies geschah nicht.

Als sie Bellamy Falls erreichte, hielt sie vor dem Sheriffbüro. Taggert machte gerade Feierabend, ging zum Parkplatz.

Alex fuhr neben ihr heran. »Sheriff Taggert?«

»Hi, Dr. Carter.«

»Ich hatte gerade ein heftiges Erlebnis. Können Sie sich etwas für mich ansehen?«

Taggert stemmte die Hände in die Hüften. »Sicher.«

Alex stellte den Motor ab, stieg aus und ging zur Beifahrerseite. »Auf der steilen Serpentinenstraße wurde vorhin auf mich geschossen.«

»Ernsthaft?«

»Ja. Jemand hat absichtlich zwei Schüsse auf mich abgegeben. Und das ist noch nicht alles.« Sie erzählte ihr von dem Holztransporter und den Baumstämmen, die den Hang hinabgerollt waren. »Vielleicht war das mit den Stämmen ein Unfall. Ich weiß es nicht. Aber auf der Straße über mir habe ich dann einen Holztransporter ohne Stämme gesehen.«

Alex hievte den kaputten Reifen aus dem Jeep und stellte ihn neben Taggert auf. »Da könnte eine Kugel drinstecken. Können Sie sich darum kümmern und schauen, was Sie rausfinden?«

Taggert legte eine Hand auf den Reifen und rollte ihn zu sich heran. »Unfassbar. Natürlich werde ich mich darum kümmern. Und Sie kommen jetzt erst mal mit rein, und wir halten Ihre Aussage fest.«

Alex füllte am Empfangstresen ein Formular aus, in das sie eintrug, was geschehen war. Als sie fertig war, begleitete

Taggert sie zur Tür. »Ich werde dafür sorgen, dass ein Techniker die Kugel rausholt. Mal sehen, was wir rausfinden.«

»Ich danke Ihnen.« Alex mochte Taggert, fand sie freundlich und hilfsbereit. »Ich wünsche Ihnen einen schönen Feierabend.« Sie trat nach draußen und ging zu ihrem Jeep zurück.

Als sie das Farmhaus erreichte, goss es immer noch in Strömen, deshalb ließ Alex den mit der Plane abgedeckten Anhänger stehen und beschloss, die Flechten am nächsten Morgen auszuladen.

Sie schlief unruhig, träumte von der Postkarte, die sie erhalten hatte, und von Baumstämmen, die auf sie zustürzten.

Als Alex aufwachte, fühlte sie sich erschöpft. Es hatte aufgehört zu regnen, deshalb lud sie gleich nach dem Anziehen die Säcke mit den Flechten aus und lagerte sie fürs Erste in der Vorratskammer des Hauses.

Sie kochte sich einen Tee und aß zum Frühstück nur einen Müsliriegel, steckte sich für den Rest des Tages noch einige weitere ein. Dann packte sie ihren Rucksack für eine neuerliche Exkursion ins Reservat.

Bevor sie aufbrach, beschloss sie, ihren Vater anzurufen. Er nahm nach dem dritten Klingeln ab.

»Mäuschen! Wie geht's dir?«

»Mir geht es gut, Dad.« Aus Rücksicht auf ihre Privatsphäre hatte er die Postkarte vermutlich nicht gelesen. Sie beschloss, die Karte und ihr gestriges Erlebnis nicht zu erwähnen. Sie wollte ihren Vater nicht beunruhigen. »Ich breche gleich auf, um zu versuchen, dem Karibu eine Halsbandkamera umzulegen. Es ist tatsächlich bei uns im Reservat. Ich habe seine Spuren entdeckt.«

»Das ist ja toll, Mäuschen! Ich wünsche dir viel Glück! Ich habe auch eine gute Nachricht.«

»Ach ja?«

»Ich wurde für das Festival am Grand Canyon angenommen! Ich bin hier gerade eingetroffen.«

Alex wusste, dass diese Zusage ihm viel bedeutete. »Das ist großartig, Dad! Herzlichen Glückwunsch!«

»Danke, Mäuschen.«

»Und wie geht es jetzt weiter für dich?«

»Ich werde mit meinen Malsachen zu den verschiedenen Aussichtspunkten am Canyon wandern und die Landschaften malen. Als Erstes werde ich am South Rim sein, nächste Woche am North Rim. Ich werde einfach dasitzen und zuschauen, wie die Sonne über den Canyon wandert, werde das Licht in all seinen Gold-, Rot- und Orangetönen genießen und es zu malen versuchen.«

»Da hast du dir ja was vorgenommen, Dad. Klingt superschön.«

Er lachte. »Ich hoffe, ich kriege es hin. Ein paarmal in der Woche muss ich vor Publikum malen. Da stehen wildfremde Leute hinter mir, starren auf meine Leinwand und stellen Fragen. Das ist ein bisschen einschüchternd.«

»Ach Quatsch. Du bist ein toller Maler. Ich wette, die Leute werden begeistert sein.«

»Manche sind ganz schön spitzzüngig. Sie sind selbst Maler. Ich erinnere mich an einen Burschen in Zion vor ein paar Jahren, der ein ziemlicher Erbsenzähler war. Aber meistens freuen sich die Zuschauer über die kleinen Tricks und Kniffe, die ich ihnen zeige. Am Ende des Festivals in zwei Wochen veranstalten wir dann eine Ausstellung, bei der die Besucher die Bilder gegen Höchstgebot kaufen können.«

»Das ist fabelhaft, Dad. Da wäre ich gerne dabei.«

»Wie es aussieht, sind wir jetzt beide in einer wunderschönen Umgebung.«

»Auf jeden Fall.« Sie wurde für einen Moment still.

»Ist alles in Ordnung?«

Ihre Gedanken überschlugen sich. *Postkarte. Vermisste Wanderin. Jähzorniger Holzfäller. Mysteriöses Himmelslicht.* Sie schob ihre Sorgen beiseite. Am wichtigsten war, das Karibu zu finden. »Ja. Alles in Ordnung.«

»Lass mich wissen, wie es bei dir läuft.«

»Mach ich. Und du genießt deine Zeit am Grand Canyon, hörst du?«

»Natürlich, Mäuschen.«

Sie legten auf, und Alex ging zu ihrem Rucksack zurück, den sie an der Hintertür abgestellt hatte. Sie vergewisserte sich, dass das Betäubungsgewehr sicher am Rucksack befestigt war. Dann schulterte sie ihn, schloss den Brust- und den Hüftgurt und zog die Tür hinter sich zu.

Während in den Bäumen die Morgensonne schimmerte, machte sie sich auf die Suche nach dem scheuen Karibu. Bald stieg sie die steilen Hügel hinauf und hinab, genoss die frische Gebirgsluft. Der Regen am Vorabend hatte den Boden durchweicht, Wassertropfen schimmerten auf den zarten Blättern der smaragdgrünen Farne.

Ihr besonderes Augenmerk galt den Flechten. Sie liebte die kreativen Namen und Gestalten der Flechten, die es in dieser Gegend gab, so die purpurn gepunktete Mondflechte, die scheckige Bauchflechte mit ihren verschlungenen Kammern, die faltige graue Klauenflechte, kryptisch *Nephroma occultum* genannt.

Lächelnd stiefelte sie durch die Natur, spürte die Sonne

auf dem Gesicht, während sie eine Wiese überquerte. Der Wald war voller Leben. Vögel zwitscherten, Grashüpfer zirpten, Bienen bestäubten die leuchtenden Wildblumen. Genau jetzt war die Zeit, in der Karibu-Kühe ihre Kälber aufzogen. Weibchen brachten ihr Junges spät im Frühjahr und Frühsommer zur Welt und wählten dafür Standorte an hochgelegenen Bergkämmen mit altem Wald, in der Nähe eines hohen Bergkessels. Es ermöglichte ihnen, Raubtieren auszuweichen, auch wenn sie in noch höheren Lagen Gefahr liefen, weniger Nahrung zu finden. Die Weibchen hielten sich dann wieder an die Baumflechten, wie schon im Winter. Auch andere Karibus zogen in diesen wärmeren Monaten weiter bergauf und ernährten sich dort von Flechten.

Während ihrer Wanderung dachte Alex über dieses einzelne Karibu nach und fragte sich, ob es ein Kalb hatte.

Vor dem Verschwinden der South-Selkirk-Population hatte ihr Verbreitungsgebiet etwas mehr als achtzig Quadratkilometer umfasst. Zu Beginn des 20. Jahrhunderts hatten zeitgenössische Beobachter über diese Region notiert, es gebe dort so viele von diesen Bergkaribus, dass sie ganze Berghänge schwarz färbten. Aufgrund der Fragmentierung ihres Lebensraums war die Population jedoch zunehmend auseinandergerissen worden und hatte sich in fünfzehn Gruppen aufgespalten, von denen einige dann schnell untergegangen waren. In den nächsten fünfzig Jahren würden dreizehn dieser ursprünglich fünfzehn Verbände aussterben, hatte Alex kürzlich in einer Studie gelesen.

Sie stieg über umgestürzte moosbewachsene Baumstämme, aus deren Inneren kleine Bäume sprossen. Botaniker nannten sie Ammenstämme. Üppige Pflanzen bedeckten den Waldboden, und sie erfreute sich an den zarten Wedeln des leuchtend grünen *Dryopteris filix-mas*. Er wurde seltsamerweise »der männliche Farn« genannt, denn man hatte ihn jahrelang fälschlicherweise für die männliche Version des gewöhnlichen Frauenfarns, *Athyrium filix-femina*, gehalten.

Bald sank Nebel auf den Waldboden, und sie fand sich in einer grauen traumartigen Landschaft wieder, in der sie das Gefühl hatte, dass jeden Moment etwas Magisches passieren könnte. Aus dem Nebel könnte ein Drache herauswirbeln. *Oder ich könnte dem grauen Geist des Waldes persönlich begegnen*, dachte sie.

Sie ging weiter, lächelte still in sich hinein.

Und dann teilte sich der Nebel, und vor ihr, keine zwanzig Meter entfernt, stand das Karibu.

Alex blieb abrupt stehen, machte große Augen, und ein Schauer durchfuhr sie. Das Karibu beobachtete sie wachsam mit seinen sanften goldenen Augen und senkte dann seinen anmutigen Kopf, um einige Blätter von einem Knallerbsenstrauch abzufressen.

Es war ein Bulle mit einem prächtigen Geweih, und er warf ihr wieder seinen wachsamen Blick zu, während sie den Atem anhielt und sich nicht zu rühren wagte. Nachdem er beschlossen hatte, dass sie keine Bedrohung darstellte, neigte er erneut den Kopf und riss weitere Blätter vom Strauch. Kauend entfernte er sich von ihr, riss weitere Blätter ab, knabberte am Moos- und Flechtenbett auf dem Waldboden. Alex sah, dass es ein großes Karibu war, an den Schultern deutlich über einen Meter hoch. Sie schätzte sein Gewicht auf zweihundert Kilo.

Die Nebelschwaden gerieten in Bewegung, wirbelten magisch umher und verschleierten das Tier.

Alex ging leise darauf zu, das weiche Bett unter ihren Stiefeln dämpfte ihre Schritte. Sie hörte den Bullen schmatzen und wie er Pflanzen aus dem Waldboden riss, aber sie konnte ihn nicht sehen. Sie hörte, wie er mit den Hufen stampfte, während er das Gewicht verlagerte.

Sie wählte einen Betäubungspfeil mit der richtigen Dosis für sein Gewicht und schwenkte dann langsam das Gewehr herum. Der Nebel lichtete sich ein wenig, und sie sah das Karibu wieder. Es behagte ihr nicht, das Tier zu erschrecken, aber wenn eine Halsbandkamera sein Überleben sichern konnte, musste sie es tun. Sorgfältig zielte sie auf sein Hinterteil und schoss. Der Pfeil traf ins Schwarze, das Karibu erschrak und stob davon.

Alex nahm die Verfolgung auf.

7. KAPITEL

Um das Karibu nicht noch mehr zu verängstigen, hielt Alex Abstand, während die Wirkung des Betäubungsmittels einsetzte. Sie wusste, dass es drei bis fünf Minuten dauern würde. Das Karibu wurde langsamer, blieb schließlich stehen, blinzelte träge. Dann knickten seine Vorderbeine ein, und es sackte in sich zusammen, die Augen fielen ihm zu.

Erst jetzt ging Alex hinüber. Normalerweise würde ihr ein Team helfen, um mit einem so großen Tier fertigzuwerden, aber diesen Luxus hatte sie nicht. Sie nahm den Rucksack ab, stellte ihn neben dem Kopf des Karibus auf den Boden und fischte eine weiche Augenmaske heraus, die sie dem Tier umlegte. Dazu schob sie ihm den Schlauch ins Maul und verband ihn mit der Sauerstoffflasche. Dann maß sie Länge und Breite des Tiers, um sein Gewicht besser abschätzen zu können. Sie begutachtete sein Gebiss und befand es für gesund.

Als Nächstes holte sie eine Halsbandkamera heraus, schaltete sie ein und programmierte sie so, dass sie alle zwei Stunden eine zehnsekündige Videosequenz aufnahm. Mit dieser Einstellung verlängerte sich die Lebensdauer der Batterie erheblich. Vorsichtig und mit aller Sorgfalt legte sie dem Karibu das Halsband um, damit es locker saß und das Tier nicht in seiner Bewegungsfreiheit einschränkte.

Als sie fertig war, setzte sie sich neben das Karibu und spürte seinen warmen Atem aus den Nasenlöchern ausströmen. Sie inspizierte seine Augen auf das Vorhandensein von

Parasiten wie *Besnoitia* und untersuchte es auf Dasselfliegen-Befall, fand aber keine Anzeichen. Danach machte sie einen Abstrich von der Innenseite der Nasenlöcher, um nach *Mycoplasma ovipneumoniae*, oder *M. ovi*, wie die Forscher es nannten, zu suchen, einem Bakterium, das zu einer Atemwegserkrankung führen konnte. Sie verstaute die Abstriche in einem speziellen Behälter, schnitt dem Karibu dann etwas Fell ab, nahm eine Stuhlprobe und zapfte ihm eine Kanüle Blut ab. Die Laboruntersuchungen dieser Proben würden diverse Informationen liefern, unter anderem über den Spiegel des Stresshormons Cortisol, das Vorhandensein von Giftstoffen, Krankheiten, Ernährung und vieles mehr.

Sie prüfte seinen Herzschlag, den Sauerstoffgehalt des Blutes und die Atemfrequenz, um sicherzustellen, dass das Betäubungsmittel nicht stärker als gewünscht wirkte. Sie bewunderte sein samtenes Geweih. Dieses Karibu war wirklich ein schönes Tier.

Bergkaribus waren polygyn, mit anderen Worten, die Bullen konkurrierten miteinander, da sie sich im Herbst nicht nur mit einer, sondern mehreren Kühen paarten. Das stattliche Geweih dieses Exemplars hier würde ihm gute Dienste erweisen, wenn er um eine Partnerin stritt.

Karibus wurden in der Regel acht bis zehn Jahre alt, und da die Weibchen nur einmal im Jahr kalbten – ab dem dritten Lebensjahr –, war die Fortpflanzungsrate nicht so hoch wie bei anderen Hirscharten. Hinzu kam, dass die Überlebenschance für Karibu-Babys nur dreißig bis fünfzig Prozent betrug, und Alex war ihre prekäre Situation nur allzu bewusst, vor allem wegen zusätzlicher Faktoren wie Klimawandel, Abholzung und einer bisher nicht gekannten Prädation. Nahrungsmangel während der Schwangerschaft der Muttertiere bedeutete, dass die Kälber oft schwach und anfällig für Krankheiten waren.

Alex hoffte, dass dieser Bulle im Herbst ein Weibchen finden würde.

Als sie mit der Probenentnahme fertig war, spritzte sie ihm das Umkehrmittel, um die Sedierung aufzuheben. Kurz darauf begann sich das Karibu zu regen und versuchte, den Kopf zu heben. Alex nahm ihm die Augenmaske ab und zog den Sauerstoffschlauch aus dem Maul. Dann langte sie nach dem Rucksack und trat zurück, stellte sich hinter einen Baum und behielt das Karibu im Auge. Sie wollte nicht, dass es in seinem benommenen Zustand Opfer eines Wolfs oder Pumas wurde.

Es stand auf und warf den Kopf hin und her, dann stand es einige Minuten lang blinzelnd da. Schließlich trottete das Karibu in den nebelverhangenen Wald davon, und Alex verfolgte es noch eine Weile, um sicherzugehen, dass es wieder voll auf dem Damm war. Bald schon knabberte es ganz normal an den Sträuchern und riss tief hängende Flechten von den Bäumen.

Sie seufzte erleichtert. Nun würde sie es immer lokalisieren können. Vielleicht würde sie sogar herausfinden, dass es nicht allein war. Sie lächelte. Das Karibu war hier. Der Graue Geist des Waldes. Und sie wusste, dass sie mit all ihrer Kraft für seinen Schutz kämpfen würde.

Auf dem Rückweg zum Haus steuerte Alex eine der selbstauslösenden Kameras an. Sie öffnete das Vorhängeschloss und klappte das Gehäuse auf. Unvermittelt kroch ihr ein Frösteln über den Rücken, das Gefühl, beobachtet zu werden.

Sie hielt inne, spürte förmlich, wie sich Blicke in ihren

Rücken bohrten. Sie fuhr herum, sah aber nur den Wald, moosbewachsene Stämme, riesige Bäume, im Sonnenlicht schillernde Farne. Zögernd wandte sie sich wieder um und schaltete den Kamerabildschirm ein. Sie checkte die Akkulaufzeit und den Speicherplatz, dann klickte sie durch die neuesten Fotos. Einige zeigten vorbeiziehende Weißwedelhirsche. Im Baum gegenüber saß ein Rabe auf einem Ast. Einige Minuten später war ein Fischmarder auf denselben Baum geklettert. Aber nirgends der Graue Geist.

Sie hängte die Kamera zurück und notierte im Feldtagebuch Datum und Uhrzeit des heutigen Besuchs und wie voll die Speicherkarte war. Sie holte ihr GPS-Gerät hervor und rief darauf den nächsten Kamerastandort auf, schulterte ihren Rucksack und machte sich auf den Weg.

Sie war noch keine dreißig Schritte gegangen, als das Gefühl, beobachtet zu werden, zurückkehrte. Diesmal blieb sie stehen und tat so, als würde sie auf ihr GPS-Gerät schauen, dann hob sie es an und drehte sich langsam, als versuchte sie, ein Signal zu empfangen. In ihrem peripheren Blickfeld suchte sie unauffällig die Umgebung ab, ohne jemanden zu bemerken.

Das ungute Gefühl hielt an, und sie musste an die ermordete Rangerin im Stadtpark denken. Alex schauderte unwillkürlich. Sie griff nach dem Bärenspray, öffnete das Holster. Irgendwo hier draußen könnte ein Killer durchs Unterholz pirschen. Sie senkte das GPS-Gerät, die rechte Hand lässig am Bärenspray. Sie setzte sich wieder in Bewegung. Je näher sie der nächsten Kamera kam, desto mehr verflüchtigte sich das Gefühl.

Es war, überlegte sie, als hätte sie das Territorium der Person verlassen.

Doch als sie durch eine weitere Gruppe alter Baumriesen hindurchmarschierte, kehrte das Gefühl zurück. Verfolgte sie jemand?

Sie wiederholte den Trick von eben, hob das GPS-Gerät an und drehte sich langsam im Kreis. Hinter einem etwa fünf Meter entfernten Baum sah sie eine flackernde Bewegung, erhaschte einen kurzen Blick auf Kleidung, bevor deren Träger wieder hinter dem breiten Baumstamm verschwand. Alex zückte das Bärenspray, verharrte, unsicher, was sie tun sollte. Die Person hielt sich unbefugt auf Reservatgelände auf. Es könnte ein bewaffneter Wilderer sein. Sie hatte nur ihr Bärenspray und ein momentan ungeladenes Betäubungsgewehr dabei. Ihr Herz pochte.

Unzureichende Bewaffnung hin oder her, sie wollte die Person zur Rede stellen, und zwar sofort. Sie wollte wissen, was sie hier tat, warum sie ihr nachschlich. Zögerlich trat sie auf den Baum zu, das Bärenspray in der erhobenen Hand. Es hatte eine Reichweite von bis zu fünfzehn Metern, ihr Finger lag auf dem Druckknopf, bereit, dem Kerl damit einzuheizen.

Sie machte einen weiteren Schritt nach vorn. Plötzlich trat der Mann hinter dem Baum hervor. Ihre Blicke trafen sich. Es war der ungepflegte Typ mit dem Gewehr, der, der mit dem Klappspaten in der Erde herumgegraben hatte. Sein Haar hing ihm in langen fettigen Strähnen auf die Schultern, sein blasses Gesicht war schlammverschmiert. Seine Wangenknochen stachen scharf hervor, und er erwiderte ihren Blick, ohne mit der Wimper zu zucken. Nun bemerkte sie auch das Gewehr, das er auf dem Rücken trug.

»Wer sind Sie?«, fragte sie.

Er starrte sie noch einige Augenblicke lang an, bevor er sich wortlos umdrehte und in den Wald trottete. Unschlüssig sah sie ihm hinterher. Er erklomm die Anhöhe und verschwand auf der anderen Seite in Richtung des Nationalforsts.

Alex hielt noch immer die Bärenspraydose in der Hand. Schließlich steckte sie sie weg, blickte aber weiter in die Richtung, in die der Mann gegangen war. Das Gefühl, beobachtet zu werden, war nun völlig verschwunden. Sie nutzte die Gelegenheit, um einen Betäubungspfeil in das Gewehr zu schieben.

Noch den Schreck in den Knochen, wandte sie sich um und setzte ihren langen Rückweg zum Haus fort. Sie konnte entweder im Reservat bleiben und den langen Umweg gehen oder die Abkürzung über Bundesland nehmen. Sie entschied sich für den direkten Weg und versuchte, das ungute Gefühl abzuschütteln. Der Mann war wahrscheinlich ein Landstreicher, der im Forst campte. Der Umstand, dass er bewaffnet im Reservat umherstreifte, behagte ihr nicht. Aber vielleicht wilderte er ja nicht. Vielleicht war er nur ein zivilisationsmüder Einsiedler, der versuchte, hier draußen fernab der Menschen zu überleben.

Jedenfalls würde sie Sheriff Taggert von ihm erzählen. Vielleicht hatte sie schon von ihm gehört.

Um ihre Laune zu heben, dachte Alex wieder an das Karibu. Sie konnte es kaum erwarten, die ersten Aufnahmen der Halsbandkamera herunterzuladen.

Da nur noch wenige Stunden Tageslicht blieben, war ihr klar, dass die Kamera nicht viel von diesem ersten Tag würde filmen können, aber sie hoffte, dass alles richtig funktionierte. Sie wagte es kaum, sich vorzustellen, dass mehr als nur ein Karibu bei ihnen sein könnte, aber es war durchaus möglich.

Es begann zu nieseln, die feinen Tröpfchen sammelten sich in ihrem Haar. Sie hob ihr Gesicht zum Himmel, dankbar für die kühle Feuchtigkeit auf der Haut nach dem schweißtreibenden Tag. Der Regen hob ihre Laune weiter. Sie hatte graue Regentage immer geliebt.

Beglückt und voller Vorfreude, sich gleich nach ihrer Rückkehr mit der Karibu-Kamera verbinden zu können, beschleunigte sie ihre Schritte derart, dass sie beinahe über einen feinen Draht gestolpert wäre, der zwischen zwei Bäumen gespannt war.

Alex blieb abrupt stehen, kurz bevor ihr Stiefel den Stolperdraht getroffen hätte, und wäre um ein Haar gestürzt.

Sie schaute zu der Stelle auf, wo der Draht zu einer kleinen Glocke führte, die an einem der Bäume hing.

Es war eine Alarmfalle.

8. KAPITEL

Vorsichtig stieg Alex über den Stolperdraht hinweg, sich nur allzu bewusst, dass es in der Nähe womöglich weitere solcher Drähte gab. Sie ging weiter, suchte vor jedem Schritt sorgfältig den Boden ab.

Zwischen anderen Bäumen entdeckte sie tatsächlich noch weitere Stolperdrähte, verbunden mit kleinen Glocken, die an niedrigen Ästen hingen.

Sie blieb stehen, um sich die Vorrichtungen anzusehen, und fragte sich, wer sie wohl angebracht hatte. Dann bemerkte sie unter einem moosbedeckten umgestürzten Baum eine dunkle Grube, die sie zunächst für einen Fuchsbau hielt. Äste bedeckten sie größtenteils, sodass sie nur eine etwa fünfzig Zentimeter breite Öffnung sah. Sie schob ein paar Äste beiseite und entdeckte einen Tunneleingang, der unter dem umgestürzten Baum hindurchführte. Ringsherum lag frisch aufgewühlte Erde. Sie suchte nach den üblichen winzigen Knochen und anderen Beuteresten, die Füchse normalerweise zurückließen, fand aber nichts dergleichen.

Als sie zwei weitere Äste beiseiteschob, zeigte sich, dass der Tunnel groß genug war, um hineinzukriechen. Irgendetwas daran erschien ihr unnatürlich, und das nicht nur, weil es ringsum von Stolperdrähten wimmelte.

Einen Moment lang hockte sie da und lauschte, hielt nach einer Bewegung Ausschau. Könnte dies der Unterschlupf des Landstreichers sein? Oder war es nur eine Tierhöhle?

Sie dachte an die vermisste Wanderin, Amelia Fairweather. Hatte sie womöglich beschlossen, als Aussteigerin hier draußen im Wald zu leben? Sheriff Taggert hatte sie gebeten, nach Amelia oder ihren Habseligkeiten Ausschau zu halten. Sie überlegte hin und her, blickte in das dunkle Erdloch. Solange niemand in der Nähe war, konnte sie sich dort unten ja mal kurz umsehen.

Irgendwo in den Bäumen krächzte ein Eichelhäher, begleitet vom fröhlichen Gezwitscher einer Bergmeise. Die Tiere klangen nicht beunruhigt.

Alex hatte nicht das Gefühl, dass jemand in der Nähe war.

Sie nahm den Rucksack ab und holte die Stirnlampe heraus, schnallte sie um, ging auf Hände und Knie und leuchtete in das Loch. Der Lichtschein fiel auf ein rotes Flanellhemd, das ordentlich zusammengelegt etwa anderthalb Meter tief in der Grube lag. Sie zog den Kopf heraus und lauschte wieder auf die Waldgeräusche. Zwei Meisen unterhielten sich zwitschernd. Noch immer fiel leichter Nieselregen. Ansonsten war nichts zu hören.

Sie griff nach dem Betäubungsgewehr und hielt es vor sich. Dann steckte sie den Kopf wieder in den Tunnel und kroch hinein. Er führte nach links, und sie folgte ihm, die Hände auf die weiche kühle Erde gepresst.

Das ist verrückt, dachte sie. *Ich sollte umkehren.*

Und dann öffnete sich der Tunnel in eine Art Raum. Äste stützten die Wände. Auf dem Boden lag ein alter Teppich. In einer Ecke stand ein Feldbett, daneben ein provisorischer Tisch aus Munitionskisten. Darauf lagen zwei Taschenlampen, Batterien, ein Campingkocher und ein Zippo-Feuerzeug, in den dasselbe spiralförmige Muster eingraviert war wie in dem Kompass, den sie kürzlich gefunden hatte. Auf dem Feldbett lagen eine schmuddelige dicke Decke und zwei ebenso schmutzige Kopfkissen. In der Ecke stand ein Pappkarton voller halb zerfledderter Taschenbücher.

Sie sah keine von Amelias Sachen, die Taggert ihr beschrieben hatte. An einer Wand waren Konserven aufgestapelt, daneben lag ein rostiger Dosenöffner. Und neben dem Dosenöffner entdeckte Alex das Multitool.

Sie hob es auf, sah die vertraute Gravur: *Alex Carter – Das Abenteuer ruft.*

Plötzlich bekam sie es mit der Angst zu tun. Dies war kein Ort, an dem sich die wohlhabende Besitzerin einer Gärtnerei verkriechen würde. Eher schien es ihr der Zufluchtsort eines verzweifelten, einsamen Menschen zu sein, einer Person, die aus einer tiefen Verletzung heraus die Gesellschaft hinter sich gelassen hatte. Sie wandte sich um und kroch aus dem Tunnel zurück ans Tageslicht, dankbar, wieder frische Luft atmen zu können. Sie nahm ein paar tiefe Atemzüge, dann lauschte sie, hielt nach Bewegungen Ausschau.

Nach einigen Augenblicken schulterte sie ihren Rucksack und entfernte sich von dem Tunnel, das Betäubungsgewehr einsatzbereit in Händen. Sie wählte ihre Schritte mit Bedacht, hielt nach weiteren Stolperdrähten Ausschau. Beinahe wäre sie über einen gestolpert, zog aber im letzten Moment den Fuß zurück. Bevor sie das Gebiet verließ, nahm sie mit dem GPS-Gerät einen Wegpunkt und speicherte ihn.

Dann eilte sie davon, schaute sich fortwährend um.

Unterdessen wurde der Regen stärker. Sie zog sich die Kapuze über den Kopf und versuchte, sich auf das Regenprasseln zu konzentrieren – normalerweise beruhigte sie das Geräusch. Doch ihre Gedanken kreisten fortwährend um den seltsamen Tunnel und den Mann mit dem Gewehr. Der

Unterschlupf befand sich im Nationalforst, nicht im Reservat, dennoch würde sie Sheriff Taggert davon erzählen.

Im Wald wurde es zunehmend dunkel, während die Sonne nach und nach hinter den zerklüfteten Gipfeln verschwand. Schatten krochen über den Waldboden. Alex liebte diese Tageszeit, die Dämmerung, wenn Tag und Nacht gleichzeitig existierten, eine magische Zwischenzeit, in der alles möglich schien. Es hörte auf zu regnen, die Wolken verzogen sich, und als im Osten der Vollmond über den Gipfeln aufging und sich sein silbriger Lichtschein über dem Wald ergoss, wurde sie etwas munterer.

Wie so oft am Ende einer langen Wanderung dachte sie ans Abendessen. Sie war keine große Esserin, aber in der Wildnis unterwegs zu sein regte immer ihren Appetit an. Als sie in Boston gelebt hatte, hatte sie nur einmal am Tag gegessen. Inzwischen war ihr aber klar, dass sie dort an einer depressiven Verstimmung gelitten hatte. Fernab der Natur war ihr die Lebensfreude abhandengekommen. Hier draußen aber, in freier Wildbahn, war sie wieder im Reinen mit sich.

In diesem Moment hörte sie einen Wolf heulen. Augenblicke später antwortete ein anderer Wolf, dann heulten beide im Duett. Sie musste grinsen und widerstand dem Impuls, ihrerseits ein animalisches Heulen auszustoßen. Die Wölfe verstummten. Auch diese Tiere lagen ihr am Herzen. Wölfe hatten es sicherlich auch nicht leicht in diesen Zeiten.

Endlich kam das Farmhaus in Sicht. Alex schloss auf, ging hinein und ließ noch an der Tür ihren Rucksack zu Boden gleiten. Plötzlich fühlte sie sich so leicht, dass sie hätte zur Decke schweben können. Sie machte schnell ein paar Dehnübungen, denn ihre Schulter- und Rückenmuskeln waren ganz steif und taten weh.

Dann rief sie den Sheriff an.

»Taggert«, sagte die Frau nach dem zweiten Klingeln.

»Hi. Hier ist Alex Carter, oben im Selkirk-Reservat.«

»Oh, hallo, Alex.«

»Hören Sie, ich weiß nicht, ob es mit der vermissten Wanderin oder der Rangerin zu tun hat, aber ich bin dort draußen einem Mann begegnet. Er sah ziemlich abgerissen aus. Ich habe einen Tunnel mit einer kleinen Erdhöhle gefunden, in der er vielleicht lebt. Dort habe ich zwar keine Sachen von Amelia entdeckt, aber ich dachte, es würde Sie vielleicht interessieren. Ich kann Ihnen die Koordinaten geben.«

»Schießen Sie los.«

Alex holte das GPS-Gerät und nannte der Polizistin die Längen- und Breitengrade.

»Ist das im Nationalforst oder im Reservat?«

»Im Forst.«

»Dann werde ich einen Ranger hinschicken, um sich das mal anzusehen.«

»Okay. Ich habe auch ein Foto von dem Mann. Ich kann es Ihnen mailen.«

»Können Sie das sofort tun?«

»Natürlich.« Alex ging zu ihrem Laptop, kopierte das Foto von der Speicherkarte ihrer Kamera und schickte es ab.

Sie hörte am anderen Ende der Leitung das Pingen einer eingetroffenen E-Mail. »Kleinen Moment.« Kurz darauf war die Polizistin wieder am Apparat. »Den Mann kenne ich nicht. Aber ich werde am Ball bleiben. Danke, dass Sie mich informiert haben.«

»Ist doch selbstverständlich.«

»Ach so, wir haben die Patronenhülse überprüft, die in Ihrem Reifen gesteckt hat. Es war Kaliber .308, wahrscheinlich aus einem Jagdgewehr. Aber das Ergebnis der ballistischen Untersuchung passt zu keinem der Fälle, die wir in den Akten haben. Hat man noch ein weiteres Mal auf Sie geschossen?«

»Nein, zum Glück nicht.«

»Okay. Ich melde mich bei Ihnen, sobald es etwas Neues gibt.«

»Danke, Sheriff.«

Sie legten auf, und Alex kochte sich einen Tee. Da sie neugierig auf die ersten Videos der Halsbandkamera war, schlang sie am Küchentresen einen eilig zubereiteten Burrito mit schwarzen Bohnen hinunter.

Anschließend fuhr sie ihren Laptop hoch und verband sich mit dem Server, auf dem die Videos gespeichert waren. Um den Akku zu schonen, war die Kamera so programmiert, dass sie nur einmal am Tag Filmmaterial verschickte, und zwar um zehn Uhr abends. Vor zehn Minuten. Sie loggte sich ein und grinste, als sie sah, dass mehrere Dateien auf sie warteten.

Die jeweils zehnsekündigen Videos boten ihr einen Einblick in den Tagesablauf des Karibus. Das erste Video zeigte, wie sich das Karibu hinlegte und ausruhte. Es hatte den Kopf an seiner Körperseite abgelegt, sodass sie auf einen seiner Huf schaute, der auf sattgrünem weichem Moos lag. Sie klickte auf die nächste Videodatei. Nun trottete das Karibu über den Waldboden, knabberte an Sträuchern und Flechten. Sie sah die Kaubewegungen des Kinns.

Als sie sich alle Videos angesehen und die GPS-Koordinaten der verschiedenen Standorte des Karibus notiert hatte, lehnte sich Alex zurück und lächelte zufrieden. Von nun an würde sie mitverfolgen können, wie das Karibu seine Tage verbrachte, wo es auf Nahrungssuche ging und was es fraß. Auch würde sie herausfinden, welche Raubtiere womöglich in seiner Nähe waren und wie lange es in Bewegung war, wie lange es schlief und wie sehr es von Insekten geplagt wurde. Sie hatte gehofft, es in Gesellschaft anderer Karibus zu sehen, aber bisher schien es das Einzige zu sein.

Sie schaute auf die Uhr. Es war zu spät, um Ben an der Ostküste anzurufen, aber nicht zu spät, um bei Zoe durchzuklingeln, die bekanntermaßen eine Nachteule war.

Nachdem sie den Laptop heruntergefahren hatte, ging sie in die Küche und setzte sich an den Tresen, wo der Festnetzapparat stand. Sie wählte die Nummer ihrer Freundin.

»Hey, Zoe!«

»Alex! Wie läuft's bei dir?«

»Ziemlich gut. Ich habe heute das Karibu gefunden! Ich konnte ihm sogar die Halsbandkamera umlegen.«

»Also kann es jetzt Selfies machen?«

Alex lachte. »Japp. Und sie mir geradewegs schicken.«

»Klasse! Und was gibt's sonst? Irgendwelche Neuigkeiten von der vermissten Wanderin oder der Toten im Park?«

»Nein, nichts Neues. Aber ich habe heute etwas Sonderbares entdeckt.«

»Uh, jetzt wird's spannend.« Zoe lachte.

»Es gibt da diesen Typen, den ich jetzt schon ein paarmal gesehen habe. Ich glaube, er ist ein Landstreicher, der im Wald lebt. Er ist ein bisschen unheimlich. Ich habe einen Tunnel entdeckt, der in eine Erdhöhle führt. Ich glaube, dort wohnt er.«

»Mitten im Wald?«

»Ja. Drinnen gibt es ein Bett, Taschenbücher und einen Campingkocher. Und er hatte mein Multitool mitgenommen.«

»Was?«

»Ich hatte es irgendwo verloren. Er muss es eingesteckt haben.«

»Oder er hat es dir aus dem Rucksack geklaut«, sagte Zoe erschrocken.

»Ich glaube nicht, dass er so nah an mir dran war. Hoffe ich zumindest.«

»Hältst du ihn für gefährlich?«

»Ich weiß es nicht«, sagte Alex und biss sich auf die Lippe. »Jedenfalls habe ich dem Sheriff von der Höhle erzählt. Vielleicht hängt es ja irgendwie mit dem Mord oder der vermissten Wanderin zusammen.«

»Whoa. Ich an deiner Stelle würde sofort aus der Gegend verschwinden.«

»Es ist auf jeden Fall unheimlich, aber ich werde diese Karibu-Sache durchziehen. Und was ist mit dir?«, fragte Alex, um das Thema zu wechseln. Sie wollte ihre Freundin nicht unnötig beunruhigen. »Gibt es neue Sabotageakte zu vermelden?«

»Leider ja. Die Zustände am Set sind wirklich schräg. Allmählich glaube ich, dass dieser Dreh verflucht ist.«

»Was ist denn passiert?«

»Na ja, zum Beispiel spielt dauernd die Klimaanlage verrückt. Sie läuft zwar, aber sie macht, was sie will. Ich sitze da und gehe meinen Text durch, und plötzlich trifft mich ein eisiger Luftzug, und mir wird so arschkalt, dass meine Lippen blau werden. Und das passiert nicht nur mir, sondern überall am Set.«

»Seltsam.«

»Und dann war da dieser komische Gestank.«

»Gestank?«

»Ja. Gestern begann es am Set plötzlich fürchterlich zu stinken, als ob aus der Kanalisation etwas ganz Mieses aufsteigen würde. Ich sah, wie es wie eine unsichtbare Wolke über die Crew hinwegwallte. Zuerst fingen die Beleuchter an zu würgen, dann zogen sich die Alien-Techniker ihre Shirts über die Nase, und der Typ im Motion-Capture-Anzug schlug dem Materialassistenten auf den Arm, weil er dachte, der arme Kerl hätte einen fahren gelassen. Dann erreichte die Wolke mich und den Regisseur auf unseren Stühlen hinter der Kamera. Was für ein *Gestank*! Ich fing sofort an zu würgen. Eine Assistentin hat in den leeren Kaffeebecher gekotzt, den sie in der Hand hielt, nur war der nicht groß genug, und der Gestank zog weiter bis in den letzten Winkel am Set. Schließlich mussten wir die hydraulischen Tore aufreißen und sind mit tränenden Augen um unser Leben gerannt. Der Gestank ist sogar in meinen Wohnwagen gelangt.«

»Igitt. Was war die Ursache?«

»Das weiß niemand. Eine Stinkbombe? Jedenfalls konnten wir gestern nicht weiterdrehen. Die Feuerwehr musste kommen und sicherstellen, dass es kein Gasleck war oder so. Sie konnten nichts finden, aber ich sah, wie ein Feuerwehrmann seine Maske abnahm und gleich wieder aufsetzte. Ich dachte, er würde in das Ding reinkotzen.«

»Ist das eklig.«

»Kannst du laut sagen. Ich habe keine Ahnung, was hier vorgeht. Nach all dem Scheiß, der passiert ist, sind wir inzwischen fünf Drehtage im Verzug, und für die Hauptaufnahmen sind nur sechsunddreißig vorgesehen.«

»Tut mir leid, dass sich die Dinge bei euch so schwierig gestalten.«

»Tja, so ist es eben, das Schauspielerleben. Du hast ja keine Ahnung, wie stressig es sein kann.« Zoe lachte heiser.

»Und wie geht's weiter?«, fragte Alex.

»Morgen werde ich an Kabeln vor einem gigantischen Greenscreen hängen und gegen die Alien-Puppe kämpfen.«

»Klingt aufregend.«

»Irgendwie freue ich mich darauf.« Alex hörte, wie jemand an die Tür von Zoes Wohnwagen klopfte. »Oh, Mist. Miranda ist da. Sie ist die Drehleiterin. Sie will mit mir die Szenenliste für morgen durchgehen.«

»Dann lass uns Schluss machen. Hals- und Beinbruch!«

»Dir auch. Oh, warte – nein! Brich dir da draußen kein Bein. Bitte nicht!«

Alex lächelte. »Mir wird schon nichts passieren.«

»Ruf bald an. Ich mache mir Sorgen um dich. Ich kann dich nur auf einem altmodischen Festnetzanschluss erreichen, der nicht mal einen Anrufbeantworter hat.«

»Hier oben ist es wie im 20. Jahrhundert. Ich weiß nicht, wie ich unter so krassen Bedingungen überleben soll.«

»Pass auf dich auf!«

»Du auch.«

Alex kehrte zu ihrem Laptop zurück und übertrug die Koordinaten der Halsbandkamera in das GPS-Gerät. Morgen würde sie zu diesen Orten wandern und nach Spuren weiterer Karibus Ausschau halten. Und sie würde notieren, von welchen Pflanzen sich das Karibu ernährte, was der LTWC tun könnte, um den Lebensraum des Karibus zu verbessern, und ob invasive Pflanzenarten seine bevorzugten Nahrungsquellen verdrängten.

Sie ging nach oben ins Schlafzimmer, stellte sich ans Fenster und schaute lange nach draußen, hielt Ausschau nach dem geheimnisvollen Licht. Aber heute Nacht herrschte tiefe Dunkelheit über den Bäumen, nur das Sternenmeer funkelte wie eh und je.

Schließlich schlüpfte sie in ihren Pyjama und legte sich hin, um noch ein bisschen zu lesen. Sie freute sich auf den morgigen Tag und darauf, einen besseren Einblick in das Leben dieses einsamen tapferen Karibus zu gewinnen.

Früh am Morgen machte sich Alex auf den Weg, frisch geduscht, gut gelaunt, ihr Tagesproviant im Rucksack.

Ihre Schuhsohlen rangen um Halt, während sie sich einen steilen Berghang hinaufkämpfte. Von uralten Bäumen hingen Hexenhaarflechten herab, der Waldboden war schattig und einladend. Über ihr warf die Sonne goldenes Licht auf Farne und Baumstämme, ließ den Wald erglühen. Doch im Westen zogen graue Wolken auf, und Alex wusste, dass es binnen einer Stunde regnen würde.

Sie kletterte höher und höher, genoss die frische Bergluft. Obwohl die Temperatur sank, hielt ihr Thermoshirt sie warm. Schließlich erreichte sie den Standort, von dem das erste Video stammte. Sie fand die Stelle, wo sich das Karibu hingelegt und ausgeruht hatte; die Vegetation dort war noch immer platt gedrückt. Sie sah sich nach Spuren um und fand zwei an einer Stelle mit feuchter Erde. Doch der Waldboden war größtenteils mit Moosen und Tannennadeln bedeckt, was es schwierig machte, weitere Spuren zu finden.

Während sie in aller Ruhe den Boden absuchte, prasselten die ersten Regentropfen auf sie herab. Sie kramte ihren Regenparka heraus, schlüpfte hinein und zog sich die Kapuze über den Kopf. Sie fand verschiedene Büsche und Sträucher, an denen das Blätterwerk abgefressen worden war, und trug jede Pflanzenart in das kleine Notizbuch ein, das in ihrer Jackentasche steckte.

Nachdem sie alles Wissenswerte über das Gebiet notiert hatte, machte sie sich auf den Weg zu der Stelle, wo das Karibu im zweiten Video über den Waldboden getrottet war und an Flechten und Sträuchern geknabbert hatte.

Sie wanderte eine beträchtliche Strecke, nun in Richtung des Nationalforstes, und bald ging sie unmittelbar an dessen Grenze entlang. Ihr GPS-Gerät piepte, als sie sich dem zweiten Video-Standort näherte. Sie war fast dort, wo die Baumbesetzerin campierte. Sie versuchte, möglichst leise zu sein, in der Hoffnung auf eine erneute Begegnung mit dem Karibu, aber heute hielt es sich offenbar anderswo auf.

Sie machte Fotos von der abgefressenen Vegetation und notierte erneut die Pflanzenarten. Auf der Suche nach Spuren ging sie in dem Gebiet umher, betrachtete aufmerksam den Boden. Diesmal fand sie nur einen einzelnen Hufabdruck.

Dann hörte sie Kiefernnadeln knirschen.

Ein Mann stand dort und blickte zu ihr herüber.

9. KAPITEL

Es war nicht der Mann mit der Kettensäge, vor dem sie die beiden jungen Aktivisten beschützt hatte. Er trug helle, farbenfrohe Klamotten, die aus Hanf zu bestehen schienen, auf dem Kopf eine Strickmütze, unter der lange blonde Dreadlocks hervorquollen und sein blasses Gesicht umrahmten. Einen Moment lang blickte er furchtsam zu ihr hinüber, dann fuhr er herum und verschwand zwischen den Bäumen.

»Hey!«, rief die Stimme der Baumbesetzerin von oben. »Komm zurück! Du hast das Seil runtergezogen! Hau nicht ab! Verdammt!«

Alex hörte das Knistern eines Funkgeräts hoch oben im Baum. »Ist jemand da? Trevor ist in Panik geraten und abgehauen. Das Seil liegt unten auf dem Waldboden, zusammen mit meinen neuen Vorräten.« Die Baumbesetzerin verstummte und lauschte auf eine Antwort. Es kam keine. »Hallo?!«

Alex ging zu dem Baum hinüber und sah am Boden einen großen Korb voller Nüsse in Dosen, Brot, Proteinriegeln, Obst, Karotten, Batterien und mehreren Wasserflaschen. Ein dickes Seil lag daneben.

»Brauchst du Hilfe?«, rief Alex nach oben.

»Wer ist da?«

»Ich bin die Biologin aus dem Reservat.«

»Sie sind meine Retterin! Wenn ich Ihnen ein Seil herunterlasse, können Sie es dann an dem Korb befestigen?«

»Na klar.«

Das Seil wurde vom Baum heruntergelassen, Alex befestigte es am Korb, und die Frau – Agatha, wie Alex sich entsann – zog ihn sogleich nach oben.

»Der Typ verliert immer sofort die Nerven«, rief Agatha herunter. »Keine Ahnung, warum sie ihn immer wieder schicken. Im Moment sind nicht mal Holzfäller in der Nähe.«

»Ja, ich war schon mal hier, als dich dieser wütende Kerl mit der Kettensäge bedroht hat.«

»Ach, dann warst du das, die das Ablenkungsmanöver inszeniert hat?«

»Ja, das war ich.«

»Danke dafür. Zum Glück ist der Kerl heute nicht da. Ich bin so erleichtert. Er hat es auf mich abgesehen.«

»Der andere Typ, Dennis, sagte, du wärst seit sieben Monaten da oben. Das ist beeindruckend.« Sie dachte an Julia Butterfly Hill, die gut zwei Jahre im Wipfel eines kalifornischen Mammutbaums namens Luna verbracht hatte, um ihn vor der Abholzung zu bewahren.

»Danke. Es ist eine wunderbare und gleichzeitig beängstigende Erfahrung.«

»Ihr habt die Abholzung also fürs Erste gestoppt?«

»Ja, genau. Und verdammt, was waren die Holzfäller wütend. Aber wir können nicht zulassen, dass sie diesen alten Wald zerstören. Es gibt kaum noch Urwälder in den USA.«

Alex konnte sich gut vorstellen, wie die Gemüter der Holzfäller und Aktivisten hochkochten. »Ich bewundere dein Engagement.«

»Danke!«, rief die Frau herunter. »Hey, wie heißt du eigentlich?«

»Alex.«

»Ich bin Agatha.«

»Freut mich, dich kennenzulernen.«

»Ganz meinerseits.«

Alex wandte sich zum Gehen. »Pass auf dich auf da oben.«

»Mach ich.«

Auf ihrem Rückweg ins Reservat dachte Alex darüber nach, wie abhängig das zurückgekehrte Karibu von dem alten Baumbestand war. Sie wünschte sich inständig, dass der Baumriese, den Dennis Gaia genannt hatte – nach der griechischen Göttin der Erde –, erhalten bleiben möge. Ein passender Name.

Alex beschloss, die Kamera zu überprüfen, die sie dort installiert hatte, wo sie die allersten Karibu-Spuren entdeckt hatte. Nach einer Weile hörte sie plötzlich das aufgebrachte Geschrei eines Mannes.

»Verdammte Scheiße!«, fluchte er. »Gottverdammte Ökospinner!«

Sie blieb stehen, lauschte. Stimmen, vor allem Schreie, trugen in der Wildnis so weit, dass es einige Augenblicke dauerte, bis sie wusste, wo der Mann in etwa war.

»Ist da jemand?«, brüllte er.

Alex blickte in Richtung Nationalforst. Die Stimme kam eindeutig von dort. Sie kehrte wieder über die Grenze zurück, spitzte die Ohren.

»Hey! Verdammt noch mal! Ist da wer? Wenn du da draußen bist und mich auslachst, dann schwöre ich bei Gott, dass ich dich umbringe!«, brüllte der Mann. Sie erkannte seine Stimme. Es war der Holzfäller, der Agatha bedroht hatte.

Sie ging auf die Stimme zu, bis sie eine Gruppe von Bäumen erreichte, die kreisförmig um eine kleine Lichtung standen. Tannennadeln rieselten herunter. Sie sah ihn nicht sofort. »Hey! Du! Gehörst du auch zu diesen gottverdammten Ökospinnern?«, brüllte er.

Jetzt erkannte Alex, dass die Stimme von hoch oben kam. Der Mann wand sich in einem Fangnetz, das wild hin und her schwang.

»Mir wird kotzübel hier oben. Hol mich runter, und dann mach dich auf was gefasst!«

Alex blickte zu ihm nach oben, erkannte sein knallrotes Gesicht und den buschigen schwarzen Bart. Offenbar wusste der Mann nicht, wann man besser die Klappe hielt.

»Ich habe die Falle nicht ausgelegt«, erklärte Alex ihm ruhig.

»Einen Teufel hast du! Warum bist du dann hier?«

»Weil jeder aus einem Kilometer Entfernung Ihr Geschrei hört.«

»Dann haben irgendwelche Körnerfresser die Falle ausgelegt. Ich werde sie alle umbringen! Weißt du, wie lange ich schon hier oben festsitze?«

Alex dachte an den Tunnel, den sie gefunden hatte, und an die vielen Stolperdrähte. Und ganz in der Nähe hatte sie zum ersten Mal den Mann mit dem Gewehr gesehen. Sie erinnerte sich daran, wie er mit dem Spaten in der Erde gegraben hatte. Womöglich war er gerade dabei gewesen, eine solche Falle zu verdecken. Alex fragte sich, ob es weitere dieser Tunnel gab und wie viele Fallen er ausgelegt hatte. Sie würde vorsichtig sein müssen.

»Ich baumele hier schon seit über einer Stunde! Und ich hab mein verdammtes Messer fallen lassen.«

Alex schaute auf den Waldboden und entdeckte zwischen den Tannennadeln ein Klappmesser, dessen Kohlefaserklinge sich silbern von der braunen Erde abhob. Sie hob es auf. Dann schaute sie sich auf der kleinen Lichtung um und entdeckte den Stolperdraht, den der Mann ausgelöst hatte. Ihr Blick folgte dem Draht zu dem Baum, an dem das Fangnetz hing.

Sie war kurz davor, das Halteseil durchzuschneiden und ihn geradewegs auf den Waldboden herabstürzen zu lassen. Vielleicht würde ihm die schmerzhafte Landung eine Lektion erteilen. Aber falls er sich dabei verletzte, wollte sie ihn nicht aus dem Wald schleppen müssen. Und letztlich war sie zu gutmütig, auch wenn dieser Kerl pures Gift war.

»Ich bin mir nicht sicher, ob ich Ihnen helfen soll. Wissen Sie etwas über eine Ladung Baumstämme, die von einem Transporter gestürzt sind?«, fragte sie ihn.

Er wand sich im Netz, blickte grimmig zu ihr herunter. »Ich habe keine Ahnung, wovon du sprichst.«

»Oder von jemandem, der auf mich geschossen hat?«

Er krallte die Finger ins Netz, ein Blitzen in den Augen. »Wovon zum Teufel redest du? Holst du mich jetzt endlich hier runter, oder was?«

Sie starrte zu ihm hinauf, war versucht, ihn einfach dort oben zurückzulassen. Aber sie *wusste* nicht, ob er derjenige war, der auf sie geschossen hatte. Manchmal bedauerte sie ihre Gutmütigkeit. »Okay«, rief sie, »ich werde das Seil durchschneiden und versuchen, Sie möglichst behutsam runterzulassen.«

»Du? Dafür bist du nicht stark genug. Geh und hol Hilfe!«

Sie zuckte mit den Schultern. »Meinetwegen, wenn Sie unbedingt dort oben hängen wollen, bis Sie sich übergeben müssen. Könnte eine Weile dauern, bis ich jemanden finde.«

»Na schön!«, spie er aus. »Hol mich einfach runter!«

Das Halteseil führte über einen dicken Ast hinweg zu einem anderen Baumstamm, an dem es verknotet war. Sie lockerte es so weit, dass sie es sich einmal um die Taille schlingen konnte, dann säbelte sie das vordere Teilstück mit dem Klappmesser durch. Sobald die volle Last des Mannes an ihr zog, ließ sie sich über die Tannennadeln ziehen, nutzte ihr Gewicht, um sein Herabsinken zum Waldboden zu verlangsamen.

Er schlug unten auf. Augenblicklich zog und zerrte er an dem Netz, versuchte sich herauszuwinden. Sie half ihm dabei, und schließlich war er befreit und rappelte sich auf, klopfte sich wütend den Schmutz von der Kleidung. Er riss ihr das Messer aus der Hand. »Wenn ich die kleinen Scheißer erwische, die das getan haben, können die was erleben«, schimpfte er.

Sie schaute auf das Fangnetz. »Ich glaube nicht, dass es die Aktivisten waren.«

»Wer dann? Du?«, fauchte er sie an.

»Warum in aller Welt sollte ich so etwas tun?«

»Wer weiß schon, warum die Leute tun, was sie tun! Die Welt ist verrückt geworden. Die Leute sorgen sich mehr um einen verdammten Baum als darum, dass ein Mann seinen Lebensunterhalt verdienen kann.«

Er marschierte in Richtung des Holzfällerlagers davon, ohne sie noch eines weiteren Blicks zu würdigen, geschweige denn, sich zu bedanken oder sich gar von ihr zu verabschieden.

»Gern geschehen!«, rief sie ihm hinterher.

Ohne sich umzudrehen, wedelte er nur abweisend mit dem Arm und marschierte wortlos weiter.

Oh, da wurde jemand aber mächtig in seinem Stolz verletzt, was?, dachte sie, während sie ihm grinsend hinterherblickte.

Sie schaute auf ihr GPS-Gerät. Sie war nur etwa fünfhundert Meter von ihrer neu installierten Kamera entfernt. Auf dem Weg entdeckte sie eine weitere platt gedrückte Stelle in der Vegetation sowie mehrere abgefressene Sträucher und zwei Hufspuren.

Voller Ungeduld erreichte sie die Kamera am Bach und hoffte, dass diese ein Foto vom Karibu und etwaigen Gefährten gemacht hatte. Sie öffnete das Gehäuse und sah die Fotos durch. Sie grinste und ballte triumphierend die Faust, als eine gestochen scharfe Aufnahme das Karibu beim Trinken am Bach zeigte. Um den Hals trug es die Halsbandkamera. Andere Tiere zeigten die Aufnahmen nicht.

Sie zog die Speicherkarte heraus und setzte eine neue ein, dann schloss sie die Kamera wieder.

Alex machte sich auf den Weg zurück zum Haus, wo sie die neuesten Videos herunterladen und Ben das Foto mailen würde. Sie wusste nicht, was diese Enthüllung bewirken würde. Sie hoffte natürlich, dass die Regierung Maßnahmen zum Schutz des Karibus ergreifen würde. Dann würden vielleicht sogar weitere Karibus aus Kanada herüberwandern und sich ihm anschließen. Oder man würde das Karibu vielleicht wieder nach British Columbia umsiedeln.

Umsiedlungsbemühungen in die umgekehrte Richtung – von Kanada in die USA – hatten keinen dauerhaften Erfolg gezeitigt. In den Achtziger- und Neunzigerjahren hatte man mehrere Versuche unternommen, die South-Selkirk-Herde zu vergrößern, doch alle Bemühungen waren letztlich gescheitert. Bis 2018 hatten nur sehr wenige Tiere überlebt. Als Kanada 2019 die beiden letzten US-Bergkaribus aufnahm, wurden sie in ein Gehege in British Columbia gebracht und mit Futter versorgt. Man hoffte, dass die Tiere sich auf diese

Weise in ihrer neuen Umgebung akklimatisieren würden. Anschließend versah man sie mit GPS-Halsbändern und integrierte die Tiere in die Columbia-North-Herde in der Region Shuswap-Revelstoke. Unter diesen Karibus waren auch vier umgesiedelte Exemplare aus der South-Purcell-Herde. Aber inzwischen war leider auch der Bestand der Columbia-North-Herde rückläufig.

Der Überlebenskampf der Karibus ging also weiter, und auch die kanadischen First Nations, darunter die West Moberly, die Saulteau, die Athabasca Chipewyan und die Mikisew Cree, unternahmen konzertierte Anstrengungen zum Erhalt der Karibus.

Zurück im Farmhaus, machte sie sich schnell etwas zu essen. Dann setzte sie sich an den Laptop. Diesmal warteten sieben Kurzvideos auf sie, alle im Zwei-Stunden-Rhythmus aufgenommen, jedes zehn Sekunden lang.

Im ersten Video stand das Karibu still da, machte mahlende Kieferbewegungen. Wie viele andere Tiere – darunter Hirsche, Flusspferde und Kühe – waren Karibus Wiederkäuer und gehörten zur Gattung der Paarhufer. Ihr Magen war in vier Kammern unterteilt, was es ihnen ermöglichte, das Maximum aus nährstoffarmer Vegetation herauszuholen. Die aufgenommene Nahrung gelangte zunächst in den Pansen. Von dort beförderten sie die Nahrung wieder nach oben und kauten mit ihren Backenzähnen abermals darauf herum. Interessanterweise besaßen Karibus keine oberen vorderen Schneidezähne, sondern benutzten eine besonders dicke Hautschicht an der Oberseite ihrer Maulhöhle, um die Nahrung damit auch auf den unteren Schneidezähnen zu zermahlen. Wenn ein Karibu wiederkäute, bedeutete dies in der Regel, dass es sich sicher fühlte.

Auf dem zweiten Video krümmte es seinen Hals, um

sich an der Körperseite zu kratzen, und auf dem dritten rannte es über eine Wiese und sprang über mehrere umgestürzte Baumstämme. Die Kamera wackelte heftig. Sie fragte sich, ob es etwas erschreckt hatte oder es verfolgte.

In den übrigen Clips schlief das Karibu oder ging umher und fraß. Andere Karibus bekam Alex in keinem der Kurzvideos zu sehen – was aber nicht zwangsläufig bedeutete, dass es sie nicht gab. Sie kannte Aufnahmen von Halsbandkameras, die an diversen Mitgliedern einer riesigen, aus über tausend Tieren bestehenden Barren-Ground-Herde in Alaska angebracht worden waren, und doch hatte man oft keine anderen Karibus gesehen.

Und im Gegensatz zu ihren Barren-Ground-Brüdern scharten Bergkaribus sich nicht zu großen Herden zusammen, sondern lebten in eher kleinen Gruppen mit etwa fünfzig Tieren. Angesichts ihrer zunehmend bedrohten Lebensräume schrumpften diese Gruppen oft auf noch viel weniger Mitglieder. Das bedeutete, dass ein einziger Vorfall wie beispielsweise eine Lawine eine ganze Gruppe auf einen Schlag auslöschen konnte.

Das plötzliche Telefonklingeln riss sie aus den Gedanken. Sie ging in die Küche und nahm ab, lächelte, als sie Zoes Stimme hörte.

»Wie geht's?«, fragte Zoe.

Alex setzte sich an den Küchentisch. »So weit ganz gut.« Sie erzählte ihrer Freundin von ihrer neuesten Begegnung mit dem Holzfäller im Fangnetz.

»Mein Gott! Und du meinst, dieser andere Kerl hat es ausgelegt?«

»Das weiß ich noch nicht. Und was gibt's Neues von deinen unseligen Dreharbeiten?«

»Oh, Alex. Du glaubst ja nicht, was hier für ein Wahnsinn herrscht. Heute habe ich für diverse Szenen an diesen bescheuerten Kabeln gehangen. Der Film ist eine Art Drachengeschichte auf einem fernen Planeten. Eine Gruppe von Kolonisten weckt etwas im Boden auf und muss es bekämpfen. Der Regisseur will, dass ich in den Kampfszenen herumfliege. Dafür trage ich diesen gefakten Jetpack auf dem Rücken und hänge in sechs Metern Höhe in der Luft vor dem Greenscreen.

Sie haben mich also für den ersten Take vorbereitet. Ich weiß nicht, ob in dem Moment eine Sonneneruption die Erde traf, oder was, aber plötzlich spielt die Elektronik verrückt. Das Hupsignal am Set geht los, die Lichter flackern, und die Windmaschine fährt auf volle Kraft hoch, sodass ich da oben herumsause wie ein fliegender Affe aus *Der Zauberer von Oz*. Und dann macht die Steuerung für mein Kabelgestell, was sie will. Ich fliege da oben hin und her, und plötzlich stieben Funken aus dem Alien, und es ist, als würde er *zum Leben erwachen*, Alex.

Er fängt an, sich hin und her zu werfen, und dann schießen plötzlich Flammen aus dem Bedienpult, und die Techniker schreien auf und rennen weg, ohne sich um mich zu kümmern, während ich da oben hänge und plötzlich *wirklich* mit diesem außerirdischen Ding kämpfe. Sein Stachelschwanz peitscht hin und her wie eine Mordwaffe, und er windet sich auf seinem Tragrahmen wie etwas Lebendiges auf einem Bratspieß.

Und ich habe nur diese Requisitenpistole, die in der Nachbearbeitung mit Laserstrahlen versehen wird. Der Alien stürzt sich auf mich, und ich haue ihm mit der Pistole auf die Nase und versuche, mich gerade zu halten und nicht wie ein

Kreisel zu drehen. Dann hört das Licht auf zu flackern und geht endgültig aus, und das Set versinkt in Dunkelheit. Aber ich höre, wie sich das Ding weiter um mich herum bewegt. Ich versuche, mich zu orientieren, und als Nächstes krache ich im Dunkeln gegen den Greenscreen, der Alien dicht hinter mir, und ich weiß, dass er diesmal wirklich lebendig geworden ist. Dann ist es, als hätte man einen Schalter umgelegt, und plötzlich ist das Licht wieder da, mein Kabelgestell bewegt sich nicht mehr, und der Alien hängt nur schlaff da, ganz unschuldig, als hätte er nicht gerade versucht, mich umzubringen.«

Alex konnte nicht aufhören zu kichern. »Tut mir leid, dass ich lache, Zoe. Es ist nur die Art und Weise, wie du es erzählst.«

»Ja, klar. Jetzt klingt es vielleicht lustig, aber das war es nicht. Und langsam glaube ich wirklich, dass jemand versucht, den Film zu sabotieren. Die wollen nicht, dass er fertig gedreht wird. Aber ich bin mir nicht sicher, wer dahinterstecken könnte.«

»Vielleicht der alte Farmer Joe, der nicht will, dass ihr auf seinem Grundstück filmt, weil er dort eine geheime Goldmine hat.«

»Das ist nicht lustig, Alex! Ich meine es ernst!«

Alex riss sich am Riemen. »Okay. Tut mir leid.«

»So ist schon besser. Willst du meine Liste der Verdächtigen hören?«

»Auf jeden Fall.«

»Okay. Da wäre zunächst der alte Farmer Joe, der nicht will, dass wir auf seiner Farm filmen, weil –«

»Ach, hör doch auf!«

»Okay. Im Ernst. Der erste Verdächtige ist der Sohn des

ausführenden Produzenten. Er ist ein aufstrebender Autor und Regisseur, und ich glaube, er will, dass das Geld in seinen ersten Film fließt, nicht in unseren. Deshalb pfuscht er uns ins Handwerk, damit wir die Dreharbeiten frühzeitig abbrechen.«

»Klingt nach einem passablen Verdächtigen.«

»Total. Er hat sich am Set rumgedrückt, unter dem Vorwand, vom Regisseur lernen zu wollen. Ein paarmal habe ich beobachtet, wie er an der Steuerung des Alien herumgefummelt hat. Ein anderes Mal habe ich gesehen, wie er Bagels vom Büfett genommen hat. Er hat sie, wohlgemerkt, nicht gegessen, sondern eingepackt, wie um sie mit verdorbenem Frischkäse zu bestreichen und sie später wieder zurückzulegen.«

»Verstehe. Und wer ist noch auf deiner Liste?«

»Der Hausmeister. Ich glaube nicht, dass es sein wirklicher Job ist. Ich sehe ihn nie etwas reparieren oder sauber machen. Und dauernd lässt er sein Kochbuch und ein Nachschlagewerk über Maschinenbau am Set rumliegen.«

»Was? Das ist seltsam.«

»Sag ich doch. Vielleicht hat er sogar den falschen Koch organisiert, der uns alle krank gemacht hat. Ich meine, welcher Hausmeister nimmt schon ein Kochbuch mit zur Arbeit? Und mit seinem angelesenen Technik-Know-how könnte er die Alien-Puppe manipuliert haben.«

»Guter Punkt.«

»Ich sehe ihn immer wieder an Orten rumlungern, wo er nichts verloren hat.«

»Vielleicht fasziniert ihn die Welt der Stars und die Magie des Filmemachens.«

»Vielleicht.« Zoe klang skeptisch.

»Sonst noch jemand?«

»Ja. Jack Farthington.«

»Er ist ein aufstrebender Schauspieler, oder?«

»Genau. Er hat eine kleine Nebenrolle im Film. Bisher wurde nur eine einzige seiner Szenen gedreht, deshalb denke ich, dass er versuchen könnte, einen der bekannteren Schauspieler zu ersetzen. Während des Tohuwabohus vor dem Greenscreen wurde Jack von dem Alien eingeklemmt und konnte sich im letzten Moment wegrollen, sonst wäre er zerquetscht worden.«

»Glück für ihn. Aber wie du sagst, hätte es ihn beinahe erwischt. Meinst du da wirklich, dass er hinter dem Ganzen steckt?«

»Genau das könnte sein Plan sein, verstehst du? Er wird fast verletzt, und dann droht er damit zu gehen, falls er keine größere Rolle bekommt, damit sich all die Risiken gelohnt haben.«

»Interessante Theorie. Du hast eine hübsche Reihe von Verdächtigen, und es klingt, als könntest du recht haben. Jemand versucht, den Dreh zu sabotieren.«

»Und ich werde rausfinden, wer.«

»Sei vorsichtig.«

»Klaro.«

Sie unterhielten sich noch eine Weile über die Berge und dann über Zoes neuesten Freund, einen fünfunddreißigjährigen CrossFit-Trainer, mit dem sie seit drei Wochen zusammen war. Zoes Beziehungen hielten normalerweise nicht länger als einige Monate. Viele Männer waren von ihrer Berühmtheit eingeschüchtert und versuchten bald, sie kleinzumachen. Sobald dies geschah, servierte Zoe sie ab. Glück in der Liebe hatte sie also nicht. Alex auch nicht, wie sie sich eingestehen musste. Ihre letzte ernsthafte Beziehung hatte sie im Jahr zuvor beendet, als ihr damaliger Partner verlangte, dass sie keine Aufträge mehr annahm, die sie wochen- oder monatelang in die Wildnis führten; stattdessen sollte sie sich mit einem Job im Bostoner Zoo zufriedengeben.

Sie legten auf, nachdem Alex versprochen hatte, vorsichtig zu sein, und Zoe angekündigt hatte, Alex über ihre Fahndung nach dem Saboteur auf dem Laufenden zu halten.

Alex klickte noch einmal durch das Videomaterial, danach machte sie sich bettfertig. Doch als sie sich hinlegte und das Licht ausschaltete, schossen ihr die Bilder des Tages durch den Kopf. *Stolperdrähte. Netzfallen. Holzfäller. Der Landstreicher.* Sie stellte sich vor, wie er auf das Haus zuschlich …

Nein, sagte sie sich. *Ich fürchte mich nicht.*

Dennoch stand sie noch einmal auf, zog das Bärenspray aus dem Holster und nahm es mit ins Bett.

Am nächsten Morgen stieg Alex aufgeregt in ihre Klamotten, voller Vorfreude auf ihr Wiedersehen mit Kathleen. Sie hatten sich nicht mehr gesprochen, seit Alex zu ihrer Kanada-Geschichte aufgebrochen war.

Während sie die unbefestigte Zufahrt hinunterrumpelte, bot sich Alex eine herrliche Aussicht auf die umliegenden Berge. Am Briefkasten stoppte sie, um ihre Post rauszuholen. Sie hielt kurz inne, bevor sie ihn öffnete, gespannt, ob eine weitere Postkarte auf sie wartete.

Und tatsächlich, da war eine, diesmal direkt an ihre hiesige Adresse. In der vertrauten Großschrift hatte er geschrieben: *ALEX, ICH REISE, ICH SEHE DIE WELT, ABER MEINE GEDANKEN KEHREN IMMER WIEDER ZURÜCK ZU DIR. HIER IST ES SCHÖN.* Auf der Vorderseite waren die smaragdgrünen Farne und Wälder des Whanganui-Nationalparks in Neuseeland abgebildet.

Die einzige andere Post war ein Flyer für eine Kunstausstellung in der Stadt, adressiert an »Derzeitiger Bewohner«. Alex las die Postkarte erneut. Auch ihre Gedanken waren oft bei ihm. Langsam ging sie zum Jeep zurück, stellte sich vor, wie er durch Neuseelands paradiesische Wälder streifte.

In der Stadt fand sie mühelos einen Parkplatz, was sie immer noch erstaunte, nachdem sie jahrelang in San Franciscos Bay Area gelebt hatte. Dort musste man ein Stoßgebet an die Göttin des Parkens richten, um im Umkreis von einem Kilometer eine Parklücke zu finden.

Hier dagegen parkte sie einfach vor dem Coffeeshop.

Sie wählte denselben Tisch, an dem sie mit Ben gesessen hatte, denn ihr gefiel das Gemälde darüber, eine abstrakte Darstellung eines Wintersturms. Sie nippte an ihrem Tee und betrachtete die anderen Bilder an den Wänden. Alle stammten vom selben Künstler und zeichneten sich durch lebhafte Farben aus, einige mit wirbelnden Sternenlandschaften und zart leuchtenden Nebeln.

Die Tür ging auf, und Alex wandte sich um und lächelte, als sie Kathleen dort stehen sah, deren langes silbernes Haar zum Zopf zurückgebunden war.

»Kathleen!«, rief sie und stand auf. »Es ist so schön, dich wiederzusehen«, sagte Alex.

»Dich auch! Was sagt man dazu? Ich hätte nicht gedacht, dass ich dir noch mal begegnen würde, und jetzt sind wir nur ein paar Kilometer voneinander entfernt.«

Kathleen holte sich einen Kaffee und kehrte damit an den Tisch zurück.

»Und, wie ist es dir ergangen?«, fragte sie Alex.

»Gut. Ich war gerade einige Monate in der kanadischen Arktis und habe Eisbären studiert.«

»Wow! Das klingt faszinierend!«

»Wohl wahr, das war es.« Sie erzählte Kathleen ein wenig von ihren Abenteuern dort oben.

Sie bemerkte ein Buch, das aus Kathleens Handtasche hervorlugte. »Was liest du da?« Kathleen folgte ihrem Blick und lächelte. »Es ist kein Buch.« Sie zog es heraus. »Es ist KenKen. Wie Sudoku, aber mit Mathematik. *Mathedoku* sozusagen. Man muss in das Kästchenfeld Zahlen von eins bis n eintragen, die mit der angegebenen Grundrechenart einen bestimmten Wert ergeben. Das kann richtig knifflig werden.«

Alex hob die Augenbrauen. »Klingt lustig.«

»Ist es auch!« Kathleen lachte. »Ich bin der festen Überzeugung, dass man seinen Geist ständig und umfassend fordern muss. Ich benutze verschiedene Hirnregionen, zum Beispiel lerne ich auch Polnisch.«

»Hast du polnische Familienangehörige?«

»Nein. Mir gefällt einfach der Klang der Sprache. Sie ist wirklich schön. Und in einigen Wochen belege ich einen Online-Kurs in Meereskunde.«

»Wie cool! Ich finde es toll, immer etwas Neues zu lernen.« Sie nahm einen Schluck vom Tee. »Wie sieht es in Bitterroot aus?«

»Es ist ziemlich ruhig geworden seit der verrückten Geschichte letztes Jahr, als du oben im Snowline warst. Aber ich habe die Ruhe genutzt und einige schöne Wanderungen unternommen.«

»Wie geht es Frank?« Kathleen, zweiundsiebzig, hatte mit einem anderen Bücherliebhaber eine zarte Beziehung begonnen, während Alex noch in Montana war.

»Gut.«

»Du wirst ja rot!«

»Oh, sei still«, sagte sie mit einem verlegenen Lächeln und trank einen Schluck Kaffee. »Und was ist mit dir? Irgendeine vielversprechende Romanze?«

Alex schüttelte den Kopf. Sie dachte an Ben und dann an Casey, der während ihrer heftigen Erlebnisse auf dem Eis der Hudson Bay an ihrer Seite gewesen war. Bei dem Gedanken an ihn fing ihr Herz plötzlich zu klopfen an, und sie griff nach ihrer Tasse.

»Geht es dir gut?«

Alex räusperte sich. »Ja, alles bestens.« Sie nippte am Tee, dessen Wärme sie beruhigte. »Nein, eine Beziehung habe ich nicht. Aber das stört mich nicht.«

Kathleen musterte sie nachdenklich. »In Ordnung. Wie du meinst. Also erzähl, worum geht es bei deinem neuen Auftrag?«

»Um Bergkaribus.«

Kathleen lehnte sich erstaunt zurück. »Ist nicht dein Ernst. Ich dachte, Karibus wären bei uns verschwunden.«

»Waren sie auch. Aber mindestens ein Exemplar ist aus British Columbia zu uns herübergekommen. Ich habe es kürzlich mit einer Halsbandkamera versehen.«

»Das ist erstaunlich!«

Alex lächelte. »Stimmt. Und es ist so schön, ihm in den Videos beim Fressen und Herumlaufen zuzuschauen.« Sie dachte an die seltsamen Stolperdrähte und den Stress zwischen dem Holzfäller und den Aktivisten. »Dieser Teil ist faszinierend. Aber es gibt auch eine Menge Spannungen in der Stadt und draußen im Nationalforst. Ein Abholzungsprojekt wurde per einstweiliger Verfügung vorerst gestoppt, und nahe der Grenze zum Reservat gibt es ein Aktivistenlager. Es gibt sogar eine Frau, die seit sieben Monaten auf einem Baum lebt.«

Kathleen stieß einen leisen Pfiff aus. »Das nenne ich Hingabe.«

»Ein bestimmter Holzfäller ist nicht glücklich darüber.« Alex nippte an ihrem Tee, dann senkte sie ihre Stimme, um nicht taktlos zu sein gegenüber den Gästen in der Nähe, die Irma Jackson womöglich gekannt hatten. »Hast du gehört, dass eine Rangerin ermordet wurde?«

Kathleen machte große Augen. »Wie bitte?«

»Sie war auf Patrouille im Hinterland und verschwand spurlos. Monate später wurde ihre Leiche im Stadtpark gefunden.«

»Das ist ja furchtbar.«

»Außerdem wird eine Wanderin vermisst. Man ist sich nicht sicher, ob sie sich verirrt oder irgendwohin abgesetzt hat oder ob es sich um ein weiteres Verbrechen handelt. Seit über einem Jahr fehlt von ihr jede Spur.«

»Ich glaube, ich habe davon gehört. Wo genau ist sie verschwunden?«, fragte Kathleen.

Alex holte ihr Handy heraus und öffnete eine topografische Karte. Darauf hatte sie die Standorte ihrer Kameras markiert sowie Gegenden, die besonders einladend für Bergkaribus sein könnten. Nun zoomte sie den Punkt heran, wo man das Zelt der Wanderin gefunden hatte. »Dort.«

Kathleen nahm das Handy. »Das ist etwa zwanzig Kilometer von meinem Feuerwachturm entfernt. Unheimlich. Und man hat keine Ahnung, was ihr zugestoßen ist?«

»Nein. Man hat ihr Zelt und ihre Campingausrüstung gefunden, aber von ihr selbst fehlt jede Spur.«

Alex rief auf ihrem Handy das Foto der Frau auf. »So sieht sie aus.«

Kathleen betrachtete das Gesicht. »Ich frage mich, was ihr passiert ist. Glaubt die Polizei, dass es etwas mit der ermordeten Rangerin zu tun hat?«

»Sie wissen es nicht.«

Kathleen schaute aus dem Fenster, als vor dem Coffeeshop ein Wagen einparkte. Ein Pärchen stieg aus und ging zum Baumarkt nebenan. »Die Vorstellung, dass der Mörder hier in dieser Stadt leben könnte, ist unheimlich.«

Alex nickte. »Finde ich auch.«

Auf der anderen Straßenseite hielt ein verbeulter Pick-up, und ein älterer Mann stieg aus. Für einen Moment begegnete er ihrem Blick durchs Fenster, bevor er in den Lebensmittelladen ging. Ein stämmiger bärtiger Mann mit roten Haaren folgte ihm hinein.

»Es könnte jeder von ihnen sein.« Kathleen schauderte und trank ihren Kaffee aus. »Wie auch immer«, sagte sie entschlossen und brachte ein Lächeln zustande. »Wollen wir zu dem Thai-Restaurant am Ende der Straße gehen? Ich bin am Verhungern.«

Alex grinste. »Sehr gerne.«

Sie schlenderten die Straße hinunter zum Thailänder und wählten einen Fensterplatz. Während der Kellner ihnen die Speisekarten hinlegte, schaute Alex hinaus auf die majestätischen baumbestandenen Gipfel. Im Westen waren Regenwolken aufgezogen, welche die Berge in feine Dunstschwaden hüllten.

»Wie ist es so im Reservat? Ist es so abgelegen wie das Snowline?«, fragte Kathleen.

Alex lachte. »Das Haus, in dem ich wohne, ist jedenfalls

nicht annähernd so gruselig! Ein charmantes Farmhaus aus den Dreißigerjahren. Und im Reservat selbst ist deutlich mehr los als in Montana.«

»Du meinst, abgesehen von dem Holzfäller und den Aktivisten?«

Der Kellner erschien und nahm ihre Bestellung auf. Alex wählte ein Pad See Ew, süße Reisnudeln mit Gemüse, Kathleen nahm ein Pad Thai. Beide orderten thailändischen Eistee.

Alex nickte. »Ja, es gibt dort einen Landstreicher, der zwischen dem Reservat und dem Nationalforst zu pendeln scheint. Seinem abgerissenen Erscheinungsbild nach zu urteilen lebt er schon eine ganze Weile in den Wäldern. Ein richtiger Waldschrat. Vermutlich haust er in einer Erdhöhle.«

»Einer Erdhöhle?«

Der Kellner servierte ihnen den Eistee in hohen Gläsern. »Ja. Ich glaube, der Landstreicher hat sie ausgehoben. Drinnen stehen ein Feldbett und ein Ofen, und es gibt einen Haufen Taschenbücher. Anscheinend hat er auch Fallen ausgelegt. Die meisten sind nur simple Alarmfallen mit einer Glocke am Baum, die durch Stolperdrähte ausgelöst werden.«

»Unheimlich.«

»Ich habe den Kerl ein paarmal gesehen, und immer wieder habe ich das Gefühl, beobachtet zu werden. Und dann gibt es noch einen superaggressiven Holzfäller. Er bedroht die Frau, die auf dem Baum lebt. Soweit ich weiß, hat sie mehrere Helfer, die ihr regelmäßig Vorräte bringen.«

Sie erzählte Kathleen, wie man auf der Bergstraße auf sie geschossen hatte und wie sie nur knapp den herabstürzenden Baumstämmen entronnen war.

»Klingt, als wäre viel los dort draußen.«

»Das kann man sagen.« Alex unterdrückte ein leichtes Schaudern bei der Erinnerung an den Reifenwechsel im strömenden Regen. Sie sehnte sich danach, das Thema zu wechseln. »Und wie ist dein Feuerwachturm so?«

»Ziemlich abgelegen. Es ist meine dritte Saison dort draußen. Ich liebe es. Morgens stehe ich vor Sonnenaufgang auf, wenn die Vögel zu singen beginnen. Im Turm gibt es kein fließendes Wasser, und das Wasser im Häuschen nebenan ist nicht trinkbar. Deshalb muss ich das ganze Wasser, das ich für den Tag brauche, abkochen und es dann die Stufen zur Aussichtsplattform hinaufschleppen. Ist ein ausgezeichnetes Krafttraining.«

»Glaub ich gern!«

Kathleen hob ihren Arm und spannte ihren Bizeps an. »Du solltest diese Babys am Ende des Sommers sehen.«

Alex lachte. »Es hält dich fit, und gleichzeitig schützt du den Wald.«

»Genau. Dann sitze ich dort oben im Turm und genieße die herrliche Aussicht. Ich habe ein Fernglas und ein Beobachtungsfernrohr, falls ich Rauch sehe, dazu ein Funkgerät.« Sie lächelte. »Dazu lese ich eine Menge und mache KenKen.«

»Und paukst Polnisch.«

»Genau.« Ihre Augen blitzten. »Hast du Lust, mich morgen dort oben zu besuchen und dir die Gegend anzuschauen?«

»Ja, klar! Klingt toll!«

Nach dem Essen begleitete Alex Kathleen zu ihrem Pickup vom Forest Service, und die beiden verabschiedeten sich.

Anschließend fuhr Alex den langen Weg zurück zum Reservat. Den Rest des Tages verbrachte sie damit, zu den Kameras zu wandern, Speicherkarten auszutauschen und nach

Karibu-Spuren zu suchen. Als sie sich am frühen Abend auf den Rückweg machte, setzte leichter Regen ein. Es war ein entspannter Tag gewesen – erst das Treffen mit Kathleen, dann die nette Wanderung durchs Reservat. Kein Waldschrat, kein tobender Holzfäller, nur Alex und die Ruhe des Waldes. Sie freute sich schon auf die neuesten Videos, außerdem würde sie ihren Vater nach dem Stand der Dinge am Grand Canyon fragen.

Zurück im Haus, machte sie sich schnell etwas zu essen und setzte sich ans Telefon.

Ihr Vater nahm nach dem zweiten Klingeln ab. »Hey, Mäuschen!«

»Hallo, Dad. Wie geht's, wie steht's? Hast du schon neue Bekanntschaften gemacht? Malerkollegen?«

»Japp. Ich habe einen gewissen George kennengelernt. Er malt hauptsächlich mit Acrylfarben, es ist interessant, ihm zuzuschauen.« Alex' Vater malte ausschließlich mit Öl- oder Aquarellfarben. »Er ist wirklich gut. Wir sind gleich am ersten Tag ins Gespräch gekommen und haben ohne Ende rumgeflachst. Allerdings ist er ein richtiger Draufgänger. Für meinen Geschmack geht er immer ein bisschen zu nah an die Kante der Felswand, weil er dauernd auf der Suche nach Perspektiven ist. Weißt du, dass hier ständig Leute in die Tiefe stürzen? Vielen passiert es, wenn sie sich fotografieren lassen und ihre Freunde sagen: ›Geh ein bisschen zurück. Noch einen Schritt mehr‹, und im nächsten Moment ist derjenige abgestürzt.«

»Ich habe von diesen Unfällen gelesen. Gab es da nicht diesen Jungen, der mit seinem Fahrrad an der Felskante entlangfuhr, den Halt verlor und auf einem dreißig Meter tieferen Felsvorsprung aufschlug?«

»Ja! Daran erinnere ich mich. Und bei dem Sturz hat er sich nur den Arm gebrochen. Unglaublich. Andere Leute haben nicht so viel Glück. Jeden Tag kriege ich fast einen Herzinfarkt, wenn ich sehe, wie die Leute für ein waghalsiges Foto gedankenlos über die Absperrungen steigen und so nah wie möglich an die Felskante treten. Wenn ich dabei zuschaue, wie mein neuer Kumpel George mit Malkasten und Staffelei in der Gegend herumstolpert, ist es beinahe zu viel für mich. Aber es ist großartig, hier zu sein. Einfach herrlich! Und die Raben hier sind so schön und charismatisch, Alex. Du würdest sie lieben. Sie sind so klug. Sie haben so viele verschiedene Laute. Ich würde gerne die Rabensprache beherrschen, um zu verstehen, was sie sagen.«

»Ich auch, Dad. Wo wohnst du dort eigentlich?«

»Die Gastkünstler werden in tollen alten Steinhütten untergebracht, die in den Dreißigerjahren vom freiwilligen Arbeitsdienst gebaut wurden. In meiner leben Fledermäuse unterm Dach. Ich kann sie hören, wenn es dunkel wird, und gestern Abend sah ich eine unterm Dachvorsprung herausfliegen.«

»Das ist so cool!«

»Niedliche kleine Kerlchen.«

»Und was steht morgen auf dem Programm?«, fragte sie ihn.

»Ich bin immer noch am South Rim, deshalb will ich zum Hopi Point rausfahren. Ich möchte ihn bei Sonnenuntergang malen.«

»Das klingt wunderschön. Schick mir Fotos. Ich habe hier Internet.«

»Mach ich. Und wie läuft es bei dir?«

Alex überlegte, ob sie ihrem Vater von dem Landstreicher

erzählen sollte. Doch sie wollte ihn nicht beunruhigen, außerdem hatte sie bereits den Sheriff informiert. Sie beschloss, sich auf das Positive zu konzentrieren. »Großartig! Ich habe das Karibu gefunden und konnte ihm eine Kamera umlegen. Du solltest die Videos sehen!«

»Das ist ja wunderbar, Schatz! Erkennt man, ob noch andere dabei sind?«

»Bisher habe ich kein anderes Exemplar gesichtet. Aber ich bleib dran.«

»Viel Glück dabei!«

»Danke, Dad.«

Sie unterhielten sich noch eine Weile über die Bücher, die sie gerade lasen, und über zwei gute Restaurants, die er in der Umgebung des Grand Canyon entdeckt hatte. Dann legten sie auf.

Alex sah sich die aktuellen Karibu-Videos an und beobachtete lächelnd, wie es fraß und umherstreifte, wie es schlief und wiederkäute.

Dann, erschöpft vom langen Tag, stieg sie die Treppe hinauf und ging zu Bett.

Als Alex am nächsten Morgen die Augen aufschlug, freute sie sich darauf, Kathleens Feuerwachturm zu besichtigen und etwas mehr Zeit in Gesellschaft zu verbringen. Unter Leuten zu sein war in ihrem Beruf ein seltener Luxus, und sie kostete ihn aus, wann immer sie konnte.

Sie duschte und zog sich an, frühstückte schnell und ging nach draußen zum Jeep.

Während sie zur asphaltierten Straße hinunterfuhr, betrachtete sie durch das heruntergelassene Fenster die wilde Landschaft, genoss die herrliche Gebirgsluft. Unten angekommen, hielt sie an, um ihre Post zu holen. Als sie den Briefkasten öffnete, merkte sie, dass sie den Atem anhielt. Ganz oben lag Werbung eines Lebensmittelladens. Sie wusste nicht, ob sie eine weitere Postkarte kriegen wollte oder nicht. Sie war hin- und hergerissen. Aber unter der Werbung lag tatsächlich eine weitere Karte; diesmal zeigte sie das tiefgrüne Meer und den einladenden Strand des Abel-Tasman-Nationalparks in Neuseeland.

Er schrieb: *HIER IST ES SO FRIEDVOLL. ICH BIN KAJAK GEFAHREN UND WAR SCHNORCHELN. ICH WEISS NICHT, OB DU NOCH VON MIR HÖREN WILLST, ABER DU BIST IMMER IN MEINEN GEDANKEN.*

Sie starrte auf die wenigen Zeilen. Er nannte nie eine Adresse, für den Fall, dass sie ihm zurückschreiben wollte. Doch *wollte* sie das überhaupt? Die Hand, in der sie die Karte hielt, zitterte leicht, ihre Kehle war wie ausgetrocknet. Ein Teil von ihr wollte Kontakt zu ihm, darüber reden, was sie an der Hudson Bay durchgemacht hatten, was ihn antrieb, was er erlebt hatte.

Aber wie konnte sie mit ihm in Verbindung treten? Sie legte die Karte auf den Beifahrersitz und fuhr weiter. In Bellamy Falls machte sie einen Zwischenstopp, um für Kathleen einen kleinen Willkommenskorb mit Leckereien zusammenzustellen.

Sie fuhr weiter und erreichte bald die Abzweigung zum Feuerwachturm. Sie bog in die steil bergauf führende Straße ein. Rechts und links des Weges standen mächtige Ponderosa-Kiefern mit ihrer bis zu fünf Zentimeter dicken Rinde, der sonnenbeschienene Waldboden war übersät mit riesigen Kiefernzapfen. Weiter oben setzte sich der Baumbestand dann zunehmend aus Hemlocktannen und Rotzedern zusammen.

Ihr Herz jubilierte.

Alex hatte nicht viele Freunde, doch die beiden, die sie hatte, waren fürs Leben, und sie konnte sich auf sie verlassen. Die eine war Zoe, der andere ihr Vater. Sie hatte das Glück, ihn als Freund bezeichnen zu können. Der Umstand, als Kind mit ihrer Familie so oft umgezogen zu sein, hatte es ihr schwer gemacht, dauerhafte Freundschaften zu schließen. Jedes Mal, wenn sie einen Stützpunkt verließen, hatten ihre Freunde versprochen, ihr zu schreiben, und tatsächlich erhielt sie ab und an Post von ihnen, bald aber blieben Alex' Briefe unbeantwortet.

Dieses Muster hatte sich in ihrem Erwachsenenleben fortgesetzt. Während sie von einem Auftrag zum nächsten weitergezogen war, hatte sie sich mit diversen Forschern anzufreunden versucht, hatte mit ihnen den Kontakt halten wollen.

Eine Weile hatten sie sich regelmäßig E-Mails geschrieben, aber mit der Zeit trudelten die Antworten immer später ein, bis die Leute schließlich gar nicht mehr von sich hören ließen.

Irgendwann war Alex bewusst geworden, dass neunundneunzig Prozent der Bemühungen, den Kontakt aufrechtzuerhalten, von ihr ausgingen. Manchmal fragte sie sich, ob es an ihr lag, dass die Leute sich nicht mehr meldeten. War sie zu fordernd? Konzentrierte sie sich womöglich zu sehr auf ihre Mission, Wildtieren zu helfen? Zuweilen war es zwischen den Zeilen durchgeklungen, aber letztlich glaubte sie nicht, dass dies die Hauptursache des Problems war, denn ihren Biologen- und Naturschützerfreunden lag dieses Thema doch auch am Herzen.

Dann wieder fragte sie sich, ob das Ganze vielleicht damit zusammenhing, wie sich die Art und Weise der Kommunikation verändert hatte. Die Leute liebten ihre Smartphones und die sozialen Medien und verbrachten oft mehr Zeit damit, sich mit der anonymen Masse auszutauschen als mit Personen, die sie im wahren Leben kannten.

Manchmal fragte sich Alex, ob es einfach Teil ihrer Veranlagung war, sich nach tieferen Beziehungen zu sehnen, während die anderen einen zwanglosen oberflächlichen Austausch vorzogen, der wenig bis gar keine Anstrengung erforderte.

Vielleicht hatten die ständigen Umzüge, das Finden und wieder Verlieren von Freunden, in ihr die Sehnsucht nach Tiefe in einer Beziehung geweckt. Oder vielleicht lag es am frühen Tod ihrer Mutter, die sie mit zwölf verloren hatte. Es war ein verheerender Schlag gewesen, einen geliebten Menschen, auf den sie zählte, auf den sie sich verlassen konnte, nicht mehr an ihrer Seite zu wissen. Bis zu jenem katastrophalen Tag hatte sie so etwas nicht für möglich gehalten.

Zwei Militärangehörige waren zu ihnen nach Hause gekommen und hatten sie und ihren Vater darüber informiert, dass ihre Mom über feindlichem Gebiet abgestürzt war, dass sie ihr Leben aber für den Schutz anderer Menschen geopfert habe. Man überführte die bis zur Unkenntlichkeit verbrannte Leiche in die Heimat, doch die Air Force verriet ihnen nicht, wo ihre Mom gestorben war, da dies als geheim eingestuft worden war.

Bis zu diesem Moment hatte Alex ihre Eltern für unsterblich gehalten, für unfehlbar. Sie verließen einen nicht. Sie starben nicht. Und so hatte sie mit ihrer Mom gleichzeitig auch ihre beste Freundin verloren, die – abgesehen von ihrem Dad – einzige Konstante bei all den Umzügen. Ihre

Mutter hatte mit Alex als Kind Überlebensspiele gespielt und ihr beigebracht, sich aus schwierigen Situationen zu befreien, alle verfügbaren Ressourcen zu nutzen und mit Schusswaffen umzugehen. Doch plötzlich hatte es nur noch Alex und ihren Dad gegeben, die sich durchkämpfen mussten, die versuchten, mit dem Verlust klarzukommen.

Und dann hatte sie auf dem College Zoe kennengelernt. Als Ausgleich zu ihrer stark naturwissenschaftlich ausgerichteten Schulausbildung hatte Alex Oboe gelernt und im Orchester in Musicals gespielt, die an der Uni aufgeführt wurden. Zoe, damals eine aufstrebende Schauspielerin und talentierte Sängerin, hatte mit Alex bei der Inszenierung von *Der Mann von La Mancha* mitgewirkt, und auf einer Ensemble-Party hatten sie zum ersten Mal miteinander gequatscht und sich auf Anhieb verstanden.

In all den Jahren seither hatte Alex befürchtet, dass ihre Freundschaft mit Zoe einschlafen könnte, wie so viele andere auch, aber bisher war alles wie immer zwischen ihnen, und Alex fühlte sich gesegnet.

Während sie nun die Bergstraße hinauffuhr, um Kathleen zu besuchen, verfluchte ein Teil von Alex die Sehnsucht nach tiefschürfenden Beziehungen. Dennoch steckte sie in ihr, und Alex konnte nichts anderes tun, als zu hoffen, dass die Freundschaft mit Kathleen fortdauern würde.

Sie fuhr in die letzte enge Kurve, und der Feuerwachturm kam in Sicht, ein hoch aufragendes Metallgerüst mit einem kleinen Aufbau. Am Fuße des Turms stand die besagte Steinhütte des Forest Service, in der Kathleen den Sommer über wohnen würde.

Sie zählte vier Treppenabsätze bis zur Spitze des Feuerwachturms, unzählige Stufen, die immer höher und höher hinaufführten. Oben konnte man auf einer umlaufenden Terrasse in alle Richtungen blicken.

Sie stellte den Motor ab, und Kathleen erschien in der Haustür. »Alex!«

»Hey, Kathleen. Ich habe dir ein kleines Einweihungspräsent mitgebracht.« Sie hob den Korb mit den Sachen vom Beifahrersitz, die sie im Lebensmittelladen gekauft hatte, Obst, Tee und Kaffee.

Sie reichte ihn Kathleen, die freudig den Inhalt begutachtete. »Danke! Komm rein.«

Sie traten in die schattige Kühle des Hauses, und Kathleen führte sie kurz herum. Es war klein und zweckmäßig: Bad, offene Küche, ein Schlafzimmer und ein Wohnzimmer mit einer Couch, die aussah, als stünde sie schon seit den frühen Siebzigerjahren dort, wo braune und orangefarbene Karos der letzte Schrei gewesen waren. Die Armlehnen waren ausgebleicht und zerschlissen. Davor stand ein Couchtisch voller dunkelbrauner Ringe von achtlos hingestellten Kaffeebechern, sodass es beinahe wie ein natürliches Kreismuster im Holz aussah.

»Home sweet home«, sagte Kathleen grinsend. »Möchtest du auf den Turm raufgehen?«

»Aber hallo!«

»Hilfst du mir, das Wasser zu schleppen?« Sie deutete auf den Herd, auf dem ein großer dampfender Wassertopf stand. Alex erinnerte sich, dass das Wasser hier nicht trinkbar war und abgekocht werden musste.

»Mach ich gern.«

Kathleen füllte das Wasser in vier große Krüge. Dann schulterte sie einen kleinen Rucksack mit Snacks, einer Thermoskanne, einem Kartenspiel und einem Notizbuch samt Stift.

Beladen mit Wasser begannen sie den langen Aufstieg auf den Turm. Alex bewunderte, mit welcher Leichtigkeit sich Kathleen bewegte, und hoffte, mit zweiundsiebzig noch halb so gut in Form zu sein. Auf dem Weg nach oben blieben sie auf den Treppenabsätzen stehen und betrachteten den Wald unter ihnen, dessen Bäume immer kleiner wurden.

Dann waren sie endlich oben. Kathleen öffnete die Tür des kleinen Aufbaus. Auf jeder Seite gab es ein großes Fenster, und Alex hatte eine atemberaubende Aussicht auf die Selkirk Mountains. In der Ferne erhoben sich schneebedeckte Gipfel, unter ihnen erstreckten sich ringsum riesige Waldgebiete.

Im Raum standen eine kleine Couch und ein Klappbett, und Alex konnte sich kaum ausmalen, wie mühselig es gewesen sein musste, die Couch hier hinaufzuschleppen. Auf einem kleinen Tisch lagen ein Funkgerät, ein Logbuch, jede Menge Stifte in einem Becher und mehrere Ferngläser. An einem der Fenster stand ein Spektiv, daneben ein kleines Bücherregal mit einer Reihe von Naturführern. Alex bückte sich und las die Titel: *Die Vogelwelt des pazifischen Nordwestens*, *Leitfaden für Exkremente und Fährten*, *Die Bäume Nordamerikas*, *Die Wildblumen der Kaskadenkette und Selkirk-Berge*. Sie entdeckte eines ihrer Lieblingsbücher: *Alles, was der Regen verspricht und mehr*, ein Buch über Pilze, auf dessen Umschlag unpassenderweise ein Mann im Smoking mit einer Posaune abgebildet war, der in der anderen Hand einen Haufen Schwefel-Porlinge hielt. Sie hatte den Leitfaden schon oft im Feld für die Pilzbestimmung benutzt.

Alex richtete sich auf. »Ziemlich nette Büchersammlung.«

»Nicht übel, was? Und die Aussicht erst!«

Alex schaute aus dem Fenster. »Ja, der Blick ist unbezahlbar!«

Neben dem Funkgerät stand ein Laptop. Auf dem Bildschirm sah man die Rosetta-Stone-Seite mit Fotos von Personen, die verschiedene Tätigkeiten verrichteten, darunter leere Kästchen. Eine Reihe von Sprechblasen über den Leuten enthielt verschiedene Auswahlmöglichkeiten auf Polnisch.

Kathleen bemerkte ihren interessierten Blick. »Ich habe bei Rosetta Stone ein lebenslanges Abo. Damit kann ich ganz nebenbei über zwanzig Sprachen lernen.«

Alex lächelte. »Ich bewundere deinen Eifer, neue Dinge lernen zu wollen.«

»Anders kenne ich es gar nicht. Ich habe einen unverbesserlich neugierigen Kopf.«

Neben dem Computer bemerkte Alex nun auch eine Planisphäre, eine drehbare Sternkarte, die man auf die jeweilige Jahres- und Nachtzeit einstellen konnte, sodass man erkannte, welche Sterne am Himmel leuchteten. Daneben standen drei dicke Bände mit dem Titel *Burnhams Handbuch des Himmels*.

»Für Astronomie interessierst du dich auch?«, fragte Alex.

»Ich kann nicht anders. Der Burnham ist ein großartiger Leitfaden. Er geht auf alles ein, was die Sterne betrifft, nicht nur auf ihren Spektraltyp, ihre Größe, ihre Temperatur und diese Dinge, sondern auch auf den Ursprung ihrer Namen und die Mythologie hinter den Sternbildern.«

Alex nahm einen der Bände und blätterte darin, sah eine umfassende Sammlung von Sternenkarten, Fotos und seitenlangen Beschreibungen.

Kathleen blickte bewundernd auf das Buch. »Mein Ziel ist es, alles über die Sterne zu lernen, denen wir richtige Namen gegeben haben. Du weißt schon, Aldebaran, Beteigeuze,

Sirius, und dann gehe ich weiter zu den eher obskuren, die noch keinen Namen erhalten haben, wie HR 2642.«

Alex klappte das Buch zu und betrachtete ihre Freundin. »Du bist echt erstaunlich. Weißt du das?«

Kathleen errötete. »Ich bin eben ein Nerd.« Sie zog die Thermoskanne aus ihrem Rucksack. »Willst du einen Kaffee?«

»Ja, gern.«

Sie setzten sich an den kleinen Tisch, und Kathleen goss die dunkle Flüssigkeit in angeschlagene Keramikbecher, die aussahen, als würden sie schon seit den Fünfzigerjahren dort stehen. Auf Alex' Becher war das lächelnde Gesicht von Smokey Bear, dem Werbemaskottchen des United States Forest Service, das die Bevölkerung dazu anhalten sollte, Waldbrände zu vermeiden.

»Erzähl mal, was ist sonst noch los bei dir?«, sagte Kathleen. »Wie geht es deinem Vater?«

Alex berichtete vom Festival am Grand Canyon und dass ihr Dad total glücklich sei.

Kathleen erzählte ihr den neuesten Klatsch und Tratsch aus Bitterroot und was im Snowline-Reservat los war.

»Jolene sieht dort regelmäßig nach dem Rechten und bringt mich auf den neuesten Stand, wenn sie in die Stadt kommt. Nach dir waren noch einige andere Forscher da. Einer machte eine Populationsstudie für Dickhornschafe, eine andere eine Schmetterlingsstudie. Das war echt interessant. Sie hat dort eine gefährdete Gattung gesucht.«

Alex hob die Augenbrauen. »Welche?«

»Den Perlmuttfalter. Das ist ein kleiner gelb-oranger Schmetterling mit einem Hauch von Rosa-Violett auf den Hinterflügeln.«

»Klingt nach einer richtig schönen Studie.«

»Finde ich auch. Stell dir vor, du liegst den ganzen Tag auf einer Bergwiese und beobachtest Schmetterlinge auf Wildblumen.«

»Klingt himmlisch.«

Kathleen nippte an ihrem Kaffee. »Kann man wohl sagen. Und was war sonst los? Hast du jemand Interessantes in der Arktis kennengelernt?«

Alex dachte augenblicklich an Casey. Aber sie war noch nicht so weit, über ihn zu sprechen. »Ja, eine wirklich coole Meeresarchäologin namens Sasha. Sie hat nach Schiffswracks gesucht.«

»Klingt faszinierend.«

»Sie und ihr Partner sind in der ganzen Welt getaucht, und ihr Partner war überzeugt, dass die Wikinger die gesamte Hudson Bay durchquert haben.«

»Echt?«

»Eine verblüffende Theorie, oder? Ich muss zugeben, dass ich mehr darüber erfahren möchte, seit ich das gehört habe.«

Sie unterhielten sich noch eine ganze Weile. Währenddessen blickten sie immer wieder mit den Ferngläsern über den Wald hinweg und hielten nach Rauchsäulen Ausschau. Es machte Alex Spaß, Kathleen zu unterstützen, und sie verstand, warum diese Aufgabe ihrer Freundin so gefiel und sie jeden Sommer herkam.

»Es ist so friedvoll hier oben«, bemerkte Alex.

»Ja. Es ist zauberhaft.«

Dann spielten sie mehrere Runden Gin Rommé. Alex konnte sich nicht erinnern, wann sie das letzte Mal ein Kartenspiel gespielt hatte.

Es machte ihr riesigen Spaß, obwohl sie fast jede Runde verlor. Kathleen war ein Ass.

Am späten Nachmittag erhob sich Alex widerwillig von ihrem Platz. »Ich glaube, allmählich sollte ich mich auf den Heimweg machen.«

Kathleen erhob sich ebenfalls. »Halt mich über dein Karibu auf dem Laufenden. Wollen wir die Tage noch mal in der Stadt essen gehen?«

Alex lächelte. »Au ja!«

»Toll! Ich ruf dich an.«

Sie umarmten sich, und Alex machte sich an den langen Abstieg vom Turm. Auf jedem Treppenabsatz blieb sie stehen und nahm ein paar Atemzüge von der frischen, nach Kiefern duftenden Luft, spürte den Wind in den Haaren. Die Gesellschaft hatte ihr gutgetan. *Ich führe ein schönes Leben*, dachte sie. *Sicher, manchmal bin ich einsam, aber dann begegne ich Menschen wie Sasha und Kathleen. Außerdem ist da noch Casey*, überlegte sie. *Casey.* Sie fragte sich, ob er noch in Neuseeland war.

Unten angekommen, stieg sie in den Jeep. Hoch oben sah sie Kathleen stehen und ihr zuwinken.

Sie winkte zurück, dann wendete sie und fuhr vom Parkplatz. Nun ging es zurück zum Haus, zu einem weiteren Stoß Karibu-Videos.

Alex saß am Esszimmertisch und sah sich die Clips an, machte dabei Notizen. In den Filmchen stieg das Karibu gemächlich über umgestürzte Bäume, knabberte an Sträuchern, hielt im Gebüsch ein Nickerchen, kaute andächtig auf etwas herum und blickte dabei auf die atemberaubende Berglandschaft. Dann stieg es ins Hochland, weit hinaus über die

Baumgrenze. Es trottete über steinigen Untergrund und fraß Moos und Flechten von einem Felsen. Es durchquerte verstreute Schneefelder und scharrte mit den Hufen, um die zarte Vegetation unter dem Schnee freizulegen.

In einem der Videos warf es seinen von Fliegen umschwirrten Kopf hin und her. Karibus hatten mit einer Vielzahl von Parasiten zu kämpfen, zu den schlimmsten zählte die Dasselfliege. Diese legte oder sprühte dem Karibu ihre Eier gern ins Maul oder in die Nase, worauf dort Larven schlüpften, die dem Karibu in den Rachen krochen und seine Atemwege blockierten. Und das Heimtückische war, dass die Larven erst dann ins Erwachsenenstadium übergingen, wenn es dem Karibu irgendwann gelang, sie auszuschnäuzen, wodurch die Qualen des Karibus durch die nächste Dasselfliegengeneration von Neuem begannen. Karibus verfolgten verschiedene Strategien zur Insektenabwehr, darunter Kratzen, heftiges Kopfschütteln und sogar eine, bei der sie ihre Nasen in Erde oder Schnee gruben, damit die Dasselfliegen keine Eier in ihnen ablegen konnten.

Doch wegen der Erderwärmung waren diese Insekten leider in jeder neuen Sommersaison länger präsent. Um den Quälgeistern zu entfliehen, verbrauchten Karibus zu viel Energie, weil sie immer früher in höhere Lagen zogen, was zur Folge hatte, dass sie länger auf weniger Nahrhaftes wie Flechten angewiesen waren. Das wiederum bedeutete, dass weibliche Karibus in der Schwangerschaft kleinere Fettpolster hatten und insgesamt die Ernährung aller Karibus litt.

Sie sah sich weitere Clips an. Nach wie vor kein Artgenosse in Sicht. Im letzten Video lag das Karibu schließlich auf einem Moosbett zwischen alten Bäumen, schlummerte tief und fest. Ein Stück über dem Waldboden fiel Alex eine

Bewegung auf, und sie beobachtete, wie ein Rabe auf einem umgestürzten Baumstamm landete, direkt vor dem Karibu, das selig weiterschlief.

Am Schnabel des Raben hing etwas Glänzendes, Längliches. Er ließ den Gegenstand auf den moosbewachsenen Boden herabfallen, zerrte dann daran herum. Alex zoomte heran und sah sich die entscheidenden Sekunden erneut an. Auf einigen Bildern sah man etwas Purpurnes im Sonnenlicht aufblitzen. Das Objekt war lang und schmal, mit einem funkelnden violetten Kristallstein in einer silbernen Bärentatze: eine Halskette. Dann flog der Rabe davon.

Alex beugte sich vor und spielte die Passage immer wieder ab. Sie kannte dieses Schmuckstück. Sie holte das Foto von Amelia Fairweather, das Sheriff Taggert ihr dagelassen hatte. Es bestand kein Zweifel.

Der Rabe hatte die Halskette der vermissten Wanderin gefunden.

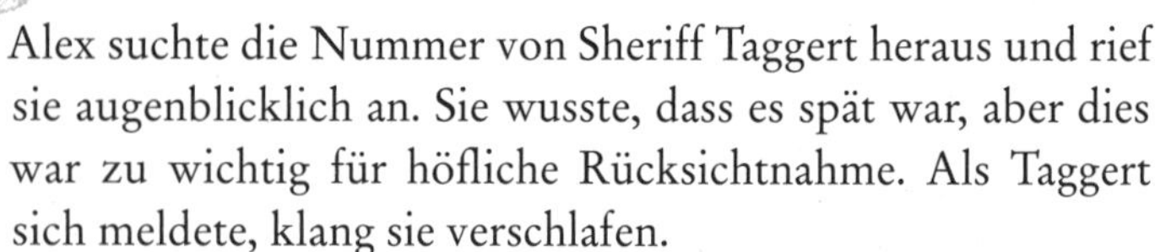

10. KAPITEL

Alex suchte die Nummer von Sheriff Taggert heraus und rief sie augenblicklich an. Sie wusste, dass es spät war, aber dies war zu wichtig für höfliche Rücksichtnahme. Als Taggert sich meldete, klang sie verschlafen.

»Ja?«

»Sheriff Taggert?«

»Ja.«

»Hier ist Alex Carter.«

Nun war sie hellwach. »Hat etwa wieder jemand auf Sie geschossen?«

»Nein. Ich habe die Halskette der vermissten Wanderin gefunden.«

»*Was?*«, rief Taggert atemlos. »Wo?«

Alex schaute auf die GPS-Daten. »Im Reservat, etwa fünf Kilometer nordwestlich meines Hauses.«

»Haben Sie sonst irgendwelche Spuren von ihr entdeckt?«

»Nein, ich war selbst nicht vor Ort. Ich habe mir die Aufnahmen einer Karibu-Halsbandkamera angesehen. In einem der Videos hängt die Kette am Schnabel eines Raben. Er ließ sie fallen und flog davon.«

»Warten Sie, ich sehe mir das Gebiet auf der Karte an.«

Alex hörte, wie die Polizistin aufstand und einen Stuhl heranzog. Sie stöhnte, als sie sich darauf niederließ. »Haben Sie die genauen Koordinaten?«

»Natürlich.« Alex las sie ihr vor.

»Sekunde. Ich gebe sie schnell ein.« Taggert schwieg für einen Moment. Dann: »Können Sie uns dort hinführen?«

»Natürlich.«

»Gut. Ich werde das FBI dazuholen.«

»Das FBI?«

»Ja. Sie ermitteln in der Gegend und unterstützen uns. Sie befürchten, dass …« Ihre Stimme verklang.

»Ja?«

»Nun, es gab weitere Morde in der Gegend. Nicht nur den an der Rangerin. Sie sind jetzt an dem Fall dran. Ich sehe zu, dass die es Ihnen erklären. Wir werden bei Tagesanbruch bei Ihnen sein. Ist das in Ordnung?«

»Ich bin hier.«

Sie legten auf. Alex sah sich das Video noch einige Male an, dann ging sie zu Bett.

Sie schlief unruhig in dieser Nacht; sie sorgte sich um die vermisste Wanderin, fragte sich, was Amelia Fairweather dort draußen widerfahren war.

Während sie am nächsten Morgen in der Küche einen Tee aufbrühte, hörte Alex das Geräusch mehrerer Fahrzeuge auf der Zufahrt. Sie ging zum Fenster. Taggerts Wagen fuhr vor, gefolgt von einem schwarzen SUV. Die Fahrzeuge kamen zum Stehen, und sie sah, wie auf der Fahrerseite des hinteren Wagens ein Mann ausstieg. Er war um die fünfzig, hatte ein mürrisches, leicht gebräuntes Gesicht, einen sauber getrimmten schwarzen Schnurrbart und trug eine dunkle Sonnenbrille. Sein schwarzes, an den Schläfen leicht ergrautes Haar war raspelkurz geschoren. An einer Kette um den Hals hing seine goldene Dienstmarke. Zwei weitere Personen entstiegen dem SUV, und als sie um den Wagen herumgingen, sah Alex die Aufschrift auf ihren Jacken: *FBI*.

Sie öffnete die Tür, als der Fahrer des SUVs und Sheriff Taggert auf das Haus zugingen.

»Guten Morgen, Alex«, sagte Taggert freundlich.

Der FBI-Agent gab sich formell, nicht die Spur eines Lächelns auf seinem Gesicht. »Dr. Carter?« Er reichte ihr die Hand. Seine Händedruck war kräftig und selbstbewusst. »Ich bin Special Agent Harvey Fields. Dürfen wir reinkommen?«

»Guten Morgen. Aber natürlich.« Sie trat zur Seite, während er und Taggert eintraten. Die beiden anderen Agenten blieben am Wagen stehen.

»Zeigen Sie uns bitte das Filmmaterial«, sagte Fields.

Alex führte sie zum Esszimmertisch und öffnete die Videodatei. Fields setzte sich vor den Laptop und spielte den Clip einige Male ab. »Nun, es besteht kein Zweifel«, sagte er zu Taggert. »Das ist Fairweathers Halskette.« Er wandte sich zu Alex. »Gute Arbeit. Wo genau ist das?«

Sie rief die Koordinaten auf einer Karte auf.

»Sind Sie mit dem Terrain vertraut?«, fragte er.

»Ich bin dort fast täglich unterwegs.«

Fields betrachtete die Schraffierungen auf der Karte, die steile Anstiege und Täler markierten. »Können Sie uns dort hinführen?«

»Aber sicher. Darf ich fragen, warum das FBI involviert ist?«

Fields lehnte sich auf dem Stuhl zurück. »Vor einigen Jahren wurde in einem rund sechzig Kilometer entfernten Teil des Colville National Forest eine andere Frau entführt. Vier Monate später fand man ihre Leiche in einem Stadtpark, genau wie die Leiche von Irma Jackson.«

»Wer war diese andere Frau?«, fragte Alex.

»Auch eine Wanderin, wie Amelia Fairweather. Wir sind also besorgt, gehen allen Spuren nach.«

»Verstehe.«

Fields erhob sich. »Gut. Ich weise mein Team ein. In fünf Minuten sind wir startklar.«

»Sollen wir eine Suchmannschaft mitnehmen?«, fragte Taggert.

»Wir gehen erst mal alleine hin. Mal sehen, was wir finden. Ich will nicht, dass eine Horde von Freiwilligen einen möglichen Tatort zertrampelt. Falls wir eine heiße Spur finden, holen wir das Such- und Rettungsteam dazu. Rufen Sie den Chef ruhig schon mal an – wie heißt er noch gleich?«

»Cody Wainwright.«

»Genau. Er scheint kompetent zu sein. Den Mann nehmen wir mit. Nur ihn. Mal sehen, wie er die Sache einschätzt.«

»Ich rufe ihn an.« Taggert fischte ihr Handy aus der Tasche und sah mit einem Stirnrunzeln, dass sie keinen Empfang hatte. Sie wandte sich zu Alex. »Haben Sie Festnetz?«

»Natürlich. Der Apparat in der Küche.«

Sie verschwand, um den Anruf zu tätigen. Nach einigen Minuten kehrte sie zurück und verkündete: »Cody ist auf dem Weg.« Dann setzte sich Taggert an den Tisch, um sich das Video ihrerseits noch einige Male anzuschauen. »Ist darin sonst noch etwas aufgefallen, was im Zusammenhang mit der Vermissten stehen könnte?«

»Nein, leider nicht. Nur die Halskette.«

»Schade.« Taggert stellte einen Ellbogen auf die Tischplatte und legte das Kinn auf die Hand. »Das ist eine harte Nuss. Und dazu die arme Irma.«

In den nächsten dreißig Minuten herrschte geschäftige

Betriebsamkeit im Haus. Alex packte alles, was sie für den Tag benötigte, in den Rucksack: Wasser, Regenzeug, einige Müsliriegel, das GPS-Gerät und andere Sachen. Als Letztes befestigte sie das Holster mit dem Bärenspray am Gürtel.

Die drei FBI-Agenten holten ihrerseits Rucksäcke aus dem Wagen, und schließlich traf Cody Wainwright ein, ein fitter, selbstbewusst wirkender Endvierziger. Seine zerschrammten Asolo-Stiefel, die gut eingetragene Patagonia-Jacke und die Outdoor-Hose zeugten von einem Leben, das er größtenteils in freier Wildbahn verbrachte. Er schüttelte Alex die Hand, seine eigene war rau und schwielig. Seine blauen Augen wurden eingerahmt von sonnengebleichtem blondem Haar, das ihm fast bis zu den Schultern reichte. »Cody«, stellte er sich ihr vor.

»Alex.«

»Sie haben Amelias Halskette gefunden?«

»Nicht ganz. Das war ein Rabe.«

»Wie bitte?«

Taggert hatte den kurzen Wortwechsel verfolgt und setzte Cody ins Bild, während die beiden Agenten, die draußen gewartet hatten, hereinkamen und sich Alex vorstellten.

»Special Agent Hernandez«, sagte der erste. Er war jung, Anfang zwanzig, schätzte sie, wahrscheinlich frisch aus Quantico. Alex sah ihm an, dass er zahllose Stunden im Fitnessstudio verbrachte, breitschultrig und muskulös, wie er war. Sein perfekt frisiertes und gegeltes Haar umrahmte ein markantes terrakottafarbenes Gesicht.

»Lipkin«, sagte der andere und reichte ihr seine schlaffe Hand. Er hätte sich von seinem Kollegen nicht stärker unterscheiden können. Groß und schlaksig, überragte er ihn um Haupteslänge, hatte leicht fettiges blondes Haar, das ihm über die buschigen Augenbrauen hing, und ein rosafarbenes Gesicht mit eng beieinanderstehenden grünen Augen. Er sah etwas älter aus als Hernandez, vielleicht Ende zwanzig. Sie glaubte nicht, dass er jemals ein Fitnessstudio von innen gesehen hatte.

»Schön, Sie beide kennenzulernen«, sagte sie.

An der Spüle füllten die beiden ihre Wasserflaschen, ehe sie sich am Küchentisch ihre glänzenden schwarzen Straßenschuhe auszogen und in Wanderstiefel stiegen.

Als sich alle auf der Veranda versammelt hatten und zum Aufbruch bereit waren, schob Taggert die Daumen unter den Dienstgürtel und erklärte: »Ich glaube, im Sheriffbüro bin ich Ihnen allen am nützlichsten. Sie können mich anfunken, wenn Sie etwas brauchen. Falls Sie etwas finden, stelle ich in der Stadt einen Suchtrupp zusammen und organisiere die nötigen Vorräte.«

Special Agent Fields nickte. »Klingt gut.« Er schüttelte Taggerts Hand. »Danke für Ihre Hilfe.«

Sie verzog das Gesicht. »Ich hoffe, Sie finden Amelia.«

»Wir tun unser Bestes«, versicherte ihr Fields. »Okay. Los geht's!«

Dann machte sich die Gruppe mit Alex an der Spitze auf den Weg in den Wald.

11. KAPITEL

Während Alex sie ins Hinterland führte, wurde der Nieselregen immer stärker. Schließlich blieb sie stehen, um ihre Regenjacke anzuziehen. Die FBI-Agenten warfen ihre durchsichtigen Ponchos über, Cody, sein Haar schon triefnass, zog einen Columbia-Regenparka an und stieg in eine wasserfeste Überhose. Dann ging es weiter. Bald hatten alle schlammüberzogenes Schuhwerk.

Sie fanden einen steten Rhythmus und redeten zunächst kaum.

Dann hörte sie, wie Hernandez Lipkin fragte: »Okay, Ali gegen Tyson, wer hätte gewonnen?«

Lipkin überlegte. »Schwere Frage. Aber ich würde sagen, Tyson. Er hatte diese rohe Kraft.«

Hernandez schüttelte den Kopf. »Auf keinen Fall. Ali war zu schnell für ihn. Tyson hätte kaum Treffer gelandet. Ali hätte den Fight gewonnen.«

Lipkin musterte Hernandez mit zusammengekniffenen Augen. »Okay, Gegenfrage. Wer würde gewinnen: Sherlock Holmes oder Jessica Fletcher aus *Mord ist ihr Hobby*?«

Hernandez grinste. »Oh, das ist einfach. Jessica Fletcher. Ruckzuck. Ihre Aufklärungsrate war unfassbar. Weißt du, wie viele Morde es in Cabot Cove gab? Mehr als in Detroit.«

Fields schaute zu den beiden zurück, warf ihnen einen Blick zu, der Stahl zum Schmelzen gebracht hätte. »Wer hat euch Dünnbrettbohrer nur zu mir geschickt?«

Hernandez blinzelte. »Das waren Sie. Sie haben uns angefordert.«

Fields wandte sich wieder um. »Ach ja. Sagt mir bitte noch mal, aus welchem Grund ich das getan habe.«

Lipkin ergriff das Wort. »Weil wir in Quantico die Klassenbesten waren und eine erstklassige Aufklärungsquote haben.«

»Ach so. Hätte ich fast vergessen.« Fields verdrehte die Augen. »Diese Typen«, sagte er kopfschüttelnd zu Alex.

»Was haben Sie eigentlich vor dieser Karibu-Sache gemacht?«, fragte Hernandez Alex.

»Eine Eisbärenstudie und davor eine Vielfraßstudie.«

»Oh, wow«, sagte Lipkin und grinste. »Dann folgende Frage: Wer würde im Kampf Vielfraß gegen Eisbär gewinnen?«

Fields warf ihr einen Seitenblick zu. »Das müssen Sie nicht beantworten.«

Alex überlegte kurz. »Ich glaube, der Vielfraß und der Eisbär würden bis zur Erschöpfung kämpfen und dann Freunde werden.«

Lipkin hob die Hand zum Protest. »Sorry, das ist gegen die Regeln! Die können keine Freunde werden.«

»Warum nicht?«, fragte Hernandez.

»Weil es eine Ausflucht ist.«

Fields verzog den Mund zu einem dünnen Grinsen. »Wer würde bei einem Kampf gewinnen: mein Stiefel oder dein Hintern?«

»Verstanden, Chef«, sagte Hernandez und verstummte.

Nachdem sie eine halbe Stunde schweigend vor sich hin getrottet waren, fragte Hernandez: »Ist es noch weit?« Er blieb stehen und versuchte vergeblich, sich den Schlamm von den Stiefeln zu schlenkern.

Alex schaute auf ihr GPS-Gerät. »Noch etwa ein Kilometer«, antwortete sie.

An seiner Miene las sie ab, dass es ebenso gut zehn Kilometer hätten sein können. Er runzelte die Stirn, versuchte den Schlamm an einem Felsen abzukratzen und ging dann schweigend weiter.

Den Blick auf einen unsichtbaren Punkt in der Ferne gerichtet, trottete Lipkin seinem Kollegen hinterher.

Wainwright und Fields hingegen waren weiterhin voll bei der Sache, sahen sich aufmerksam um, blieben immer wieder stehen und betrachteten Vertiefungen im Boden, hielten nach Anzeichen Ausschau, dass hier jemand entlanggegangen war. Wainwright fand die Stelle, wo Alex einige Tage zuvor gesessen und einen Müsliriegel gemampft hatte, und sie war beeindruckt. Er musste ein ausgezeichneter Fährtenleser sein.

Schließlich erreichten sie die kleine Lichtung, wo der Rabe die Halskette fallen gelassen hatte. Eine platt gedrückte Stelle im Moosbett zeigte, wo das Karibu gelegen hatte. Wainwright wies sofort darauf hin, dass der Rabe auch am Blattwerk einer nahen Weide geknabbert hatte. Fields bat ihn und Alex zurückzubleiben, während er und seine beiden Untergebenen die Lichtung rasterförmig absuchten.

Schließlich meldete sich Hernandez zu Wort. »Ich finde die Kette nirgendwo.«

»Fußspuren gibt es auch keine«, ergänzte Lipkin.

Fields richtete sich auf und stemmte die Hände in die Hüften. »Dem muss ich leider zustimmen. Das Einzige, was ich erkenne, ist, dass hier das Karibu gelegen hat und dann in diese Richtung verschwunden ist.« Er deutete nach Norden.

Hernandez sagte: »Vielleicht ist der Rabe zurückgekehrt und hat die Kette wieder aufgepickt. Wer weiß, wo er sie ursprünglich aufgelesen hat. Könnte überall gewesen sein.«

Stirnrunzelnd sahen sie sich noch eine Weile um, suchten im Gras, tasteten im Moos herum. Doch die Suche blieb ergebnislos. Schließlich richtete Fields sich wieder auf und wandte sich zu Alex. »Was denken Sie, Doktor Carter?«

Sie sah, dass sich alle Blicke auf sie richteten. »Die Kette hing am Schnabel des Raben, was bedeutet, dass er sie von woanders hergebracht hat. Hernandez hat recht: Er könnte zurückgekehrt sein und sie wieder aufgelesen haben.« Sie überlegte einen Moment. »Oder vielleicht hat eine Waldratte sie stibitzt. Waldratten lieben alles, was glänzt, und horten die Gegenstände in ihrem Nest.«

Fields sah sie erwartungsvoll an, wartete darauf, dass sie fortfuhr.

»Waldratten bauen große Nester und horten dort alles Mögliche. Ihre Nester können über sechzig Jahre alt sein und werden von Generation zu Generation weitergegeben. Sie enthalten Schnüre, glänzendes Kaugummipapier, Flaschendeckel, Knöpfe. Ein Forscher fand sogar einen Tennisschuh in einem Waldrattennest.« Sie sah Special Agent Fields schulterzuckend an.

»Also, wer war der Dieb, der Rabe oder eine Waldratte?«, fragte Fields und musterte sie streng.

»Ich bin mir nicht sicher. Wir wissen aus dem Video, dass der Rabe die Halskette zumindest eine Zeit lang hatte. Wir könnten nach Rattennestern suchen und schauen, ob wir dort fündig werden.«

»Und wie, bitte schön, sieht so ein Nest aus?«, fragte Fields.

»Wie eine lose Ansammlung von Ästen und Blättern, dazu vielleicht etwas zerkleinerte Rinde.«

Fields blickte entmutigt um sich. »Also wie der ganze Waldboden.«

»Nein, nein. Es hat schon eine gewisse Ordnung, es ist ein kleiner Bau. Eigentlich ist es ziemlich cool – es gibt getrennte Bereiche zum Defäkieren, Schlafen und für die Aufzucht der Jungen, und sie dekorieren die Bereiche mit all ihren entwendeten Schätzen, und sie –« Alex verstummte abrupt, als sie Fields' gelangweilten Gesichtsausdruck sah.

»Finden Sie einfach so ein Nest«, blaffte er ärgerlich.

Alex ging wohlweislich um die kleine Lichtung herum, um nicht Fields' Zorn zu provozieren, indem sie den – imaginär – abgesperrten Suchbereich betrat. Sie umrundete die Lichtung, entfernte sich dann etwas weiter und umrundete sie erneut.

Während Alex ihre vierte Runde drehte, standen die FBI-Agenten untätig herum und starrten Löcher in die Luft, aber Wainwright hatte sich ihr angeschlossen. Schließlich entdeckte sie einen kleinen Aufbau aus Ästen und Zweigen. »Hier ist eins!«, rief sie.

Die Männer eilten zu ihr herüber.

»Durchsucht es«, befahl Fields seinen Agenten. Sie streiften Latexhandschuhe über und wühlten in dem Nest herum. Dabei fanden sie Kaugummipapier, zwei blau schimmernde Kletterhaken, den Knebelknopfverschluss einer Jacke, zwei Kronkorken und eine zerdrückte Pepsi-Dose.

Interessiert beobachtete Fields, wie sie einen Gegenstand nach dem anderen herausholten. »Wow, diese Viecher sind wirkliche Sammler, was?«, sagte er, nun sichtlich erstaunt.

»Und was ist hiermit?«, fragte Lipkin und zog ein fadenscheiniges Stück beiger Wolle heraus, das wahrscheinlich Teil einer Socke gewesen war. »Könnte das von Fairweather stammen?«

Mit seiner behandschuhten Hand nahm Fields das Wollstück entgegen und betrachtete es von allen Seiten. »Könnte sein. Lipkin, hast du die Liste von Fairweathers Sachen, die wir von der Familie bekommen haben?«

»Ja, Sir.«

Lipkin richtete sich auf und zog sein Handy aus der Gesäßtasche. Er wischte ein paarmal über das Display. »Schauen wir mal. Lila Jacke, Halskette, Kompass, Armbanduhr.«

Fields grunzte. »Welche Socken Fairweather trug, haben die Leute natürlich nicht erwähnt.«

»Nein, Sir.«

»Ich wette, hier sind schon hundert andere Wanderer durchgekommen«, murmelte Hernandez stirnrunzelnd.

»Wie groß ist der Operationsradius dieser Waldratten?«

»Wie bitte?«

»Wie weit weg von hier könnten sie diese Gegenstände aufgelesen haben?«

Alex überlegte kurz. »Nicht allzu weit, denke ich. Aber es könnte in der Nähe weitere Nester geben. Diese Tiere neigen dazu, in losen Verbänden zu leben.«

Fields schaute zu den Bäumen ringsum. »Es könnte in der Gegend also noch mehr dieser Nester geben?«

»Das ist möglich.«

»Ihr habt sie gehört«, herrschte Fields seine Männer an. »Helft ihr bei der Suche.«

Die fünf verteilten sich und hielten sowohl nach Rattennestern Ausschau als auch nach der Halskette, die vielleicht noch ganz in der Nähe lag, falls der Rabe sie wieder fallen gelassen hatte.

Während Alex suchte, schmunzelte sie bei dem Gedanken an den gewitzten Raben und über den Umstand, dass er ihnen einen ersten Anhaltspunkt geliefert hatte. Raben konnten sehr entschlossen und neugierig sein. Sie waren äußerst kluge Vögel, verfügten über eine komplexe Sprache und konnten sogar menschliche Gesichter unterscheiden. Eine Forscherin, die Raben mit Nebelnetzen gefangen und beringt hatte, hatte festgestellt, dass diese Vögel ihr fortan nicht nur aus dem Weg gingen, sondern die Kunde auch an andere Raben weitergaben. Diese anderen, noch nicht beringten Vögel mieden sie ebenfalls und beschimpften sie von den Bäumen aus. Daraufhin hatte sie sich eine Brille aufgesetzt, einen falschen Bart angeklebt und sich ein Kissen unter die Jacke geschoben, um die Raben zu täuschen. Der Trick hatte funktioniert, sodass sie weitere Vögel hatte fangen und beringen können.

Alex tastete auf dem moosbewachsenen Waldboden herum, darauf bedacht, nichts zu beschädigen. Dann, etwa fünf Meter vor ihr, sah sie etwas Glänzendes am Boden. Sie beschleunigte ihre Schritte. »Hier drüben!«, rief sie.

Die Halskette mit dem violetten Kristallstein in einer silbernen Bärentatze schimmerte zu ihr auf, Regentropfen klebten an der Kette.

Sie zeigte sie Fields, der sie fotografierte. Dann hob er sie mit einer behandschuhten Hand auf. »Das ist Fairweathers Halskette, ganz sicher.« Erwartungsvoll streckte er die Hand zur Seite aus. »Beutel.«

Hernandez griff in seine Jacke und zog einen Spurensicherungsbeutel heraus. Fields legte die Kette hinein und beschriftete den Beutel.

Sie durchkämmten noch zwei Stunden lang die Gegend und zogen dabei immer weitere Kreise. Sie fanden noch einige Rattennester, aber keine Spuren von Amelia und auch keinen Hinweis darauf, dass eine Person das Gebiet durchquert hatte.

Alex hatte sich ein ganzes Stück von den anderen entfernt und vernahm Fields' Stimme: »Okay! Wir machen Schluss für heute!« Sie gesellte sich wieder zu ihnen und blickte zum Himmel auf. Es war später Nachmittag geworden, und der Regen hatte endlich aufgehört, aber die Sonne verbarg sich immer noch hinter dichten Wolken. »Morgen früh schicken wir die Suchmannschaft her. Können Sie das organisieren?«, fragte er Wainwright.

»Na klar.«

»Dann auf nach Hause«, sagte Fields. »Ich habe Lust auf was zu futtern und auf einen warmen Ort, wo ich es mir hinter die Kiemen schieben kann.«

»Und auf trockene Schuhe«, hörte sie Hernandez murmeln, als er an ihr vorbeiging.

Sie traten den langen Rückweg an.

»Okay. Wer würde gewinnen?«, hörte sie kurz darauf Lipkin fragen. »Der Terminator oder das Michelin-Männchen?«

»Reden wir von Terminator eins oder zwei?«, gab Hernandez zurück.

»Eins. Der Original-Terminator.«

»Das ist einfach«, sagte Hernandez. »Der Terminator. Er würde ihn einfach durchsieben. Dem Michelin-Männchen würde die Luft entweichen, bis es platt wäre wie ein Pfannkuchen.«

»Aber was ist, wenn er eine Seele hat?«

»Was? Wer?«

»Das Michelin-Männchen. Ich meine, er scheint ein netter Bursche zu sein. Ich wette, er hat eine Seele«, entgegnete Lipkin.

»Was hat das damit zu tun?« Hernandez sah Lipkin an, als müsse er verrückt sein.

»Wenn man eine Seele hat, kann man den Terminator besiegen, egal, wie unterlegen man ist«, erklärte Lipkin. »Man lässt sich etwas einfallen. Das Michelin-Männchen könnte sich auf einem Schrottplatz verstecken, getarnt als ein Stapel alter Autoreifen. Wenn der Terminator dann kommt, könnte das Michelin-Männchen ihn mit einer Schrottpresse zerquetschen. Ihn platt machen.«

Hernandez stemmte die Hände in die Hüften. »Da hast du recht.«

»Seid ihr beiden schon wieder am Scheißelabern?«, schimpfte Fields.

Schlagartig verstummten sie und ließen sich ein wenig zurückfallen, starrten auf den Waldboden. Dann hörte Alex, wie Hernandez Lipkin im Flüsterton fragte: »Okay. Wer würde gewinnen: der Geist von Jesse James oder Dracula?«

Alex lächelte und lauschte, während die beiden ihre Argumente vortrugen. Aber trotz des lustigen Geplänkels und ihrer warmen Klamotten fröstelte Alex und fragte sich, ob Amelia Fairweather wirklich in die Tropen abgehauen war oder ob ihre Leiche irgendwo im dunklen verregneten Wald lag und darauf wartete, gefunden zu werden.

Zurück am Farmhaus, gingen alle ihrer Wege. Alex, die immer noch gegen ihr Unbehagen ankämpfte, saß lange am Küchentisch und dachte über den Tag, die vermisste Wanderin und das Karibu nach, das sich etwas von dem Gebiet zurückzuerobern versuchte, das seine Sippe einst verloren hatte.

Sie hegte das Gefühl eines allumfassenden Verlusts. Manchmal fiel es ihr schwer, ihren Optimismus zu wahren. Sie hatte ihre Mutter verloren, als sie zwölf war, und vermisste sie sehr. Aber es war mehr als nur ihr persönlicher Verlust. Sie arbeitete in Bereichen, die ihr nur allzu oft wie eine hoffnungslose Sache vorkamen. Zerstörung des Lebensraums, Zersiedelung, Gier, Artensterben. Manchmal erschien ihr die Mannigfaltigkeit der Probleme wie eine unüberwindbare Mauer. Vielen Leuten war es schlichtweg egal, was mit dem Planeten geschah, auf dem sie lebten. Die Artenvielfalt nahm rapide ab, Teile des komplizierten Lebensnetzes verschwanden einfach, hinterließen riesige Löcher, wodurch die Struktur des Lebens auf der Erde zunehmend schwächer wurde. Bald würde die Erde den Menschen nicht mehr ernähren können, ganz zu schweigen von all den großartigen Arten, die im Zuge dessen verloren gehen würden.

Sie stützte den Kopf in die Hände und spürte, wie eine Welle der Trauer über sie hinwegflutete. Sie dachte an die Zeit auf dem Eis der Hudson Bay, an Caseys tröstliche Gegenwart, an die Angst, die sie verspürt hatte, nicht nur um ihr eigenes Leben, sondern auch um das der vom Klimawandel bedrohten Eisbären, die immer weniger wurden.

Momente wie dieser pirschten sich an wie ein böses Monster, krallten sich in ihr Herz, verschnürten ihr die Kehle. Aber sie musste weitermachen, weiterkämpfen. Die Lösung für die Hoffnungslosigkeit war, etwas zu unternehmen.

Deshalb fuhr sie ihren Laptop hoch und sah sich fasziniert die neuesten Karibu-Videos an. Ja, sie würde weiterkämpfen. Sie würde nie damit aufhören.

Am nächsten Tag machte sich Alex auf den Weg zu den Orten, wo sich das Karibu aufgehalten hatte. Sie hatte ihr Zelt, ihren Schlafsack und ihren Gaskocher eingepackt, da sie davon ausging, die Nacht in der Wildnis zu verbringen.

Sie erreichte die erste Kamera. Auf den ersten Fotos sah man kein Karibu, aber sie tauschte die Speicherkarte aus, um sie zu Hause genauer in Augenschein zu nehmen. An einer der Stellen, wo das Karibu der Halsbandkamera zufolge gewesen war, suchte sie die Gegend nach Spuren weiterer Artgenossen ab, fand aber keine.

Sie war entmutigt und ärgerte sich, dass man keine wirksameren Maßnahmen zur Rettung der Karibu-Herde ergriffen hatte. Es war verrückt. Die Regierung machte sich die Mühe, Karibus zu betäuben, zu fangen und umzusiedeln, Herden einzupferchen, damit trächtige Kühe Junge gebären konnten, außerdem ließ man Tausende von Wölfen töten, damit sie keine Karibus reißen konnten. Aber man war nicht bereit, die beiden größten Bedrohungen für den Bergkaribu-Bestand anzugehen: die Zerstörung des alten Baumbestands durch Abholzung und den Klimawandel, der die Schneedecke von Jahr zu Jahr dünner werden ließ.

Die amerikanische Gesetzgebung zum Schutz bedrohter Tierarten war sicher gut gemeint, aber Alex war zu der Überzeugung gelangt, dass ihr Ansatz überholt war. Die Gesetzgebung behandelte die Arten so, als stellten sie isolierte Probleme dar, die es zu lösen galt. *Man müsste die Dinge ganzheitlich angehen. Was wir brauchen, ist ein Gesetz zum Schutz gefährdeter Ökosysteme*, dachte sie. Ein solcher Schutz käme automatisch vielen unterschiedlichen Arten zugute: Vielfraßen, Bergkaribus, dem Amerikanischen Pfeifhasen und selbstredend auch dem Menschen.

Auf dem Weg zum nächsten Kamerastandort war Alex so in ihre Gedanken vertieft, dass sie den glänzenden Stolperdraht erst sah, als sie beinahe schon hineingelaufen war. Sie war weit entfernt von der Gegend, wo sie den Tunnel und die anderen Stolperdrähte entdeckt hatte.

Sie blieb abrupt stehen, nur Millimeter davon entfernt, den Draht zu berühren. Sie zog ihren Stiefel zurück und trat vorsichtig darüber hinweg. Doch als sie ihren Fuß auf der anderen Seite absetzte, schrie sie überrascht auf, als der Boden unter ihr nachgab. Sie stürzte in eine Grube, und ihr hinterer Fuß blieb dabei am Stolperdraht hängen, was ein wildes Gebimmel mehrerer Glocken auslöste.

Sie schlug hart auf dem Boden auf und prallte mit der Hüfte gegen einen scharfkantigen Stein. Die Luft entwich ihren Lungen, und einen Moment lang lag sie benommen auf der Seite und versuchte zu verarbeiten, was gerade passiert war. Dann hörte sie das Knacken von Holz über ihr, und eine Felsplatte stürzte über die Öffnung der Grube.

12. KAPITEL

Alex vernahm noch für einige Sekunden das gedämpfte Glockengebimmel, bis es verklang und Stille eintrat. Tiefe Dunkelheit umfing sie.

Sie fischte ihre Stirnlampe aus der Jackentasche und hustete, während Schmutz und Staub auf sie herabrieselten. Sie schaltete die Lampe ein und orientierte sich. Ihre Hüfte schmerzte wie verrückt, und sie merkte, dass ihre Hose zerrissen und die Haut darunter warm und klebrig war. Sie hustete erneut, spuckte den Staub aus. Die Grube war schmal, kaum einen Meter breit. Ihre Beine lagen merkwürdig verdreht an der Wand, ihr Hinterkopf lehnte an einer anderen. Schließlich gelang es ihr, sich aufzusetzen, während ihr das Adrenalin durch den Körper flutete.

Die Alarmglocken. Der Landstreicher. Plötzlich herrschte Klarheit in Alex' Kopf. Sie musste augenblicklich aus der Grube verschwinden. Falls er in der Nähe war, hatte er die Glocken gehört. Er könnte schon auf dem Weg sein. Und falls er derjenige war, der hinter Amelias Verschwinden und dem Mord an der Rangerin steckte …

Eilig streifte sie den Rucksack ab. Noch immer rieselten Staub und Schmutz auf sie herab. Eine große graue Granitplatte bedeckte den Grubenausgang, der sich etwa viereinhalb Meter über ihr befand. Die Wände der Grube bestanden aus fest geklopfter Erde, und sie hatte das ungute Gefühl, dass sie jeden Moment einstürzen könnten. Trotz ihrer übel schmerzenden Hüfte rappelte sie sich auf und leuchtete mit der Stirnlampe die Wände ab. In etwa drei Metern Höhe entdeckte sie etwas: eine Öffnung. Ihr wurde klar, dass der Kerl einen Fluchttunnel angelegt haben musste für den Fall, dass er versehentlich in seine eigene Falle tappte.

Sie wog ihre Optionen ab. Sie konnte sich zu dem Tunnel hinaufhangeln oder versuchen, ganz oben die Felsplatte beiseitezuschieben. Sie kramte in ihrem Rucksack nach ihrer zusammenklappbaren Campingschaufel. In etwa fünfzig Zentimetern Höhe grub sie damit ein kleines Trittloch in die Wand, dann ein weiteres in einem Meter Höhe, einen halben Meter darüber noch eins. Sie schob die Stiefelspitze in das unterste Loch, ihre Hand in das oberste. Sie zog sich nach oben und grub dann bei der Zweimetermarke ein weiteres Loch. Doch plötzlich gab an ihrem unteren Stiefel die Erde nach, und sie rutschte wieder nach unten.

Das Erdreich war zu locker. Mit der Schaufelspitze stieß sie an verschiedenen Stellen der Grube in die Wand und fand einen Bereich, der etwas stabiler zu sein schien. Sogleich grub sie abermals kleine Trittlöcher hinein, gerade groß genug für ihre Finger- und Stiefelspitzen. Die Vertiefungen kamen ihr fester vor, deshalb grub sie noch etwas tiefer. Nun kletterte sie erneut hinauf, schlug unterdessen weitere Löcher in die Wand. Ihre Schultern und ihr Rücken zitterten vor Anstrengung, denn während sie das Erdreich bearbeitete, musste sie sich mit der freien Hand an der Wand festkrallen.

Als sie hoch genug geklettert war, schaute sie über die Schulter hinweg in den Tunneleingang. An dessen Wänden hing gewundener glänzender Stacheldraht.

Sie hangelte sich das restliche Stück hinauf und erreichte schließlich die Felsplatte. Sie strich über die raue Granitoberfläche und drückte probeweise dagegen, merkte, dass sie wahnsinnig schwer war. Dann versuchte sie es mit aller Kraft, doch das Einzige, was geschah, war, dass die Trittlöcher, in denen sie stand, zerbröselten. Sie stürzte zurück auf den Grubenboden. Die Felsplatte war absolut unbeweglich. Sie starrte nach oben, hustete in ihrem staubigen Verlies.

Sie konnte versuchen, sich am Rand der Felsplatte durch die Erde nach oben zu wühlen, doch dabei würde sie riskieren, den Boden zu destabilisieren, sodass die Platte auf sie herabstürzte und sie zerquetschte.

Erneut schaute sie zu dem Tunnel auf. Er war ihre einzige Fluchtoption.

Erneut schlug sie Tritt- und Haltelöcher in die Wand. Unterdessen klopfte ihr Herz immer schneller. Wie lange war es her, dass die Glocken geläutet hatten? Könnte es sein, dass der Mann schon auf sie wartete, um ihr den Garaus zu machen, falls ihr irgendwie der Ausstieg gelänge?

Sie knotete ein Kletterseil um die Schulterriemen ihres Rucksacks und band sich das andere Ende um die Taille, ließ aber genug Spielraum, um nicht mit dem Gewicht des Rucksacks hinaufklettern zu müssen. Sie zog das Multitool aus der Hosentasche, klappte den Drahtschneider aus und steckte ihn sich zwischen die Zähne.

Vorsichtig kletterte sie hinauf, bis sie auf der Höhe des Tunnels war. Behutsam tastete sie hinein und stellte fest, dass der Boden fest war. Dann langte sie tiefer hinein, griff den Stacheldraht und zog daran. Er ließ sich nicht bewegen, hing fest in den Seitenwänden des Tunnels. Sie brauchte mehr Zugkraft. Sie hangelte sich noch ein Stück nach oben und krallte sich mit einer Hand am Rand der Öffnung fest. Dann nahm sie das Multitool aus dem Mund und klippte den Stacheldraht ab. Sie warf die losen Drahtstücke auf den Grubenboden und hoffte, dass sie nicht darauf stürzen würde.

Bald hatte sie sich genug Platz geschafft, um ihren Oberkörper in den Hohlraum zu schieben.

Sie klippte weitere Teile des Stacheldrahts ab, zog die Stücke an sich vorbei und schleuderte sie aus dem Tunnel. Schließlich hatte sie genug Platz geschaffen, um nun auch ihre Beine in den Hohlraum ziehen zu können. Aber es war so eng, dass sie sich nicht umdrehen konnte.

Sie erhob sich auf Hände und Knie, den Rücken fest an die Tunneldecke gepresst, und zog das Seil unter sich Stück für Stück nach oben, jeweils ein paar Zentimeter; immer wieder musste sie neu ansetzen. Noch nie war ihr der Rucksack so schwer vorgekommen, ihre Hand brannte vor Anstrengung. Als sich der Rucksack schließlich auf Höhe des Tunneleingangs befand, hing er fest. Sie konnte ihn nicht hereinziehen. Sie blickte unter sich hinweg und sah über dem Tunnelboden einen der Schulterriemen aufragen. Sie schob einen Fuß zurück, hakte ihn im Riemen ein und zog mit aller Kraft, bis der Rucksack endlich bei ihr im Tunnel lag.

Alex verschnaufte für einen Moment. Sie war sich nur allzu bewusst, dass sie sich beeilen musste, und fragte sich, ob der Landstreicher wusste, dass sie hier unten war.

Vor ihr schimmerte ein Wirrwarr aus glänzendem Stacheldraht, dessen rasiermesserscharfe Klingen im Lichtschein ihrer Stirnlampe aufblitzten. Sie kroch vorwärts und klippte weitere Teilstücke ab, musste sich jedes Mal unbeholfen gegen eine Seite des Tunnels pressen, um den Draht hinter sich zu schieben, ohne sich dabei zu verletzen.

Schließlich erreichte sie das Ende des Stacheldrahtes, schnitt das letzte Stück ab und schob es hinter sich. Vor ihr erstreckte sich der Tunnel weiter in die Dunkelheit. Sie sah keine weiteren Hindernisse, entdeckte nichts Verdächtiges und wurde misstrauisch. Vielleicht hatte er die Flucht eines Gefangenen nur verlangsamen, ihn aber nicht aufhalten wollen.

Vorsichtig kroch sie Zentimeter für Zentimeter weiter, tastete ihre Umgebung nach weiteren Fallen ab, hustete, weil die Erde so intensiv roch.

Als sie ihre linke Hand vor sich absetzte, spürte sie, wie etwas darunter einrastete. Der Boden sackte ein Stück ab, und sofort zog Alex ihre Hand zurück. Vor ihr am Tunnelboden leuchtete eine hellblaue Flamme auf. Das Licht ihrer Stirnlampe fiel auf eine Düse, die mit einem Schlauch verbunden war, der ein Stück aus der Tunneldecke ragte. Mit einem Zischen schoss ein gelbweißes Pulver aus der Düsenöffnung und traf auf die Flamme.

Und plötzlich umschloss sie ein loderndes Feuer.

Mit ohrenbetäubendem Gebrüll schossen orangefarbene Flammen durch den Tunnel, bis hinab in die Grube hinter ihr. Und dann hörte das Zischen aus der Düse auf, und schlagartig verlosch das Feuer. Die kleine blaue Flamme am Boden ging aus.

Panisch klopfte sich Alex auf ihr Haar, schlug die züngelnden Flammen aus, prüfte ihre Kleidung und ihren Rucksack. Sie wischte sich mit dem Ärmel über die Augen, befürchtete, mit etwas Ätzendem in Berührung gekommen zu sein. Aber zum Glück brannte es nicht.

Eine gelbweiße Staubschicht bedeckte ihre Kleidung und ihren Rucksack, die sie mühsam abwischte und den Staub nicht einzuatmen versuchte, wenngleich sie wusste, dass dies längst geschehen war. Ihr kam ein grauenvoller Gedanke: *Anthrax*. Was immer es war, sie konnte es im Mund schmecken.

Die Art und Weise, wie es geblitzt hatte, als das Pulver aus der Düse geschossen war, erinnerte sie an Explosionen in Getreidesilos, wenn sich fermentierte Luftpartikel schlagartig entzündeten.

Wer war dieser Typ? Warum all diese nichttödlichen Maßnahmen? Um seine Beute in Schach zu halten, bis er sie endgültig festsetzen konnte? Um sie gefangen zu nehmen?

Sie fragte sich, ob auch Irma oder Amelia an einem Ort wie diesem in Gefangenschaft geraten waren.

Sorgfältig studierte sie den vor ihr liegenden Weg. Kurz hinter der Düse traf ihr Lichtstrahl auf eine Holztür, die aus mehreren grob zusammengenagelten Brettern bestand. Sie blickte nach unten. Wie viele Druckplatten lagen noch im Boden und wie konnte sie ihnen ausweichen?

Vorsichtig kroch sie auf die Tür zu und hoffte, dabei keine weitere Falle auszulösen. Sobald sie die Tür erreichte, drückte sie zaghaft dagegen. Sie rührte sich nicht. Die Luft war schal. Erstickend. Sie drückte fester gegen die Tür. Nichts.

Sie klappte die kleine Säge am Multitool aus, schob das Blatt zwischen zwei der Bretter und machte sich an die Arbeit. Bald brach ein Splitter heraus, dann noch einer und noch einer, bis ein Spalt entstand, durch den sie hindurchschauen konnte. Sie drückte ihre Stirnlampe dagegen und warf einen Blick auf die andere Seite. Hinter der Tür lag ein Raum, der der Erdhöhle ähnelte, die sie vor Kurzem entdeckt hatte. Ein Feldbett, ein paar Konserven.

Um die Tür zu öffnen, bedurfte es roher Gewalt. Mit einer Reihe von Verrenkungen, über die sich ihr Körper später beschweren würde, drehte sie sich in dem engen Tunnel mühselig um. Schließlich grub sie ihre Ellbogen in den Boden, stützte sich ab und trat mit beiden Füßen gegen die

Holzbretter. Das Holz gab ein wenig nach, doch ihr fehlte die Wucht, weil es so eng war. Sie trat wieder und wieder zu, schob die Tür mit jedem Tritt etwas weiter in den Raum hinein, bis sie schließlich krachend umstürzte.

Sie krabbelte aus dem Tunnel, hatte es endlich geschafft. Der Geruch von verdorbenen Lebensmitteln, Nager-Urin und abgestandener Luft erfüllte den kleinen Raum. Könnte Amelia hier festgehalten worden sein? Oder Irma? Sie ließ ihren Lichtstrahl umherwandern und erkannte sofort, dass hier schon lange niemand mehr gewesen war. Mäuse- und Streifenhörnchen-Exkremente bedeckten das kleine Feldbett, darunter hatte sich eine Beutelratte ein Nest gebaut. Die Konservendosen waren voller Rost. Sie hob eine auf und prüfte das Verfallsdatum: 9-15-2009. Wie lange hauste der Landstreicher schon in dieser Gegend?

Sie entdeckte keinen Hinweis darauf, dass hier kürzlich jemand gewohnt hatte. Kein Gaskocher. Keine Taschenbücher, keine Lichtquelle. Sie roch weder Kerosin noch Kerzenwachs.

Sie verließ den Raum durch einen kleinen Tunnel, der schräg nach oben führte und jäh endete. Aber Alex hatte das Gefühl, nicht mehr weit unter der Oberfläche zu sein.

Sie zögerte, befürchtete, sich hier unten womöglich lebendig zu begraben, falls die Decke über ihr einstürzte. Aber dann zog sie entschlossen die Klappschaufel heraus und begann zu graben. Bald lag ein kleiner Berg mit Erdaushub neben ihr im Tunnel. Dann stieß sie durch eine lockere Stelle, und willkommener Sonnenschein strömte in den Tunnel. Alex hätte beinahe einen Freudenschrei ausgestoßen, doch sie befürchtete, dass der Landstreicher in der Nähe sein könnte. Sie grub energisch weiter, wollte endlich raus.

Als sie eine Öffnung freigelegt hatte, die groß genug war,

um hindurchzukriechen, schob sie vorsichtig den Kopf hinaus und schaute sich um.

Sie sah niemanden. Doch als sie aus dem Tunnel nach oben blickte, bemerkte sie, dass an einem der Bäume ein dicker angeseilter Holzstamm hing, der herabschwingen und einen achtlosen Wanderer, der die Falle ausgelöst hatte, bewusstlos schlagen würde. Sie hatte Glück, dass sie dieser Falle nicht zum Opfer gefallen war. Nun spähte sie in die Bäume und hielt nach weiteren Überraschungen Ausschau, entdeckte aber keine.

Schließlich kletterte sie hinaus und zog ihren Rucksack heran, schulterte ihn und stand auf. Dann suchte sie ihre Umgebung sorgfältig nach weiteren Tunneleingängen und Stolperdrähten ab. Doch sie hatte den Eindruck, dass der ominöse Landstreicher die Gegend schon lange nicht mehr benutzt hatte. Falls er Amelia in seiner Gewalt hatte, hielt er sie anderswo fest.

Nachdem sie die Umgebung gründlich abgesucht hatte, speicherte Alex den Standort im GPS-Gerät und verließ das Gebiet. Ursprünglich hatte sie die Nacht draußen verbringen wollen, aber sie fühlte sich unwohl mit den seltsamen Pulverresten auf ihren Klamotten und wollte sie gründlich auswaschen. Zu Hause würde sie Taggert anrufen und ihr den Standort des Tunnels mitteilen.

Sie freute sich auf eine ausgiebige heiße Dusche. Die Sonne verschwand hinter den Bergen, und es wurde spürbar kühler. Bald würde der Wald in tiefer Dunkelheit versinken.

Doch als sie unweit des riesigen Baumes, Gaia, durch den Wald marschierte, ließ eine wütende Stimme in der Nähe sie abrupt stehen bleiben.

»Diesmal bring ich dich um!«

13. KAPITEL

Alex hörte ein Funkgerät knistern und schaltete sofort ihre Stirnlampe aus. Eilig zog sie ihr Nachtsichtgerät aus dem Rucksack. Als sie den Infrarotstrahl in Richtung der Stimme richtete, erkannte sie Trevor, den Burschen, der vor einigen Tagen weggerannt war, bevor Agatha ihre Vorräte hatte hochziehen können.

»Ich kann nicht«, hörte sie ihn flüstern. »Ich weiß, dass er hier irgendwo ist.«

Dann ertönte zu ihrer Linken eine dröhnende Stimme. »Da hast du verdammt recht, ich bin hier!« Sie schwenkte den Infrarotstrahl dorthin und sah den Holzfäller, Clyde, aus den Bäumen in Trevors Richtung stürmen. Trevor preschte über eine Anhöhe davon und ließ den Korb mit den Vorräten fallen, die sich kreuz und quer auf dem Waldboden verteilten.

»Verdammt noch mal!«, fluchte Agatha von oben. Alex hörte erneut, wie das Funkgerät der Frau knisterte. »Er hat's schon wieder gemacht. Ist einfach abgehauen. Aber diesmal hat er nicht mal den Korb dagelassen. Er hat ihn mitgenommen. Ist noch jemand da?«

Als Antwort kam nur ein Knistern aus dem Funkgerät.

Stattdessen meldete sich der Holzfäller zu Wort. »Nein, niemand ist da, junge Dame. Nur ich. Und ich hab's satt, dass deine Öko-Freunde dir Vorräte bringen. Ich sorge dafür, dass du auf deinem Scheißbaum verhungerst, selbst wenn ich dafür die ganze Woche hier kampieren muss!«

Alex schlich näher, hörte die üblen Verwünschungen, die der Holzfäller ausspie.

»Ihr Schlampen seid alle gleich!«, brüllte er. »Genau wie meine Ex. Ihr glaubt, euch alles rausnehmen zu können, ohne dass es Konsequenzen hat. Ihr gottverdammten Nazi-Feministinnen bildet euch ein, ihr könnt uns rumkommandieren.«

»Eigentlich gibt es so etwas wie ›Nazi-Feministinnen‹ überhaupt nicht«, rief Agatha mit ruhiger Stimme herunter. »Viele Leute wissen nicht mal genau, was Feminismus ist. Die Definition im Lexikon lautet: ›das Eintreten für die Gleichberechtigung der Frau‹. Der Nazismus dagegen steht für das Gegenteil von Gleichberechtigung.«

»Du glaubst, ich weiß nicht, wovon ich rede, du Schlampe? Meine Ex hat irgendwann angefangen, zu einer dieser Frauen-Selbsthilfegruppen zu gehen, und bevor ich wusste, was los war, haben die sie überredet, mich zu verlassen. Die haben ihr erzählt, sie braucht mich nicht. Ich will verdammt sein, wenn sie mich nicht braucht. Zehn Jahre hab ich für sie gesorgt! Hab ihr Sachen gekauft, ihr Auto bezahlt. Dann fing sie an rumzujammern, dass sie arbeiten gehen will! Als ob meine Frau außer zu Hause arbeiten muss! Ich hab einen Ruf zu verlieren. Ich bin der Ernährer im Haus!« Er hielt inne, und Alex hörte sein wütendes Schnaufen. »Okay, manchmal hab ich sie geschlagen. So schlimm war das aber nicht. Ich musste sie doch zur Vernunft bringen.«

»Das ist Ihnen offenbar gelungen, denn sie hat Sie verlassen.«

»Halt dein dreckiges Maul! Was weißt du schon darüber, du ungewaschene Öko-Schlampe.«

»Nur das, was Sie mir erzählt haben«, antwortete Agatha.

»Ich wette, du hast einen reichen Daddy, der dir das College finanziert hat, auf dem dir irgendwelche Nazi-Feministinnen diese kranken Flausen in den Kopf gesetzt haben.«

Agathas Geduld war am Ende. »Sie können da unten toben, soviel Sie wollen. Meine Leute werden mich schon versorgen, warten Sie's ab.«

»Den Teufel werden sie tun!« Alex hörte das Aufbrüllen einer Kettensäge, als er an der Schnur zog. »Ich hätte nicht übel Lust, diesen Scheißbaum zu fällen, auf dem du hockst.«

»Wenn Sie das tun, brummt der Bundesrichter Ihnen eine so hohe Geldstrafe auf, dass Sie Haus und Hof verlieren.«

»Fick dich!«, brüllte er, seine Stimme schrill vor Wut. Im Nachtsichtgerät sah Alex, wie er mit gehobener Kettensäge zornerfüllt den Baum umkreiste. »Aber bevor das passiert, bist du tot. Genau genommen …« Seine Stimme verklang, und er schaltete die Kettensäge wieder ab. Er legte sie auf den Boden und wühlte wütend in einem Rucksack. Er zog Baumkletterspikes heraus und schnallte sie an seine Stiefel. »Ich komme jetzt hoch und werfe dich runter. Es wird aussehen wie ein unglücklicher Sturz.«

»Sie schreien mich hier oben schon seit Tagen wie ein Durchgedrehter an. Es gibt zahllose Leute, die das bezeugen würden«, entgegnete sie.

»Mir doch egal. Ich hab die Schnauze voll von dir, Schlampe. Du bist tot!« Er legte einen Gurt um den Baumriesen und begann, das Ungetüm zu erklimmen. Alex war erstaunt, wie schnell er war. Als Holzfäller hatte er offensichtlich Übung darin.

»Es wird mir eine Freude sein, deine Knochen brechen zu hören, wenn du unten aufschlägst, du verdammtes Miststück!«

Alex musste etwas tun. Der Kerl hatte endgültig den Verstand verloren.

Irgendwie verkörperte diese Frau alles, was der Mann hasste. Er war bereits fünfzehn Meter hoch am Baum. Sie musste handeln.

»Hey!«, rief Alex nach oben.

»Wer ist das?«, rief Clyde herunter und hielt in seinem Aufstieg inne.

»Hier ist Alex Carter. Die Biologin von nebenan. Die Polizei ist bereits unterwegs. Sie haben kein Recht, die Frau von dem Baum herunterzuholen. Sie tut nichts Illegales, aber Sie schon. Was Sie vorhaben, ist Körperverletzung oder Mord.« Genau genommen wusste Alex nicht, ob Agatha etwas Illegales tat oder nicht. Darüber würde sie sich später schlaumachen müssen. Aber für den Augenblick wollte sie die Situation erst einmal entschärfen. »Sie kommen jetzt besser runter, wenn Sie Ihr Gesicht wahren wollen«, sagte Alex. »Die Polizei wird jeden Moment hier sein.«

»Mir kannst du nichts vormachen. Hier draußen gibt's keinen Handyempfang.«

»Ich habe ein Satellitentelefon«, log Alex. »Wenn Sie nicht sofort runterkommen, werden Sie Sheriff Taggert erklären müssen, was Sie dort oben vorhatten.«

Alex schaute durch das Nachtsichtgerät, während Clyde innehielt. Sie drang zu ihm durch.

»Taggert und ihre Kollegen werden in knapp fünf Minuten hier sein. Glauben Sie, bis dahin sind Sie den sechzig Meter hohen Baum raufgeklettert, haben Agatha in die Tiefe geworfen, sind wieder runtergeklettert und haben mich dann auch noch schnell umgebracht? Das alles, ehe die Polizei eintrifft? Mit den Spikes sind Sie ja ziemlich schnell, aber ich wette, nicht schnell genug.«

Er blickte zu ihr herab, doch sie war sich sicher, dass er sie in der Dunkelheit nicht erkannte. Seine Züge waren wutverzerrt. War dieser Mann vielleicht auch verrückt genug, um jemanden anzugreifen, der arglos durch den Wald lief? Wie Amelia oder Irma?

»Scheiße!«, rief er und begann den Abstieg. Erneut war er erstaunlich schnell. Unten angekommen, warf er die Spikes wütend in seinen Rucksack und stürmte dann geradewegs in ihre Richtung. Sie versteckte sich schnell hinter einem anderen Baumriesen. Er schaltete eine Taschenlampe ein und strahlte damit auf die Bäume, versuchte, sie zu entdecken. »Ich weiß, wo du wohnst«, rief er. »Das verzeih ich dir nicht.« Diesmal hielt Alex den Mund. Er ließ den Lichtstrahl über den Boden gleiten, suchte nach einer Spur von ihr. Als er ihr den Rücken zuwandte, nutzte sie die Gelegenheit und schlich rasch zu einem weiter entfernten Baum.

Schließlich marschierte er fluchend in Richtung des Holzfällerlagers davon. Sie hörte, wie sein Quad ansprang, und als er davonraste, sah sie, wie die Scheinwerfer über die Baumstämme strichen.

Als er weg war, rief sie ins Dunkel hinauf: »Alles in Ordnung da oben?«

»Ich war in meinem ganzen Leben noch nie so froh, die Stimme von jemandem zu hören«, rief Agatha herunter. »Ich glaube, er hat es ernst gemeint. Er hätte mich wirklich umgebracht.«

»Da könntest du recht haben. Verrückt genug ist er jedenfalls.« Sie dachte an ihre eigenen Verdächtigungen hinsichtlich des Mannes und an den Umstand, dass man auf sie geschossen hatte. »Es gibt offensichtlich noch andere Dinge, die an ihm nagen.«

»Ja. Sein krankhafter Frauenhass zum Beispiel.« Sie lachte. Der Klang war ein willkommenes Geräusch inmitten der Dunkelheit. »Ich nehme nicht an, dass Trevor irgendwo da unten ist?«

»Nein. Er ist verduftet. Ich habe noch nie jemanden so schnell rennen sehen. Ich hol deine Vorräte.«

»Du bist meine Rettung!«, rief Agatha.

Alex knipste ihre Stirnlampe an und ging zu dem Korb, um den herum Äpfel, Birnen, Bananen, Müsliriegel und Wasserflaschen auf dem Waldboden lagen, dazwischen ein Trockenshampoo, wie es Astronauten auf der Internationalen Raumstation benutzten, und Handdesinfektionsmittel.

Alex legte alles in den Korb und trug ihn zurück zum Baum. »Okay. Ich bin bereit.«

»Ich lasse den Haken runter.« Alex schaute nach oben, während das bekannte Seil in Sicht kam. Sie griff nach dem Haken und befestigte ihn am Korbgriff. Dann zog Agatha ihn hinauf in ihr erhabenes Reich.

»Das war echt knapp. Ich zittere immer noch. Ich dachte wirklich, er würde es zu mir hochschaffen. Ich hatte richtige Todesangst.«

»Soll ich den Sheriff informieren, dass dich der Kerl bedroht?«

Agatha zögerte. »Ich weiß nicht. Vielleicht würde sie mich zwingen runterzukommen. Was meinst du?«

»Schwer zu sagen.«

»Na ja, sicherer würde ich mich schon fühlen, wenn ab und zu jemand nach mir sehen würde.«

»Ich kann ja mal vorsichtig abchecken, wie sie reagieren würde.«

»Danke.« Alex hörte, wie sie den Korb auspackte. »Ich hoffe, nächstes Mal schicken sie wieder Dennis. Trevor misslingt eine Lieferung nach der anderen …«

»Ja, Dennis wäre besser.« Alex spürte förmlich das Pulver auf der Haut und wie es unweigerlich in ihre Poren eindrang. Sie sehnte sich nach einer gründlichen Dusche. »Viel Glück da oben.«

»Danke. Ich werde es brauchen.«

Während Alex sich in die Dunkelheit zurückzog, hoffte sie, dass ihr der mordlustige Holzfäller nicht noch mal über den Weg lief.

14. KAPITEL

Zurück am Haus, stellte Alex ihren Rucksack auf der Veranda ab und versuchte, die Pulverreste, die noch daran klebten, so gut es ging abzuklopfen. Dann schüttete sie den Inhalt des Rucksacks aus. Sie rollte ihre Isomatte und das Zelt aus und spritzte alles einschließlich des Rucksacks mit dem Wasserschlauch ab.

Anschließend ging sie in die Waschküche im Keller. Sie zog sich vollständig aus und stopfte die Klamotten in die Waschmaschine. Als Nächstes würde der Schlafsack in die Maschine wandern.

Dann stieg sie die Treppe hinauf und gönnte sich eine ausgiebige Dusche, wusch sich gründlich die Haare und schrubbte sich die Haut ab. Nach dem Abtrocknen schnäuzte sie ein paarmal kräftig und gurgelte mehrmals mit Mundwasser. Sie glaubte nicht, eine giftige Substanz zu sich genommen zu haben. Zumindest fühlte sie sich gut.

Im Schlafzimmer zog sie frische Klamotten an. Die Waschmaschine war fertig, und sie warf die nassen Sachen in den Trockner und den Schlafsack in die Maschine.

Sie schaute auf die Uhr. Es war noch früh genug, um im Sheriffbüro anzurufen. Sie holte ihr GPS-Gerät von der Veranda. In der Küche griff sie nach dem Telefon und wählte Taggerts Nummer.

»Dr. Carter«, meldete sie sich, »wie stehen die Dinge?«

»Es wird immer interessanter«, antwortete Alex. »Erinnern Sie sich an den Tunnel, den ich gefunden habe?«

»Ja, klar.«

»Ich habe noch einen entdeckt. Größer und mit einer Feuerfalle versehen.«

»Wie bitte? Was ist dieser Landstreicher für ein Typ?«

»Das frage ich mich auch. Der Tunnel sah aus, als wäre er schon lange nicht mehr benutzt worden. Ich habe keine Anhaltspunkte dafür gefunden, dass der Mann Irma oder Amelia dort festgehalten hat. Aber ich wollte Ihnen Bescheid geben, falls Sie sich den Tunnel anschauen möchten.«

»Danke. Wie lauten die Koordinaten?«

Alex las sie vom GPS-Gerät ab. »Da ist noch etwas anderes. Wissen Sie von der Aktivistin, die in einem der alten Bäume kampiert?«

»Agatha. Ja, ich weiß Bescheid. Warum? Stimmt etwas nicht mit ihr?«

»Es gibt einen Holzfäller in der Gegend, der sie immer wieder belästigt.«

Taggert seufzte. »Clyde Fergus. Ja, ich kenne die Geschichte. Ich habe schon Deputys zu ihm geschickt, um mit ihm zu reden, aber er ist ein Hitzkopf. Er regt sich immer wieder über sie auf. Ruft jeden Tag an, um sie zu melden, und jedes Mal sage ich ihm, dass wir nichts tun können, solange der Bundesrichter den Fall prüft.«

»Er kommt mir ein bisschen gestört vor. Gefährlich. Heute hat er gedroht, sie umzubringen.«

»Tatsächlich?« Sie seufzte verärgert. »Okay. Ich werde gleich zu ihm rausfahren und im Beisein eines Rangers ein ernstes Wort mit ihm reden. Verdammt. Morgen rufe ich das Holzfällerunternehmen an und versuche, ihn versetzen zu lassen. Er sollte die Ausrüstung bewachen, keine Leute bedrohen.« Taggert klang müde. »Danke, dass Sie mir Bescheid gegeben haben.«

»Natürlich. Neulich ist er in einer anderen Gegend in eine Netzfalle getappt. Ich habe ihn daraus befreit.« Sie nannte Taggert auch diese Koordinaten.

»Ich schicke jemanden hin, der die Gegend gründlich absucht. Melden Sie sich, falls Sie noch etwas finden.«

»Mach ich.«

Nachdem sie aufgelegt hatten, kochte Alex Nudeln und Tomatensoße mit reichlich Knoblauch. Sie trug den Teller zum Esszimmertisch, wo sie ihren Laptop einschaltete. Beim Essen sah sie sich die Aufnahmen der Kameras an. Auf keiner entdeckte sie ein weiteres Karibu. Allerdings fand sie Aufnahmen von einem Baummarder mit zwei Jungtieren und zu ihrer großen Freude auch von einem seltenen Waldkauz.

Sie klickte durch die restlichen Fotos und bekam einen Schwarzbären, einen Puma mit einem Jungtier, mehrere Maultierhirsche und eine kleine Gruppe weiblicher Wapiti zu sehen.

Als Nächstes lud sie die neuesten Videos herunter. Soweit sie sah, führte das Karibu weiterhin ein Leben als Einzelgänger. Es fraß, es schlief, es wanderte umher. Es tat ihr unendlich leid, dass es so ganz allein war.

Alex beschloss, an völlig neuen Orten im Reservat nach einem Gefährten für das einsame Karibu zu suchen und auch dort Kameras aufzuhängen. Sie öffnete ihre ArcGIS-Software für geografische Informationssysteme und importierte diverse Satellitenansichten des Reservats. Sie legte zwei Ebenen für die Art der Landbedeckung und Vegetation darüber, und darauf basierend wählte sie diverse Gebiete mit alten

Hemlocktannen und Rotzedern aus, die sie sich morgen ansehen würde.

Plötzlich war ihr danach, die liebevolle Stimme ihres Vaters zu hören, deshalb rief sie ihn kurzerhand an.

»Mäuschen.«

»Hallo, Dad.«

»Was gibt's Neues?«

»Erfreulicherweise neues Karibu-Filmmaterial. Und …« Sie überlegte, ob sie die Halskette der Wanderin erwähnen sollte, und beschloss, dass sie hören wollte, was er darüber dachte.

»Und?«

Obwohl sie es bisher aus Angst, ihn zu beunruhigen, verschwiegen hatte, erzählte sie ihm nun von der vermissten Wanderin und wie sie auf einem der Videos den Raben mit der Halskette der Frau entdeckt hatte.

»Oh, wow. Ist es eine brauchbare Spur? Ist die Frau noch am Leben?«

»Das weiß ich nicht. Gestern war ich mit dem FBI an der Fundstelle. Sie haben die Halskette mitgenommen. Vielleicht finden sich darauf forensische Spuren.«

»Gruselig.«

»Finde ich auch. Also, erzähl mir etwas Erbauliches. Was hast du denn so getrieben?«

Er holte tief Luft. Alex spürte, dass er sich Sorgen um sie machte, aber er sagte nichts weiter zu dem Thema. »Also, ich bin jetzt auf dem North Rim. Heute bin ich zum Widforss Point gewandert und habe dort den ganzen Nachmittag gemalt. Die Farben sind hier so lebendig. All diese Rot- und Goldtöne. Eine Sturmfront ist in einen Teil des Canyons gezogen, und ich habe von oben auf die Gewitterwolken geschaut, aus denen Blitze zuckten. Es war pure Magie.«

»Hört sich ganz danach an. Ist dir ein schönes Bild davon gelungen?«

»Und ob. Ich habe den ganzen Nachmittag daran gesessen, und ich glaube, es ist richtig gut geworden.«

»Widforss, ist das nicht der Maler, den du so magst?«

»Ganz genau. Gunnar Widforss. Er hat in den Zwanziger- und Dreißigerjahren in vielen amerikanischen Nationalparks Landschaftsbilder gemalt. Er stammte aus Schweden und war fasziniert vom amerikanischen Westen. Er reiste überallhin. Yellowstone, Crater Lake, Yosemite, Grand Canyon. Seine Aquarelle sind atemberaubend! Aber er hat nie den finanziellen Erfolg oder Ruhm erlangt, den er verdient hätte, vor allem, weil die Leute Aquarelle damals eher als Skizziertechnik betrachteten, nicht als echte Kunstform, die man sammeln wollte. Deshalb ist er die meiste Zeit einfach herumgetingelt und hat seine Bilder gegen Unterkunft und Verpflegung eingetauscht.«

Alex erinnerte sich an einen Besuch im Yosemite-Nationalpark mit ihren Eltern. Sie war damals etwa zehn Jahre alt. »Ich weiß noch, wie ich im Ahwahnee Hotel zum ersten Mal eines seiner Bilder gesehen habe.«

»Ja, das stimmt! Dort hängen in der Lobby einige seiner Originale.«

»Zuerst hielt ich es für ein Foto, und als ich näher herantrat, war ich überwältigt. Ich konnte nicht glauben, dass es Aquarellfarben waren.«

Ihr Dad seufzte. »Ich hätte ihn gerne kennengelernt und mich mit ihm ausgetauscht. Manchmal kann ich seine Gegenwart hier fast spüren. Er hat den Canyon geliebt.«

»Das klingt gespenstisch. Aber auf eine gute Art.«

Er schmunzelte. »Ich schätze, diese ganze Pracht hier geht mir nahe. Wie geht es für dich weiter?«

»Ich werde weiter das Videomaterial sichten und mich in die Gegenden begeben, wo sich das Karibu aufhält, und schauen, wie sich sein Lebensraum verbessern lässt und ob womöglich andere Karibus bei ihm sind.«

»Viel Glück bei alldem.«

»Danke, Dad.«

Sie legten auf, und Alex ging nach oben, zog ihren Pyjama an, putzte sich die Zähne und fiel erschöpft ins Bett.

Am nächsten Tag brach Alex früh am Morgen auf, ihre Ausrüstung gründlich abgespritzt und tiefengereinigt. Sie beabsichtigte, mehrere Nächte in den Wäldern zu verbringen, sofern sie nicht wieder in irgendwelche mit Fallen versehenen Gruben stürzte.

Zunächst tauschte sie an zwei Kameras die Speicherkarten aus, danach begab sie sich in die am Vorabend ausgewählten Gebiete. Dort suchte sie zwischen den uralten Baumriesen akribisch nach Karibu-Exkrementen oder Hufabdrücken, fand aber nichts dergleichen. Am frühen Nachmittag begann ihr Magen zu knurren.

Auf einer kleinen Lichtung blieb sie vor einem Haufen hoher, flechtenbewachsener Felsbrocken stehen. Aus den Spalten zwischen den Felsen strömte kühle Luft, die ihren müden Körper herrlich erfrischte. Sie kletterte auf einen hohen Felsen und nahm eines der Sandwiches heraus, die sie am Morgen gemacht hatte: Honig-Weizenbrot, gepfefferte Tofu-Scheiben mit Truthahngeschmack, Avocado und Senf. Sie biss hinein, genoss den deftigen Geschmack. Essen schmeckte ihr immer am besten, wenn sie in der Natur unterwegs war.

Sie lauschte dem Zirpen der Zikaden im Gras und dem Rauschen eines nahen Baches. Ein rotes Eichhörnchen trillerte von einem Baum herab, dann begann es unvermittelt zu bläffen, offenkundig irritiert. Sie schaute sich nach dem Grund seiner Aufregung um und entdeckte am Boden ein Rotschwanz-Streifenhörnchen, das nach Samen suchte. Wahrscheinlich war es den Vorräten des Eichhörnchens zu nahe gekommen. Dieses flitzte schließlich schwanzwedelnd vom Baum herunter und verjagte das Streifenhörnchen. Dann machte es sich daran, einen Tannenzapfen zu zerlegen, und schleuderte die Teile, die es nicht brauchte, beiseite. Das Maul voller Fressen, bläffte es unentwegt herum, um das verjagte Streifenhörnchen auf Abstand zu halten. Alex konnte nicht anders, als über die komischen Laute des kleinen Kerls zu schmunzeln.

Nachdem sie ihr Sandwich verzehrt hatte, setzte sie ihre Suche nach Karibu-Spuren fort.

Als die Sonne schließlich hinter den Bergen zu versinken begann, beschloss sie, einen geeigneten Platz für ihr Nachtlager zu suchen.

Das Rauschen eines Wildwassers lockte sie auf eine Wiese. Mitten durch sie hindurch strömte ein reißender blaugrüner Fluss, an dessen Ufern tiefvioletter Fingerhutblütiger Bartfaden, scharlachrote Himmelsrosen und leuchtend rosa Feuerkraut wuchsen. Als sie stehen blieb, um sich am Anblick der zarten Blumen zu erfreuen, entdeckte sie eine Feenpantoffel-Orchidee. Ihr Blick folgte dem Fluss stromaufwärts zu einem Wasserfall in der Ferne, der von einem Gletscher in einem Hängetal der umliegenden Berge herabstürzte.

Damit war es entschieden. Dieser Ort war magisch, hier würde sie die Nacht verbringen.

Am gegenüberliegenden Ufer sah sie ein hübsches flaches Plätzchen, deshalb suchte sie eine seichte Stelle, wo die Felsen im Wasser es ihr erlaubten, den Fluss zu überqueren.

Am ausgewählten Platz stellte sie ihren Rucksack ab und baute ihr Zelt auf, schob den Schlafsack und die Isomatte hinein. Dann packte sie ihren Kocher und den kleinen Topf aus und bereitete sich eine Portion gefriergetrocknete Linsen mit Butternusskürbis zu. Nach der langen Wanderung hatte sie einen Bärenhunger und schlang das Essen in Windeseile hinunter. Anschließend lehnte sie sich an ihren Rucksack und genoss den Sonnenuntergang.

Die Wolken am westlichen Horizont schillerten golden, dann orange, rot, rosa und schließlich in einem verträumten Violett. Jupiter schimmerte in der Nähe des Saturn, die beiden ersten Himmelskörper, die man erkennen konnte.

Während sich der Himmel verdunkelte, erschien der Große Wagen, dessen Haltegriff sie benutzte, um einen Bogen zum Arktur zu schlagen, ein Kniff, den sie in einem Astronomie-Kurs gelernt hatte. Über Arktur, dem Hauptstern im Bärenhüter, entdeckte sie eines ihrer liebsten Sommersternbilder, die Corona Borealis, die wie eine juwelenbesetzte Krone schimmerte. Von Arktur aus ging es weiter zu Spica, dem hellsten Stern im Sternbild Jungfrau.

Bald konnte sie den Skorpion ausmachen, dessen langer, gewundener Schweif deutlich sichtbar über den Bergen hing. Dahinter entdeckte sie den Schützen, profan auch als »Große Teekanne« bekannt, aus deren »Ausguss« Dampf aufstieg, Wolken aus strahlendem Weiß und Gold, das Zentrum der Galaxie. Sie fuhr fort, die Sterne durchzugehen, bis es so viele waren, dass sie in der schillernden Lichterpracht kaum noch einzelne Sternbilder auszumachen vermochte. Ihre Augen verfolgten den dunklen Nebelschleier, der sich durch die Milchstraße wand, Staubwolken, die die Sterne dahinter verdeckten.

Längst waren die Mücken auf sie aufmerksam geworden, umschwirrten aufgeregt ihren Kopf. Bald würde es zu kühl für sie sein. Alex schlüpfte in ihre dicke Fleecejacke und blickte weiter zum Nachthimmel auf, wedelte die Mücken fort.

Schließlich wurden ihre Lider schwer, und sie verstaute die Kochutensilien, stellte den Rucksack ins Zelt und kroch hinterher, zog ihre Stiefel aus.

Als sie sich in den Schlafsack kuschelte, entspannte sich Alex, erschöpft nach der langen Wanderung. Sie knipste die Stirnlampe aus und schaute an die dunkle Zeltdecke.

Ihr fiel ein, wie sie auf dem Eis der Hudson Bay vom Zelt aus das grüne Leuchten der Nordlichter gesehen hatte. War es wirklich erst so kurz her, dass sie dort gewesen war? Es kam ihr vor wie eine ganze Lebensspanne. Sie schloss die Augen und atmete den vertrauten Zeltgeruch ein. Eine Zwergohreule stieß eine Folge langgezogener Rufe aus. In der nachfolgenden Stille lauschte Alex auf eine Antwort, und im nächsten Moment rief aus einem anderen Teil des Waldes eine andere Eule zurück. Von einem nahen Berg vernahm sie das Heulen mehrerer Kojoten. Sie lächelte.

Hier, dachte sie, *fühle ich mich am Heimischsten. In der Natur, in der Wildnis.* Hier gab es keinen Verkehr, keine Autoabgase, keine plappernden Leute, keine wütenden Autofahrer, keine Fabrikschlote, die schwarzen Rauch ausstießen. Nur den seufzenden Wind in den Bäumen, Eulen, die aus der Dunkelheit riefen, Kojoten, die der samtenen Nacht ein Ständchen sangen.

Hier draußen fühlte sie sich nicht allein. Sie verspürte Frieden, empfand sich als Teil von etwas Größerem, sie selbst war nur ein weiteres Tier in der Wildnis. Ihr war bewusst, dass sie nicht richtig in die Gesellschaft passte. In Gegenwart von Menschen fühlte sie sich oft nicht zugehörig, fühlte sich manchmal sogar einsamer, als wenn sie allein war.

Wenn sie im Restaurant mit Bekannten zusammensaß, die sich angeregt über irgendein oberflächliches Thema unterhielten, wurde ihr jedes Mal aufs Neue bewusst, wie anders sie wirklich war. Die Sehnsucht, wilden Tieren zu helfen, deren natürlichen Lebensraum zu schützen, war ihr wichtiger als alles andere. Sie hatte nie geheiratet, während viele ihrer Kindheitsfreundinnen längst unter der Haube waren. Sie hatte nie einen Bürojob gehabt, bei dem sie von neun bis fünf am Schreibtisch saß, oder war irgendeinem Trend gefolgt.

Wieder lächelte sie leise und kuschelte sich noch tiefer in die tröstliche Umarmung ihres Mumienschlafsacks. Heute Nacht würde es kalt werden. Sie spürte es. Aber noch verströmte der Boden die Wärme des Nachmittags, und sie ließ die Anspannung des Tages endgültig von sich abfallen.

Die Eulen riefen erneut, und sie lauschte ihrer Unterhaltung. Dann meinte sie, eine weitere Eule zu hören, deren Ruf aus einer anderen Richtung kam. Ein unheimlicher, heller, fast schriller Schrei; vielleicht eine Waldohreule? Aber mittendrin gab es eine kurze Unterbrechung. Neugierig wartete sie darauf, dass der Ruf von Neuem erklang. Dann hörte sie es, ein unheimliches Heulen. Die Zwergohreulen verstummten. Dann rief die dritte Eule erneut, und Alex erkannte, dass es keine Eule war, sondern eine sehr leise menschliche Stimme. Und diesmal klang es wie *Hilfe*.

15. KAPITEL

Alex setzte sich auf und horchte in die Dunkelheit. Sie lauschte so angestrengt, dass sie das Blut in den Ohren rauschen hörte. Dann vernahm sie den Ruf erneut, leise, schwach: *Hilfe*. Eine Frauenstimme. Alex zog eilig ihre Hose und das Thermoshirt an, stieg in ihre Stiefel, griff nach dem GPS-Gerät und öffnete die Zelttür.

Sie konnte nicht sagen, ob die Stimme sehr schwach war oder sehr weit entfernt. Sie langte nach dem Multitool und der Stirnlampe. Der Mond schien so hell, dass sie eigentlich keine Lampe brauchte, deshalb schaltete sie sie erst einmal nicht an. Falls die Frau in Schwierigkeiten steckte und jemand Gefährliches dort draußen war, wollte sie nicht ihren Standort preisgeben.

Sofort dachte sie an die vermisste Wanderin. Aber es war unmöglich, dass sie nach all der Zeit hier draußen noch am Leben war, oder? Hatte sie beschlossen, in der Wildnis zu leben, so wie seinerzeit Chris McCandless, der Aussteiger, der mutterseelenallein in die Wildnis Alaskas gezogen und nie zurückgekehrt war? Aber falls ja, warum hatte Amelia dann ihr Zelt und ihren Proviant zurückgelassen? Vielleicht war es ja eine andere Frau, die sich hier draußen verirrt und verletzt hatte.

Alex wartete auf einen erneuten Ruf, um den Standort zu bestimmen. Sie stand ewig reglos im Mondlicht, bis sie schon dachte, die Frau hätte es aufgegeben.

Aber dann erklang die Stimme erneut, ganz schwach zu ihrer Rechten.

Alex stieg einen Bergrücken hinab und musste die Stirnlampe nun doch einschalten, um sich in dem steilen felsigen Gelände zurechtzufinden. Aber die Frau schien sich zu entfernen. Je näher Alex dem vermeintlichen Standort kam, desto mehr schien sich die Position zu verändern. Die Frau war in Bewegung, wer immer sie war.

Alex trat in eine dichte Gruppe von Hemlocktannen. Sie sog scharf die Luft ein, als sie einen flechtenüberwucherten Felsblock entdeckte, an dem Blutschlieren klebten. Das Blut leuchtete rot und frisch im Schein der Stirnlampe.

Sie hielt inne und horchte, vernahm wieder die leise Stimme, die fragte: »Ist da jemand? Ist da jemand?«

Sie lauschte nach einer weiteren Person, hörte aber nichts. Ihr Gefühl sagte ihr, dass die Frau allein war und Alex' Licht gesehen hatte. »Hey«, rief sie leise.

»Hallo?«, hörte sie die Antwort der Frau.

»Brauchen Sie Hilfe?«, fragte Alex in die Dunkelheit.

»Ja!«, rief sie, und Alex hörte, dass sie anfing zu weinen.

»Ich komme. Bleiben Sie, wo Sie sind. Rufen Sie laut, damit ich Sie finden kann.«

»Okay«, kam die schwache Antwort.

Alex schätzte, dass die Frau keine hundert Meter entfernt war, auf der anderen Seite der Baumgruppe.

Auf halbem Weg ertönte plötzlich ein lautes dröhnendes Geräusch über den Bäumen, wie ein an- und abschwellendes Donnergrollen. Ein grelles Licht erstrahlte und schien auf Alex herab, sodass sie vor Schreck beinahe über einen Ast gestolpert wäre.

»Was zum Teufel?«, fluchte Alex und fing sich. Sie blickte zu dem gleißenden Licht auf.

Irgendwo zwischen den Bäumen brüllte die Frau: »Laufen Sie weg! Sonst werden Sie *dort* erwachen!« Dann eilte sie in die Dunkelheit des Waldes davon.

Das gleißende Licht rückte ein Stück voran, strahlte nun direkt in Alex' Augen. Sie riss den Arm hoch, um sich davor zu schützen. Das ohrenbetäubende Dröhnen kam offenbar aus dem Ding. Alex hielt sich die Ohren zu und rannte in die Richtung, wo sie die Frau vermutete, aber wegen der gleißenden Helligkeit sah sie nichts außer tanzenden Punkten auf der überreizten Netzhaut. Sie stolperte über einen Stein und schlug der Länge nach hin. Das Ding sauste herab, war direkt über ihr, und sie spürte, wie etwas Kaltes und Metallisches ihre Schulter streifte. Sie stieß es von sich und rappelte sich auf.

Sie stob durch den Wald davon, das grelle Licht nun hinter ihr, sodass es sie nicht mehr blendete. Hastig knipste sie die Stirnlampe aus und eilte zwischen den Bäumen hindurch.

Das Ding surrte über ihr, schlängelte sich im Zickzackkurs zwischen den Bäumen hindurch, war ihr dicht auf den Fersen. Erneut schwoll das Furcht einflößende Dröhnen zu ohrenbetäubender Lautstärke an, wieder hielt sich Alex die Ohren zu. Dann veränderte sich die Tonlage, wurde zu einem durchdringenden metallischen Kreischen, das ihre Zähne klappern ließ. Sie sprang über Felsen, und wenig später erreichte sie den Fluss, an dem sie ihr Nachtlager aufgeschlagen hatte. Sie hetzte durch eine seichte Stelle ans andere Ufer und rannte im Vollsprint die steile Böschung hinauf. Vor ihr lag eine dichte Baumgruppe, und sie preschte darauf zu in der Hoffnung, dass das Ding darin nicht so schnell vorankommen würde wie sie.

Sie lag richtig mit ihrer Vermutung; das Ding flog nach oben und sauste über das Kronendach hinweg. Sie fuhr herum und rannte zurück zum Flussufer. Sofort änderte auch das Ding seine Richtung und sauste ihr hinterher. Sie begriff nicht, warum es ihr in dieser Weise folgen konnte, trotz der dicht beieinanderstehenden Bäume, die ihr Deckung boten.

Sie fuhr abermals herum, versuchte, sich zu orientieren, überlegte, wo sie in Sicherheit wäre. Einige Kilometer südöstlich standen das Farmhaus und der Jeep. Im Westen erhoben sich steile zerklüftete Berge. Im Osten lag die Grenze des Nationalforstes und irgendwo dahinter Kathleens Feuerwachturm.

Und im Südwesten waren ihr Zelt und der Fluss.

Sie fragte sich, wohin die Frau verschwunden war. Vielleicht war sie dem Ding entkommen, weil es nun Alex hinterherflog. Oder vielleicht hatte das Ding seine Beute verwechselt, hielt Alex für die Frau.

Sie fragte sich, ob sie es irgendwie vom Himmel holen könnte. Durch eine Lücke im Kronendach konnte sie es plötzlich sehen, ein gleißendes Licht hoch über den Bäumen. Sie konnte nicht einschätzen, wie groß das Flugobjekt war, und es gab ohnehin keine Möglichkeit, etwas hochzuschleudern, um es zum Absturz zu bringen. Das laute Dröhnen bohrte sich ihr ins Hirn. Sie spürte die Vibration im Brustkorb. Was zum Teufel war das?

Eines aber stand unumstößlich fest: Alex würde nicht zulassen, dass dieses Ding sie fing und sie *dort erwachte*, wo auch immer *dort* war.

Vor Alex erstreckte sich eine große Wiese. Hier würde sie das Ding nicht abschütteln können. Sie brauchte Deckung. Sie dachte an den alten Baumbestand östlich von ihr. Also rannte sie am Rand der Wiese entlang, hielt sich zwischen den Bäumen und zwang das Ding, weit über ihr zu schweben. Sobald sie zu den alten Baumriesen gelangte, würde es noch höher aufsteigen müssen. Als sie den Rand des Urwalds erreichte, musste sie ihre Schritte verlangsamen, da das Mondlicht ausgesperrt wurde. Sie konnte das Ding über ihr weiterhin hören, sah es nun aber nicht mehr, nur sein aufblitzendes Licht in den oberen Baumkronen.

Alex blieb stehen, hoffte, es würde weiterfliegen, aber es stoppte ebenfalls, schwebte über ihrer Position.

Sie verharrte reglos und verschnaufte. Immer noch hing es direkt über ihr in der Luft. Sie beschloss, einfach abzuwarten und zu schauen, was geschehen würde. Vielleicht würde ihm der Saft ausgehen oder es würde die Verfolgung abbrechen.

Es bewegte sich langsam über ihr; zwischen den Ästen schimmerte sein heller Suchstrahl. Der fand schließlich eine Lücke im Kronendach, und das Flugobjekt sank hinab, stieg aber gleich wieder auf, als es feststellte, dass das Geäst zu dicht war.

Es flog davon, und einen Moment lang durchströmte Alex tiefe Erleichterung. Aber dann drang sein Lichtstrahl erneut durch das Kronendach und fiel fünf Meter vor ihr geradewegs auf den Waldboden. Es sank ein Stück herab, suchte nach einer Lücke, durch die es hindurchgelangen konnte. Es wusste genau, wo Alex war.

16. KAPITEL

Alex rannte los, hielt sich in den dichtesten Baumgruppen. Augenblicklich flog das Ding ihr hinterher, und es war ihr weiterhin ein Rätsel, wie es sie trotz des dichten Geästs sehen konnte. Sie preschte weiter, suchte nach einem Versteck oder einer Möglichkeit, das Ding zum Absturz zu bringen. Ein gutes Stück voraus erhoben sich schroffe Klippen. Könnte sie es irgendwie dazu bringen, gegen die Felswand zu knallen?

Sie bekam Seitenstiche, und ihre Kehle war so trocken, dass sie kaum schlucken konnte. Schweiß rann ihr über den Rücken und bildete feine Perlen auf ihrer Kopfhaut. Der gleißende Lichtstrahl des Dings schillerte in den Ästen, sein furchterregendes Dröhnen schallte durch den Wald.

Sie wusste nicht, was es war – nur, dass es für einen Quadrocopter viel zu groß aussah. Und diese seltsamen Geräusche, die es machte, hatte sie noch nie gehört. Sie dachte an den alten Mann im Stadtpark, Bill, der über Außerirdische schwadroniert hatte, und ihr gefror das Blut in den Adern.

Dann flog es davon. Dunkelheit und Stille legten sich über den Wald. Alex blieb stehen, wartete. Minuten verstrichen. Sie wagte nicht, zu ihrem Zelt zurückzukehren. Die beste Option war, sich fürs Erste im Urwald zu verkriechen. Dort konnte sie sich ausruhen, verschnaufen.

Sie ließ sich am Fuße eines mächtigen Baums nieder. Es dauerte einige Minuten, bis sich ihre Atmung beruhigt hatte und ihr Herz langsamer schlug. Sie sehnte sich nach einem Schluck Wasser.

Der stille Trost des Waldes senkte sich über sie herab, und sie schloss ihre brennenden Augen. Sie fragte sich, wo die Frau war, ob sie dem Ding entkommen war, ob sie sich in Sicherheit gebracht hatte.

Gerade als sie sich zu entspannen begann, trug der Wind ein leises Surren heran. Das Ding kehrte zurück. Das Surren wurde lauter. Sie hob den Blick und hielt zwischen den Baumkronen nach dem charakteristischen Licht Ausschau. Und dann sah sie es, einen weißen Strahl, der über die Wipfel strich. Das Surren wurde lauter und lauter, schwoll zu dem vibrierenden Dröhnen an.

In ihr stieg eine uralte Erinnerung daran auf, wie sie als kleines Kind mit ihren Eltern eine Kleinstadtparade besucht hatte. Erst waren winkende Lokalpolitiker an ihnen vorbeigefahren, dann die örtliche Harley-Davidson-Gruppe, und sie erinnerte sich an das Dröhnen der Motoren, das ihren kleinen Brustkorb hatte vibrieren lassen. Genau das bewirkte dieses Ding nun auch. Der Lichtstrahl fiel zwischen den Bäumen auf sie herab. Es wusste, wo sie war.

Alex spürte ihre Verunsicherung. Warum fand es sie immer wieder aufs Neue? Haftete eine Art Ortungsvorrichtung an ihrer Kleidung? Sie trug nur eine schlichte Baumwollhose, Unterwäsche, Stiefel, ein Thermoshirt. Sie zog die Stiefel aus und tastete an den Innenseiten nach einer verräterischen Beule, einem Peilsender. Aber sie fand nichts; die Stiefel, die sie schon seit Jahren trug, fühlten sich an wie immer. Und an ihren wenigen Kleidungsstücken entdeckte sie auch nichts.

Sie wusste nicht, wie das Ding sie aufspüren konnte, aber es war so. Und ihr blieb nichts anderes übrig, als zu fliehen.

Alex rannte weiter und versuchte, sich an den vor ihr liegenden Weg zu erinnern. Schweiß rann ihr über den Rücken. Dann wurde es ihr klar. *Körperwärme.* Das Ding musste mit Infrarottechnik ausgestattet sein, mit einer Wärmebildkamera für luftgestützte Anwendungen. Auf dem Bildschirm einer solchen Kamera würden ihre Körperumrisse als helle Fläche erscheinen. Irgendwie musste es ihr gelingen, ihre abgestrahlte Körperwärme zu verdecken.

Fieberhaft suchte sie nach einer Lösung. Ihr fielen die aufgetürmten Felsen ein, wo sie mittags gerastet und gegessen hatte. Am Fuße der Felsen gab es breite Spalten. Falls es ihr gelänge, das Ding abzuschütteln und zu den Felsen zu gelangen, könnte sie sich unter ihnen verstecken. Den ganzen Tag über hatte die Sonne auf sie herabgestrahlt und sie aufgeheizt, und die Restwärme könnte ihre Körperwärme überdecken.

Sie rannte in Richtung des Felshaufens, aber lief dann absichtlich daran vorbei. Das Ding folgte ihr, flog dann ein Stück voraus, suchte nach einer Stelle zum Herabsinken. Sie nutzte die Gelegenheit, fuhr herum und rannte zum Felshaufen zurück. Direkt vor ihr klaffte ein großer dunkler Spalt.

Sie schob sich eilig hinein, gerade als sie hörte, wie das Ding zurückkehrte. Drinnen presste sie sich tief in den kühlen dunklen Spalt, spürte die Felsen über sich. Sie waren noch warm von der Sonnenhitze.

Über ihr hörte sie das Ding hin und her fliegen, auf der Suche nach ihr. Es entfernte sich ein gutes Stück, das Dröhnen wurde leiser, und in ihr keimte Hoffnung. Aber dann kehrte es zurück, kreiste wieder über ihr.

Sie hielt die Luft an. Würde sie es überlisten? Sie reckte den Hals, um aus dem Felsspalt hinauszuschauen, und sah, wie der Lichtstrahl zwischen den Bäumen hindurchdrang und Ausschnitte des Waldbodens beleuchtete, Farne, die plötzlich von blendendem Licht erhellt wurden, umgestürzte moosbewachsene Baumstämme in gleißender Helligkeit.

Und dann, zu ihrem Entsetzen, bündelte sich der Lichtstrahl, der Lichtkegel wurde kleiner, aber heller, das Dröhnen lauter. Das Ding hatte eine Lücke gefunden, durch die es herabsteigen konnte.

Es kam in Sicht, und Alex kämpfte gegen den Impuls an, panisch die Flucht zu ergreifen. Die Lichter an dem Ding waren so hell, dass sie nicht die Form erkennen konnte, aber sie schätzte, dass es mindestens drei Meter breit war. Die Lichter an der Vorderseite pulsierten rhythmisch, und plötzlich stieß es ein ohrenbetäubendes Geräusch aus, wie die trampelnden Dreibeiner in *Krieg der Welten*.

Alex presste die Handflächen an die Felswände, die sie umgab, Panik ergriff sie. Nun konnte sie ein paar Details des Flugobjekts ausmachen. Das Ding rotierte, und ein Suchobjektiv schwenkte in ihre Richtung, eine Linse blickte sie direkt an. Am bauchigen Gehäuse ging ein weiteres Licht an und strahlte in die Felsspalte.

Dann kam es näher, und sie sah eine glänzende Metallröhre. Daraus ragte ein langer Betäubungspfeil, aus dessen Nadelspitze eine Flüssigkeit tropfte.

Das Flugobjekt schwenkte so herum, dass der Betäubungspfeil direkt in den Felsspalt zeigte.

Alex ließ sich auf den Rücken fallen und trat mit ihrem Stiefel die Nadelspitze zur Seite.

Sie stürzte aus dem Versteck, trat gegen das Metallrohr, um den Pfeil zu lösen. Aber er steckte fest in der Öffnung.

Das Flugobjekt setzte abrupt zurück, das Ding sauste nach oben, weit außerhalb ihrer Reichweite, und Alex rannte los. Sie brauchte ein besseres Versteck. Einen Ort, wo ihre Körperwärme nicht sichtbar wäre. Und dann kam ihr eine Idee. *Der Fluss.* Falls sie es dorthin schaffte, selbst mit diesem Ding im Nacken, könnte sie sich ins eiskalte Nass stürzen und ein gutes Stück unter Wasser schwimmen und ihren Verfolger möglicherweise abschütteln. Vielleicht würde dem Ding nach einer Weile auch der Treibstoff ausgehen.

Alex preschte los, ihr Körper getrieben von purem Adrenalin. Das Flugobjekt stieß mehrere ohrenbetäubende Signaltöne aus, während es ihr zwischen den Bäumen hindurch hinterherflog. Dann hörte sie ein metallisches Klirren und blickte zurück, sah, dass es gegen einen Baumstamm geprallt war und nun langsam zwischen den Bäumen zu einer Lücke im Kronendach schwebte und durch diese nach oben schoss.

Das war genau der Vorsprung, den sie benötigte. Sie stürmte durch den dichten Wald, rannte die steile Böschung zum Fluss hinunter und stürzte sich in die Fluten.

Das eiskalte Wasser versetzte ihr einen Schock und raubte ihr den Atem. Alex blinzelte ungläubig angesichts der unfassbaren Kälte, und für einen Moment war ihr Körper wie gefroren. Dann riss sie sich zusammen und holte tief Luft, während das tosende Wildwasser sie hinfortspülte und gegen den erstbesten Felsen schleuderte. Sie musste sich orientieren, musste sich irgendwie drehen, die Beine voranstellen, um ihren Kopf vor unter Wasser liegenden Felsbrocken und Baumstämmen zu schützen.

Es gelang ihr, sich umzudrehen, und dabei erhaschte sie einen kurzen Blick auf den Himmel über ihr; das Ding schwebte ein Stück flussabwärts von der Stelle, wo sie hineingesprungen war. Sie hielt den Atem an, tauchte unter und stieß mit den Füßen gegen einen Felshaufen. Mit angewinkelten Beinen bewegte sie sich unter Wasser voran, bis sie eine raue Felskante zu fassen bekam und sich daran festhielt. Sie zog sich tiefer hinab, bis ihre Füße den Flussboden berührten. Sie klammerte sich an den Felsen, lechzte nach Luft. Sie blickte durch die Strömung nach oben, sah im tosenden Wasser aber nichts vom Licht des Flugobjekts.

Ihr Körper war taub vor Kälte. Der enorme Wasserdruck presste auf ihren Rücken, und sie spürte, wie in der Strömung treibendes Geröll gegen sie schlug, kleine Felsbrocken, Kieselsteine, Äste, Erdklumpen.

Sie schloss die Augen und konzentrierte sich auf eine einzige Sache: so lange wie möglich den Atem anzuhalten. Ihre Lungen brannten, und doch hielt sie unerbittlich die Luft an. Hinter ihren geschlossenen Augen blitzten und funkelten Sterne. Dann, als sie es nicht mehr aushielt und glaubte, im nächsten Moment unwillkürlich Wasser zu schlucken, konnte sie nicht mehr anders, als aufzutauchen.

Neben dem Felsen schob sie vorsichtig den Kopf aus dem Wasser. Sie legte ihn in den Nacken, sodass nur ihr Gesicht aus dem Wasser ragte, und spähte zum Himmel auf, genoss die lebensspendende Luft. Das Ding war nicht zu sehen. Schließlich riskierte sie einen Blick um den Felsen herum. Dann sah sie es: Es schwebte etwa sechzig Meter stromabwärts über dem Fluss, der Lichtstrahl spielte auf der Wasseroberfläche. Es glitt weiter stromabwärts durch die Nacht, und sie atmete dankbar auf, vor Kälte bibbernd im eisigen Wildwasser.

Dann, zu ihrem Entsetzen, wendete das Flugobjekt und flog nun wieder stromaufwärts, den Lichtstrahl suchend aufs Wasser gerichtet. Sie musste wieder untertauchen. Sie atmete ein paarmal stoßweise ein und aus, sodass ihre Lungen mit Sauerstoff gesättigt wurden, und sank dann wieder hinab. Sie hielt sich am Felsen fest, zog sich hinunter bis auf den Grund des Flusses. Diesmal ließ sie die Augen offen und hielt Ausschau nach dem Licht.

Augenblicke später erreichte es ihren Abschnitt im Wasser. Aber darin schwamm so viel vom Gletscher heruntergeschwemmtes Gesteinsmehl, dass es ganz trüb und der Lichtstrahl diffus war. Sie glaubte nicht, dass das Ding im Fluss mehr erkennen konnte als eine vage Form aus wirbelndem Weiß. Der Lichtstrahl bewegte sich weiter flussaufwärts, das Licht wurde schwächer. Dennoch wartete sie. Sie verzehrte sich nach einem Atemzug. Die Kälte drang ihr bis ins Mark, füllte sie vollständig aus. Sie zitterte unkontrolliert, was es noch schwieriger machte, die Luft anzuhalten.

Sie musste es jetzt wagen. Vorsichtig tauchte sie auf, ließ wieder nur das Gesicht herausschauen. Sie atmete hastig ein und entdeckte das Flugobjekt in einiger Entfernung flussaufwärts, weiter auf der Suche. Dann machte es langsam kehrt und setzte, wie befürchtet, die Suche flussabwärts fort.

Verdammt noch mal! Nach einem erneuten Tauchgang war ihr so kalt, dass ihre Muskeln ihr vorkamen wie tiefgefroren. Sie spürte weder Lippen noch Finger noch Füße. Sie glichen leblosen Holzklötzen, die nicht Teil ihres Körpers waren. Unterdessen beobachtete sie, wie das Flugobjekt zu den Bäumen am linken Flussufer abdrehte und dort nach ihr suchte. Dennoch wagte sie nicht hinauszuklettern. Noch nicht. Es könnte zurückkehren.

Und das tat es auch. Es überquerte den Fluss und suchte nun am anderen Ufer zwischen den Bäumen.

Alex' Zittern ließ allmählich nach und hörte schließlich ganz auf. Sie wusste, was das bedeutete. Die Hypothermie hatte begonnen.

Sie klammerte sich weiter an den Felsen, während das Ding langsam und methodisch beide Flussseiten absuchte. Sie wünschte es zur Hölle, verfluchte es, verfluchte denjenigen, der es bediente. Und zu ihrer großen Erleichterung flog es schließlich zu einem anderen Waldabschnitt weiter und verschwand. Alex stieß sich vom Felsen ab und schwamm ans Ufer.

Auf dem schlammigen Uferboden schleppte sie sich an Land und sackte zusammen. Ihr war so kalt, dass sie ihren Körper nicht mehr spürte, sie war unfähig, sich zu bewegen. Sie versuchte, sich aufzurappeln, aber Arme und Beine gehorchten ihr nicht. Ihre Gliedmaßen kamen ihr vor wie weich gekochte Spaghetti.

Furchtvoll blickte sie sich um, aber das unselige Licht war nirgends zu sehen. Sie seufzte erleichtert. Es gelang ihr, sich langsam vom Fluss wegzuschleppen, in den Schutz der Bäume.

Nachdem sie eine Weile keuchend und schmerzerfüllt dagelegen hatte, gelang es ihr schließlich, die Arme unter sich zu schieben und sich aufzusetzen. Ihre klitschnassen Stiefel kamen ihr vor, als trüge sie Fünf-Kilo-Hanteln an den Füßen. Sie klammerte sich an einen Baumstamm und zog sich auf die Beine. Dann stand sie einfach nur da, triefnass, und ihr war kälter als je zuvor im Leben, sogar kälter als in der kanadischen Arktis.

Dann begann Wärme ihren Körper zu erfüllen. Sie durchflutete sie, wärmte sie von innen heraus bis in ihre Extremitäten. Ihr wurde tatsächlich richtig heiß.

War gar nicht so schlimm, in den Fluss zu springen, dachte sie. *Mir ist schon wieder warm.*

Sie erhob sich und schlenderte lächelnd in den Wald. Ihr war nun so heiß, dass sie drauf und dran war, ihr Shirt auszuziehen und nur im BH weiterzugehen. Das Shirt war ohnehin klitschnass und klebte ihr unangenehm warm auf der Haut. Sie zog es kurzerhand aus und ging weiter. Aber die Hose war ihr auch zu warm. Die sollte sie auch ausziehen. Sie erstickte beinahe darin.

Sie trottete weiter, blieb dann stehen und riss sich die Stiefel von den Füßen, um sich die Hose ausziehen zu können. Aber dann fiel es ihr ein – *nein, mach's nicht. Unterkühlung*. In ihrem vernebelten Verstand meldete sich eine leise Stimme zu Wort, die ihr zuflüsterte, dass ihr wahrscheinlich gar nicht heiß war, sondern dass sie in Wahrheit erfror. Unterkühlungsopfer verspürten oft einen so starken Hitzeschub, dass sie sich im Delirium vollständig auszogen und so ihren Kältetod noch beschleunigten. Sie hielt inne und zwang sich, Stiefel und Shirt wieder anzuziehen. Wenigstens war das Shirt nicht aus Baumwolle, ebenso wenig ihre Trekkinghose.

Baumwolle ist tödlich, hörte sie eine Betreuerin in einem Sommerlager ihrer Kindheit sagen. *In nasser Baumwollkleidung wird einem noch kälter.*

Das war also ein Pluspunkt für sie. Aber wo in aller Welt ging sie gerade hin? Sie war einfach losmarschiert, ohne an ihr Ziel zu denken, und befand sich in einer heiklen Lage.

Sie musste bei klarem Verstand bleiben, musste sich konzentrieren, wenn sie nicht sterben wollte. Welche Optionen hatte sie? Sie brauchte warme trockene Kleidung und einen Unterschlupf. Ihr Zelt. Darin lagen ihre Sachen, ihr Schlafsack. Aber wo stand es? Sie war sich nicht sicher, wo genau sie hier war. Stand das Zelt flussaufwärts? Sie wusste, dass sie ihr Lager in Flussnähe aufgeschlagen hatte.

Sie musste in Bewegung bleiben. Versuchen, sich warm zu halten. Sie blieb im Schutz der Bäume, wackelig auf den Beinen.

Während sie sich mühsam voranschleppte, stiegen seltsame Erinnerungen in ihr auf, als würde sie durch einen Traum wandeln.

Plötzlich wusste sie nicht mehr, wo sie war.

Zelten mit Mom und Dad?

Nein. Du bist in einem Reservat. Irgendwo in irgendeinem Reservat.

Habe ich alle benotet? Als Lehrassistentin muss ich allen sechshundert Studenten des Jahrgangs eine Note geben. Der Stapel blauer Hefte wartet auf meinem Schreibtisch. Warum wandere ich dann auf dem Campus umher?

Du bist auf keinem Campus. Bist keine Lehrassistentin mehr. Du hast deinen Doktor gemacht, bist einunddreißig Jahre alt. Du bist in einem Wildtierreservat. Du bist in … Washington. Genau.

In D.C.? Bei Ben?

Nein, im Bundesstaat Washington. Geh weiter. Geh, Alex.

Sie stolperte über einen Ast und schlug der Länge nach hin.

Ich bleib einfach liegen. Ich bin so müde.

Sie schloss die Augen. Das Moos war kuschelig weich. Sie rollte sich auf der Seite zusammen.

Ich schlafe ein paar Minuten und geh dann weiter.

Sie riss die Augen auf. *Nein! Du wirst sterben. Steh auf! Steh auf, verdammt noch mal!*

Sie rappelte sich auf, lehnte sich an einen Baumstamm.

Bin ich nicht mit Zoe zum Bowling verabredet? Sie wird sich fragen, wo ich bleibe.

Nein. Geh einfach weiter.

Ich frage mich, ob sie schon Nachos besorgt hat. Ich mag die Nachos an der Snackbar dort.

Natürlich hat sie Nachos gekauft. Geh einfach weiter, dann kriegst du deine Nachos.

Warum liegt die Bowlingbahn mitten im Wald? Wie soll man da bowlen mit all den Bäumen?

Ja, das ist komisch. Vielleicht liegt die Bowlingbahn in einer anderen Richtung.

Alex taumelte zurück zum Fluss, aber als sie das Ufer erreichte, erstarrte sie. *Nein. Warte. Dieses Ding.* Ein Ding hatte sie gejagt. Sie musste in Deckung bleiben. *Genau.* Ihr Zelt. Sie versuchte, zu ihrem Zelt zu gelangen.

Sie taumelte weiter.

Und dann sah sie es, vor ihr auf einer kleinen Lichtung. Ihr Zelt. Wärme. Trockene Kleidung. Ihr Schlafsack. Sie taumelte darauf zu, brach am Eingang zusammen.

Aber etwas ließ ihr keine Ruhe, nagte an ihr. *Nein. Nicht hier. Es kennt diesen Platz. Wahrscheinlich hat es das Zelt entdeckt.* Sie hievte das Zelt hoch, löste es von den Heringen, griff nach einer Ecke der Zeltplane.

Sie schleifte das Zelt zwischen die Bäume, zog es hinter sich her.

Sie fiel hin, ein ums andere Mal, ihr Geist nun völlig benebelt. Sie wusste nicht mehr, was sie tat. Warum wollte sie sich aufwärmen, wo ihr doch schon so heiß war? Die Vorstellung, in ein stickiges Zelt und einen engen Schlafsack zu kriechen, war unerträglich. Warum sollte sie das tun?

Sie ließ das Zelt los.

Der Fluss. Dort konnte sie sich abkühlen.

Doch sie hielt inne. Eine verschwommene Erinnerung an das arktische Eis schoss ihr durch den Kopf. *Hypothermie. Genau.* Sie musste sich aufwärmen. Aber nicht hier.

Sie griff wieder nach dem Zelt.

Sie schleifte es weiter und weiter, bis sie nicht mehr wusste, wie weit sie vom ursprünglichen Lagerplatz entfernt war, aber sie kam sich vor wie in einer anderen Welt. Eine Welt der Ungewissheit und Verwirrung. Sie zog das Zelt in eine kleine Baumgruppe auf ein Moosbett und kroch hinein. Sie war im Begriff, mit ihren klitschnassen Klamotten in den Schlafsack zu krabbeln, aber dann hielt sie inne. Sie zog sich vollständig aus, dann kroch sie in den Mumienschlafsack und schloss den Reißverschluss bis über den Kopf. Und dann tat sich ein Abgrund auf und verschluckte sie.

17. KAPITEL

Kathleen Macklay schreckte aus dem Schlaf und war fest davon überzeugt, dass jemand bei ihr im Zimmer war. Sie stützte sich auf einen Ellbogen, ihr Herz pochte, ihr verschlafener Blick suchte die Dunkelheit ab. Ihre grüne Forest-Service-Dienstjacke hing am Stuhl, durch die Vorhänge strömte das trübe Licht des frühen Morgens. Sie horchte angestrengt, hörte aber nur das Ticken ihrer Timex-Armbanduhr auf dem Nachttisch und einige Vögel, die draußen ihr Morgenkonzert anstimmten.

Ihr Herzschlag beruhigte sich. *Muss wohl ein Traum gewesen sein*, überlegte sie. Sie musste ohnehin bald aufstehen, deshalb schlug sie die Bettdecke zurück und schlüpfte in ihre Hausschuhe. Sie ging in die Küche, wo sie aus dem Hahn Wasser in einen großen Topf füllte und es zum Abkochen auf den Gasherd stellte. Da sie wusste, dass es eine Weile dauern würde, setzte sie in einem kleinen Kessel Kaffeewasser auf. Sie liebte es, ihren Morgenkaffee zu trinken und dabei zu beobachten, wie hinter den Berggipfeln die Sonne aufstieg.

Sie duschte kurz und zog sich an, während das Wasser über der Gasflamme heiß wurde.

Sie holte Milch aus dem kleinen, mit Propangas betriebenen Kühlschrank und machte sich eine Schale Müsli. Nachdem sie den Kaffee aufgebrüht hatte, trug sie ihr Frühstück auf die Veranda, um dort den neuen Tag zu begrüßen.

Beim Anblick des imposanten Feuerwachturms, der das winzige Häuschen des Forest Service überragte, musste sie lächeln. Sie liebte es, hier zu sein. Es war der beste Job, den sie je angenommen hatte, eine willkommene Abwechslung zu den Dramen, die sich im Sheriffbüro in Bitterroot abspielten.

Sie genoss diese Sommer, in denen sie einfach auf dem Turm sitzen und die Aussicht auf Wälder und schneebedeckte Gipfel genießen konnte. Es war ihr die liebste Zeit im Jahr. Dafür lebte sie.

In den vergangenen Sommern hatte sie Grizzlys, Füchse, Wölfe und einmal sogar einen Vielfraß gesehen, der über einen Berghang preschte.

Sie hörte, wie in den Bäumen der hohe Gesang eines Grünmantel-Waldsängers erklang, gefolgt vom schnellen Getrommel eines Helmspechts.

Der Wald erwachte mit ihr, und sie empfand sich als Teil von ihm, lebendig und dankbar.

Etwas widerwillig ging sie wieder hinein, da das Wasser nun allmählich kochen müsste. Sie verschwand kurz im Schlafzimmer und band sich die Timex mit dem roten Zifferblatt und den weißen römischen Ziffern ums Handgelenk. Sie besaß die Uhr seit den Sechzigerjahren und hielt sie als Geschenk ihrer Mutter in Ehren.

Kathleen überkam erneut das Gefühl, nicht allein zu sein.

Plötzlich strich ein Schatten über die Schlafzimmerwand. Sie fuhr herum, und mit einem Mal hatte sie eine fleischige Hand im Gesicht, behandschuhte Finger, die ihr den Mund zuhielten. Sie schrie auf, der Laut gedämpft, und ein kräftiger Arm schlang sich um sie und drückte ihren Brustkorb zusammen. Ihre Sicht verschwamm, verengte sich zum Tunnel.

Sie schlug mit der Faust rückwärts in die Leiste des Mannes. Mit einem gutturalen Aufschrei ließ er sie los. Sie rannte aus dem Schlafzimmer, der Mann dicht hinter ihr. In der Küche langte sie nach dem Wassertopf und schleuderte ihn auf den Eindringling. Er sprang zur Seite, und nun sah sie ihn vollständig. Er war groß, trug Sturmhaube und Helm, eine schwarze Kampfmontur, dazu unzählige Klettbänder, in denen Waffen steckten. Ein wenig Wasser hatte ihn am Bein getroffen, doch sie bezweifelte, dass er viel davon spürte.

Kathleen fuhr herum und rannte los, erhaschte noch einen Blick auf das Gewehr an seiner Hüfte sowie das übel aussehende Kampfmesser am Oberschenkel.

Sie schnappte sich ihr Handfunkgerät, das auf dem Küchentisch lag, und eilte weiter. Sie ging ihre Optionen durch. Ihr Wagenschlüssel lag im Wohnzimmer auf dem Tisch. Sie könnte ihn holen und versuchen, zum Pick-up zu gelangen.

Oder sie könnte geradewegs hinausrennen und die Turmtreppe hinaufstürmen und oben die Luke zuschlagen. Aber auf der Treppe konnte er sie einholen. Ihre beste Chance bestand darin, zum Wagen zu gelangen, während sie über Funk um Hilfe rief.

Sie hörte, wie der Mann wutentbrannt aus der Küche stürzte. Als sie das Wohnzimmer erreichte, kam er durch die andere Tür, die ins Zimmer führte. Doch die Haustür lag gleich hinter ihr. Sie fischte den Wagenschlüssel vom Tisch, fuhr herum, riss die Haustür auf.

In dem Moment sprang er heran, und die Tür knallte ihm voll an den Kopf. Sie hob das Funkgerät an den Mund, sprang auf die Veranda. »Hier ist Kathleen Macklay am Cascade Tower –«

Bevor sie zu Ende sprechen konnte, packte eine kräftige Hand ihre Schulter, doch sie riss sich los. Dann langte er nach dem Funkgerät, schlug ihr mit einer Vorschlaghammerfaust auf den Unterarm. Sie schrie schmerzerfüllt auf, behielt das Funkgerät aber in der Hand. Da verdrehte er ihr brutal den Arm und zwang sie, es fallen zu lassen.

Neben ihr lag ein Brennholzstapel, und sie ergriff ein Scheit und zog ihn dem Angreifer über den Schädel. Aber dank seines Helms zuckte der Mann nur kurz zusammen und schüttelte sich, das war alles.

Die Faust traf sie im Gesicht, ihr Kopf kippte ruckartig zur Seite. Kathleen schmeckte Blut. Sie erhaschte einen Blick auf ihren Pick-up, so nah und doch so fern. Abermals schlug sie mit dem Holzscheit nach ihm, doch er blockte den Schlag mit dem Unterarm und landete einen weiteren heftigen Treffer in ihrem Gesicht, der sie taumeln ließ. Er packte ihren Unterarm, während sie benommen auf die Knie sank, ihre Sicht getrübt. Dann riss er ihr das Holzscheit aus der Hand und schlug ihr damit auf den Hinterkopf. Sie spürte die raue Rinde an der Kopfhaut und dann unter der Schädeldecke einen explodierenden Schmerz.

Sie fiel mit dem Gesicht voran in den Sand, wirbelte beim Aufprall eine kleine Staubwolke auf, während sich spitze kleine Kieselsteine in ihre Haut bohrten. Sie spürte, wie der Mann sie anhob und ihr abermals den Brustkorb zusammendrückte, bis ihre Lungen nach Luft rangen, und dann umgab sie Schwärze.

18. KAPITEL

Als Alex völlig groggy aufwachte, wusste sie für einen Moment nicht, wo sie war. Sie öffnete den Mumienschlafsack und stellte überrascht fest, dass sie Thermounterwäsche und eine Trekkinghose trug, darüber ihr Regenzeug und zwei Lagen Polypropylen, einen Sweater, eine Fleecejacke und ihren Marmot-Regenparka, dazu die Wollmütze und den Halswärmer. Sie runzelte die Stirn. Aus irgendeinem Grund trug sie jedes einzelne Kleidungsstück, das sie dabeihatte, außer … Ihr Blick wanderte in die Ecke des Zelts, wo ein Haufen achtlos hingeworfener nasser Sachen lag, über dem sich Kondenswasser an der Zeltwand sammelte.

Im Zelt roch es muffig. Dann erinnerte sie sich. Das Ding, das sie verfolgt hatte. Der Fluss. Das eisige Wasser. Wie sie im Delirium das Zelt hinter sich her geschleift hatte. Mit klopfendem Herzen wurde ihr bewusst, dass sie kurz davor gewesen war, im Fieberwahn ihrem Unterkühlungstod entgegenzulaufen.

Nun schwitzte sie unter all den Kleiderschichten, während die hoch am Himmel stehende Sonne heiß auf das Zelt herabbrannte. Sie zog alles bis auf die Trekkinghose und ein dünnes atmungsaktives Shirt aus.

Sie tastete nach der Uhr in der kleinen in die Zeltwand eingenähten Tasche. Es war elf Uhr sechsunddreißig. Sie kroch ins Freie, blinzelte ins helle Sonnenlicht und sah ringsum nichts, was ihr vertraut erschien. Das nicht im Boden verankerte Zelt stand schief auf einem moosbewachsenen Felsen. Ihre Stiefel lagen vor dem Zelteingang, und sie nahm sie prüfend in die Hand. Immer noch nass. Aber besser als gar keine Schuhe. Sie zog sie an, dann stand sie auf und versuchte, sich zu orientieren. Sie vernahm schwach ein fernes Wasserrauschen, vermutlich der Fluss, an dem sie ihr Lager ursprünglich aufgeschlagen hatte.

Sie zog das GPS-Gerät aus dem Rucksack, schaltete es ein und wartete ungeduldig, während es die Satelliten anpeilte. Es tat sich schwer, konnte nur zwei erfassen, da der Wald zu dicht war für ein brauchbares Signal. Ein Stück entfernt sah sie eine kleine Lichtung und ging hinüber, hielt das Gerät dabei in die Höhe.

Bald schon erhielt sie einen Wegpunkt. Sie war anderthalb Kilometer vom ursprünglichen Lagerplatz entfernt und konnte nicht glauben, das Zelt so weit hinter sich hergezogen zu haben.

Es war ein weiter Weg bis zum Farmhaus. Sie kehrte zum Rucksack zurück und zog ihr Handy heraus, nicht überrascht, dass sie keinen Empfang hatte. Doch sie war so nahe an der Stelle, wo sie auf die Frau gestoßen war, dass sie dorthin zurückkehren und sich bei Tageslicht nach ihr umschauen wollte. Alles andere wäre Wahnsinn. Die Frau könnte verletzt sein, und ein zeitraubender Fußmarsch zurück zum Haus, wo es ein Telefon gab, könnte für die Frau den Unterschied zwischen Leben oder Tod bedeuten.

Sie rollte eilig ihren Schlafsack und die Isomatte zusammen und band sie mit dem zusammengelegten Zelt an den Rucksack. Beim Anblick der Müsliriegel im Rucksack hätte sie sich beinahe übergeben. Sie wusste nicht, wie viel

Flusswasser sie letzte Nacht geschluckt hatte, aber sie fühlte sich elend und hatte keinen Appetit.

Sie nahm ihren Rucksack und machte sich in feuchten Stiefeln auf den Weg zum ursprünglichen Lagerplatz, blickte unterdessen immer wieder nervös zum Himmel auf.

Sie orientierte sich mithilfe der im GPS-Gerät gespeicherten Wegpunkte und fand bald die Stelle, wo sie im Delirium das Zelt losgerissen hatte; die vier Heringe steckten noch im Boden. Sie sammelte sie ein und verstaute sie in der Zelttasche, dann ging sie weiter zu der Stelle, wo sie die Frau gesehen hatte.

Bei jedem Krächzen eines Raben schreckte sie zusammen, und einmal wäre sie beinahe in Deckung gegangen, als sie einen Kolibri trällern hörte. Was auch immer es mit diesem Flugobjekt auf sich hatte, es hätte sie um ein Haar erwischt. Dort, wo sie die Frau gesehen hatte, am Flussufer, blieb sie stehen und suchte den Boden nach Spuren ab, fand aber keine.

Das Terrain war steil und felsig. Vorherrschend in dem Gebiet waren Jahrmillionen alte Kalksteinsedimente. Sie marschierte am Fuß eines Steilhangs entlang, wo sich über die Äonen hinweg gewaltige Felsen aufgetürmt hatten. In den Spalten dazwischen wuchsen Bäume, auf den Oberflächen der Felsen smaragdgrünes Moos.

Dann vernahm sie einen hellen Laut und fuhr herum, wollte nachschauen, ob auf einem der Felsen ein Murmeltier saß. Sie sah keins. Dann hörte sie den Laut erneut, doch eigentlich klangen diese Tiere anders. Der Laut war zu lang gezogen, um der Warnpfiff eines Murmeltiers zu sein. Gegen die Sonne anblinzelnd, blickte sie den Hang hinauf. Links von ihr führte er nahezu senkreckt in den azurblauen Himmel, an dem einige strahlend weiße Kumuluswolken standen.

Erneut ertönte der helle Laut, ein Schrei eigentlich, scharf und panisch. Und gleich noch einmal. Und noch einmal. Sie folgte ihm, und als sie um einen Felsen herumging, schlug ihr aus einer gähnenden schwarzen Öffnung ein kalter Luftzug entgegen – eine Höhle.

Tief aus dem Dunkel ertönte ein wehklagender Schrei. Alex blieb vor dem Höhleneingang stehen, lauschte.

»... kann nicht«, trug ein Lufthauch zu ihr heran. »... kann nicht.« Eine zarte schluchzende Frauenstimme.

Sie griff nach ihrer Stirnlampe, schaltete sie ein und trat in die Dunkelheit.

19. KAPITEL

Alex ging auf die Stimme zu, und die Luft wurde zunehmend kühler, bis die Temperatur vielleicht fünfzehn Grad betrug. Ein Bächlein plätscherte über den Boden; irgendwo im Innern der Höhle tropfte Wasser von den Wänden, das Geräusch hallte in der Dunkelheit wider.

Vorsichtig stieg sie über das Rinnsal hinweg, hielt den Lichtstrahl nach unten gerichtet.

»Kann nicht«, wimmerte die Frauenstimme, schniefte und brach in leises Schluchzen aus.

Alex näherte sich vorsichtig. Der Weg führte nach rechts und öffnete sich dann in einen riesigen Raum. Von der Decke hingen Stalaktiten herab, von denen Wasser in schimmernde Felsbecken tropfte. Im abgeschirmten Licht ihrer Stirnlampe rückte eine zusammengekauerte Gestalt in ihr Blickfeld. Alex trat heran und sah eine Frau, die zitternd an der Wand lehnte, die nackten Arme um die nackten Beine geschlungen, nur mit einem schmuddeligen T-Shirt und dreckstarrenden Shorts bekleidet. Eine lange blutverschmierte Wunde verlief von ihrem Handgelenk bis zum Ellbogen. Schlamm überzog ihre Waden bis hinab zu den Stiefelsohlen. Schulterlanges silbernes Haar hing ihr über die Arme, ihr Kopf war gesenkt, das Gesicht nicht zu sehen.

Ein Stein knirschte unter Alex' Schuh, und die Frau hob den Kopf und sah sie mit wirrem Blick an. Alex kniete sich vor sie.

»Kann nicht!«, rief die Frau.

Alex musste schlucken. Das war zweifelsfrei die Frau von dem Foto, das Sheriff Taggert ihr gegeben hatte. Es war Amelia Fairweather. Alex machte eine beschwichtigende Geste. »Ist schon gut. Ich bin nicht hier, um Ihnen wehzutun.«

»Kann nicht!«, wiederholte die Frau und wich erschrocken zurück, schlug die Hände vors Gesicht.

»Amelia?«

Die Frau kniff die Augen zusammen, Verwirrung im Gesicht. Sie verstummte.

»Ich bin Alex Carter. Wir haben nach Ihnen gesucht.«

Sie starrte Alex stirnrunzelnd an, ihr Kinn bebte.

Alex war fassungslos. Wie hatte Amelia es geschafft, hier draußen über ein Jahr lang zu überleben? Alex wusste, dass sie sie in Sicherheit bringen musste, war sich aber nicht sicher, wie sie das bewerkstelligen sollte. Da es unmöglich war, das FBI zu kontaktieren, musste sie die Frau entweder dazu bringen, sie zu begleiten, oder sie musste sie hier zurücklassen und Hilfe holen, was allerdings eine ganze Weile dauern würde.

»Glauben Sie, Sie könnten mit mir von hier fortgehen?«

Amelia drückte sich an die Wand, schüttelte vehement den Kopf. »Kann nicht. Kann nicht.«

»Ich kann natürlich Hilfe holen, aber es würde einige Stunden dauern, bis wir wieder hier wären. Möchten Sie hierbleiben und warten?«

Amelia schüttelte den Kopf, ihre Augen angsterfüllt.

Als Alex sich langsam erhob, packte Amelia sie so kräftig am Handgelenk, dass Alex spürte, wie es ihr die Knochen zusammendrückte.

»Ich muss gehen«, sagte Alex. »Hilfe holen.« Sie musterte

das verängstigte Gesicht der Frau. »Möchten Sie mich vielleicht doch lieber begleiten?«

Amelia senkte den Blick, biss sich auf die Lippe. Dann stand sie auf, ohne Alex loszulassen.

»Okay. Auf geht's«, sagte Alex sanft und deutete zum Höhlenausgang. »Wir sollten es vor Einbruch der Dunkelheit geschafft haben.«

Zögerlich ging die Frau neben Alex her, schwach und unsicher auf den Beinen. Mit kalten zitternden Fingern klammerte sie sich an Alex' Arm. Alex bot ihr einen Müsliriegel an, aber sie nahm ihn nicht, deshalb zwang sich Alex, ihn selbst hinunterzuwürgen, obwohl er trocken und fade schmeckte. Es wäre nicht klug, wenn sie beide durch Nahrungsmangel zu geschwächt wären.

Sie traten hinaus ins Sonnenlicht, und Alex spürte die willkommene Wärme auf der Haut. Amelia umfasste ihren Arm so fest, dass Alex befürchtete, sie könnte ihr das Blut abschnüren. Alex überprüfte auf dem GPS-Gerät noch einmal ihre Position und machte sich dann auf den Rückweg zum Farmhaus, wählte eine Route mit möglichst wenig Steigungen.

Amelia trottete wie ein Roboter neben ihr her, sagte nichts, ihre Augen glasig, schreckte bei jedem kleinen Geräusch zusammen: ein rotes Eichhörnchen, das von einem Baum heruntertrillerte, ein aufgeschrecktes Reh, das in ein schützendes Gebüsch sprang, das ferne Geräusch eines Düsenflugzeugs hoch oben am Himmel.

Sie kamen nur quälend langsam voran, und mehr als ein paarmal fragte sich Alex, ob Amelia nicht besser in der Höhle gewartet hätte. Aber die Frau war dermaßen verwirrt, dass sich Alex nicht hätte sicher sein können, sie bei ihrer Rückkehr noch dort vorzufinden.

Und falls dieses seltsame Flugobjekt nach Amelia suchte und irgendwie das Versteck entdeckt hätte, wäre alles vorbei gewesen.

Deshalb gingen sie weiter, ein Schritt nach dem anderen. Trotz – oder gerade wegen – des gemächlichen Tempos spürte Alex ihre Erschöpfung nach der nächtlichen Flucht, bei der sie beinahe an Unterkühlung gestorben wäre, und nun musste sie auch noch den schweren Rucksack schleppen.

Alex sang im langsamen Rhythmus ihrer Schritte ein Lied, erst *I'm Getting Sentimental Over You*, danach *Stardust*. Ihr Dad liebte Swingmusik, und sie ertappte sich dabei, wie sie im Kopf Tommy-Dorsey- und Glenn-Miller-Melodien summte.

Ihr Dad.

Wie sehr sie ihn vermisste! Theoretisch könnte sie in diesem Moment bei ihm am Grand Canyon sein, in seinem Gästehaus abhängen, Musik hören, mit ihm über die neuesten Nachrichten diskutieren.

Die Sonne verschwand hinter den Bergen, und bald schon fehlte ihre Wärme. Amelia begann zu frösteln, deshalb zog Alex ihr ein Thermoshirt und die Fleecejacke über. Sie überquerten Wiesen und trotteten durch dichte Wälder. Immer wieder schaute sie auf ihr Handy in der Hoffnung, auf wundersame Weise ein Signal zu empfangen, doch es blieb ein Wunschtraum. Falls sie weiterhin Aufträge wie diesen annähme, würde sie sich trotz der hohen Kosten ein Satellitentelefon anschaffen müssen.

Sie schleppten sich weiter und weiter, durchquerten Bäche, rasteten immer wieder, um zu verschnaufen. Amelia verweigerte weiterhin die Nahrungsaufnahme. Die Abenddämmerung brach an, diese magische Zeit des Tages, und weckte neue Kräfte in Alex.

Dann wurde es vollends dunkel, und Alex holte die Stirnlampe heraus. Sie waren nur noch einen halben Kilometer vom Farmhaus entfernt, und sie suchte den Himmel aufmerksam nach dem Flugobjekt ab, lauschte auf sein charakteristisches Surren.

Schließlich kam das Haus in Sicht, und Alex wäre am liebsten mit einen Triumphschrei darauf zugerannt, doch um Amelia nicht zu verschrecken, schwieg sie und führte die Frau ins Haus, verriegelte die Tür hinter ihnen.

Sie führte Amelia zum Küchenstuhl und holte eine Decke vom Sofa im Wohnzimmer. Sie legte sie der Wanderin um die bebenden Schultern, dann brachte sie ihr ein Glas Wasser und überredete sie, ein paar Schlucke zu nehmen. Seit ihrem Aufbruch aus der Höhle hatte Amelia kein einziges Wort gesprochen.

Dann griff Alex nach dem Festnetztelefon.

Sheriff Taggert nahm nach dem dritten Klingeln ab. »Taggert.« Auch diesmal klang sie müde.

»Sheriff, hier ist Alex Carter. Ich habe sie gefunden.«

»Wen? Reden Sie von Amelia?« Augenblicklich war sie hellwach. »Ihre Leiche?«

»Nein. Amelia ist am Leben. Sie ist bei mir im Haus.«

»Sie lebt?« Taggert verstummte verblüfft. Dann: »Ist sie verletzt?«

»Ja, aber nur leicht. Wir sind zusammen hergewandert, deshalb sind es, glaube ich, keine schwerwiegenden Verletzungen. Aber sie steht unter Schock.«

»Sie war über ein Jahr verschwunden. *Über ein Jahr.* Ich kann kaum glauben, dass sie am Leben ist. Hat sie gesagt, wo sie gewesen ist?«

»Nicht am Strand in Rio, so viel kann ich Ihnen sagen. Ich

weiß nicht, was mit ihr passiert ist, aber sie ist schwer traumatisiert. Sie spricht nicht.«

»Das ist furchtbar. Ich kann sofort zu Ihnen hochkommen und sie abholen.«

»Andersherum wäre vermutlich besser, Sheriff. Ich bringe Amelia in die Stadt. Das spart Zeit. Ich denke, sie sollte schnellstmöglich medizinisch versorgt werden. Können Sie Sanitäter bereithalten?«

»Natürlich.«

»Wir machen uns auf den Weg.« Alex legte auf.

Sie überredete Amelia, noch einige Schlucke Wasser zu trinken, dann zog sie sich trockene Schuhe an. Sie setzte Amelia in den Jeep. Während sie die Zufahrt hinabfuhr, drehte sie die Heizung auf volle Stärke. Die Frau bibberte auf dem Beifahrersitz und sprach weiterhin kein Wort. In der Stadt würde man wissen, was mit ihr zu tun war. Sie fuhr vorsichtig, wollte ihre zerbrechliche Beifahrerin auf der rumpeligen Piste nicht unnötig durchschütteln.

Bald erreichten sie die asphaltierte Straße, und Alex beschleunigte ein wenig. Die Stadt kam in Sicht, und Amelia riss die Augen auf, schaute auf die Gebäude, versank förmlich in ihrem Sitz.

»Geht es Ihnen gut?«, fragte Alex.

Amelia sah sie nicht an, sondern schaute weiterhin furchtvoll auf die Gebäude, warf den Passanten nervöse Blicke zu. Am Ende der Main Street fuhr Alex auf den Parkplatz vom Sheriffbüro. Ein Krankenwagen wartete schon auf sie, zwei Sanitäter, ein Mann und eine Frau, lehnten an der Motorhaube, unterhielten sich mit Taggert.

Die Frau öffnete die Beifahrertür und betrachtete Amelia prüfend, leuchtete ihr mit einer Stiftlampe in die Augen und fühlte ihren Puls. Amelia rührte sich nicht, schaute nur zu Boden. Der Sanitäter holte eine Trage aus dem Krankenwagen und rollte sie heran.

Behutsam legten sie Amelia darauf. Sheriff Taggert trat zu ihr heran. »Amelia Fairweather?«

Amelia starrte zum Himmel auf, als würde sie die Polizistin gar nicht bemerken.

»Haben Sie Schmerzen?«, fragte die Sanitäterin. Auch hierauf reagierte Amelia nicht.

»Können Sie uns sagen, was mit Ihnen passiert ist?«, fragte Taggert. Amelia starrte weiterhin teilnahmslos zu den Sternen auf.

»Wir bringen sie ins Cascade Mountain Hospital in Metaline Falls«, erklärte der männliche Sanitäter. »Die sind dort besser ausgestattet als im örtlichen Gesundheitszentrum.«

Taggert nahm ihren Hut ab und strich sich über den geflochtenen Zopf. »Okay.«

Sie schoben Amelia in den Krankenwagen.

Taggerts müder Blick wanderte zu Alex. »Schade, dass sie nicht redet. Dann werde ich wohl morgen ins Krankenhaus fahren müssen. Vielleicht hat sie bis dahin ihre Sprache wiedergefunden.«

Während der Krankenwagen vom Parkplatz fuhr, kam Bill auf sie zugerannt, der Mann mit dem langen weißen Haar, den Alex am Tag ihrer Ankunft im Stadtpark gesehen hatte. Sie nahm den Alkoholgeruch wahr, den er verströmte.

»Ist sie das?«, rief er. »Die haben sie zurückgebracht?«

»Wer?«, fragte Taggert.

»Na, ihre Entführer. Manchmal bringen sie die Leute nicht zurück. Die krepieren manchmal bei den Experimenten, die sie an ihnen durchführen. Aber wenn sie jemanden zurückbringen, ist der dann völlig durch den Wind, so wie die Frau. So hat man auch Travis Walton gefunden.«

»Travis Walton? Wer soll das sein, Bill?«, fragte Taggert.

»Na, Travis Walton!«, brüllte er, als wäre Taggert nicht nur taub, sondern schwer von Begriff. »Den hat man aus den White Mountains in Arizona weggekascht.«

Verärgert deutete Taggert mit ihrem Hut auf ihr Gegenüber. »Faselst du jetzt wieder von Außerirdischen, Bill?«

»Verdammt, das ist kein Gefasel, Maggie. Hatte die Frau einen leeren Blick? War sie stumm wie ein Fisch?«

»Ja, war sie!«, blaffte Taggert wütend. »So geht es Leuten nun mal, wenn sie unter Schock stehen.«

»Aber *wer* hat den Schock verursacht?«, rief Bill triumphierend, als hätte er damit ein entscheidendes Argument vorgetragen. »Ich hab das Licht draußen im Wald *gesehen*, Maggie.«

»Das alles ist blanker Unsinn, und das weißt du auch, Bill. Warum gehst du nicht nach Hause und schläfst deinen Rausch aus?«

Alex schluckte. Sie hatte das Licht auch gesehen. »Ähm … Sheriff«, meldete sie sich zu Wort.

»Ja?«

»Dort draußen gibt es wirklich ein seltsames Licht«, erklärte Alex.

»Oh, nein. Fangen Sie jetzt auch mit dem Quatsch an?«

»Aber ich glaube nicht, dass es Außerirdische sind.«

»Und genau da liegen Sie falsch!«, brüllte Bill Alex an. »Sie denken, es gibt eine normale Erklärung dafür, Sumpfgas oder so ein Scheiß, und dann schnappen sie dich.«

Der Sheriff seufzte verdrossen und setzte wieder den Hut auf. Sie deutete auf Alex. »Kommen Sie bitte rein, damit ich

Ihre Aussage aufnehmen kann. Erzählen Sie mir alles, was Sie wissen.«

Während sie auf das Sheriffbüro zugingen, eilte ihnen Bill hinterher.

»Du nicht, Bill!«, schimpfte Taggert. »Du gehst jetzt brav nach Hause und kochst dir einen Kaffee, Herrgott noch mal.«

»Aber, Maggie –«

»Nix da! Zieh Leine!« Ihr harscher Ton ließ Bill zusammenzucken, und er machte widerwillig auf dem Absatz kehrt.

Drinnen deutete Taggert den Flur hinunter. »Wir gehen am besten in den Vernehmungsraum.« Sie führte Alex zu einer Tür, auf der *Vernehmungsraum 1* stand, aber es sah nicht so aus, als ob es einen zweiten gäbe. Taggert öffnete die Tür und wies auf einen Tisch mit zwei Stühlen. »Nehmen Sie Platz. Bevor wir anfangen, rufe ich Special Agent Fields an. Er wird das auch hören wollen. Möchten Sie einen Kaffee?«

Alex nickte dankbar. »Ja, bitte.«

»Bin gleich zurück. Machen Sie es sich bequem.«

Alex zog den Stuhl heran und setzte sich, spürte, wie sie sich nach den kräftezehrenden Erlebnissen der Nacht und des heutigen Tages zum ersten Mal richtig entspannte. Sie war in Sicherheit. Amelia war in Sicherheit.

Kurz darauf kehrte Taggert mit zwei dampfenden Kaffeebechern zurück. Sie reichte Alex einen und nahm ihr gegenüber Platz.

»Kommt Fields?«, fragte Alex.

»Ich habe nur seinen Kollegen erreicht, Hernandez. Sie sind unterwegs und kommen später dazu.«

Auf dem Tisch lag ein digitales Aufnahmegerät, und Taggert schaltete es ein. Sie nannte ihren Namen, Datum und Uhrzeit und bat Alex, sich ihrerseits zu identifizieren.

»Schildern Sie mir bitte, wie Sie Amelia Fairweather gefunden haben«, begann Taggert.

Alex atmete tief durch und erzählte dann die ganze Geschichte. Wie sie Amelias Hilferufe gehört hatte, wie das Flugobjekt sie durch den Wald verfolgt hatte, wie ihr klar geworden war, dass es die Körperwärme registrierte, und wie sie daraufhin in den Fluss gesprungen war. Sie beschrieb die Suche nach Amelia am nächsten Tag und wie sie sie in der Höhle gefunden hatte.

Währenddessen stellte Taggert Zwischenfragen, wollte Details wissen, bat um Erklärungen, vorgebeugt auf ihrem Stuhl. Als Alex an dem Punkt angelangte, wo sie und Amelia auf den Parkplatz des Sheriffbüros gefahren waren, hielt sie kurz inne und sagte dann: »Es gibt noch zwei andere Dinge. Ich weiß nicht, ob sie mit alldem zusammenhängen.«

»Erzählen Sie.«

»Dieser Holzfäller, der die Baumbesetzerin belästigt …«

»Ja. Einer meiner Deputys hat ihn sich zur Brust genommen.«

»Ich habe ein ungutes Gefühl bei dem Mann. Er hat sich nicht im Griff. Er ist ein glühender Frauenhasser.«

»Ich weiß, ich habe es am eigenen Leib erlebt. Er verhielt sich, als wäre meine Autorität nicht mal ein müdes Lächeln wert. Ich glaube, wenn ich ein Hundertfünfzig-Kilo-Kerl mit Glatze und Bierbauch wäre, hätte er mich ernster genommen.« Taggert rutschte auf ihrem Stuhl herum. »Und die zweite Sache?«

»Der Landstreicher und seine Tunnel. Ich glaube immer noch, dass er dort jemanden gefangen halten könnte. Ich weiß nicht, ob einer der beiden Männer etwas mit dem seltsamen Flugobjekt oder Amelias Verschwinden zu tun hat. Aber es könnte sich lohnen, das zu überprüfen.«

»Das werde ich tun.« Sie machte eine Notiz. »Sonst noch etwas?«

Alex leerte ihren Kaffeebecher und lehnte sich zurück. Ihr ganzer Körper tat weh. »Nein, das war's.«

Taggert schaltete das Aufnahmegerät aus. »Lassen Sie uns in meinem Büro auf die Agents warten. Dort ist es gemütlicher.«

Alex erhob sich vom Stuhl und folgte Taggert in einen großen Raum mit einem Panoramafenster an der Westseite des Gebäudes. Die Wände waren mit Pflanzenhängern und einer Vielzahl prachtvoller Makramees dekoriert, die in allen Regenbogenfarben leuchteten.

Taggert folgte ihrem Blick. »Ich hatte als Jugendliche eine heftige Makramee-Phase.«

Alex bekam hier einen besseren Eindruck von der Persönlichkeit der Polizistin. Sie sah unter ihrem Schreibtisch die Birkenstock-Sandalen stehen, in denen bunte handgestrickte Socken steckten. In einer Ecke stand eine Ukulele auf einem kleinen Ständer, und auf dem Schreibtisch verstreut lagen Bio-Snacks. Taggert nahm einen Müsliriegel und hielt ihn Alex hin. »Haben Sie Hunger?«

»Nein, danke. Ich bin zu müde, um zu essen.«

Sie bot Alex einen bequemen Stuhl vor dem Schreibtisch an. Dankbar sank Alex auf die gepolsterte Sitzfläche nieder. Ihre Augen brannten vor Erschöpfung. Taggert setzte sich hinter den Schreibtisch und begann, ihre Stiefel aufzuschnüren, vermutlich um in die Sandalen zu schlüpfen.

Special Agent Harvey Fields erschien an der offenen Tür und klopfte mit einem Fingerknöchel an den Rahmen.

»Kommen Sie rein«, sagte Taggert.

Fields blieb in der Tür stehen, seine Miene grimmig. »Haben Sie die Nachrichten gehört?«

Taggert hob die Augenbrauen. »Nein. Was gibt's denn?«

»Eine weitere Frau ist verschwunden.«

Taggert stand auf. »Was? Wo denn?«

»An einem Feuerwachturm im Nationalforst.«

Alex durchlief es heiß und kalt. »Doch nicht etwa Kathleen Macklay, oder?«

Fields kniff die Augen zusammen. »Sie kennen die Frau?«

Kalte Furcht ballte sich in Alex' Magen zusammen. »Ja.«

Taggert ging um den Schreibtisch herum. »Was ist passiert?«

»Ich weiß von den Rangern, dass Macklay sich jeden Morgen pünktlich um halb acht über Funk meldet. Im Laufe des Tages dann noch drei weitere Male. Heute hat sie sich aber nur einmal gemeldet, und der Funkspruch wurde mittendrin abgebrochen. Nachdem sie am späten Nachmittag auch ihre dritte Meldung versäumt hatte, sind sie zu ihr rausgefahren. Sie sahen, dass die Haustür offen stand. Ihr Dienstwagen stand in der Einfahrt, der Wagenschlüssel lag daneben im Staub.«

»Hat sie sich vielleicht auf eine Wanderung begeben, oder so was?« Taggert klang nicht sehr überzeugt von ihrem Gedanken.

Fields dachte kurz darüber nach, ehe er sagte: »Im Haus lag auch ein großer Kochtopf auf dem Boden. Wasser wurde verschüttet. Und es ist seltsam, seine Wagenschlüssel fallen zu lassen. Und die Haustür offen zu lassen. Und warum meldet sie sich nicht über Funk?«

Nun stand auch Alex auf, fest im Klammergriff der Angst. Die ermordete Rangerin. Und jetzt war Kathleen verschwunden. Sie wollte ihren Gedanken nicht laut aussprechen. Dadurch würde es real werden. Ihr Mund öffnete sich.

»Kathleen, sie ist …«, hörte sie sich sagen, »… im gleichen Alter wie Irma und Amelia und hat eine ähnliche Statur.« Den Rest ihres Gedankens sprach sie nicht aus: *Serienkiller*.

Fields schürzte die Lippen. »Diese Parallelen machen uns auch Sorgen.« Und dann sagte er, was sie nicht auszusprechen gewagt hatte: »Wir könnten es mit einem Serienkiller zu tun haben.«

Alex wollte es nicht wahrhaben. »Aber die Situation ist anders«, entgegnete sie. »Kathleen wurde als Einzige nicht in freier Wildbahn entführt. Warum sollte der Killer seine bisherige Vorgehensweise ändern?«

»Der Wachturm liegt auch ziemlich abgelegen, deshalb musste der Killer nicht befürchten, dass es Zeugen geben würde«, erwiderte Fields.

Taggert setzte sich auf die Schreibtischkante. »Trotzdem war es riskanter als mitten im Nirgendwo.«

Fields pflichtete ihr bei. »Stimmt. Vielleicht war die Gelegenheit günstig für ihn. Vielleicht war er auf der Straße unterwegs, sah Macklay und schlug kurz entschlossen zu. Sie entspricht seinem bevorzugten Typus – Anfang siebzig, fit, Naturfreak.«

Taggert schüttelte den Kopf. »Wenn Amelia doch nur reden würde.« Sie wandte sich zu Fields und schilderte ihm, wie Alex die vermisste Wanderin gefunden hatte.

»Kaum zu glauben«, hauchte Fields. »Sie ist noch am Leben? Nach all der Zeit?«

Taggert nickte. Dann fügte sie hinzu: »Gibt es schon Ergebnisse von Irma Jacksons Obduktion?«

»Das Labor arbeitet noch dran. Wir sollten morgen oder übermorgen einen Bericht erhalten. Ich werde ihnen sagen, dass sie sich ranhalten sollen.«

In Alex stieg Panik auf. Sie stellte sich Kathleen vor, die so voller Leben war, malte sich ihre lebensbedrohliche Situation aus und wie verängstigt sie war. Sie musste etwas tun.

Taggert erhob sich und stemmte eine Hand in die Hüfte. »Nun, das Gute ist, dass derjenige, der hinter alldem steckt, Amelia über ein Jahr am Leben gehalten hat. Ihre Freundin könnte also wohlauf sein.«

»Und wie war es mit Irma? Sie verschwand vor sieben Monaten, aber wie lange hat sie anschließend noch gelebt?«, fragte Alex.

Fields senkte den Blick.

Alex wurden die Knie weich, und sie sank auf den Stuhl. Alles kam ihr so unwirklich vor. Sie hatte Kathleen gerade erst besucht. Sie hatte sich so sehr auf ihre Zeit im Feuerwachturm gefreut. Vielleicht war sie wandern gegangen, um den Kopf freizubekommen. Vielleicht hatte sie sich versehentlich mit kochendem Wasser übergossen und jemanden angerufen, der sie ins Krankenhaus gebracht hatte. Vielleicht hatte sie vor lauter Schmerzen nicht bemerkt, dass sie den Wagenschlüssel fallen gelassen hatte und die Tür offen stand.

Aber noch während ihr diese Dinge durch den Kopf gingen, wurde Alex klar, dass sie sich irrte. Kathleen wusste, dass man im Bärenland keine Türen offen stehen ließ, selbst wenn man keine Angst vor Dieben hatte. Sie hatten sich ausführlich darüber unterhalten, wie man sich am besten vor diesen mächtigen Tieren schützte. Kathleen hatte stets darauf geachtet, ihren Müll nicht frei zugänglich vor dem Haus zu deponieren. Sie wollte verhindern, dass Bären sich daran gewöhnten, ihre Abfälle fressen zu können, und dann irgendwann von einem Ranger oder staatlichen Wildhüter getötet werden mussten. Sie hatte Alex erzählt, die bloße

Vorstellung mache sie fertig. Das hatten sie und Kathleen gemeinsam. Wie sie wusste, hatte Kathleen dafür gesorgt, dass in ihrer Heimatstadt Bitterroot bärensichere Mülltonnen aufgestellt worden waren.

»Hören Sie, Fields«, warf Taggert ein, »Dr. Carter hat möglicherweise den einen oder anderen Hinweis in der Sache.«

Fields richtete seinen Blick auf den Sheriff. »Tatsächlich?«

»Es gibt einen Holzfäller, der mit der Bewachung der Ausrüstung im Holzfällerlager betraut ist«, erklärte die Polizistin. »Außerdem gibt es eine Baumbesetzerin, die seit geraumer Zeit im Wald ausharrt. Sie gehört zu der Aktivistengruppe, die einen Bundesrichter dazu gebracht hat, die Abholzung vorübergehend auszusetzen.«

»Eine Baumbesetzerin?« Fields zog die Stirn kraus.

»Sie kampiert auf einer Plattform im Wipfel eines sechzig Meter hohen Baumes«, sagte Alex. »Andere Aktivisten versorgen sie mit Lebensmitteln. Dieser Holzfäller ist außer sich vor Wut auf sie. Und er *hasst* Frauen.«

»Kennen Sie seinen Namen?«

Taggert fischte ein Blatt von ihrem Schreibtisch. »Hier sind seine Daten.« Sie reichte es Fields.

Der FBI-Mann übertrug die Angaben in sein kleines schwarzes Notizbuch. »Alles klar.«

»Er könnte auch vor Kurzem auf mich geschossen haben«, fügte Alex hinzu. »Ich bin mir nicht sicher.« Sie erzählte Fields die Geschichte von ihrem zerschossenen Autoreifen und den herabstürzenden Baumstämmen.

Taggert wandte sich zu Fields. »Unsere Untersuchung ergab, dass es Kaliber .308 war, wahrscheinlich aus einem Jagdgewehr. Mehr wissen wir nicht.«

Fields schrieb in sein Notizbuch. »Geben Sie Bescheid, falls Sie mehr herausfinden.« Er schaute erwartungsvoll auf. »Sonst noch was?«

Taggert antwortete: »Der Landstreicher. Er könnte derjenige sein, der diese Tunnel gegraben hat.«

Fields schaute in sein Notizbuch. »Die Gesichtserkennung hat nichts ergeben, als wir sein Foto durchs System gejagt haben.«

Taggert wandte sich zu Alex. »Ich habe Fields das Foto geschickt, das Sie mir von dem Mann gemailt haben.«

Fields sprach weiter. »Wir haben uns die beiden Tunnel angesehen, von denen Sie berichtet haben, Dr. Carter. Wir haben nichts gefunden, was sich mit Irma oder Amelia in Verbindung bringen ließe.«

»Vielleicht haben wir nur noch nicht den richtigen Tunnel gefunden«, gab Alex zu bedenken.

Fields zog die Augen zusammen. »Das ist ein düsterer Gedanke. Sonst noch was?«

»Ich glaube, der Entführer setzt eine Art Drohne ein, um die Frauen zu verfolgen. Sie erkennt Körperwärme und ist mit etwas bestückt, das wie ein Betäubungspfeil aussieht.«

Fields klappte die Kinnlade herunter. »Gütiger Himmel.« Er machte weitere Notizen. »Wir werden prüfen, ob jemand in der Gegend eine Drohne oder Betäubungsmittel gekauft hat. Das könnte ein Ansatz sein.« Er steckte sein Notizbuch ein. »Wir werden das alles in Betracht ziehen. Ich danke Ihnen.«

»Und was geschieht jetzt als Nächstes?«, wollte Alex von den beiden wissen.

Fields betrachtete sie, überlegte. Schließlich wandte er sich an Taggert. »Ich denke, wir sollten Cody Wainwright anrufen. Wir brauchen ein Such- und Rettungsteam, das das Gebiet rund um den Wachturm durchkämmt. Falls Macklay einfach losgewandert ist, werden wir sie finden.«

»Und wenn nicht?«, fragte Alex.

Fields antwortete nicht, senkte nur erneut den Blick.

Während Taggert zum Telefon griff, wandte sich Alex zu Fields. »Ich wäre bei der Suche gern dabei.«

»Natürlich. Wir können jede Hilfe brauchen, vor allem von jemandem, der sich in der Gegend auskennt.« Er musterte sie prüfend. »Haben Sie letzte Nacht genügend Schlaf bekommen?«

»Halbwegs.«

»Fahren Sie nach Hause und schlafen Sie sich aus. Wir starten die Suche bei Tagesanbruch.« Er zückte seine Brieftasche und zog eine Visitenkarte heraus. »Rufen Sie mich an, falls Ihnen noch etwas einfällt.«

Sie nickte und nahm die Karte. »Soll ich Sie am Feuerwachturm treffen?«

»Ja. Dort versammeln wir uns.«

Alex stand auf. »Ich werde dort sein.«

Sie winkte Sheriff Taggert zum Abschied zu, die Wainwright gerade über die neueste Entwicklung in Kenntnis setzte.

Taggert nickte und formte mit den Lippen: *Danke*.

»Wir sehen uns morgen«, sagte Alex zu Fields und verließ das Revier. Ein ungutes Gefühl hatte sich in ihr breitgemacht. Ganz gleich, ob Kathleen entführt worden war oder irgendwo verletzt im Wald lag, Alex wusste, dass etwas nicht stimmte. Kathleen steckte in Schwierigkeiten.

20. KAPITEL

Die Fahrt zurück zum Farmhaus kam ihr endlos vor. Alex' Gedanken kreisten um Kathleens Verschwinden, um Amelia und darum, was für ein Mensch ihnen das angetan haben könnte. Ihr Körper brannte vor Erschöpfung. Doch als sie auf das Haus zufuhr, war sie plötzlich wie elektrisiert.

Obwohl sie wusste, dass es weit hergeholt war, lud sie das neueste Videomaterial der Karibu-Kamera herunter, in der Hoffnung, auf einem der Clips vielleicht Kathleen zu entdecken. Sie studierte jedes der zehnsekündigen Videos: Das Karibu schlief, trottete umher, fraß, käute wieder, legte sich schlafen. Von Kathleen keine Spur.

Schließlich ging sie nach oben und packte unruhig alle Sachen in den Rucksack, die sie für den morgigen Tag brauchen würde. Sie würde früh aufbrechen, um bei Tagesanbruch am Feuerwachturm zu sein.

Dann legte sie sich ins Bett, mit klopfendem Herzen und einem Gedankenwirrwarr im Kopf.

Im Morgengrauen war Alex unterwegs zum Turm. Venus und Merkur leuchteten hell am östlichen Himmel, die Wolken schillerten erst rosa-, dann goldfarben. Sie fuhr gerade die steilen Serpentinen hinauf, als die Wolken plötzlich weiß erstrahlten und hinter den Bergen die Sonne aufstieg. Die Straße führte vorbei an Ponderosa-Kiefern, Hemlocktannen und mächtigen Rotzedern.

Alex nahm einen Schluck Tee aus der Thermosflasche, während sie umsichtig nach oben fuhr. Hier kam man nicht zufällig vorbei. Nein, es entsprang einer bewussten Entscheidung. Doch der Feuerwachturm schien ihr eine merkwürdige Wahl für einen gewöhnlichen Raubüberfall zu sein. Alex wurde das Gefühl nicht los, dass es jemand auf Kathleen abgesehen hatte – oder zumindest auf die Person, die dort arbeitete. Und dass diese Person allein dort oben war, hatte der Täter vermutlich auch gewusst. Der Gedanke ließ sie schaudern. Umso mehr, weil sie wusste, dass Kathleen durchaus auf sich aufzupassen verstand. Sie war seit Jahren im Sheriffbüro in Bitterroot tätig, und wie Alex wusste, sorgte der dortige Sheriff dafür, dass seine Büroangestellten über Selbstverteidigungskenntnisse verfügten für den Fall, dass es auf dem Revier zu einer tätlichen Auseinandersetzung kam.

Jemand war diese einsame steile Straße hinaufgefahren, hatte Kathleen überwältigt und sie entführt. Es sei denn, Taggert lag mit ihrer Theorie richtig und Kathleen war einfach losgewandert und hatte sich verirrt, womöglich verletzt.

Vor dem Häuschen am Fuße des Turms standen Taggert und Cody Wainwright in eine Unterhaltung vertieft. Als Alex auf den kleinen Parkplatz fuhr und ausstieg, winkten ihr die beiden zu.

Neben Cody stand Bill, der Trinker, der Sheriff Taggert über Aliens vollgesülzt hatte.

»Kennen Sie Bill Davis?«, fragte Cody. »Er möchte uns heute unbedingt begleiten.«

Alex reichte ihm die Hand. »Wir wurden uns noch nicht offiziell vorgestellt.«

Er schüttelte ihre Hand, seine Haut war schwielig und spröde. »Ich hoffe nur, dass wir Ihre Freundin finden.

Ich will gar nicht daran *denken*, was ihr zugestoßen sein könnte.«

Alex fragte sich, ob er damit andeuten wollte, dass Außerirdische dahintersteckten, aber mehr sagte er nicht. Sie wandte sich zum Sheriff. »Sind Sie die Ersten hier?«

Taggert schob ihre Daumen unter den Dienstgürtel. »Ja. Fields und seine Leute müssten gleich eintreffen. Letzte Nacht haben wir einen Hubschrauber mit einer Wärmebildkamera losgeschickt. Leider erfolglos.«

Wainwright ergriff das Wort. »Es haben sich zweiundfünfzig Freiwillige gemeldet, um heute mitzusuchen.«

Alex lächelte. »Das ist fantastisch!«

Morgennebel waberte um den Turm, die Luft war schneidend kalt. Doch sie wusste, dass ihr in ihrer Thermounterwäsche und den diversen Fleece-Schichten warm werden würde, sobald sie sich bewegte.

Kurz darauf trafen die ersten Fahrzeuge ein und füllten rasch den kleinen Parkplatz am Turm; weitere parkten entlang der Straße am Seitenstreifen.

Drei Mitglieder des Such- und Rettungsteams brachten Hunde mit. Die Tiere schienen sich auf die bevorstehende Aufgabe zu freuen, tänzelten herum, während ihre Führer Proviant aus den Fahrzeugen holten.

Wenig später trafen Fields, Lipkin und Hernandez ein. Sie stellten sich vor dem Haus zu ihr, Fields wechselte ein paar Worte mit Taggert. Alex trat näher zu Lipkin und Hernandez heran und lauschte den beiden unfreiwillig.

Lipkin stampfte mit den Füßen, versuchte, sich in der Morgenkälte warm zu halten. Er wandte sich zu Hernandez. »Also, wer würde gewinnen: ein Flughund oder eine Banane?«

»Meinst du diese riesigen Fledermäuse, die tagsüber in Amerikanisch-Samoa und Australien durch die Luft schwirren?«, fragte Hernandez.

»Genau die.«

»Klare Sache: Im Kampf gegen eine Banane gewinnt die Fledermaus.«

»Und wenn die Banane ein Nunchaku hätte?«

Hernandez schaute ungläubig. »Wie soll eine Banane bitte schön ein Nunchaku schwingen?«

»Zum Beispiel wenn es eine kluge, halb geschälte Banane wäre und sie die herabhängende Schale irgendwie als Arme benutzen könnte.«

Fields wandte sich mit funkelnden Augen zu den beiden um. »Haltet endlich die Klappe, ihr beiden. Was ist nur los mit euch?«

»Entschuldigung, Chef«, murmelte Hernandez.

»Und was soll das ›Chef‹-Gefasel?«, blaffte Fields.

Mit leiser, betreten klingender Stimme entgegnete Hernandez: »Sollte nur ein Zeichen meines Respekts sein.«

Kopfschüttelnd wandte sich Fields wieder zu Taggert um.

Doch Alex beobachtete, wie sich Hernandez erneut zu Lipkin wandte und ihn mit noch leiserer Stimme fragte: »Okay, wer würde gewinnen: eine verwünschte Bauchrednerpuppe oder Sir Arthur Conan Doyle?«

Fields fuhr herum, verlor nun endgültig die Geduld. »Hört zu, mir ist schnurz, ob eure Oma gegen einen Kaugummi kauenden, Banjo spielenden Dilophosaurus kämpfen muss. Jetzt ist Schluss mit dem Scheiß! Aus und vorbei! Ich will von euch Dünnbrettbohrern keinen Piep mehr hören!«

Lipkin unterdrückte ein Kichern, und Hernandez schaute weg, plötzlich ganz ernst, sein Kiefer angespannt.

Als sich alle versammelt hatten, stieß Wainwright mit zwei Fingern einen schrillen Pfiff aus. »Okay, Leute. Wir suchen eine Frau, weiß, zweiundsiebzig, wahrscheinlich in einer Forest-Service-Uniform. Es ist möglich, dass sie sich beim Wandern verletzt hat, aber wahrscheinlicher ist, dass sie entführt wurde. Wir halten also Ausschau nach allem, was ungewöhnlich ist. Kleidungsstücke, Blutspuren, Anzeichen eines Kampfes, Stiefelabdrücke. Ich möchte, dass ihr euch in Zwölfergruppen aufteilt und in einer geraden Linie im Abstand von etwa fünf Metern voneinander geht.« Er hielt ein Notizheft hoch. »Ich habe hier ein Suchraster, wir werden uns also vom Turm aus in verschiedene Richtungen verteilen. Lasst euch Zeit. Studiert den Boden vor euch. Wenn ihr irgendetwas Seltsames seht, berührt es nicht. Blast einfach in eine von diesen hier rein.« Er holte eine Tupperdose voller Metalltrillerpfeifen heraus und begann, sie zu verteilen. »Bleibt dann genau dort stehen, wo ihr seid, und ich oder einer der Deputys oder FBI-Agenten wird zu euch kommen, um euren Fund zu begutachten. Gibt es noch Fragen?«

Niemand meldete sich zu Wort, deshalb fuhr Wainwright fort: »Okay. Wir bedanken uns schon mal im Voraus bei allen, die heute erschienen sind. Auf geht's!«

Während Alex prüfend auf die Menschenmenge blickte, fragte sie sich, ob einer dieser vermeintlich wohlmeinenden Bürger in Wahrheit der Entführer war und sich der Suchaktion nur deshalb anschloss, um aus nächster Nähe die Ermittlungen mitverfolgen zu können. Auch könnte er inmitten des Trubels etwaige Beweisstücke beseitigen, die womöglich irgendwo in dem Gebiet lagen.

Während Wainwright die Teams einteilte, ging Alex zu

Taggert und Fields hinüber. »Gibt es etwas Neues von Amelia?«, fragte sie.

Fields schüttelte den Kopf. »Sie spricht weiterhin nicht. Anfangs wollte sie sich nicht mal von den Ärzten berühren lassen. Mittlerweile aber scheint sie zu verstehen, dass die ihr nichts Böses wollen. Wenn wir doch nur wüssten, wo sie die letzten zwölf Monate gewesen ist!«

Ein Gefühl der Enttäuschung durchströmte Alex. »Darf ich mich in Kathleens Haus umsehen?«

Fields schüttelte den Kopf. »Geht leider nicht. Es ist eine laufende Ermittlung.«

Sie seufzte. »Okay. Verstehe.«

Kurz darauf machte sich Alex als Teil einer zwölfköpfigen Suchgruppe auf den Weg in den Wald, hielt, während der Wind in den Kiefern rauschte und die Leute immer wieder Kathleens Namen riefen, Ausschau nach einem Hinweis auf ihre Freundin – ein Kleidungsstück, ihre Uhr, Kampfspuren, irgendetwas.

Wainwright wechselte zwischen den verschiedenen Suchgruppen hin und her, erteilte Anweisungen, gab den unerfahrenen Freiwilligen Tipps. Doch bis zum Mittag hatte keines der Teams etwas gefunden.

Wainwright rief eine Essenspause aus, und die Leute packten ihre mitgebrachten Sandwiches aus. Alex gönnte sich nur einen Müsliriegel, den sie schweigsam verzehrte. Die Vorstellung, dass sich Kathleen in diesem Moment mit ihrem Entführer herumschlagen musste, während die Leute ringsum schmatzend miteinander plauderten, machte Alex fast wütend. Sie wusste, dass die Freiwilligen etwas essen mussten, um bei Kräften zu bleiben, dennoch rang Alex mit einem Gefühl der Dringlichkeit.

Schließlich gab Wainwright das Kommando, die Suche

fortzusetzen, und nun schloss er sich Alex' Gruppe an. Er ging neben ihr her. »Wie geht es Ihnen? Ich habe gehört, Sie sind mit der Vermissten befreundet.«

Alex biss sich auf die Lippe. »Mir geht's nicht besonders. Nicht zu wissen, was mit Kathleen los ist, macht mich krank. Glauben Sie, sie wurde entführt?«

Er zog die Stirn in Falten. »Ich sage es ungern, aber nach allem, was der Sheriff über den Zustand des Hauses sagt, sieht es für mich ganz danach aus.«

Alex hielt den Blick gesenkt, suchte den Boden ab. »Ich würde gerne glauben, dass sie nur spazieren gegangen ist, vielleicht nach Einbruch der Dunkelheit. Der Mond ist im Moment so hell. Viele Leute gehen bei Mondschein wandern. Vielleicht ist sie gestürzt und hat sich das Bein gebrochen, und wir werden sie heute finden.«

»Dieser Gedanke gefällt mir viel besser als der, dass sie entführt wurde.« Dann stahl sich ein nachdenklicher Ausdruck auf Wainwrights Gesicht. »Es ist möglich, dass die beiden Dinge nichts miteinander zu tun haben.«

»Wie meinen Sie das?«

»Vielleicht hat Kathleen eine Nachtwanderung unternommen, ist gestürzt und wartet auf Rettung, und unterdessen erschien jemand am Feuerwachturm, sah das verlassene Haus und nutzte die Gelegenheit, um etwas zu stehlen. Der Dieb könnte den Wagenschlüssel gefunden haben, wollte den Wagen klauen und hat es sich dann anders überlegt und den Schlüssel einfach fallen gelassen.«

»Klingt gut. Ich fühle ich mich gleich besser. Reden Sie ruhig weiter«, entgegnete sie verdrossen.

»Falls es ein Dieb war, hat er sich vielleicht nicht die Mühe gemacht, die Tür hinter sich zu schließen.«

Alex gefiel dieser Gedanke und hoffte, dass Wainwright richtiglag – richtig überzeugend fand sie die Theorie allerdings immer noch nicht.

»Wissen Sie, ob man im Haus ihr Portemonnaie gefunden hat?«, fragte sie mit tonloser Stimme.

Wainwright nickte. »Ja. Es lag auf dem Küchentisch. Kein Bargeld drin.«

Plötzlich keimte in ihr neue Hoffnung. »Dann haben Sie vielleicht wirklich recht. Vielleicht haben der Einbruch und ihr Verschwinden nichts miteinander zu tun. Kathleen würde ihr Portemonnaie nicht auf eine Wanderung mitnehmen.«

Wainwright lächelte schwach. »Wir können hoffen.« Er sah müde aus.

»Haben Sie im Laufe der Jahre viele solcher Suchen durchgeführt?«, fragte sie ihn.

»Unzählige.«

Sie fürchtete sich vor der Antwort auf ihre nächste Frage, stellte sie aber dennoch: »Und wie ist Ihre Erfolgsquote?«

Er lächelte matt. »Die meisten Leute haben wir gefunden.«

»Und was war mit den anderen?«

Er überlegte. »Ein Mann war mit seiner Cessna im Wald abgestürzt. Auf dem Weg nach unten hatte er ein Notsignal abgesetzt. Wir haben das Wrack gefunden, aber nicht den Piloten. Die Fußspuren, die vom Wrack wegführten, zeigten uns, dass er nicht mit einem Fallschirm abgesprungen war. Am dritten Tag fanden wir einen Lagerplatz, wo er ein Feuer gemacht hatte. Aber ihn selbst haben wir nie gefunden. Keine Überreste, keine weiteren Fußspuren. Nichts. Er war wie vom Erdboden verschluckt.«

»Wow.«

»Dann gab es Vater und Sohn, die in den Bergen zelten gegangen waren. In der Gegend war unerwartet ein Schneesturm aufgezogen, und wir erfuhren von der Familie, dass die beiden nicht die richtigen Klamotten für eisige Witterungsverhältnisse eingepackt hatten. Wir fanden einige ihrer Kleidungsstücke über zweieinhalb Quadratkilometer verstreut im Wald, als hätten sie sich unterkühlt und sich die Klamotten vom Leib gerissen. Aber die beiden selbst haben wir nie gefunden. Wir suchten fast zwei Wochen lang, aber auch die Leichen haben wir nicht gefunden. Das ist fünfzehn Jahre her.«

Diese Geschichten waren nicht dazu geneigt, ihr neue Hoffnung zu machen.

Wainwright schien dies zu spüren. »Aber wir hatten auch einige große Erfolge. Eine vierköpfige Familie, Eltern und ihre beiden Kinder, blieb mit ihrem Mietwagen in einer Schneeverwehung stecken. Nach zwei Tagen beschloss der Vater, auf eigene Faust loszuziehen, um Hilfe zu holen. Am nächsten Tag fanden wir den Wagen mit der Mutter und den beiden Kindern darin, alle warm eingepackt und in Sicherheit, wenn auch dehydriert. Es dauerte eine weitere Woche, aber dann fanden wir auch den Vater. Er war vor Erschöpfung und Hunger zusammengebrochen, hatte aber einen Bach entdeckt, aus dem er trinken konnte. Wäre er einfach im Auto geblieben, hätten wir ihn zusammen mit seiner Frau und den Kindern gefunden. Es ist viel leichter, ein Fahrzeug auf einer abgelegenen Straße zu finden als eine Person, die durch einen dichten Wald irrt.«

»Erzählen Sie mir noch eine Erfolgsgeschichte«, bat sie ihn, während sie weitergingen und dabei jeden Zentimeter Boden aufmerksam betrachteten.

Cody lächelte. »Da war dieser Typ, der mal das Aussteigerleben in der Wildnis ausprobieren wollte, fernab von der Zivilisation. Er ließ sich von einem Pilotenkumpel über den Colville fliegen und sprang mit dem Fallschirm ab, nur mit einem Wasserfilter, einigen Klamotten und einem Zehn-Kilo-Sack Reis ausgestattet. Er wollte nach drei Wochen zurückkehren, aber einen Monat später war er noch immer nicht aufgetaucht. Sein Kumpel erzählte den Rangern, wo der Mann aus dem Flugzeug gesprungen war, und wir durchsuchten das ganze Gebiet. Wir fanden den leeren Reis-Sack und daneben eine zerbrochene selbst gebaute Krücke, kurz darauf seine Jeans, ein Hosenbein steif mit getrocknetem Blut. Wir suchten weiter. Eine Woche später fanden wir ihn. Er war beim Absprung gegen einen Baum geprallt und hatte sich an zwei Stellen das Bein gebrochen. Er war durch den Wald getaumelt und hatte versucht, eine Straße zu erreichen. Aber er hatte keine topografische Landkarte dabei, nur eine Faltkarte von Washington State. Verrückt. Aber wir trugen ihn auf einer Bahre hinaus und brachten ihn in ein Krankenhaus, wo man sein Bein sorgfältig schiente.«

Vielleicht war Kathleen ja wirklich nur verletzt, dachte Alex. Es schien seltsam, auf ein gebrochenes Bein zu hoffen, aber es war allemal besser als die Vorstellung, dass sie entführt worden war.

Wainwright begab sich schließlich zu einer anderen Suchgruppe, um zu schauen, wie es dort lief. Er war ein unnachgiebiger Gruppenführer, blaffte die Leute oft an, aber Alex hatte seine Gesellschaft als beruhigend empfunden und versuchte, weiter positiv zu denken.

Nach sechs weiteren Stunden der Suche hatte keines der Teams etwas entdeckt. Bald würde die Dämmerung einsetzen. Wainwright blies in seine Trillerpfeife und rief die Leute zusammen. »Wir machen für heute Schluss. Es wäre schön, wenn morgen möglichst viele von euch noch einmal herkommen würden, um die Suche fortzusetzen. Wer ist dabei?«

Alex musste lächeln, als sie sah, dass fast alle die Hand hoben. Sie hatte einen Kloß im Hals angesichts der Güte und des Zusammenhalts dieser Menschen – etwas, das sie in ihrem Berufsfeld so nicht erlebte. Sie empfand tiefe Dankbarkeit.

Als die Menge sich auflöste und alle zu ihren Fahrzeugen gingen, blieb Alex im dunkler werdenden Wald zurück. In der Ferne hörte sie, wie Wagentüren zugeschlagen und Motoren angelassen wurden.

Wainwright trat in der Dämmerung auf sie zu. »Kommen Sie?«

Sie schüttelte den Kopf. »Ich bleibe noch ein paar Minuten hier.«

Er betrachtete sie nachdenklich und sagte schließlich: »Okay. Gute Nacht.«

Er machte sich auf den Weg zum Feuerwachturm, und plötzlich war Alex allein im Wald, umgeben von beruhigender Stille. Den ganzen Tag war der Wald erfüllt gewesen vom Stimmengewirr der Leute, von ihren unentwegten Rufen nach Kathleen. Nun hörte sie nur noch das sanfte Rauschen des Windes in den Kronen. Ein Steinkauz stieß einen Schrei aus. Grillen zirpten. Sie atmete den Duft der sonnengewärmten Bäume ein, blickte um sich, während die Schatten ringsum immer länger wurden. Im Osten ging ein gewaltiger goldener Mond auf. Sie starrte lange darauf, bis sie den Hasen im Mond sah und an *Watership Down* denken musste, das sie als Kind gelesen hatte.

Eine Fledermaus huschte an ihr vorbei, die schwarzen Schwingen zeichneten sich vor dem tiefen Purpur des Himmels ab.

»Kathleen?«, sagte sie in die Dunkelheit. »Kathleen?«

Nur der Wind antwortete ihr, ein Seufzen in den Ästen über ihr. Schließlich wandte sie sich widerwillig um und kehrte zum Feuerwachturm zurück. Sie hatte in der Nacht kaum geschlafen, ihre Augen brannten vor Müdigkeit. Als sie wenig später auf die Rückseite des Häuschens zuging, trug der Wind Gesprächsfetzen zu ihr heran. Taggert und Fields sprachen über Irma Jacksons Autopsie-Bericht, den sie am Morgen erhalten hatten. Sie blieb hinterm Haus stehen und lauschte.

Sie schnappte einzelne Wörter auf. »Erwürgt«, »mumifiziert«, »irgendwo gelagert« und »Sporen einer Pflanze namens *Diphasiastrum digitatum*«. Alex schlich etwas näher heran, um die beiden besser zu verstehen, und hörte Fields sagen: »Sie hatte keine Sporen in der Lunge, aber die Leiche war damit bedeckt. Seltsam ist, dass die Pflanze in dieser Gegend gar nicht heimisch ist.«

Das Gespräch endete damit, dass Fields erklärte, er werde nun irgendwo essen gehen und sich danach noch einmal den Autopsie-Bericht anschauen. Taggert dankte ihm für seine Hilfe.

Erschöpft ging Alex über den mondbeschienenen Parkplatz, stieg in den Jeep und begann die lange, kurvenreiche Rückfahrt zum Farmhaus.

21. KAPITEL

Zurück im Haus, ließ Alex sich auf einen der Küchenstühle fallen. Sie blickte zum Telefon und beschloss, Zoe anzurufen. In ihrer Niedergeschlagenheit würde es ihr guttun, die Stimme ihrer Freundin zu hören.

Sie wählte die Nummer und spürte ein Frösteln, das nicht gänzlich auf die Raumtemperatur zurückzuführen war.

Als Zoe abnahm, hob sich Alex' Stimmung augenblicklich. »Wie geht es dir?«, fragte sie ihre Freundin.

»Möchtest du das Neueste über die Schwierigkeiten am Set hören?«

»Auf jeden Fall.« Alex wollte ihr von der Suche nach Kathleen erzählen, von Amelia, aber erst einmal brauchte sie ein wenig Ablenkung, um auf andere Gedanken zu kommen.

»Ich habe meinen Sabotageverdächtigen gefunden.«

»Wer ist es? Der Schauspieler? Der Kochbücher lesende Hausmeister? Der Sohn des Produzenten?«

»Keiner davon. Ich habe mich in meiner Freizeit über die Hintergründe des Films schlaugemacht. Ich wollte rausfinden, ob es vielleicht irgendwelche verärgerten Rechteinhaber gibt, die das Projekt torpedieren wollen, weil ihnen die neue Geschichte nicht gefällt.«

»Rechteinhaber?«

»Ja. Unser Film basiert auf einer Groschenromanreihe, die in den Dreißigerjahren erschienen ist. Sie war damals ziemlich populär. Die Rechte sind auf die Nachkommen des

Autors übergegangen, und die haben sich dagegen gesträubt, dass die Romane verfilmt werden.«

»Warum denn? Sie verdienen doch Geld daran, oder?«

»Ja. Aber hör zu. In den Fünfzigerjahren, als der Autor noch lebte, trat ein damals berühmter Regisseur an ihn heran, um das erste Buch der Reihe zu verfilmen. Der Plan war, auch die übrigen Bücher auf die Leinwand zu bringen, falls der Film Erfolg hätte. Der Autor stimmte begeistert zu. Ein Studio pumpte jede Menge Kohle in das Projekt, aber leider endete es als totaler Reinfall, mit Außerirdischen aus Pappmaschee, die an leicht zu erkennenden Kabeln hingen, und so weiter. Der Film floppte an den Kinokassen und ist anscheinend so schlecht, dass er zu einer Art Kultfilm geworden ist. Der Außerirdische darin gilt als eines der lächerlichsten Monster der Filmgeschichte. Das Studio verlor eine Menge Geld und ließ den Regisseur keinen weiteren Film mehr für sie drehen.

Er wurde zur Lachnummer, weil die Leute ihn nur mit diesem schrecklichen Film in Verbindung brachten. Er fand keine Arbeit mehr. Am Ende soff er zu viel, verfluchte Hollywood und verschwand schließlich von der Bildfläche. Keiner weiß, was aus ihm wurde. Seine Familie ließ ihn offiziell für tot erklären.

In den folgenden Jahren, nachdem der Autor verstorben war und seine Angehörigen seinen literarischen Nachlass geerbt hatten, weigerten sie sich, die anderen Bücher verfilmen zu lassen, weil sie weiterhin Einnahmen aus den Buchverkäufen erhielten und befürchteten, dass eine neue miese Verfilmung diese Verkäufe beeinträchtigen könnte. Aber durch eine Reihe von juristischen Schlupflöchern in Fragen des Urheberrechts haben sie schließlich die Filmrechte verloren, sodass der Film nun doch gedreht wird.«

»Du glaubst also, der Saboteur ist einer der Erben?«

»Nein. Die konnte ich ausschließen. Es ist der Regisseur des Originalfilms.«

»Was? Der Mann muss doch schon an die hundert sein.«

»Vielleicht. Falls er noch lebt. Aber ich halte es für wahrscheinlicher, dass er am Set herumspukt.«

»Wie bitte?«

»Es passt alles zusammen, Alex. Die seltsamen Probleme mit der Hydraulik, mit der Elektrik, der Klimaanlage und dann der schreckliche Gestank.«

Alex wurde still. »Das ist doch nicht dein Ernst, oder?«, fragte sie schließlich ungläubig.

»Natürlich ist es mein Ernst! Ich werde weitere Nachforschungen anstellen müssen. Vielleicht besorge ich mir ein Ouija-Brett.«

»Aber mach es nicht allein. Sonst landest du ganz schnell bei *Der Exorzist*.«

»Keine Sorge, ich hole ein paar Leute dazu.«

»Wirst du ihnen deine Theorie erzählen?«

Sie biss sich auf die Lippe. »Noch nicht. Ich möchte nicht ihr Urteilsvermögen beeinträchtigen. Ich sag, dass ich es zum Spaß machen will. Es sprechen ja alle darüber, wie gruselig unsere Klangbühne sei. Der Raum ist seit 1929 in Betrieb. Ich wette, der besagte Regisseur ist nicht der Einzige, der dort spukt.«

»Lass mich wissen, wie die Sache weitergeht.«

»Mach ich. Und was gibt's bei dir Neues?«

Stirnrunzelnd erzählte Alex ihr von Kathleen. Zoe hörte mit wachsender Besorgnis zu. Dann berichtete Alex ihr, wie sie die vermisste Wanderin gefunden hatte, von dem furchterregenden Licht am Himmel und dem Tunnel mit der

Feuerfalle und dem klaustrophobischen Panikgefühl, das sie verspürt hatte.

»Die Flamme ist einfach verschwunden?«, fragte Zoe. »Und es war ein gelbweißes Pulver?«

»Ja. Kommt dir das bekannt vor?«

»Na klar. Wir verwenden am Set etwas, das sich Dragon's Breath nennt. Es ist ein Pulver. Wenn man etwas davon über einer offenen Flamme ausschüttet, fängt es sofort Feuer und erzeugt eine beeindruckende Stichflamme, die allerdings ebenso schnell wieder verlöscht.«

»Das klingt wie das, was mir in dem Tunnel passiert ist.«

»Seltsam.«

»Was?«

»Na, was dir da oben so alles widerfährt. Allmählich mache ich mir ernsthaft Sorgen um dich. Was, wenn du die Nächste bist, die dieser widerliche Kidnapper entführt?«

»Ich passe nicht in sein Schema.«

»Das ist nicht sehr beruhigend. Ich bin mir sicher, dass er dich umbringen würde, falls es dir zufällig gelingen sollte, ihn zu schnappen. Ganz gleich, ob du sein Typ bist oder nicht.«

»Du hast recht. Das ist nicht sehr beruhigend.«

»Möchtest du nicht für eine Weile zu mir nach L. A. kommen? Warten, bis sich die Dinge von selbst geregelt haben? Sobald die Polizei Kathleen gefunden und den Kidnapper geschnappt hat, könntest du zurückkehren.«

Alex biss sich auf die Lippe. So gern sie Zoe auch wiedersehen würde, sie konnte nicht einfach abhauen, solange Kathleen vermisst wurde. »Ich muss sie finden. Ich kann sie nicht im Stich lassen.«

»Du bist eine gute Freundin.«

»Du musst es ja wissen.« Alex lachte, um die Stimmung aufzulockern. »Du bist so ziemlich die Einzige, die ich habe.«

Zoe kicherte. »Das ist überhaupt nicht wahr! Du hast … ähm …«

»Ja?«

»Deinen Dad.«

Alex grinste. »Stimmt.«

»Und dann ist da noch dieser Ben von der Stiftung, für die du arbeitest«, bemerkte sie.

»Den ich eigentlich gar nicht kenne.« Alex schüttelte den Kopf, auch wenn Zoe sie nicht sehen konnte. »Mein Job ist nicht gerade förderlich für mein Sozialleben.«

»Deshalb sollst du ja herkommen! Wir könnten tanzen gehen, uns amüsieren. Neue Leute kennenlernen. Quatschen. Abhängen. Weißt du noch, wie das geht? Sich amüsieren?«

»Ich erinnere mich vage. Wie wäre es, wenn ich zu dir komme, wenn ich hier fertig bin?«

»Perfekt!«, rief Zoe aus. »Bis dahin wird der Film abgedreht sein.«

»Vorausgesetzt, dem Geist des Regisseurs gelingt es nicht, euch komplett in den Wahnsinn zu treiben.«

»Da hast du leider recht.«

Sie unterhielten sich noch ein wenig über den Film, das Karibu und Alex' Dad am Grand Canyon. Dann legten sie auf, und Alex versprach, vorsichtig zu sein.

Anschließend googelte Alex das Dragon's-Breath-Pulver, mit dem Feuerblitze erzeugt wurden. Sie hoffte, dass das Einatmen des Pulvers und der Kontakt mit der Mundschleimhaut nicht gesundheitsschädlich waren. Doch sie erstarrte, als sie las, welches die beiden am häufigsten in dem Pulver verwendeten Substanzen waren. *Lycopodium clavatum*, die

Wolfsklaue, und *Diphasiastrum digitatum*, der Gemeine Flachbärlapp. *Diphasiastrum digitatum*. Das war die Spore, die auf Irmas Leichnam gefunden worden war.

Sofort googelte sie die geografische Verbreitung der Pflanze. Sie wuchs nur im Osten Nordamerikas. Sie lehnte sich in ihrem Stuhl zurück, überlegte. Fields hatte recht. Der Gemeine Flachbärlapp wuchs nicht in diesem Teil der USA. War Irma in eine der Fallen des Landstreichers geraten? Da sie jedoch keine der Sporen eingeatmet hatte, war es wahrscheinlicher, dass sie bereits tot gewesen und in einem der Tunnel *gelagert* worden war.

Alex dachte an den Tunnel, durch den sie gekrochen war, an das Feuer, das gelbweiße Pulver, das sich über sie ergossen hatte. Das meiste davon hatte sie entfernt, aber ein paar Reste klebten bestimmt noch an ihrem Rucksack. Sie sprang auf und holte ihn. Unter einer Lasche an einem selten benutzten Reißverschlussfach fand sie noch etwas von dem Zeug.

Sie wühlte in dem Karton, den Ben ihr dagelassen hatte, und nahm ein Mikroskop und einen leeren Objektträger heraus.

Sie zog ihr Multitool aus der Tasche und machte sich an die Arbeit. Sie gab etwas von dem Pulver auf den Objektträger und fügte einen Tropfen Wasser hinzu, legte ein Glasplättchen darüber, platzierte den Träger vorsichtig auf dem Objekttisch des Mikroskops und schaltete es ein.

Gespannt blickte sie durch das Okular und verglich das Bild, das sie sah, mit denen, die sie auf der Botanik-Seite der New York State University gefunden hatte. Es war eindeutig die gleiche Spore: *Diphasiastrum digitatum*. Sie waren winzig und rund, mit kleinen Fortsätzen bestückt, die wie Borsten abstanden.

Alex stand auf und rollte auf dem Esszimmertisch ihre topografische Landkarte aus. Mit einem Bleistift markierte sie die beiden Tunnel, die sie gefunden hatte, die, in denen das FBI sich bereits umgesehen und nichts gefunden hatte.

Hatte der Kerl also noch andere Tunnel, von denen niemand wusste? Und wie konnte sie diese in einem so großen Gebiet ausfindig machen?

Sie ging vor der Karte auf und ab. Was hatten die beiden Orte gemeinsam? Was hatte ihn daran angesprochen? Warum hatte er sie ausgesucht? Sie runzelte die Stirn, dachte nach. Beide Tunnel befanden sich in Gebieten mit altem Baumbestand. Und beide in der Nähe hoher Felshaufen. Und sie lagen in der Nähe eines Baches, aus denen er Trinkwasser holen konnte.

Sie beugte sich wieder über die Karte, die Handflächen auf die Tischplatte gestützt, und suchte nach ähnlichen Orten. Aber die Karte war nicht detailliert genug. Sie musste die ArcGIS-Software benutzen.

Sie eilte zurück zu ihrem Laptop und erstellte eine neue ArcGIS-Datei von dem Gebiet. Sie legte eine Ebene mit altem Baumbestand darüber und fügte ein hochaufgelöstes Satellitenbild und eine hydrologische Ebene mit allen Bächen hinzu. Dann wies sie das Programm an, ihr die Bereiche zu zeigen, in denen Bäche und Primärwaldbestände nahe beieinanderlagen. Anschließend zoomte sie in die gezeigten Gebiete hinein, um nach hohen Felshaufen zu suchen. Sie fand auf Anhieb vier. Und es musste noch weitere geben.

Sie war wie elektrisiert. Das war die richtige Spur. Sie *spürte* es.

Eilig kramte sie die Visitenkarte hervor, die Fields ihr gegeben hatte, und griff nach dem Festnetztelefon.

»Dr. Carter? Was kann ich für Sie tun?«

»Ich glaube, ich habe etwas entdeckt.«

Er hörte ihr zu, während sie ihm von dem Pulver im Tunnel und den Pulverresten an ihrem Rucksack erzählte, die sie mit *Diphasiastrum-digitatum*-Abbildungen im Internet verglichen hatte. »Es ist dieselbe Spore, die auf Irmas Leichnam gefunden wurde, nicht wahr?«

»Will ich wissen, wo Sie das erfahren haben?«, fragte er sie streng.

Leicht verlegen räusperte sich Alex. »Ich ... äh ... habe zufällig gehört, wie Sie sich vorhin mit Taggert darüber unterhalten haben, vor Kathleens Haus am Feuerwachturm.«

»Verstehe«, entgegnete er, sein Ton missbilligend.

»Hören Sie, die beiden Tunnel, die ich entdeckt habe, haben einige Gemeinsamkeiten. Beide befinden sich in der Nähe eines Baches, in einem Gebiet mit altem Baumbestand und nahe eines großen Felshaufens. Wir müssen jedes Gebiet absuchen, in dem diese drei Komponenten zusammenkommen. Wir werden dort weitere Tunnel finden. Und vielleicht finden wir auch Kathleen.«

Seine Stimme klang weiterhin streng. »Hm. Das klingt durchaus vielversprechend. Aber es wird eine Weile dauern.«

»Ich habe bereits mehrere Gebiete mithilfe meiner ArcGIS-Software lokalisiert«, erklärte sie. »Ich kann Ihnen die Koordinaten schicken.«

Er schwieg einige Augenblicke, und sie vermutete, dass er ein Problem damit hatte, dass sich eine Privatperson in die Ermittlungen einmischte. Aber sie musste etwas tun. Dann sagte er schließlich: »Das ist ein guter Ansatz. Ich danke Ihnen. Ich werde den Sheriff und Wainwright informieren.«

»Ich möchte bei der Suche dabei sein.«

»Natürlich. Wir werden wieder Freiwillige brauchen. Ich halte Sie auf dem Laufenden.«

Nach dem Telefonat schickte Alex ihm sogleich die Koordinaten an die E-Mail-Adresse auf seiner Visitenkarte. Dann lehnte sie sich erleichtert in ihrem Stuhl zurück und merkte, dass ihr Appetit zurückkehrte, wenn auch nur rudimentär. Es gelang ihr, eine Schwarze-Bohnen-Suppe zu sich zu nehmen, obschon sie zu nervös war, um das Essen zu genießen.

Sie legte sich einen Plan zurecht. Sie würde einige Tage in freier Wildbahn unterwegs sein, vielleicht sogar eine ganze Woche, um sich möglichst viele der denkbaren Tunnel-Standorte anzuschauen. Da sie nicht wusste, wann sie wieder Zugang zu einem Telefon haben würde, beschloss sie, ihren Dad anzurufen.

»Hallo, Mäuschen!«, meldete er sich.

»Gut, dass ich dich erreiche, Dad.« Wieder einmal wollte sie erst seine beruhigende Stimme genießen, ein paar Augenblicke nicht über Kidnapper, vermisste Freundinnen und leicht entzündliche Substanzen nachdenken müssen. »Erzähl, was für großartige Abenteuer erlebst du gerade?«

»Du wärst stolz auf mich, Alex. Ich habe mich für ein wissenschaftliches Gemeinschaftsprojekt angemeldet.«

Alex wurde hellhörig. »Worum genau geht es?«

»Es gibt hier einen gefährdeten Schmetterling, den Kaibab-Schwalbenschwanz. Er lebt nur am North Rim. Durch den Verlust seines Lebensraums und den Einsatz von Pestiziden ist er vom Aussterben bedroht. Deshalb verbringe ich einen Teil des Tages damit, nach ihm Ausschau zu halten und die Sichtungen zu dokumentieren, ebenso die Standorte seiner Lieblingsblumen.«

»Das ist großartig! Hast du schon einen gesehen?«

»Nein, nicht im Erwachsenenstadium, aber ich habe zwei Raupen gefunden. Ich habe sie fotografiert und die Bilder in der App hochgeladen.«

»Das ist toll, Dad.« Alex liebte wirbellose Tiere, die leider viel zu selten die Aufmerksamkeit erhielten, die sie brauchten und verdienten. Sie war seit Jahren Mitglied der Xerces-Gesellschaft für den Schutz wirbelloser Tiere und schätzte die Arbeit, die Xerces für Bestäuber, Glühwürmchen, Süßwassermuscheln und viele andere Geschöpfe leistete. Der Monarchfalter war das einzige wirbellose Lebewesen, das die Aufmerksamkeit der Öffentlichkeit erregt hatte, was wunderbar war und viele Menschen veranlasst hatte, in ihren Gärten Wolfsmilch zu pflanzen. Aber so viele andere Insekten benötigten ebenfalls Hilfe.

Tatsächlich hatte Alex gelesen, dass die Erde derzeit eine Insektenapokalypse erlebte, über die in den Medien kaum berichtet wurde. Die Zahl der Insekten war in den letzten fünfzig Jahren aufgrund des Lebensraumverlustes, des Einsatzes von Pestiziden und des Klimawandels um fünfundsiebzig Prozent zurückgegangen. Dabei waren Insekten für die Ökosysteme und das menschliche Leben von enormer Bedeutung, denn sie bestäubten Nutzpflanzen, bekämpften Schädlinge, waren Nahrung für andere Tiere, hielten den Boden gesund und waren in vielen weiteren Aspekten wichtig für das Leben auf der Erde. Ganz zu schweigen von der schieren Freude eines Sommerabends, der erfüllt war vom Gesang der Zikaden und Laubheuschrecken und dem Leuchten der Glühwürmchen über den Wiesen.

»Ich bin froh, dass du das tust«, sagte sie. »Das ist wichtige Arbeit.«

»Und wie ist es bei dir? Du klingst ein bisschen daneben. Ist alles in Ordnung?« Er hatte immer schon ein feines Gespür für ihre Gemütslage gehabt.

»Ganz und gar nicht.« Sie erzählte ihm von Kathleens Verschwinden, wie sie die vermisste Wanderin gefunden hatte, und dass sie beabsichtigte, in den nächsten Tagen all die Orte abzusuchen, wo Kathleen möglicherweise festgehalten wurde.

»Das klingt gefährlich.«

»Ich werde mit dem Sheriff, dem FBI und dem Such- und Rettungsteam unterwegs sein«, versuchte sie ihn zu beruhigen.

»Mir gefällt es trotzdem nicht.«

»Ich kann nicht hier rumsitzen und Däumchen drehen. Ich muss helfen. Das tun viele Freiwillige. Wir haben heute bereits die Gegend um ihren Feuerwachturm abgesucht.«

»Habt ihr etwas gefunden?«

»Nichts«, sagte sie und spürte wieder ihre Enttäuschung.

»Ich nehme es dir nicht krumm, dass du deine Freundin finden willst, Mäuschen, aber sei bitte vorsichtig.«

»Mach ich, Dad.«

Sobald sie auflegten, ballte sich in Alex' Magengrube ein Klumpen der Angst zusammen. Kathleen war dort draußen und kämpfte in diesem Moment vielleicht um ihr Leben.

Der Morgen konnte nicht früh genug anbrechen.

22. KAPITEL

Am nächsten Tag traf Alex erneut mit den FBI-Agenten, Cody, Bill und Taggert am Feuerwachturm zusammen. Als sie im Morgengrauen dort vorfuhr, war sie erfreut, dass bereits viele Freiwillige vor Ort waren. Auch mehrere Ranger vom Forest Service waren aus den angrenzenden Bezirken angereist, um bei der Suche zu helfen.

Ringsum herrschte reges Treiben – die Leute schulterten ihre Rucksäcke, holten ihre Trekkingstöcke heraus. Alex ging mit ihrer Ausrüstung zu Cody hinüber, der vor dem Häuschen des Forest Service stand. Sie glichen auf einer topografischen Karte mögliche Tunnel-Standorte ab, und nach einem kurzen Gespräch mit Fields wusste sie von einigen weiteren denkbaren Standorten, die der FBI-Mann selbst lokalisiert hatte.

Cody erklärte, die Suche zunächst dort fortsetzen zu wollen, wo sie am Vortag aufgehört hatten, und falls sie keine vielversprechenden Spuren fanden, würden sie danach mit der Erkundung der möglichen Tunnel-Standorte beginnen. Anschließend teilten sie sich in Teams auf, wobei sich jeder Freiwilligengruppe ein FBI-Agent oder – in den meisten Fällen – ein Ranger anschloss.

Nachdem die neuerliche, ausgeweitete Suche rund um den Turm erfolglos geblieben war, versammelte Cody kurz nach Tagesanbruch noch einmal alle Leute um sich. Er stieg auf einen Baumstumpf und verkündete mit donnernder Stimme seine Anweisungen. Mit ihren neuen Aufgaben versehen, zogen die Leute in ihren Teams los.

Alex war in Codys Gruppe mit Agent Hernandez und fünfzehn Freiwilligen. Sie wanderten weit hinaus, erkundeten zwei mögliche Standorte, fanden aber keinen Tunnel. Nach einer kurzen Lunchpause suchten sie weiter.

Es war ein heißer Tag, ohne die erfrischenden Regenschauer, die ihre bisherigen Wanderungen begleitet hatten. Am frühen Abend waren die Freiwilligen in ihrer Gruppe ein gutes Stück zurückgefallen. Sie wischten sich den Schweiß von der Stirn und fächerten sich mit ihren Hüten Luft zu. Viele stoppten, um aus den Bächen entlang des Weges Wasser zu filtern und ihre Trinkflaschen aufzufüllen.

Jedes Mal, wenn sie einen möglichen Tunnel-Standort erreichten, verteilten sie sich und suchten das Gebiet ab, und in Alex keimte neue Hoffnung. Doch mit jedem weiteren Fehlschlag wurde ihre Sorge größer.

Sie hörte, wie Cody über Funk bei den anderen Suchteams nachfragte. Keines hatte einen Tunnel gefunden.

Hatte sich Alex geirrt? Ihr drehte sich der Magen um bei der Vorstellung, wertvolle Zeit zu vergeuden, die man besser hätte nutzen können. Wo steckte Kathleen nur?

Als im Westen die Sonne schließlich die Berggipfel berührte, gab Cody über Funk durch, dass alle zum Feuerwachturm zurückkehren mögen. »Es ist Zeit, für heute Schluss zu machen, Leute. Lasst uns nach Hause gehen. Ruht euch aus. Es gibt noch fünf weitere Gebiete, die wir durchkämmen müssen. Wir treffen uns morgen früh am Turm. Die restlichen Gebiete sind weiter entfernt, also bereitet euch auf eine Nacht im Zelt vor. Esst gut. Schlaft gut. Und danke, dass ihr gekommen seid.« Dann gab er ihrer kleinen Gruppe das Zeichen zur Umkehr. »Wir gehen zurück.«

Alex blieb stehen. Sie wollte nicht umkehren. Sie konnte es nicht. Sie hatte genug Proviant für eine Woche im Rucksack, dazu ihr ultraleichtes MacBook Air und eine solarbetriebene Powerbank. Vielleicht konnte sie mithilfe ihrer Software weitere mögliche Tunnel-Standorte ausfindig machen.

Cody kam auf Alex zu. »Was ist los?«, fragte er.

»Ich habe nur überlegt, dass …«

»Ja?«

Sie wollte nicht, dass er darauf bestand, die anderen Gruppenmitglieder zu begleiten. Sie würde sich nutzlos fühlen, falls sie heute Abend zum Farmhaus zurückkehrte. Was würde sie denn dort tun? Ihren Laptop herausholen und mit der Software weitere Suchgebiete ausfindig machen. Das könnte sie auch hier tun, dafür benötigte sie kein Internet. Sie könnte bereits auf dem Weg in ein neues Suchgebiet sein. Es würde kostbare Zeit sparen, wenn sie dort schon in aller Frühe mit der Arbeit loslegen könnte.

»Wir sind ganz in der Nähe von einigen meiner Wildtierkameras«, sagte sie ihm. »Ich glaube, ich bleibe heute Nacht hier und sehe morgen früh nach ihnen.« Als er die Stirn runzelte, fügte sie hinzu: »Vielleicht findet sich ja ein Hinweis auf Kathleen.«

Cody biss sich auf die Lippe und stemmte eine Hand in die Hüfte. »Es gefällt mir nicht, wenn Sie ganz allein hier draußen übernachten.«

»Ich passe nicht ins Schema des Entführers«, sagte sie zum zweiten Mal innerhalb von zwei Tagen. »Mir passiert schon nichts.« *Abgesehen davon, dass ich von diesem Licht verfolgt wurde und um ein Haar an Unterkühlung gestorben wäre,* dachte sie grimmig. Sie fragte sich, ob Taggert ihm davon erzählt hatte.

»Trotzdem gefällt mir die Sache nicht.«

Sie legte ihren Rucksack ab. »Ich habe genug Proviant. Ich komme schon zurecht.«

»Nun, ich kann Sie nicht zwingen, mit uns zurückzukehren.«

»Ich checke die beiden Kameras und stoße dann morgen zu den anderen.« Sie klopfte auf die gefaltete Karte, die aus ihrer Jackentasche ragte. Ihr war natürlich klar, dass sie zuerst in anderen Gebieten suchen würde, falls sie mithilfe der Software welche fände.

Er atmete aus. »Okay. Aber besonders toll finde ich diesen Plan nicht.«

»Ich ehrlich gesagt auch nicht«, entgegnete sie. »Aber ich kann nicht zu Hause sitzen und Däumchen drehen.«

»Das versteh ich.«

Er blickte in den Wald. »Morgen wird Kathleen seit vier Tagen vermisst sein. Hoffentlich finden sich viele Freiwillige ein, die bereit sind, die Nacht im Freien zu verbringen. Wir können ein größeres Gebiet absuchen, wenn wir abends nicht den ganzen Weg zum Wachturm zurücklaufen müssen.« Er streckte seine Hand aus. »Zeigen Sie mir mal kurz die Karte.«

Alex zog sie aus der Tasche. Cody faltete sie auseinander und deutete auf eines der rot umrandeten Suchgebiete. »Dort werde ich morgen sein. Wenn Sie können, treffen Sie mich dort.« Er gab ihr die Karte zurück.

»Okay.«

Dann zog er den Rucksack an seinen Schultern zurecht. »Seien Sie vorsichtig«, sagte er und wandte sich um.

»Bin ich immer.«

Als alle gegangen waren, begann Alex, sich nach einem Lagerplatz umzuschauen. Sie fand eine wunderschöne Wiese mit Wildblumen an einem plätschernden Bach. Sie stellte die kleine Powerbank schräg auf einen Felsen, sodass das verbleibende Sonnenlicht darauf fiel, und schloss ihren Laptop an, um ihn aufzuladen.

Dann setzte sie sich im Schneidersitz auf die Wiese. Ihr ganzer Körper schmerzte. Sie wusste nicht genau, wie viele Kilometer sie in den letzten Tagen zurückgelegt hatte, aber Momente der Ruhe waren rar gewesen.

Sie hielt ihr Gesicht in die Sonne, nahm sich einen Moment Zeit, um einfach nur zu atmen und sich zu entspannen. Seit Kathleens Verschwinden war sie so aufgewühlt, dass sie sich nicht die Zeit genommen hatte, einfach nur dazusitzen und zu sich selbst zu finden. Nun sog sie alles, was sie umgab, in sich auf. Den Wind in den Kiefern, die dahintreibenden Wolken am tiefblauen Himmel, von denen eine wie ein Pinguin aussah, eine andere wie ein Bisonbaby.

Eine Halsbanddrossel rief aus den Bäumen. Ihr Gesang klang für sie immer wie eine Trillerpfeife. Als Nächstes vernahm sie das vieltonige, surreal anmutende Gezwitscher einer Zwergdrossel, eines ihrer Lieblingsvögel. Sie lächelte.

Ein Kiefernhäher stieß einen surrenden Ruf aus, und ein Specht trommelte rhythmisch. Neben ihr landete ein Schmetterling auf den zarten weißen Blütenblättern eines Sitka-Baldrians und hielt inne, um Nektar zu sammeln. Ein tiefer Frieden durchströmte Alex und mit ihm eine neue Entschlossenheit, Kathleen zu finden.

Sobald die Sonne hinterm Horizont versank, wurde ihr kalt. Sie dachte an das seltsame Flugobjekt und den gleißenden Lichtstrahl und wollte ihr Zelt nicht mitten auf der Wiese aufstellen, wo man sie leicht entdecken konnte. Deshalb packte sie die Powerbank und den Laptop ein und baute das Zelt zwischen den Bäumen auf.

Sie warf ihre Isomatte und ihren Schlafsack hinein, spannte das Regenverdeck darüber und stellte ihren Rucksack neben den Zelteingang. Sie machte sich ein schnelles Abendessen, gefriergetrocknetes Gemüsecurry, das sie mit ihrem Campingkocher aufwärmte. Dann kroch sie ins Zelt, stellte ihre Stiefel neben den Rucksack. Sie schaltete ihren Laptop ein, öffnete ArcGIS und begann, wieder verschiedene Datenebenen übereinanderzulegen. Sie zog die topografische Landkarte heraus und setzte, als es richtig dunkel wurde, die Stirnlampe auf.

Alle Gebiete, in denen die Teams morgen suchen wollten, waren mit rotem Filzstift markiert. Der Ansatz war eigentlich zu gut, um keinen Erfolg zu zeitigen; sie hatte es im Gefühl. Sie öffnete die GIS-Karte, die sie gestern Abend erstellt hatte. Dann überprüfte sie noch einmal sorgfältig alle Gebiete, in denen es die signifikanten Landschaftsmerkmale gab. Dabei entdeckte sie drei abgelegene Gegenden, die bisher nicht auf der Karte des Suchtrupps verzeichnet waren.

Eines dieser Gebiete war nicht weit entfernt. Morgen würde sie sich dort umsehen. Die Zeit wurde langsam knapp für Kathleen, und da Alex bereits hier draußen war, könnte sie ein wenig Aufklärungsarbeit leisten.

Sie lud die Koordinaten in ihr GPS-Gerät und markierte sie auf der Landkarte.

Dann fuhr sie den Laptop herunter und stellte ihn neben den Schlafsack. Sie zog ein Thermoshirt und Leggings an, schlüpfte in dicke warme Socken, setzte ihre Wollmütze auf und kroch in den Schlafsack. Die Kälte hatte sich bereits breitgemacht, die Gebirgsnacht hatte die Hitze des Tages nicht festhalten können.

Sie fröstelte leicht, dachte an Kathleen, fragte sich, wo sie gerade war. Dann dachte sie an das mysteriöse lärmende Flugobjekt mit dem Lichtstrahl und daran, wie es sie durch den Wald verfolgt hatte.

Heute Nacht würde sie bestimmt nicht schnell in den Schlaf finden.

23. KAPITEL

Als Alex erwachte, wärmte die Morgensonne eine Seite des Zeltes. In der Nacht hatte sich Kondenswasser auf der Plane gesammelt. Sie setzte sich auf, öffnete die Zelttür und lauschte dem Vogelgezwitscher im Wald.

Sie war froh, dass ihr das mysteriöse Flugobjekt in der Nacht keinen Besuch abgestattet hatte. Sie zog sich an und schlüpfte in ihre Stiefel. Die Wiese am Waldrand leuchtete grün und einladend. Sie streckte sich, atmete den schweren Duft von sonnengewärmten Kiefern und Moos ein. Es passte irgendwie nicht zusammen, sich an einem herrlichen Tag wie diesem mit etwas Traurigem befassen zu müssen, aber es war die Realität: Sie musste ihre vermisste Freundin suchen. Die Schönheit der Natur war wie ein Gegenpol zu all dem Übel, das die Menschen übereinander brachten. Es schien ein Ding der Unmöglichkeit, dass an einem in goldenen Sonnenschein getauchten, von friedlichem Bachplätschern erfüllten Ort wie diesem Gewalttaten geschahen.

Sie filterte Wasser aus dem Bach und schlang einen Müsliriegel hinunter. Dann packte sie das Zelt zusammen und schulterte den Rucksack. Die Suche nach Kathleen ging weiter.

Mithilfe ihres GPS-Geräts begab sie sich zum ersten der drei neuen Suchgebiete. Bald schon entdeckte sie den hohen Haufen aufgetürmter Felsen, die in Urzeiten von der steilen Klippenwand gestürzt waren. Der Bach, in dessen Nähe sie kampiert hatte, floss hier herab, und sie trat ins stille Dunkel eines kleinen Primärwaldes. Flechten hingen von den Ästen herab, und sie stellte ihren Rucksack am Fuße eines alten Baumes ab.

Hoch konzentriert hielt sie nach Stolperdrähten und Glocken Ausschau, nach versteckten Fallen und Fußspuren. Sie bewegte sich in immer größeren Kreisen, doch alles, was sie fand, waren Hufspuren von Rehen und ein paar Elchexkremente. Keine Spuren eines Menschen.

Sie kehrte zum Rucksack zurück. Hatte sie sich geirrt? War es Zufall, dass es an den von ihr entdeckten Tunneln die gleichen Landschaftsmerkmale gab – alter Baumbestand, in der Nähe ein Bach, ein Felshaufen? Sie runzelte die Stirn. Vergeudete sie wertvolle Zeit?

Sie musste die beiden verbliebenen Gebiete zumindest überprüfen. Sie schulterte den Rucksack und machte sich auf den Weg.

Dunkle Wolken zogen auf, bald roch die Luft nach Ozon, und es begann zu nieseln. Alex holte ihr Regenzeug nicht heraus, zog lediglich eine Schutzhülle über den Rucksack. Sie genoss die kühle Feuchtigkeit im Gesicht und auf den Armen. In einem dichten Wäldchen überraschte sie zwei fressende Maultierhirsche, die die Köpfe hoben und erschrocken zu ihr hinüberstarrten. Sie ging im weiten Bogen um sie herum, und die Tiere fraßen zufrieden weiter.

Auf ihrem Weg durch den Wald schnatterte mehr als einmal ein Eichhörnchen aus den Bäumen herab, aufgeregt ob des wundersamen menschlichen Besuchers. Sie erklomm mehrere steile Bergkämme und stieg auf der anderen Seite wieder hinunter, durchquerte kleine Bäche, umkurvte Klippen und Felsformationen.

Sie passierte das Ende eines Gletschers, der sich zwischen zwei Berggipfeln hinunterschlängelte. Es war kein typischer weißblauer Eisgletscher, sondern ein Blockgletscher, eine Schneise aus Felsgeröll, das den Eisstrom unter sich bedeckte. Ein kalter Wind wehte herab, und am Ende des Gletschers strömte ein Schmelzwasserfluss heraus, in dem Eisbrocken schwammen.

Alex blieb kurz stehen, um zu verschnaufen und den atemberaubenden Anblick zu bewundern, dann ging sie weiter.

Schließlich erreichte sie das zweite Suchgebiet, und bald kam der obligatorische Felshaufen in Sicht.

Kalksteinfelsen, bedeckt mit grauen, gelben und leuchtend orangefarbenen Flechten, türmten sich zehn Meter in die Höhe. Dahinter trat sie in einen Hain voller uralter Baumriesen und erreichte kurz darauf den Rand einer Lichtung. Wie zuvor suchte sie unentwegt den Boden ab. Das Letzte, was sie wollte, war, in eine Netzfalle zu geraten oder in eine Grube zu stürzen. Sie hob einen langen Stock auf und stocherte damit im Boden herum.

Während sie mit dem Stock den weichen Untergrund aus Tannennadeln abtastete, kam ein verrosteter Stolperdraht in Sicht. Sie hatte etwas gefunden! Also hatte sie sich vielleicht doch nicht geirrt.

Durchflutet von Adrenalin, folgte sie dem Stolperdraht zu einem Baum, an dem eine Glocke hing. Am Draht selbst klebten Erde und Tannennadeln, an einigen Stellen war er vollends im Erdreich verschwunden. Der Draht hing hier schon seit langer Zeit. Mit dem Stock stieß sie auf der anderen Seite des Drahts vorsichtig in die Erde, merkte, dass der Boden fest war, und stieg dann über den Draht hinweg.

Nun ging sie am Rand der kleinen Lichtung umher, hielt am Boden und in den Bäumen nach einer Falle Ausschau.

Dann entdeckte sie vor einem Baumstamm eine halb verdeckte dunkle Öffnung in der Erde. Vorsichtig ging sie darauf zu; die Öffnung war mit abgebrochenen Ästen bedeckt, deren Nadeln längst abgefallen und braun am Boden verstreut lagen. Die Äste waren schon vor einer ganzen Weile dort platziert worden. Sie zog sie beiseite und hielt nach weiteren Solperdrähten Ausschau. Sie fischte ihre Stirnlampe aus dem Rucksack, schaltete sie ein und leuchtete in den Tunneleingang. Er führte direkt unter dem massiven Baumstamm hindurch.

Sie zog sich die Lampe über den Kopf und kroch auf allen vieren in das Erdloch. Ein modriger, schimmeliger, rußiger Geruch kitzelte ihr in der Nase, und sie unterdrückte ein Niesen.

Schon bevor sie ganz hineingekrochen war, wusste sie, dass sie Kathleen hier nicht finden würde. Aber vielleicht würde sie Hinweise entdecken.

Der Tunnel fiel schräg ab und mündete nach drei Metern in einen niedrigen Raum. Dieser war kleiner als die anderen beiden, in denen sie gewesen war, von gröberer Bauart. Nur eine Handvoll Äste stützten die Wände aus bloßer Erde. Eine davon war teilweise eingestürzt; in der Mitte des Raums lag ein Haufen Erde.

An einer Wand war eine schmale Ablage befestigt, auf der sie zwei verstaubte Krimis aus den Siebzigern und zwei mit einem gelbweißen Pulver gefüllte Plastikflaschen fand, auf denen Spritzdüsen steckten. *Diphasiastrum.* Sie nahm die beiden Flaschen an sich.

Gebückt ging sie weiter hinein und entdeckte an der hinteren Wand einen eingestürzten Tunnel. Ein Teil der Wand und des Bodens war mit *Diphasiastrum*-Sporen bedeckt. Für sie sah es ganz danach aus, als wäre hier eine Falle ausgelöst worden.

Als sie näher trat, erschrak sie angesichts des Verwesungsgestanks, der ihr plötzlich entgegenschlug.

Auf der Erde sah sie einen Abdruck mit den perfekten Umrissen eines menschlichen Körpers, der dort offenbar lange gelegen hatte.

Daneben hob sich etwas Metallisches vom Boden ab. Alex wischte behutsam den Schmutz ab. Sie hatte nicht vor, es aufzuheben. Es könnte der Auslöser für eine weitere Falle sein. Aber dann sah sie, was es war: das Abzeichen des Forest Service.

Irma.

Alex ließ es liegen.

Sie musste Fields und Taggert informieren. Sie wandte sich um und ging, gebückt unter der niedrigen Decke, ein paar Schritte, als sie in der Ecke neben der Wandablage eine Art Stoffknäuel am Boden bemerkte. Die hellviolette, weiche Textur leuchtete im Schein ihrer Stirnlampe. Fleece. Alex hob das Knäuel auf und entfaltete es. Amelia Fairweathers Jacke, geschmückt mit Nationalpark-Aufnähern aus diversen Bundesstaaten.

Damit war es besiegelt. Nicht, dass Alex daran gezweifelt hätte, aber nun stand endgültig fest, dass es einen Zusammenhang gab zwischen den Tunneln und den vermissten Frauen, und wer immer der Landstreicher auch sein mochte, sie mussten ihn finden. Kathleen wurde aller Wahrscheinlichkeit nach irgendwo festgehalten und litt gerade Höllenqualen.

Der Umstand, dass sich Irmas und Amelias Habseligkeiten hier befanden, bedeutete, dass Kathleen ganz in der Nähe sein könnte. Der dritte mögliche Tunnel-Standort lag nicht weit entfernt. Alex zückte ihr Handy und machte Fotos von der Jacke und dem Forest-Service-Abzeichen. Da sie keinen Empfang hatte, konnte sie die Fotos nicht verschicken.

Dann zog sie weiter, wähnte sich fast am Ziel.

24. KAPITEL

Alex kroch aus dem Tunnel und blinzelte ins helle Sonnenlicht. Sie legte die Äste zurück über die Öffnung und holte ihr GPS-Gerät heraus.

Ihr Herz klopfte schwer, während sie den Wald durchquerte. Sie machte sich Sorgen um Kathleen und verspürte kalte Angst bei der Vorstellung, dass in diesen friedlichen Wäldern ein Mörder sein Unwesen trieb.

Der Weg führte sie hinunter zu einem kleinen Bach, und sie nutzte die Gelegenheit, um ihre Flasche aufzufüllen. Dann kletterte sie auf der anderen Seite des Baches eine Anhöhe hinauf. Sie war fast am Ziel, als sie den Geruch von Holzrauch wahrnahm.

Sie blieb stehen, schnupperte, dann holte sie die Landkarte heraus, um darauf ihre Umgebung zu studieren. Weit und breit gab es weder Campingplätze noch offizielle Hütten des Nationalforsts. Es war möglich, dass irgendein Outdoor-Enthusiast ein Lagerfeuer entzündet hatte, was allerdings wegen der Gefahr, einen Flächenbrand zu verursachen, streng verboten war. Nur der Gebrauch kleiner Camping-Öfen war gestattet.

Sie schnupperte und folgte dem Geruch zu einer kleinen Lichtung. Darauf stand eine alte windschiefe Hütte aus moosbewachsenen Steinen und sonnengebleichten Holzstämmen. Das teilweise eingestürzte Dach war mit einer schimmelbefallenen Plane abgedeckt.

Aus einem halb abgebrochenen Schornstein quoll Rauch. Die Hütte sah aus, als wäre sie schon vor hundert Jahren baufällig gewesen.

Sie zog erneut die Karte heraus und sah, dass das Gebäude nicht darauf verzeichnet war. Was auch immer es einst gewesen war, es war so verfallen, dass der Geologische Dienst der USA es nicht mehr für nötig hielt, es als Landmarke anzuzeigen.

Im Schutz der Bäume schlich sie näher.

Sie hörte das Geklirre von Geschirr und Gläsern, scheppernde Töpfe und Pfannen. Plötzlich schallte eine wütende Stimme aus dem offenen Fenster. Alex duckte sich schnell.

»Herrgott noch mal, was soll der verdammte Drecksscheiß, Weib?« Falls es eine Antwort gab, hörte Alex sie nicht.

»Ich hab dir hundertmal gesagt, dass mein verdammter Kaffeebecher mittags ausgespült sein soll. Ich hab keinen Bock, dir beim Spülen zuzusehen und aufs Essen zu warten, wenn ich Kohldampf hab!« Es klang, als würde ein Glas zerspringen.

Diesmal vernahm Alex eine leise Antwort, eine wimmernde Frauenstimme.

»Muss ich dich jedes Mal dran erinnern?« Sie hörte ein Klatschen und dann einen schmerzerfüllten Aufschrei der Frau.

Alex schlich zum nächsten Baum, dann weiter zum nächsten.

Sie nahm den Rucksack ab, stellte ihn an den Stamm.

»Ich werd' dir eine Lektion erteilen, die du nicht vergisst, verdammtes Weibsstück!« Nun war Alex nahe genug, um das Poltern von Möbeln und einen zischenden Knall zu hören, wie von einer Peitsche oder einem Gürtel.

»Hör auf! Bitte, hör auf!«, schrie die Frau mit gequälter Stimme.

»Diesmal bring ich dich um!«, bellte der Mann, und seine Stimme überschlug sich vor Wut.

»Hör auf!«, rief die Frau erneut, und plötzlich stürzte Kathleen aus der Tür auf den kleinen Vorplatz, wurde aber ruckartig zurückgerissen und fiel in den Staub.

Alex erhob sich. An Kathleens Knöchel war eine lange Fußkette befestigt, die bis ins Innere der Hütte reichte.

Der Mann stürmte heraus, holte mit einem Gürtel zum Schlag aus. Er ließ die Schnalle mit voller Wucht auf Kathleens Rücken klatschen. Sie rollte sich zusammen, hielt sich schützend die Hände über den Kopf.

Die verzerrte Miene des Mannes glühte vor perverser Freude, während er abermals den Gürtel hob. Er war etwa eins achtzig groß, mager und drahtig, mit einer zerzausten weißen Mähne, die das blasse, rot gefleckte Gesicht eines Alkoholikers umrahmte. Seine zerlumpten, verdreckten Kleider hingen ihm formlos am Leib. Alex schätzte ihn auf Mitte siebzig.

Unbemerkt rannte sie zur Rückseite des Häuschens und schaute durch das Fenster hinein. Es war ein kleiner Bau mit einem Hauptzimmer und einer Schlafkammer. Sonst war niemand drinnen. Sie rannte zur Vorderseite, gerade als der alte Mann erneut mit dem Gürtel ausholte.

Ihr Jeet-Kune-Do-Training flutete Alex ins Bewusstsein. Sie hatte diese Kampfkunst in ihrer Jugend erlernt und wie besessen trainiert, und nun übernahm ihr motorisches Gedächtnis die Führung. Sobald sie den Mann erreichte, versetzte sie ihm einen Tritt in den Solarplexus. Er stöhnte auf, taumelte zurück, und sie brachte ihn mit einem Beinfeger rücklings zu Fall.

Er langte nach oben und bekam ihren Arm zu fassen. Sie legte ihre Hand auf seine und machte eine Hundertachtzig-Grad-Drehung, hielt seinen Arm fest und stieß ihren Handballen gegen seinen Ellbogen. Sie hörte, wie das Gelenk mit einem ekelerregenden Knackgeräusch entzweibrach. Der Mann brüllte auf vor Schmerz.

Im nächsten Moment riss sie das Bärenspray aus dem Holster und jagte ihm eine volle Ladung ins Gesicht. Er schrie erneut auf und fasste sich mit der Hand seines unversehrten Arms in die Augen. Sie trat ihm mit dem Stiefelabsatz ins Gesicht, worauf der Mann augenblicklich verstummte. Aus seiner Nase spritzte Blut, und sein Körper erschlaffte.

»Alex!«, krächzte Kathleen. Tränen rannen ihr übers Gesicht. Alex kniete neben ihrer Freundin nieder und schlang die Arme um sie.

Ihr Blick fiel auf die Eisenschelle an Kathleens Fußknöchel. Es war ein uraltes Ding, abgewetzt und voller alter und neuer Blutflecken. Eine rostige Schraube saß im Verschluss. Alex zog ihr Multitool aus der Tasche, klappte den Sechskantschlüssel aus und machte sich daran, die Schraube zu lockern. Der Kerl hatte sie fest zugezogen. Kathleen klammerte sich an Alex' Arm, während diese an der Schraube herumfuhrwerkte und unterdessen nervös auf den ausgeknockten Kerl blickte. Schließlich löste sich die Schraube ein wenig, und Alex drehte sie so schnell es ging heraus.

Als die Schraube locker genug saß, zog Alex sie mit den Fingern aus dem Gewinde. Die Eisenschelle fiel zu Boden und gab Kathleens geschwollenen blutigen Fußknöchel frei.

Kathleen riss erschrocken den Mund auf und deutete auf den Mann. »Alex!«

Alex schaute über ihre Schulter. Der Mann rappelte sich auf und stürzte ins Haus.

»Komm!« Alex legte sich Kathleens Arm über die Schulter und half ihr auf die Beine. Sie eilten davon, während der Mann mit einer Flinte zurückkehrte und sich über seine geschwollenen roten Augen wischte.

»Euch knall ich ab!«, brüllte er und schoss. Doch seine Sicht war getrübt, und der Schuss ging daneben.

Kathleen rannte, so gut es ihr der malträtierte Knöchel erlaubte, und sie erreichten die Bäume, als der Mann den nächsten Schuss abgab, der sie abermals verfehlte. Alex riskierte einen Blick zurück und sah, wie er sich unbeholfen die Augen an den Schultern abwischte. Sein gebrochener Arm hing schlaff herunter, mit dem anderen hielt er die Flinte und fuchtelte wie verrückt damit herum. Er schoss ein drittes Mal, und diesmal schlug die Ladung direkt neben ihnen in einem Baum ein. Als sie an ihrem Rucksack vorbeiliefen, langte Alex danach.

Sie blieben nicht stehen, liefen weiter und weiter. Alex steuerte auf die Anhöhe zu, die auf der anderen Seite zum Bach hinunterführte.

Ihr fiel der Felshaufen ein, der etwa hundert Meter hinter dem Tunnel lag. Dort konnten sie nach der Bachdurchquerung kurz verschnaufen.

Alex stützte ihre humpelnde Freundin so gut es ging, während sie über die Anhöhe eilten und Alex immer wieder über die Schulter schaute. Der Mann war nicht zu sehen. Auf der anderen Seite rutschten sie förmlich die Böschung hinunter und stoben dann durch das eisige Bachwasser. Auf den glitschigen Steinen verlor Kathleen das Gleichgewicht, doch Alex fing sie auf. Am gegenüberliegenden Ufer führte sie ihre

Freundin schließlich aus dem Wasser und hielt mit ihr auf den Felshaufen zu.

Wenig später erreichten sie den Schutz der Felsen, wo Kathleen japsend zusammensackte.

Alex kramte ihre Wasserflasche aus dem Rucksack und reichte sie Kathleen. Diese trank dankbar. »Ich fasse es nicht, dass du mich gefunden hast.« Sie keuchte. »Wie lange war ich weg?«

»Vier Tage.«

»Gott, so kurz?« Kathleen nahm noch einen Schluck. »Mir kam es wie eine Ewigkeit vor.« Vorsichtig tastete sie ihr Gesicht ab, das diverse Schwellungen und Prellungen zierten, einige gelb und grün, andere leuchtend rot und violett. Aus einer Schnittwunde am Wangenknochen floss Blut. An ihrem Hinterkopf prangte eine dicke Beule.

»Ich glaube nicht, dass der Kerl uns dicht auf den Fersen ist«, sagte Alex. »Er muss sich erst die Augen ausspülen, bevor er wieder etwas erkennt. Und ich bin mir sicher, dass ich ihm die Nase gebrochen habe. Und den Arm sowieso.«

Kathleen fröstelte, und Alex zog ihren Parka aus dem Rucksack und reichte ihn ihr. Sie selbst schlüpfte in ihre Fleecejacke.

Alex sah auf der topografischen Karte nach und fand ihre aktuelle Position, dann nahm sie die Karte mit dem Suchraster heraus. Diese zeigte, wo die verschiedenen Suchteams unterwegs waren und ihr Nachtlager aufschlagen würden. Codys Gruppe war von ihnen aus am nächsten.

Sie zeigte Kathleen die Stelle auf der Karte. »Cody, der Leiter des Rettungsteams, das nach dir sucht, ist knapp zehn Kilometer entfernt. Meinst du, du kriegst das hin?«

Kathleen verzog das Gesicht. »Ich werd's wohl müssen.«

Beide tranken noch ein wenig aus der Wasserflasche, dann half Alex ihr auf die Beine, und sie liefen weiter durch den Wald.

»Wie ist das eigentlich passiert?«, fragte Alex nach einer Weile.

Kathleen schüttelte den Kopf. »Keine Ahnung. Ich bin morgens aufgewacht, und dieser Kerl war im Haus. Er trug eine Maske. Wir haben gekämpft. Er hat mich –« Sie schluckte. »Er hat mich in den Schwitzkasten genommen, bis ich keine Luft mehr bekam. Ich glaube, er hat mich betäubt, denn als ich aufgewacht bin, lag ich schon gefesselt in seiner Hütte. Der Kerl ist verrückt. Es war, als wollte er sich eine Haussklavin halten. Jemanden, der kocht und putzt, ihm aufs Wort gehorcht.«

»Weißt du, wer er ist?«

Kathleen schüttelte den Kopf. »Ich weiß nur, dass er Otis heißt.« Sie berührte die blauen Flecken in ihrem Gesicht. »Vor mir waren schon andere Frauen dort. Ich weiß nicht, was mit ihnen geschehen ist. Aber als er mir die Fußfessel angelegt hat, klebte schon fremdes Blut daran.«

Alex erzählte ihr von den Habseligkeiten der beiden Frauen, die sie vorhin im Tunnel entdeckt hatte, und wie sie Amelia gefunden hatte, am Leben, aber schwer traumatisiert.

Kathleen kniff die Augen zu und schluckte schwer. »Jetzt ergibt alles Sinn. Er hat mir von anderen Frauen erzählt, die vor mir dort gewesen seien. Eine sei vor Kurzem geflohen. Er war wütend darüber, deshalb hat er mich ständig geschlagen und meinte, wenn ich versuchen würde, abzuhauen, bringt er mich um.«

»Amelia muss über ein Jahr bei ihm gewesen sein.«

»Oh Gott.« Kathleen schüttelte den Kopf, fassungslos. »Das ist unvorstellbar. Ein ganzes Jahr! Wie geht es ihr jetzt?«

»Als ich sie zuletzt sah, hat sie nicht gesprochen. Sie steht unter Schock.«

»Kann ich gut verstehen. Erstaunlich, dass sie ihm entkommen ist. Hätte ich ein ganzes Jahr lang diese Misshandlungen ertragen müssen … Amelia muss unglaublich stark gewesen sein.« Kathleens Blick ging in die Ferne. »Ich glaube nicht, dass andere Frauen genauso viel Glück hatten.«

»Wie meinst du das?«

»Aus seinen Hasstiraden habe ich entnommen, dass er mal eine Frau hatte. Er hat ständig über sie geschimpft. Er sagte, sie sei weggelaufen, aber das glaube ich nicht, Alex.« Kathleen wandte sich ihr zu, die Augen aufgerissen.

Alex stieg über einen umgestürzten Baumstamm und half Kathleen darüber hinweg. »Was glaubst du, was passiert ist?«

»Hinter dem Haus gibt es einen Steinhaufen, an dem er sich jeden Tag mehrmals erleichtert hat. Dabei hat er gelacht. Einmal, als er einen Wutanfall hatte, ist er rausgestürmt und hat wie von Sinnen auf die Steine eingetreten. Ich glaube, sie ist darunter begraben.« Kathleen schauderte. »Einmal ließ er mich Brennholz holen. Es lag direkt neben dem Steinhaufen. Die Kette reichte kaum bis dorthin, deshalb konnte ich es nicht richtig erkennen, aber ich habe mir eingebildet, dass zwischen den Steinen …«

Als ihre Freundin verstummte, fragte Alex behutsam: »Ja?«

»Zwischen den Steinen ragte ein Teil einer Hand hervor. Skelettierte Finger.«

Alex sah sie entsetzt an, tätschelte dabei zärtlich die Schulter ihrer Freundin. »Was wollte er von dir?«

Kathleen verzog das Gesicht. »Ich musste den Haushalt führen, alles tun, was anfiel.« Sie wurde nachdenklich. »Es gab noch einen zweiten Mann. Er kam zwei Mal zu uns ins Haus. Dem Klang seiner Stimme nach war er jünger. Otis hat mich beide Male vorher geknebelt und in den Rübenkeller gesperrt, aber ich habe gehört, wie sie sich stritten.«

»Worüber?«

»Über alles Mögliche. Wie man Fallen auslegt, welche Munition am besten ist, wie man Tierfährten liest. Der andere sagte, er wolle an einem Blockgletscher Dickhornschafe jagen, aber Otis entgegnete, dass es Zeitverschwendung sei, so hoch hinaufzusteigen, und dass es in den Tälern das beste Wild gebe. Er prahlte mit all den Tieren, die er illegal geschossen hatte, teilweise nur zum Spaß. Der Jüngere kritisierte ihn deswegen vorsichtig, und ich hörte, wie Otis aufstand und ihm eine runterhaute. Aber meistens beschimpfte er ihn nur. Machte ihn nieder.

Der andere Typ gab sich ihm gegenüber immer total unterwürfig. Otis sagte ihm, wie bescheuert er sei und dass er nichts richtig mache. Einmal hat der Typ geheult, und ich habe gehört, wie Otis ihn wieder schlug. Eine Zeit lang dachte ich, dass Otis derjenige war, der mich am Wachturm gekidnappt hatte, aber vielleicht ist es auch der jüngere Kerl gewesen. Als hätte er Otis damit einen Gefallen getan. Oder Otis hatte es ihm befohlen. Andererseits bin ich mir nicht mal sicher, ob der jüngere Kerl überhaupt wusste, dass ich im Rübenkeller war. Ich meine, warum sollte Otis mich sonst wegsperren?«

»Du sagst, dein Kidnapper hätte eine Maske getragen, richtig?«, stellte Alex fest.

»Ja.«

»Vielleicht wollte Otis nicht, dass du weißt, wie der jüngere Mann aussieht.«

»Könnte sein.«

Sie gingen am Fuße des Blockgletschers entlang. Unter ihm schoss Wasser heraus und bildete einen schlammigen Strom voller Eisbrocken, der als tosender Wildwasserfluss den Berg hinunterrauschte.

Das Tosen der Wassermassen übertönte alle anderen Geräusche ringsum, und Alex merkte, dass sie ständig hinter sich schaute, weil sie befürchtete, Otis könnte sich heranpirschen.

Dann blieb sie stehen.

»Was ist los?«, fragte Kathleen und stützte sich an Alex' Schulter ab.

»Du hast gesagt, dass Otis so gut wie nie zum Gletscher hochgeht, richtig?«

»Ja. Er meinte, dass es hier oben kein gutes Wild gebe und zu wenig Vegetation, die man beim Anschleichen als Deckung nutzen könnte.«

Alex schaute zu dem gewaltigen Gletscher hinauf. Wie sie bereits auf dem Hinweg bemerkt hatte, sah er nicht wie ein herkömmlicher Gletscher aus. Kein Strom aus gebrochenem blauweißem Eis, der sich in ein u-förmiges Tal hinabwand. Stattdessen sah er wie ein gewöhnliches Geröllfeld aus. Erst aus der Nähe erkannte man zwischen den Felsbrocken das Eis mit den charakteristischen Gletscherspalten.

»Die Gletscher schmelzen im Rekordtempo«, kommentierte Alex abwesend.

»Ich weiß.«

»Und das bedeutet, dass sie sich ständig verändern. Neue Gletscherspalten bilden sich, andere schließen sich.«

»Worauf willst du hinaus?«

Sie begegnete Kathleens Blick. »Das bedeutet, dass der Gletscher beim letzten Mal, als Otis hier oben war, ganz anders ausgesehen haben dürfte. Damals wusste er vielleicht, wo die gefährlichen Gletscherspalten lagen, aber nun weiß er es nicht mehr.«

»Und weiter?«

»Otis ist ein erfahrener Fährtenleser, richtig? Wir wissen nicht, wie dicht er uns auf den Fersen ist, und du bist nicht in der Lage zu rennen. Wir müssen ihn aufhalten.«

Alex entdeckte einen riesigen Felsbrocken, den der Gletscher, als er noch größer war, vor Jahren hier zurückgelassen hatte. »Versteck dich hinter dem Felsen da. Ich bin gleich zurück.«

Alex lief am Fuße des Gletschers entlang und blieb vor der Wasserkaskade stehen, die unter dem Gletscher herausschoss. An verschiedenen Stellen taten sich breite Spalten auf, bis hinauf, wo der Gletscher über eine Anhöhe verschwand. Aber alle waren zu breit für ihr Vorhaben.

Dann sah sie es, etwa fünfzehn Meter weiter oben. Eine schmale Gletscherspalte, weniger als einen Meter breit. Nun musste sie nur noch herausfinden, wie tief sie war.

Sie begann hinaufzuklettern, testete mit dem Fuß jeden Felsbrocken auf seine Standfestigkeit, bevor sie sich mit vollem Gewicht daraufstellte. Das Letzte, was sie wollte, war, auf einen Felsbrocken zu steigen, der wegrutschte und sie zu Fall brachte, sodass sie womöglich in eine Spalte stürzte und sich die Beine brach.

Sie suchte die Umgebung nach Otis ab und blickte dann zu Kathleen hinunter, die hinter dem Felsen kauerte.

Alex winkte ihr beschwichtigend zu und kletterte weiter. Einige der Felsbrocken, auf die sie stieg, waren wackelig. Alex spürte, wie ihr Herz klopfte vor Furcht, plötzlich durchzubrechen und in die eisige Dunkelheit hinabzustürzen.

Der scharfe Wind, der über dem Gletscher wehte, ließ sie einige Male straucheln. An einer Stelle ruderte sie mit den Armen und musste sich hinkauern, um nicht umgeblasen zu werden. Sobald der Windstoß verebbte, kletterte sie weiter.

Vom Fuße des Gletschers aus beobachtete Kathleen sie ängstlich.

Der eisige Wind schnitt in Alex' Haut und stach ihr in die Ohren. Vorsichtig trat sie von einem Felsen auf den anderen, wohl wissend, wie zeitraubend das Ganze war, und in der Hoffnung, dass es sich lohnen würde.

Und dann erreichte sie die Gletscherspalte, die sie von unten erspäht hatte. Sie legte sich auf einen Felsen und kroch vorsichtig voran, spähte über den Rand in einen schwarzen Abgrund. »Hallo!«, rief sie hinunter. Ihre Stimme echote und verklang irgendwo tief im Innern.

Dies würde funktionieren.

Sie schob sich von der Gletscherspalte zurück und sah sich nach langen, flachen Felsbrocken um. Sie entdeckte einige und schleppte sie hinüber zu der Spalte, schob sie so weit über den Abgrund, dass sie gerade noch auf der Kante lagen, ohne in das Loch zu fallen.

Als die Gletscherspalte ausreichend abgedeckt war, stand sie auf. Sie sah Kathleens besorgtes Gesicht hinter dem Felsen hervorlugen. Sie blickte in Richtung der alten Hütte, aber Otis sah sie nirgends.

Dann stieg sie wieder hinunter und lief zu der Stelle, wo sie aus dem Wald gekommen waren. Sie suchte die Gegend mit ihrem Fernglas ab. Otis konnte nicht weit entfernt sein. Und tatsächlich sah sie ihn: Mühsam trottete er über die Anhöhe, die sie vor zwanzig Minuten selbst überquert hatten. Er war noch zu weit weg, um sie zu sehen, und seine ganze Aufmerksamkeit galt ohnehin dem Boden.

Sie eilte zu Kathleen zurück und half ihr auf die Beine. »Komm, wir laufen ein Stück in die Richtung, aus der wir gekommen sind.«

Kathleen machte ein erschrockenes Gesicht. »Bist du dir sicher?«

»Ja, vertrau mir.« Kurz darauf erreichten sie die Stelle, wo sie aus dem Wald getreten waren. Hier bedeckte eine Reihe flechtenbewachsener Steinplatten die Erde.

»Wir gehen von Stein zu Stein«, sagte Alex zu ihrer Freundin. »Tritt nicht auf die Erde.«

Gemeinsam hüpften sie von einer Steinplatte zur nächsten. Bei jedem Hüpfer zuckte Kathleen schmerzerfüllt zusammen, biss aber auf die Zähne und machte weiter.

Einige Minuten lang bewegten sie sich auf diese Weise voran, ohne eine Spur zu hinterlassen, bis Alex schließlich das Gefühl hatte, dass es reichte. Dann verschwanden sie in den Wald.

Sie führte ihre Freundin zu einem Baumstumpf. Kathleen setzte sich dankbar und massierte ihren schmerzenden Knöchel.

»Ich bin gleich zurück. Falls mir etwas zustößt, gehst du allein weiter.«

Kathleen sah sie mit offenem Mund an. »Was?«

Sie legte eine Hand auf Kathleens Schulter. »Pass auf dich auf.« Dann verfolgte sie ihre Schritte zurück und hüpfte abermals von Stein zu Stein. Als sie wenig später den Gletscher erreichte, kletterte sie wieder zur Gletscherspalte hinauf. Oben angekommen, wandte sie sich zum Wald um, zog das Fernglas heraus und beobachtete, wie Otis sich mühsam durchs Gelände schleppte.

Sie hörte nichts außer den heulenden Wind und das Rauschen des Wildwassers.

Otis trat vorsichtig zwischen den Bäumen heraus, und Alex stellte sich so zu ihm, dass die abgedeckte Spalte genau zwischen ihnen lag. Sie betrachtete das Gewehr in seiner Hand und vermutete, dass es eine Flinte Kaliber 12 war. Das bedeutete, dass er nicht weiter als fünfzig Meter von ihr entfernt sein durfte, um einen sicheren Treffer zu landen, also begab sie sich in dieser Entfernung hinter die Gletscherspalte. Sie hoffte darauf, dass er in seinem Wahn den direkten Weg zu ihr wählen würde.

Dann sah er sie. Sie tat so, als sei sie verletzt, humpelte über die Felsen.

Den Blick auf sie gerichtet, beschleunigte er seine Schritte. Wie von ihr erhofft, bemerkte er nicht, dass ihre Spuren am Waldstück plötzlich verschwanden. Sie blickte erneut durch das Fernglas auf ihn. Mit frischem Elan eilte er voran, das Gewehr in der Hand des gesunden Arms. Den gebrochenen Arm hatte er mit seinem Gürtel seitlich am Körper fixiert, dennoch verzog er bei jedem Schritt schmerzerfüllt das Gesicht. Rund um seine Augen hatte sich wegen des Bärensprays ein roter Ausschlag gebildet, und ständig wischte er sich mit dem Ärmel übers Gesicht.

Er erreichte den Gletscher und begann, die Felsen zu erklimmen. Vorsichtig prüfte er jeden seiner Schritte, genauso wie sie es getan hatte. Sie hatte gehofft, dass seine Mordlust ihn unvorsichtig machen würde, doch er wusste um die Gefahren hier oben. Auf seinem Gesicht breitete sich ein Grinsen aus, das immer fieser wurde, je näher er ihr kam.

Sie positionierte sich so, dass die präparierte Gletscherspalte genau zwischen ihnen lag. Ihr Herz begann wild zu pochen. Falls sie sich verrechnet hatte, dann wäre es vorbei mit ihr. Als er noch fünfzig Meter entfernt war, wenige Schritte von der Gletscherspalte entfernt, riss er das Gewehr hoch und drückte ab. Sie duckte sich. Von den Bergen ringsum hallte die ohrenbetäubende Explosion wider. Der Schuss ging daneben. Alex richtete sich wieder auf und humpelte über die Felsen davon.

Er ging weiter, blieb schließlich stehen, nun direkt vor der Spalte. Alex hielt den Atem an. Diesmal nahm er sie sorgfältig ins Visier, trat einen weiteren Schritt vor. Dann machte er noch einen Schritt – und plötzlich gab die Felsplatte unter seinem Gewicht nach. Er schrie auf, geriet ins Straucheln. Hastig sprang er auf die nächste Felsplatte, doch auch diese trug ihn nicht, und mit einem jähen Aufschrei stürzte er in die Gletscherspalte. Die Flinte ging los, während er kreischend in der Tiefe verschwand und seine Stimme alsbald verklang.

Angespannt beobachtete Alex das Drama, ihre Finger so fest an den Felsblock vor ihr gekrallt, dass die Knöchel weiß hervortraten.

Sie wartete, ein Klingeln in den Ohren vom letzten Flintenschuss. Sie zwang sich, langsamer zu atmen, versuchte, das Zittern in ihren Händen abzustellen. Sie musste wissen, ob er tot war. Langsam stieg sie hinab, kroch zum Rand der Gletscherspalte. Sie riskierte einen Blick nach unten.

Sie wusste, dass es hier tief hinabging, ein jäher Abgrund, der sich in der Dunkelheit verlor. Es war unmöglich, dass er sich irgendwo festgekrallt hatte und ein paar Meter weiter unten wartete, um ihr den Kopf wegzublasen.

Sie spähte hinab ins schwarze Nichts. Kalte Luft wallte ihr entgegen und zerzauste ihr Haar. Sie lauschte. Keine Hilferufe. Kein Schuss.

Otis war tot. Falls ihn der Aufprall nicht getötet hatte, würde er dort unten erfrieren.

Alex stieg wieder hinunter und begab sich zu Kathleen.

»Er ist abgestürzt!«, rief sie atemlos.

»Und ob er das ist.«

»Ist er tot?«

»Davon gehe ich aus.«

Kathleen atmete aus, sichtlich erleichtert. Für einige Momente verfiel sie in Schweigen. Alex zitterte immer noch von dem Schrecken, als Köder fungiert zu haben. Dann blickte Kathleen zur Sonne auf. »Wie viel Tageslicht bleibt uns noch?«

Alex schaute auf die Uhr. »Noch sieben Stunden. Wir haben genug Zeit.« Sie reichte Kathleen die Hand und half ihr auf die Beine. Ihre Freundin stöhnte auf, sobald sie den geschundenen Knöchel belastete.

»Ich besorge dir eine Gehhilfe.« Alex fand einen Stock, der genau die richtige Länge hatte, und reichte ihn Kathleen.

Ihre Freundin testete ihn. »Perfekt. Dank dir, Alex.«

Dann machten sie sich auf den Weg zu Codys Lager. Doch als Alex einen letzten Blick auf den Gletscher warf, in dem Otis den Tod gefunden hatte oder im Sterben lag, kroch ihr eisige Angst über den Rücken. Was war mit dem Mann, der Otis besucht hatte? War er derjenige, der Kathleen gekidnappt hatte, und war er der geheimnisvolle Landstreicher?

Wer auch immer er war, er war immer noch dort draußen unterwegs.

Während sie durch den Wald zogen, strömte das Nachmittagslicht schräg zwischen den Bäumen hindurch. Irgendwann stürzte Kathleen und schlug mit dem Knie gegen einen Felsen.

»Na toll. Das hat mir gerade noch gefehlt.« Sie zog das Hosenbein hoch und sah, dass sich am Knie bereits ein hässlicher, rot schimmernder Bluterguss gebildet hatte.

Sie rasteten oft, um zu trinken und einen Müsliriegel zu verdrücken. Kathleen freute sich über eine Tüte mit Trockenfrüchten, die Alex eingepackt hatte. Aber irgendwann schwanden die Kräfte ihrer Freundin. Alex missfiel die Vorstellung, abends noch durch den Wald ziehen zu müssen und womöglich Otis' Bekanntem über den Weg zu laufen. Erneut fragte sie sich, ob er der Landstreicher war. Es würde zusammenpassen. In einem seiner Tunnel hatte Irmas Leiche gelegen; Amelias Fleecejacke lag noch immer dort. Und sie bezweifelte nicht, dass er den Wald sehr gut kannte, viel besser als sie selbst. Er könnte in diesem Moment irgendwo dort draußen lauern und sie beobachten.

»Tut mir leid. Ich weiß nicht, wie lange ich noch durchhalte, ohne eine richtige Pause einzulegen«, gestand Kathleen.

Alex betrachtete ihre Freundin, sah ihr ausgezehrtes Gesicht, die müden Augen, das bebende Kinn. »Du schaffst das, Kathleen.« Sie zog ihr GPS-Gerät zurate. »Es sind nur noch drei Kilometer.«

Kathleen hob den Blick. »Wirklich?«, fragte sie erschöpft.

»Ja, wirklich. Nur noch drei schlappe Kilometer.« Sie wollte ihre Freundin von den Schmerzen ablenken. Ihr fiel ein, dass Kathleen im Coffeeshop erzählt hatte, sie lerne Polnisch. »Erzähl mir von deinem Sprachenfaible.«

Kathleen brachte ein leichtes Lächeln zustande. »Ich versuche, nützliche Wörter und Redewendungen in so vielen Sprachen wie möglich zu lernen. Du weißt schon, Sachen wie ›bitte‹, ›danke‹, ›ja‹, ›nein‹, ›gern geschehen‹, ›wie geht es Ihnen‹ und so weiter. ›Wo ist die nächste Buchhandlung?‹ Momentan lerne ich sie auf Zulu, Polnisch und Navajo.«

»Navajo! Faszinierend!«

Kathleen nickte. »Es hört sich toll an. Bis jetzt habe ich aber vor allem Polnisch gelernt. Ich kann auch ein bisschen Russisch. Es ähnelt dem Polnischen hie und da. Es sind die Redewendungen der unterschiedlichen Kulturen, die ich am interessantesten finde.« Sie zuckte zusammen, als sie über einen Ast stolperte.

Alex wollte sie ablenken. »Also, erzähl mir ein paar polnische Idiome.«

Trotz aller Schmerzen musste Kathleen grinsen. »Es gibt ein paar tolle Sachen. Da wäre zum Beispiel *Nie wywołuj wilka z lasu*. Hört sich das nicht schön an?«

»Ja, was bedeutet das?«

»›Rufe nicht den Wolf aus dem Wald.‹ Soll heißen: ›Fordere keinen Ärger heraus.‹« Kathleen schleppte sich weiter, und Alex bewunderte sie für ihr unglaubliches Durchhaltevermögen. Sie vermutete, dass Kathleen so gut wie keinen Schlaf bekommen hatte, zudem war sie verletzt und geschwächt.

»Erzähl mir noch ein paar andere«, sagte Alex.

»›*Myśleć o niebieskich migdałach.*‹ ›Träumen von blauen Mandeln.‹«

Alex gluckste. »Was bedeutet das?«

»Es soll ausdrücken, dass man in einen angenehmen Tagtraum abdriftet«, erklärte Kathleen.

»Das gefällt mir.«

»Einer meiner Lieblingssprüche ist *Nie mój cyrk, nie moje małpy*. Das heißt: ›Nicht mein Zirkus, nicht meine Affen.‹«

»So wie: ›Nicht mein Problem‹?«

Kathleen lächelte sie an. »Genau. Und wenn man jemandem eine Standpauke halten oder ihn loswerden will, sagt man: ›*Wypchaj się sianem.*‹ ›Geh und stopf dich mit Heu voll.‹«

»Den Spruch merke ich mir. Mir fallen einige Leute ein, die sich gerne mit Heu vollstopfen können.«

Sie unterhielten sich weiter, und oft blieben sie stehen, um kurz zu verschnaufen oder dem Vogelgezwitscher in den Bäumen zu lauschen.

Alex' GPS-Gerät piepte. »Wir sind am Ziel«, sagte sie triumphierend.

Als sie das Lager kurz darauf erreichten, sah Alex Cody auf einem Baumstumpf sitzen; er war dabei, seinen Kocher und seinen Proviant im Rucksack zu verstauen. Der Lagerplatz war praktisch leer. Codys Zelt war das Einzige, das noch stand, und er war im Begriff, es abzubauen. Das Regenverdeck hatte er bereits zusammengelegt.

»Cody!«, rief Alex.

Er wandte sich um, und als er sie sah, grinste er. »Ich glaub's ja nicht! Ist das Kathleen?«

Alex strahlte ihn an. »Sind wir froh, Sie zu sehen!«

Er eilte ihnen entgegen. »Kommen Sie«, sagte er und legte einen Arm um Kathleen. »Sie können sich dort drüben hinsetzen.«

Kathleens Augen weiteten sich, als sie zu ihm aufschaute, dann knickten ihre Beine ein. Er griff schnell ihren Arm, damit sie nicht hinfiel. »Geht es Ihnen gut?«

Sie humpelte neben ihm her, stützte sich schwer auf seinen Arm. »Ja. Aber mein Knöchel bringt mich um.«

»Kommen Sie«, sagte er und half ihr, sich auf einen umgestürzten Baumstamm zu setzen.

»Wo sind denn alle?«, fragte Alex.

»Sie ziehen zum nächsten Sektor weiter. Ursprünglich wollten wir die Nacht hier verbringen, aber da wir in der Gegend nichts gefunden haben, nutzen wir das restliche Tageslicht, um unser Lager näher am nächsten Sektor aufzuschlagen. Damit wir morgen früh sofort loslegen können. Ich wollte den anderen gerade folgen. Ich kann nicht glauben, dass Sie Kathleen gefunden haben!«

»Ich auch nicht! Und wir haben Glück, dass Sie noch hier sind.«

»Das ist echt großartig! Die anderen werden sich riesig freuen!«

»Gibt es etwas Neues von Amelia?«, fragte Alex.

»Soweit ich weiß, spricht sie noch immer nicht.«

Kathleen massierte ihren geschwollenen Knöchel. Er sah entzündet aus. »Könntest du dir noch mal den Knöchel ansehen, Alex? Unser Fußmarsch hat ihm nicht gutgetan.«

»Mach ich.« Während sie sich vor Kathleen hinkniete, schaute Alex zu Cody auf. »Können wir Ihr Funkgerät benutzen?«

»Natürlich. Ich hole es.«

Als er zu seinem Zelt losmarschierte, krallte Kathleen ihre Hand schmerzhaft in Alex' Arm. »Er ist es«, flüsterte sie ihr zu.

»Wovon sprichst du?«

»Er ist der Mann, der Otis besucht hat. Ich erkenne seine Stimme. Er ist es.«

25. KAPITEL

In diesem Moment trat Cody mit dem Funkgerät aus seinem Zelt. Für einige Sekunden gestattete sich Alex die Hoffnung, dass er doch nichts mit Kathleens Entführung zu tun hatte, dass Otis derjenige war, der Kathleen gekidnappt hatte, und dass Cody bei seinen Besuchen nicht gewusst hatte, dass Kathleen dort gefangen gehalten wurde.

Stirnrunzelnd blickte Cody auf das Funkgerät in seiner Hand. »Komisch«, sagte er und betrachtete es von allen Seiten. »Vorhin hat es noch funktioniert. Ich habe Bill angefunkt. Aber jetzt ist es tot. Ich weiß, dass neue Batterien drin sind, ich habe sie erst kürzlich eingelegt …«

Alex' Blick fiel auf die Pistole, die er im Holster an der Hüfte trug. »Haben Sie ein Satellitentelefon?«

Er schüttelte den Kopf. »So was besitze ich nicht. Ist mir zu teuer.« Er drehte das Funkgerät um und öffnete die Unterseite. »Vielleicht ist der Stromkreis unterbrochen. Das könnte ich reparieren.«

»Soll ich es mir mal ansehen?«, erbot sich Alex.

»Ich glaube, das Ding ist hinüber.« Dann hob er das Gesicht und begegnete ihrem Blick, schaute weiter zu Kathleen und wieder zu Alex. Kathleen hielt den Kopf gesenkt und massierte immer noch ihren Knöchel, als ob nichts wäre. Er schaute zu ihr hinunter. »Und wo waren Sie die ganze Zeit?«

Sie blickte immer noch nicht auf. »Ich wurde in einer verfallenen Hütte gefangen gehalten.«

»Von wem?«

»Ich weiß nicht, wer der Mann war.«

Cody presste die Lippen aufeinander. »Und was ist mit ihm passiert?«

Alex beschloss, ihn nicht über die Geschehnisse in Kenntnis zu setzen, vor allem nicht, falls Cody in die Entführung verwickelt war. »Er ist immer noch in seiner Hütte«, sagte sie ihm. »Wir sind weggelaufen.« Vielleicht brachte es Cody ja dazu, nach Otis zu schauen, was ihnen mehr Zeit verschaffen würde.

»Und was beabsichtigen die Damen nun zu tun?«

Alex dachte an die Karte mit dem Suchraster, an die rot markierten Gebiete, in denen Suchtrupps aktiv waren. Da Codys Funkgerät »hinüber« war, würde er ihnen vermutlich vorschlagen, sich den anderen anzuschließen. Er würde ihnen anbieten, sie dorthin zu »eskortieren«, und dafür sorgen, dass ihnen unterwegs etwas zustieß.

Falls sie ihn irgendwie loswerden konnten, könnte sie einen Blick auf die Karte werfen und sich einen Plan ausdenken.

Alex ersann schnell eine Lüge. »Wir müssen weiter zu unserem Treffpunkt«, sagte sie ihm. Sie versuchte, nicht auf seine Pistole zu starren, hoffte, dass er sie stecken ließ.

»Welcher Treffpunkt?«

»Ich soll mich in einer Stunde mit Fields treffen. Wir haben eine Stelle zwischen unseren beiden Suchgebieten vereinbart«, log sie.

»Was ist mit Kathleens Knöchel?«

»Ach, das geht schon. Sie hätten sehen sollen, wie gut sie mit dem Stock unterwegs ist.«

»Sie können sie hier bei mir lassen. Fields kann doch ein Rettungsteam mit einer Bahre anfordern.«

Kathleen stand auf. »Ach was. Ich gehe zu Fuß. Ich will jetzt nicht herumsitzen und warten. Ich will das alles hinter mich bringen. Es für mich abschließen.«

»Und was werden Sie tun?«, fragte Alex ihn so arglos wie möglich.

Er schaute hinter sich zu seinem Zelt und dem Rucksack davor. Dann blickte er kurz auf die Waffe an seiner Hüfte. »Ich gehe wie geplant zu den anderen und gebe Bescheid, dass wir die Suche abblasen können.«

»Okay. Wir sehen uns in der Stadt«, sagte Alex.

»Ich denke, ich sollte mit Ihnen gehen«, drängte Cody.

Sie winkte ab. »Das ist nett, aber nicht nötig.«

»Aber was, wenn der Entführer wieder auftaucht?«

»Wir kommen schon klar. Wir sind ja jetzt zu zweit.«

»Ich habe ein schlechtes Gewissen, wenn ich Kathleen so mir nichts, dir nichts in den Wald humpeln lasse.«

»Wir treffen ja bald auf Fields. Machen Sie sich keine Sorgen. Schließlich haben wir es bis hierher auch allein geschafft«, versicherte ihm Alex.

Er verzog den Mund, zog die Stirn kraus. »Okay. Wenn Sie meinen.«

»Da das Funkgerät kaputt ist, müssen Sie den anderen sowieso persönlich Bescheid geben, dass sie die Suche abbrechen können.«

Er biss sich auf die Lippe. »Das ist richtig.« Er rührte sich nicht. »Okay. Bis dann.«

Kathleen legte ihren Arm um Alex' Schultern, und sie verließen Codys Lager. Alex kämpfte gegen den Impuls an loszurennen, denn ihr war klar, dass es wegen Kathleens Knöchel unmöglich war. Dennoch durchflutete sie der Fluchtimpuls.

Als sie zwischen den Bäumen verschwanden, flüsterte Kathleen: »Folgt er uns?«

Alex wagte es nicht zurückzuschauen, aber sie neigte ein wenig den Kopf und lauschte. »Ich höre nichts.« Gleich darauf erreichten sie einen Bach und gingen am Ufer weiter, wo ihnen weniger Hindernisse im Weg waren. Schließlich wagte sie doch einen Blick zurück in Richtung von Codys Lager.

Zuerst sah sie ihn nicht, dann aber machte sie ihn zwischen den Bäumen aus, beobachtete, wie er sein Zelt abbaute. Vielleicht hatten sie ihn also tatsächlich getäuscht. Oder aber er hatte nicht gewusst, dass Otis Kathleen festgehalten hatte. Vielleicht war das Funkgerät wirklich kaputt. *Und vielleicht können Hunde fliegen*, dachte sie.

Ein seltsames Kribbeln kroch ihr über den Rücken.

Kathleens Knöchel war inzwischen auf doppelte Dicke angeschwollen. »Allmählich glaube ich, dein Knöchel ist gebrochen.«

Kathleen holte tief Luft. »Ich wollte nichts sagen, aber ich schätze, du hast recht. Oder es ist ein Bänderriss oder etwas in der Art. Aber zumindest kann ich damit noch halbwegs gehen. Wirklich. Ich will nur hier weg.«

»Lass uns eine Weile ausruhen. Wenn du willst, suche ich dir ein sicheres Plätzchen, wo du dich versteckst, und ich gehe Hilfe holen.«

Sie drückte Alex' Arm. »Bitte verlass mich nicht. Als Leiter des Such- und Rettungsteams ist Cody bestimmt ein ausgezeichneter Fährtenleser.«

Alex verzog das Gesicht. »Da hast du leider recht.«

»Er würde mich finden.«

»Okay. Wir trennen uns nicht. Aber wir müssen eine Stelle finden, wo du dich ausruhen kannst.«

Sie gingen fünfhundert Meter am Bachbett entlang. »Das kalte Wasser fühlt sich herrlich an meinem Knöchel an«, hauchte Kathleen.

Alex lachte leise.

»Worüber lachst du?«

»Du hast mich gerade an meinen Dad erinnert. Er ist ein unverbesserlicher Optimist. Was du gesagt hast, hätte von ihm kommen können. Wir werden eventuell von einem Kidnapper und Killer gejagt, und du freust dich über eine Abkühlung.«

Kathleen lächelte.

»Einmal war ich mit meinen Eltern auf einem Campingausflug«, erzählte Alex weiter. »Wir fuhren in Wyoming einen Berg hinauf. Plötzlich schlug das Wetter um. Es donnerte, der Himmel wurde schwarz, und golfballgroße Hagelkörner trafen unseren Wagen. Meine Mom saß am Steuer und fluchte. Die Scheibenwischer kamen kaum hinterher. Der Regen bildete kleine rauschende Flüsse auf der unbefestigten Straße. ›Keine Sorge‹, sagte mein Dad. ›Auf der Ostseite des Berges werden die Hagelkörner kleiner.‹ Meine Mutter brach in Gelächter aus. Der ewige Optimismus meines Vaters. Danach wurde es zu einem geflügelten Wort in unserer Familie. ›Keine Sorge‹, sagten wir immer, wenn etwas Blödes passierte, ›auf der Ostseite werden die Hagelkörner kleiner.‹«

Alex vermisste ihre Eltern schmerzlich, vor allem ihre Mom. In gewisser Weise kamen ihr diese Erinnerungen wie ein Traum vor, ein Traum von einem anderen, einem besseren Leben, in dem ihre Mom lebte und Alex wahre Freude kannte, ohne den Schmerz des Verlustes.

Nach einem weiteren halben Kilometer am Bach entlang bogen sie zu einer Anhäufung dicht beieinanderstehender

Felsen ein. Auf dem rauen grauen Granit wuchsen leuchtend orangefarbene und goldene Flechten. Zwischen den Felsen taten sich hohe dunkle, kühle Räume auf. Sie deutete auf den größten. »Dort können wir uns reinzwängen und uns ausruhen.«

»Klingt himmlisch.«

Alex führte Kathleen in die kleine Höhle und ging dann wieder hinaus. Sie fand einen heruntergefallenen Kiefernzweig und verwischte damit ihre Fußspuren vom und zum Bach.

Sie ließ Kathleen ihren Rucksack als Kissen benutzen und deckte sie mit weiteren Kleidungsstücken zu. Kathleen zappelte nervös herum, atmete flach, dann schließlich begann sie, sich zu entspannen. Unterdessen hielt Alex Wache.

Sie nahm die topografische Karte zur Hand. Das nächstgelegene Suchgebiet mit freiwilligen Helfern war wohl unerreichbar für sie. Es lag etwa zwölf Kilometer entfernt. Auch das Farmhaus war zu weit weg, außerdem würde es bald dunkel werden.

Aber wohin sollten sie gehen? Wo würde es ein Funkgerät geben?

Ein *Funkgerät*. Da fiel es ihr ein.

Die Baumbesetzerin.

Sie holte ihr GPS-Gerät heraus und rief die Koordinaten von Agathas Baum auf. Bis dorthin waren es gut sechs Kilometer Luftlinie. Sie runzelte die Stirn und blickte auf Kathleens erschöpfte Gestalt hinunter. Sie murmelte im Halbschlaf.

Sie studierte die Karte. Von hier aus würden sie einen Fluss namens Rubicon überqueren müssen. Alex hatte ihn noch nie gesehen und fragte sich, ob man ihn überhaupt überqueren *konnte*. Bei all dem Regen in letzter Zeit und den heißen Tagen, die in den Bergen zu einer zusätzlichen Schneeschmelze geführt hatten, befürchtete sie, dass der Fluss ein reißender Strom sein könnte. Aber es war ihre beste Option.

Als sie eine Entscheidung getroffen hatte, fühlte sich Alex gleich besser. Sie hatte einen Plan. Sie würden es schaffen. Sie faltete die Karte zusammen und legte das GPS-Gerät weg. Sie schaute sich noch einmal draußen um, hielt sich im Schutz der Felsen, während sie die Umgebung mit ihrem Fernglas absuchte. Und dann sah sie, was sie befürchtet hatte: Cody, der in der Ferne eine Anhöhe erklomm. Also war er ihnen doch auf den Fersen.

Sie rüttelte Kathleen sanft, die vor Erschöpfung tatsächlich eingeschlafen war. »Tut mir leid, dass ich dich wecken muss. Aber Cody ist uns auf den Fersen. Wir müssen weg von hier.«

26. KAPITEL

Kathleen erhob sich mühsam, und geduckt schlichen sie zwischen den Felsen entlang, damit Cody sie nicht gleich entdeckte. Direkt dahinter begaben sie sich in die Deckung der Bäume, stahlen sich von Baumstamm zu Baumstamm.

Wenig später entdeckte Alex zu ihrer Linken einen weiteren Felshaufen, den sie als Deckung nutzen konnten.

Kathleen stolperte über etwas und stürzte, hielt sich im letzten Moment an einem Stamm fest. In einem nahen Baum bimmelte eine Glocke. Alex erstarrte. *Der Landstreicher.* Sie waren auf eines seiner Verstecke gestoßen.

»Bleib stehen!« Alex packte sie an der Schulter. »Nicht bewegen!«

»Was ist los?«

»Fallen.«

Alex blieb ebenfalls stehen und blickte prüfend auf ihre Umgebung, befürchtete, dass eine Netzfalle sie emporreißen oder ein aus den Ästen herabschwingender Stamm sie erschlagen könnte. Vielleicht war es aber auch nur ein Grenzalarm gewesen.

Sie suchte den Boden ab und entdeckte den Draht, über den Kathleen gestolpert war. Dann schlich sie vorsichtig von Baum zu Baum und fand weitere Stolperdrähte zwischen den Stämmen.

»Wir sind hier in seinem Revier.«

»In wessen Revier?«

»Von dem Landstreicher. Dem, der die Tunnel baut. Ich weiß nicht, wer er ist. Aber entweder hat er etwas mit deiner Entführung zu tun, oder Otis ist auf einen seiner alten Tunnel gestoßen und hat ihn benutzt, um dort Irmas Leiche zu verstecken.«

»Und dieser Typ stellt im Wald Fallen auf?«

»Ich glaube, er lebt hier draußen. So wie er aussieht, tut er das schon eine ganze Weile.«

Vorsichtig schritt Alex durch den Hain. Sie erreichte einen umgestürzten, mit Moos überwucherten Baumstamm. Zwischen zwei Farnen hatte eine Spinne ein feines Netz gewoben, auf dessen silbrigen Fäden sich Tau sammelte, der das Sonnenlicht reflektierte.

Neben dem Spinnennetz lehnten mehrere große Rindenstücke am umgestürzten Baumstamm. Sie hob eines zur Seite und entdeckte dahinter einen Tunneleingang.

Sie spielte kurz mit dem Gedanken, Kathleen darin zu verstecken und Hilfe zu holen. Aber der Landstreicher könnte zurückkehren. Oder vielleicht kannte er sogar Otis und steckte mit ihm unter einer Decke. Sie stellte das Rindenstück zurück und schlich weiter, blieb immer wieder stehen, um in die Bäume aufzuschauen.

Und dann sah sie es. Eine Falle mit einem herabschwingenden Holzstamm.

Irgendwie hatte er ihn in einen Baum gehievt und an einem Seil befestigt, das über den Ast eines benachbarten Baumes gespannt war; der Aufbau glich der Falle, die sie an einem seiner anderen Standorte gesehen hatte. Es musste nur jemand über das Seil stolpern, das unter den Tannennadeln verborgen lag, und schon würde der Stamm sich lösen und auf die betreffende Person herabschwingen.

Alex kehrte auf demselben Weg zu Kathleen zurück und fragte sich, wie weit Cody inzwischen gekommen war, ob er ihnen dicht auf den Fersen war.

Als sie Kathleen erreichte, bedeutete sie ihr, sich zu ducken. Sie schlichen zu einem weiteren umgestürzten Ammenstamm, stiegen darüber und kauerten sich dahinter. Er bot ihnen eine hervorragende Deckung.

Kathleen massierte ihren schmerzenden Knöchel. »Was machen wir jetzt?«

»Ich habe eine Idee.«

Kathleen zog die Augenbrauen hoch.

»Eine eigene Falle.«

Nun konnten sie Cody hören, der hinter ihnen zügig durchs Unterholz schritt.

Sie spähte über den moosbewachsenen Baumstamm hinweg und sah ihren Verfolger. Sie kroch über den Stamm, als Kathleen an ihrem Ärmel zupfte. »Wo willst du hin?«, flüsterte sie.

»Bin gleich zurück«, antwortete Alex.

Sie schlich von Baum zu Baum. Cody hielt den Blick gesenkt, folgte offenbar ihren Fußspuren. Der weiche Waldboden war so feucht, dass es ihm nicht schwerfiel, ihren Spuren zu folgen.

Alex trat kräftig auf einen Zweig, sodass es laut knackte.

Er riss den Kopf hoch und entdeckte sie sofort. Sie sprintete los, sprang über umgestürzte Stämme und Felsbrocken, rannte in die entgegengesetzte Richtung von Kathleens Versteck. Cody preschte ihr hinterher, seine Stiefel polterten über den Boden. Ihr Herz schlug so heftig, als würde es gleich zerspringen.

Sie hörte seine schwere, angestrengte Atmung, spürte

seine Nähe. Dann schloss er zu ihr auf. Er langte nach ihren Haaren, ihrer Jacke, doch sie riss sich los, sprintete weiter.

Er fluchte, seine Stiefel pflügten durch die Tannenzapfen und Zweige, es knackte und knirschte unter seinen schweren Schritten.

Und dann steuerte sie auf die Falle zu. Sie wusste genau, wo das verborgene Seil am Boden lag. Geschickt sprang sie darüber hinweg und kniff für eine Schrecksekunde die Augen zu, als Cody hinter ihr auftauchte. Sie hörte, wie er stolperte und sich das Seil ruckartig straffte, sich der Holzstamm ächzend von der Befestigung löste und durch die Luft herabschwang. Alex warf sich zu Boden, Kiefernnadeln stachen ihr ins Gesicht, und sie spuckte Erde aus. Sie schaute gerade noch rechtzeitig zurück, um zu sehen, wie der Stamm Cody in die Seite traf, ihn von den Füßen hob und ihn wie eine schlaffe Puppe zehn Meter weit durch die Luft schleuderte.

Mit einem Aufschrei schlug er hart am Waldboden auf. Aber er blieb nur kurz liegen. Im nächsten Moment setzte er sich ächzend auf, stöhnte schmerzerfüllt.

Alex kam gerade auf die Beine, während er mühsam aufstand. Mit schmerzverzerrtem Gesicht fasste er sich an die Seite, stützte sich mit der anderen Hand an einem Baumstamm ab.

Alex wartete nicht, bis er wieder zu Atem gekommen war. Während er noch benommen zu Boden schaute, gab sie Kathleen ein Zeichen zu bleiben, wo sie war, und legte einen Finger über die Lippen. Dann rannte sie weiter voran und rief: »Kathleen! Warte!«, als würde sie ihr hinterhereilen. Sie hoffte, ihn wegzulocken.

Alex schaute zu ihm zurück, sah Cody stolpern. Er stürzte, aber rappelte sich wieder auf. Unterdessen gab Alex

Kathleen ein Zeichen, sich mit ihr an einem großen Baum auf der anderen Seite des Waldstücks zu treffen.

Alex hielt inne und überlegte, ob sie jetzt gegen Cody kämpfen, ihm einen Arm oder die Kniescheibe brechen sollte. Ihn so verletzen, dass er sie nicht mehr verfolgen konnte. Aber dann griff er nach seiner Pistole, riss sie aus dem Holster und entsicherte sie.

Alex fuhr blitzschnell herum und rannte geduckt Richtung Treffpunkt. Die Kugel schlug knapp links von ihr in einen Baumstamm ein.

Cody fluchte und schoss erneut. Sie sprang zwischen zwei Bäume, damit sie kein Ziel mehr abgab. Sie hörte einen weiteren ohrenbetäubenden Schuss, sah aber nicht, wo die Kugel einschlug.

Dann erreichte sie den Baum, Kathleen kam von der Seite herbeigelaufen. »Geht es dir gut?«, fragte sie Alex.

»Ja. Er hat mich nicht getroffen.«

Sie rannten durch den Wald, Kathleen verzog vor Schmerzen das Gesicht, hielt aber das Tempo hoch, und Alex war von ihr beeindruckter denn je.

»Wie nah ist er?«, fragte ihre Freundin keuchend.

Alex warf einen Blick zurück. »Ich sehe ihn nicht. Der Stamm hat ihn in die Seite getroffen. Wahrscheinlich hat er mindestens eine Rippenprellung, vielleicht sind sogar welche gebrochen. Es wird ihn langsamer machen.«

Sie eilten weiter, legten trotz aller Hindernisse einen halben Kilometer zurück. Es war harte Arbeit, sich ohne Pfad durch den dichten Wald zu schlagen, durchs Unterholz zu stolpern, sich durch dichte Sträucher zu wühlen. Doch bald hörten sie das Rauschen des Flusses.

»Wir sind ganz nah dran!«, rief Kathleen hoffnungsvoll.

Alex lächelte erleichtert. »Jetzt müssen wir den Fluss nur noch irgendwie überqueren, dann ist es nicht mehr weit bis zur Baumbesetzerin und ihrem Funkgerät!«

Dicht gedrängte Weiden säumten das Ufer des Rubicon, und sie mussten eine Weile parallel zum Wasser gehen, bevor sie zwischen den Bäumen und Sträuchern eine Lücke fanden, die groß genug war, um sich hindurchzwängen zu können. Im Uferschlamm gab es Hirsch-, Elch- und Schwarzbärenspuren. Sie hatten einen Wildtierpfad ans Wasser gefunden.

Doch als sie dort eintrafen, erblickten sie einen reißenden Fluss, der durch die jüngsten Regenfälle angeschwollen war.

Alex und Kathleen standen am Ufer und schauten voller Entsetzen auf die tosenden Wassermassen. Eine Überquerung war unmöglich, und Cody war ihnen dicht auf den Fersen.

27. KAPITEL

»Da kommen wir niemals rüber!«, rief Kathleen über das Tosen des Wassers hinweg.

»Irgendwo muss es eine Stelle geben«, entgegnete Alex. »Lass uns flussabwärts suchen.«

Doch als sie sich umwandten, um auf dem Wildtierpfad zurückzugehen, stand wie aus dem Nichts der Landstreicher vor ihnen.

Alex' Kehle war wie ausgetrocknet. Augenblicklich nahm sie ihre Jeet-Kune-Do-Kampfposition ein.

Doch der Landstreicher hob beschwichtigend die Hände, die Handflächen nach außen gerichtet. »Ich tue Ihnen nichts«, sagte er. Er winkte sie zu sich. »Kommen Sie mit. Ich kenne eine Stelle, wo man den Fluss überqueren kann.«

Alex war unsicher, was sie tun sollte. Kathleen packte sie am Arm. »Wer ist das?«

»Der Landstreicher, von dem ich dir erzählt habe.«

Als er bemerkte, dass sie ihm nicht folgten, wandte der Mann sich zu ihnen um. »Nun kommen Sie schon! Ihnen bleibt nicht viel Zeit. Er ist bald hier.«

»Ich finde, wir sollten mit ihm gehen«, erklärte Kathleen.

Alex setzte sich in Bewegung, hielt aber einen Sicherheitsabstand zu dem Mann. Als er sah, dass sie hinter ihm waren, wandte er sich flussabwärts und beschleunigte seine Schritte. Es war ein holpriges Unterfangen, flussgeglättete Steine wie Bowlingkugeln unter ihren Schuhen, an manchen Stellen nass und glitschig. Alex riskierte einen Blick zurück, aber noch sah sie Cody nicht. Doch sie wusste, dass er dicht hinter ihnen war.

Sie liefen an der Uferböschung entlang und erreichten schließlich einen sandigen Abschnitt, auf dem sie schneller vorankamen. Kathleen ging dicht hinter Alex, während Alex' wachsamer Blick auf den Rücken des Landstreichers gerichtet war.

Plötzlich blieb er stehen und verschwand zwischen ein paar dicht stehenden Weiden. Alex erspähte einen weiteren Wildtierpfad, der zum Wasser führte. Alex folgte dem Mann, und als sie zwischen den tief hängenden Weiden hervortrat, erblickte sie in drei Metern Höhe ein dickes Kabel, das über den reißenden Fluss gespannt war. Am Kabel hing eine Gondel des Forest Service. Doch leider befand sie sich momentan auf der anderen Flussseite. Sie würden die Gondel erst herüberziehen müssen.

»Na dann, los!«, rief der Mann über das Rauschen des Wassers hinweg. »Ich werde ihn ablenken.«

Alex wollte ihn fragen, wer er war und warum er ihnen half. Aber das musste warten.

An beiden Flussufern standen niedrige Metalltürme mit Leitersprossen, die zu schmalen Plattformen hinaufführten. Alex kletterte hinauf und begann, das Kabelgewinde zu drehen. Es war verrostet und widerspenstig, doch nach einem metallischen Quietschgeräusch setzte es sich schließlich in Bewegung, und die Gondel begann ihre langsame Reise über den Fluss. Kathleen stieg zu ihr hoch und half ihr beim Kurbeln.

Doch plötzlich bemerkte Alex hektische Bewegungen in den Weiden, und im nächsten Moment stand Cody mit gezogener Waffe unter ihnen.

Der Landstreicher trat vor ihn und legte ihm eine Hand an die Brust. »Cody, das muss aufhören.«

»Geh mir aus dem Weg, Jacob.«

»Haben wir seinetwegen nicht schon genug gelitten?«

Cody kniff die Augen zusammen. »Er ist unser Vater.«

»Ja, der unsere Mutter und Gott weiß wie viele andere Frauen umgebracht hat.«

Alex kurbelte weiter. Die beiden Männer brüllten sich so laut an, dass sie sie sogar über das Rauschen des Wassers hinweg verstand.

»Er ist alt. Er braucht unsere Hilfe!«, schimpfte Cody.

»Wozu braucht er unsere Hilfe?«, entgegnete Jacob. »Um weitere Frauen für ihn zu entführen? Du musst dich von ihm lossagen, Cody. Er hat dich in ein Monster verwandelt.«

»Was willst du mir hier erzählen?« Codys Wut wuchs. »Du hast ihn im Stich gelassen! Hast *mich* im Stich gelassen! Du bist von zu Hause abgehauen und hast dir die Welt angesehen.«

»Bei der Armee! Glaubst du, ich hätte dort keine Entbehrungen erlebt? Glaubst du, ich habe keine Albträume mehr?«

»Als du zurückgekehrt bist, dachte ich, du würdest mir helfen, mit ihm fertigzuwerden.«

Jacob sah zu Boden, nagte an seiner Unterlippe. »Ich wollte dir ja helfen. Aber ich wusste nicht, wie.« Dann richtete er seinen Blick wieder auf Cody. »Erinnerst du dich nicht an all die Grausamkeiten, die er uns angetan hat? Und was er dir immer noch antut? Er schert sich um niemanden außer sich selbst.«

»Aber wir sind die einzige Familie, die er hat.«

»Und er hat uns nicht verdient.«

Alex' Hände brannten an der Kurbel, Kathleen löste sie ab, kurbelte wie besessen weiter. Die Gondel war schon auf halbem Weg bei ihnen.

Hass loderte in Codys Augen. »Ich weiß, dass du es warst, der die Leiche der Rangerin in den Stadtpark gebracht hat.«

»Ich musste etwas tun. Menschen sind gestorben!«

»Sie hätte es ihm anhängen können.«

»Darauf hab ich gehofft.«

»Was bist du nur für ein Sohn?«, brüllte Cody.

Jacob schüttelte den Kopf. »Ich will nicht mehr sein Sohn sein. Aber ich kann immer noch dein Bruder sein.«

»Dann geh mir aus dem Weg! Wenn sie es zu einem Funkgerät schaffen, sind wir geliefert!«

Jacob runzelte die Stirn. »Lass sie gehen. Es ist an der Zeit, reinen Tisch zu machen.«

»Nein!« Cody stürmte vor, ließ einen Hagel von Fausthieben auf seinen Bruder niederprasseln. Jacob riss die Arme hoch, um sein Gesicht zu schützen, taumelte zurück. Er strauchelte und stürzte rücklings zu Boden, worauf sich Cody zu ihm herabbeugte und ihn am Hemd packte.

Jacob hob beschwichtigend die Hände. »Ich will nicht mit dir kämpfen!«

»Dann geh aus dem Weg!«

Jacob sprang auf. »Das kann ich nicht tun. Lass die beiden gehen!«

Alex kurbelte wie besessen, drei Viertel des Weges über dem tosenden Wasser waren geschafft.

Cody hob die Pistole.

»Alex!« Kathleens Stimme bebte vor Angst. »Runter!«

Doch bevor der Schuss losgehen konnte, warf sich Jacob gegen seinen Bruder und stieß ihn zu Boden. Er deckte ihn mit Schlägen ein, entwand ihm die Waffe und schleuderte sie zwischen die Weiden.

Endlich war die Gondel auf ihrer Seite. Kathleen kletterte hinein, rang mit ihrem verletzten Knöchel. Alex folgte ihr. Sie packten das Kabel und begannen, sich hinüberzuziehen, aber ein plötzlicher Widerstand ließ Alex zurückblicken. Cody stand auf der Plattform, stemmte sich mit einem Bein gegen die Querstreben und drehte mit aller Macht an der Kurbel. Aus seiner Nase floss Blut, ebenso aus einer Wunde an seiner Wange. Er bemühte sich, aber mit vereinten Kräften waren Kathleen und Alex stärker, zogen die Gondel weiter voran.

Doch Cody gab sich nicht geschlagen. Nun packte er das Kabel selbst und zog es mit aller Kraft zu sich heran. Dann stand plötzlich Jacob hinter ihm auf der Leiter und umklammerte Codys Bein, riss ihn von der Plattform herunter.

Alex sah, wie die beiden Brüder aufeinander losgingen. Cody schlug Jacob nieder und suchte dann zwischen den Weiden nach der Waffe. Er fand sie und zielte auf die beiden Frauen.

»Runter!«, brüllte Alex über das Tosen des Flusses hinweg. Sie kauerten sich in der Gondel hin, mussten das Kabel notgedrungen loslassen.

Ein Schuss prallte von der metallenen Gitterwand ab.

»Was machen wir jetzt? Ins Wasser springen?«, brüllte Kathleen und blickte in die schäumenden eisigen Fluten.

Alex schaute durch das Metallgitter voraus. Sie hatten erst die Hälfte der Strecke zurückgelegt. Jacob lag reglos am Boden. Cody war im Begriff, einen weiteren Schuss abzugeben, und sie hingen hilflos über dem Wasser. Sobald sie aufstand, um die Gondel voranzubewegen, wäre sie ein leichtes Ziel.

Aber wenn sie ins Wasser sprängen, würde sie es augenblicklich fortreißen. Sie blickte flussabwärts und sah, wie das Wasser dort über zerklüftete Felsen schoss, sah unbändig wirbelnde Strudel und überschäumende Felsbecken.

Cody zog den Abzug erneut durch, aber Alex hörte keinen Schuss. Dann sah sie, wie er die Kammer prüfte und danach wütend in seinen Taschen nach Munition kramte. Sie sprang auf und begann, die Gondel weiter voranzuziehen, spürte, wie sich dabei jeder Arm- und Schultermuskel anspannte. Kathleen half ihr, und gemeinsam schafften sie es zu zwei Dritteln über den Fluss, bevor Alex sah, dass Cody seine Pistole wieder geladen hatte. Er streckte die Arme aus, nahm sie und Kathleen ins Visier, doch plötzlich rollte sich Jacob auf die Seite und kam auf die Beine. Er griff in Codys Schussarm.

Alex hörte nicht auf, an dem Kabel zu ziehen, hielt keinen Moment inne, während sie den Kampf der beiden Brüder beobachtete. Eisiges Wasser spritzte ihr durch den Gitterboden an die Beine.

Jacob rang mit seinem Bruder, stieß dessen Schussarm himmelwärts. Über dem Tosen des Flusses explodierte ein Schuss.

Drei Viertel der Strecke.

Ein weiterer Schuss löste sich. Jacob landete einen brutalen Aufwärtshaken an Codys Kinn. Cody taumelte zurück und stürzte rücklings aufs Flussufer. Jacob warf sich auf ihn und versuchte, ihm die Waffe zu entreißen.

»Wir haben es fast geschafft!«, rief Kathleen. Alex blickte wieder nach vorne. Nur noch wenige Meter bis zum Ufer.

Am anderen Ufer saß Jacob auf seinem Bruder und ließ Fausthiebe auf Codys Gesicht herabprasseln. Doch Cody bäumte sich auf wie ein Rodeopferd und warf seinen Bruder von sich herunter, die Pistole weiter in seiner Hand.

Mit einem Knall und dem Kreischen rostigen Metalls prallte die Gondel gegen die Plattform.

Cody rappelte sich auf, und sein Bruder packte ihn erneut und schleuderte ihn wieder auf das sandige Ufer. Alex sah, wie die Pistole abermals in hohem Bogen zwischen die Weiden flog.

»Jetzt komm!«, hörte sie Kathleen rufen. Sie wandte sich um. Ihre Freundin war von der Plattform gestiegen und stand fünfzehn Meter entfernt zwischen den Bäumen.

»Cody könnte uns mit der Gondel hinterherfahren. Wir müssen ihn stoppen«, rief Alex ihr zu.

»Dafür ist keine Zeit!«

»Doch! Lauf weiter. Ich werde dich einholen!«

Während Kathleen loseilte, zog Alex ihr Multitool aus der Hosentasche und begann, hektisch die Schrauben zu lösen, mit denen die Laufräder an der Gondel befestigt waren. Ihr Herz hämmerte wie verrückt. Immer wieder blickte sie über das tosende Wildwasser auf den Kampf, der sich am anderen Ufer entspann.

Cody war wieder auf den Beinen und versetzte seinem Bruder einen Tritt in die Rippen, rannte dann zwischen die Weiden, wo er fieberhaft nach der Pistole suchte.

Vier Schrauben hatte Alex inzwischen gelöst, aber die anderen waren festgerostet und ließen sich nicht bewegen. So würde sie die Gondel nicht abnehmen können. Aber zumindest hatte sie ihren Halt am Kabel verringert.

Ein Schuss ließ sie zusammenzucken. Vor Schreck sank sie auf die Knie.

»Alex!«, rief Kathleen zwischen den Bäumen heraus.

»Mir geht's gut. Lauf weiter!«

Alex rappelte sich auf und sah Cody am anderen Ufer stehen, die gehobene Pistole direkt auf sie gerichtet. Jacob lag zusammengekrümmt zu seinen Füßen. Sie fuhr herum und sprang von der Plattform, rannte dann im Zickzackkurs vom Wasser fort, rutschte aber auf den glitschigen Steinen aus. Sie stürzte aufs Knie, erreichte dann aber die Baumlinie.

Kathleen wartete dreißig Meter dahinter zwischen den Bäumen, und Alex gesellte sich schnell zu ihrer Freundin.

Sie blickte zurück und sah, wie Cody die Gondel zurück auf seine Flussseite zog.

»Wir müssen weiter«, sagte Alex.

»Wie weit ist es noch bis zu dieser Baumbesetzerin?«

Alex rief sich die Reservatkarte ins Gedächtnis. »Weniger als zwei Kilometer, glaube ich.«

Sie schaute zum Fluss. Die Gondel war nun fast auf Codys Seite. Sie quälten sich eine Anhöhe hinauf, was endlos lange dauerte. Kathleen war inzwischen viel langsamer unterwegs als zuvor. Alex blickte zurück und sah, dass Cody nun in der Gondel stand und sich übers Wasser zog. Die Pistole hatte er weggesteckt. Kathleen hielt sich an Alex' Arm fest, während sie sich Schritt für Schritt den steilen Hang hinaufarbeiteten. Dann trat Alex auf einen Flecken lockere Erde, fiel hin und rutschte mehrere Meter bäuchlings hinunter. Sie rappelte sich wieder auf und kehrte zu Kathleen zurück, die japste vor Anstrengung.

Hinter ihnen hatte Cody die Hälfte des Flusses überquert, als unvermittelt die Kabelhalterung der Gondel abbrach und das Gefährt in die reißenden Fluten stürzte. Sie hörte ihn schreien, als die Gondel im Fluss versank und Cody, die Finger ins Metallgitter krallend, unter Wasser gezogen wurde.

Dann tauchte plötzlich einige Dutzend Meter flussabwärts Codys klitschnasser Haarschopf aus dem Wasser auf. Im nächsten Moment warf ihn die Strömung gegen einen scharfkantigen Felsen, dann gegen einen weiteren, während Cody mit rudernden Armen ans Ufer zu schwimmen versuchte. Doch die Strömung war zu stark. Sie trieb ihn in die Stromschnellen, und sie beobachtete, wie sein Kopf noch zwei weitere Male auftauchte, bevor er hinter einer Biegung verschwand.

»Er ist weg«, sagte sie und stieg mit Kathleen im Schlepptau den steilen Hang hinauf. Und dann sah sie, warum ihre Freundin so langsam geworden war. An ihrem Bein floss Blut hinunter.

Eine Kugel hatte sie getroffen.

28. KAPITEL

Kathleen setzte sich an einen Baum. »Ich weiß nicht, was mit mir los ist. Ich kann mich nicht mehr konzentrieren.«

Alex eilte zu ihr und sah den glasigen Blick ihrer Freundin. »Du wurdest angeschossen.«

Kathleen starrte sie an. »Wirklich?«

»Ja.«

»Das glaube ich nicht. Mir ist nur auf einmal ganz kalt. Kann mich nicht mehr so schnell bewegen.«

Schock, dachte Alex.

Vorsichtig griff sie an Kathleens Oberschenkel. Die Kugel hatte sie am Bein erwischt, der Stoff der Hose war blutgetränkt. »Ich muss nachschauen, wie schlimm es ist.«

»Oh mein Gott«, hauchte Kathleen. »Ich wurde angeschossen!«

Alex zog ihr Multitool heraus und vergrößerte das Loch in Kathleens Hose. Als sie den Stoff durchtrennte, kam eine tiefe Wunde zum Vorschein, aus der Blut sickerte. Sie bückte sich, um die andere Seite der Hose zu betrachten. Keine Austrittswunde. »Ich glaube, die Kugel steckt noch in deinem Bein.«

»Das ist schlimm, oder?« Ihre Freundin begann zu zittern. »Mir ist eiskalt.«

Alex zog ihr wärmstes Fleece aus dem Rucksack und legte es um sie. »Wir müssen die Blutung stoppen.«

Sie kramte in ihrem Rucksack und fand den Erste-Hilfe-Kasten. Sie holte Gaze, Klebeband und Alkoholtücher heraus, ging in Gedanken die Schritte zur Wundreinigung durch. Ihr Atem ging zu schnell, und sie hatte Mühe, sich zu erinnern, denn nun zitterten auch ihre Hände.

Ihre Kampfpilotenmutter hatte das Prozedere dutzendfach mit ihr trainiert. Aber das war Jahrzehnte her. Sie zwang sich, ihre Atmung zu verlangsamen und ihren Geist zur Ruhe zu bringen. Im Moment konnte sie nur die Blutung stillen. Glücklicherweise hatte die Kugel Kathleens Beinknochen und die Oberschenkelarterie verfehlt. Sie drückte eine dicke Gaze-Schicht auf die Wunde und fixierte das Ganze mit Klebeband. Dann nahm sie ihren Gürtel ab, stanzte mit ihrem Multitool ein neues Loch hinein, legte eine Aderpresse an und zog den Gürtel fest zu.

Kathleen biss auf die Zähne, atmete schmerzerfüllt ein und aus. Die Blutung schien vorerst gestillt.

Alex holte eine Karte hervor und versuchte, die Entfernung zur Baumbesetzerin abzuschätzen. »Meinst du, du kannst laufen? Es ist gut ein Kilometer.«

»Du solltest mich einfach hier liegen lassen. Bring dich in Sicherheit. Ich verstecke mich, und du kommst zurück und holst mich.«

»Ich lasse dich hier nicht allein.« Sie blickte in Richtung des Rubicon. Eine Blutspur führte direkt hierher. Falls es Cody gelungen war, aus dem Fluss zu kriechen, würde es nicht lange dauern, bis er am Ufer ihre Spur entdeckte.

»Wir müssen weiter. Wenigstens ein kleines Stück. Wir müssen dir ein besseres Versteck suchen. Hier würde er dich finden.«

Kathleen verzog das Gesicht und stützte sich an dem Baumstamm ab, an dem sie saß, und stand behutsam auf. Alex half ihr. »Na ja, wenigstens ist es das Bein mit dem kaputten Knöchel. Ich habe noch ein gutes Bein.« Sie brachte ein Lächeln zustande.

Alex bewunderte einmal mehr die Stärke ihrer Freundin. Sie fand einen Ast, der genau die richtige Länge hatte, und bastelte daraus eine Krücke für Kathleen. Dann blickte sie suchend um sich und überlegte, wo sie Kathleen verstecken konnte, während sie sich auf den Weg zu Agatha machte.

Aber sie entdeckte weder einen Felshaufen noch ein dichtes Gebüsch. In diesem Teil des Waldes war erst kürzlich gerodet worden. Der Forest Service war gekommen und hatte Totholz aufgesammelt und es als Brandschutzmaßnahme zu kegelförmigen Stapeln aufgetürmt.

In einem Baum saßen Heerscharen von Raben und klapperten mit ihren Schnäbeln, gackerten und krächzten herum. Sie hatte die Vielfalt ihrer Rufe immer schon geliebt und spürte, wie bei den Klängen etwas Ruhe in ihr aufkam.

Sie überlegte gerade, ob sie Kathleen kurz allein lassen sollte, um die Umgebung zu erkunden, als die Raben plötzlich wie auf Kommando von den Ästen aufstoben und davonflatterten. Alex hob den Blick und sah, wie sie in einer klassischen V-Formation davonflogen, ein sicherer Hinweis darauf, dass ein Wildtier ihre Ruhe gestört hatte. Sie wusste, dass solche Formationen in der Regel in die entgegengesetzte Richtung der Bedrohung abdrehten.

Bei einem Hirsch oder einem Schwarzbären wären sie nicht derart aufgeschreckt. Dies war etwas anderes. Ein Mensch. Hinter dem Baum, auf dem die Raben gesessen hatten, stieg ein Eichelhäher krächzend in die Lüfte und flog ihrer V-Formation hinterher. Alex hoffte, dass Jacob diese Unruhe verursachte, aber ihr Bauchgefühl sagte ihr, dass sie nicht so viel Glück hatten.

»Wir müssen verschwinden. Ich glaube, Cody ist in der Nähe.«

»Der Kerl ist wie der Terminator«, stöhnte Kathleen. Sie legte ihren Arm um Alex' Schultern, und sie gingen tiefer in das kleine Waldstück hinein, während Alex nach einem Versteck Ausschau hielt. Sie legten drei Meter zurück, ohne eine Blutspur zu hinterlassen, dann fünf. Bei jedem Schritt sog Kathleen scharf die Luft ein, und Alex sah, dass der Druckverband durchnässt war.

Alex beugte sich vor. »Ich trage dich in Feuerwehrmannmanier auf dem Rücken.«

»Auf keinen Fall! Das hält dich zu stark auf!«

»Ich akzeptiere kein Nein.« Sie beugte sich hinab und hob ihre Freundin kurzerhand vom Waldboden. Nun ging es schneller, Kathleen auf dem Rücken, an Alex' Arme und Rucksackriemen geklammert. Sie legten zwanzig Meter zurück, fünfzig Meter. Alex ging weiter, bis ihr Körper schmerzte und ihre Beine zitterten. Sie entdeckte einen umgestürzten, mit Moos und Farnen bewachsenen breiten Baumstamm.

Sie legte Kathleen behutsam am Baumstamm ab und half ihr, auf die andere Seite zu klettern und sich in das weiche Moosbett zu legen.

Alex setzte sich zu ihr und lauschte auf Schritte, vernahm aber nur das Zwitschern eines Eichelhähers, gefolgt vom Schnattern eines Eichhörnchens. Dann wurde es still, bis auf den flüsternden Wind in den Ästen.

Angespannt lauschte sie weiter. Dann hörte sie es. Das Knacken eines Zweigs, schweres Atmen. Aber da Geräusche im Wald weit trugen, vermutete sie, dass derjenige noch ein Stück entfernt war. Wenig später aber hielt sie den Atem an, als er schließlich an dem Baumstamm vorbeiging, hinter dem sie auf den Boden gepresst dalagen. Der Unbekannte rang nach Luft, als wären seine Rippen geprellt oder angeknackst.

Cody.

Er blieb stehen, und Alex kniff die Augen zu. Kathleens Finger fanden die ihren, und sie drückten einander die Hand. Alex biss die Zähne zusammen, ihre Kiefermuskeln schmerzten vor Anspannung.

Er ging ein paar Schritte, blieb wieder stehen. Dann kehrte er zurück, atmete stoßweise. Sie hörte, wie er in den Büschen herumstocherte, leise vor sich hin fluchte. Er hatte die Blutspur verloren. Sie hoffte, dass er ihre Stiefelabdrücke im Waldboden übersehen würde.

Endlich ging er weiter, entfernte sich von ihnen, bis sie seine Schritte nicht mehr hörte.

Kathleen stieß einen langen leisen Seufzer aus. »Oh Gott. Ich dachte, mein Herz würde zerspringen«, flüsterte sie.

»Ging mir auch so. Mir tun die Zähne weh, weil ich sie so fest zusammengebissen habe.«

Schließlich riskierte Alex einen Blick über den Baumstamm. Sie sah nichts von Cody. Trotzdem blieben sie liegen und lauschten, besorgt, dass er zurückkehren könnte zu der Stelle, wo die Blutspur endete, und es erneut versuchen würde.

Nach zwanzig bangen Minuten wagte Alex es schließlich aufzustehen. Sie überprüfte ihr GPS-Gerät. »Es ist nur noch einen knappen Kilometer zu Agatha, der Baumbesetzerin.«

»Was, wenn er von ihr weiß und denkt, dass wir uns zu ihr durchzuschlagen versuchen?«

»Das Risiko müssen wir eingehen. Bei ihr ist das nächste Funkgerät.«

»Was ist mit diesem Holzfäller? Dem Kerl, der Agatha bedroht hat?«

Alex zuckte mit den Schultern. »Keine Ahnung. Als ich das letzte Mal mit dem Sheriff gesprochen habe, wollte sie versuchen, ihn versetzen zu lassen. Ich glaube, Agatha ist unsere beste Chance.«

Kathleen erhob sich mühsam. »Okay.«

Alex schaute sich noch einmal das Bein ihrer Freundin an. Sie wechselte den durchnässten Verband und war froh, dass die Blutung gestillt war. Aber die Wunde war schlimm, und je schneller sie Kathleen ins Krankenhaus brachte, desto besser.

Gemeinsam machten sie sich auf den Weg zu Agatha.

29. KAPITEL

Während sie durch den Wald gingen und das letzte Licht des Tages einen goldenen Schimmer auf den smaragdgrünen Moosboden warf, hatte Kathleen zunehmend Mühe, ein Bein vor das andere zu setzen.

»Es ist nur noch ein kleines Stück«, versicherte ihr Alex.

»Werden die Hagelkörner auf der Ostseite des Berges kleiner?«

Alex lachte. »Ja, das werden sie.«

»Dann bin ich beruhigt.«

Alex lächelte ihre Freundin an.

Die Sonne versank hinter den Bergen, und augenblicklich kühlte die Luft ab. Kathleen fröstelte, und Alex holte ihre Regensachen heraus, zog ihre Jacke aus und bestand darauf, dass Kathleen sie anzog. In Kathleens Zustand stellte die Kälte ein weiteres Problem dar, aber die Dunkelheit würde ihnen zusätzlichen Schutz bieten.

Erneut konsultierte sie ihr GPS-Gerät und schaltete zur besseren Orientierung die Kompassfunktion ein. Es waren noch genau neunhundertzweiunddreißig Meter bis zu dem Baum, Gaia. Sie schlichen leise durch den Wald, Kathleen an Alex' Schulter gelehnt.

Als sie sich Agatha bis auf hundert Meter genähert hatten, bedeutete Alex Kathleen, sich hinter einem Baum zu verstecken. Sie half ihr, sich auf den Waldboden zu setzen.

»Ich sehe mich dort vorn mal um. Es ist möglich, dass Cody uns erwartet.«

Das schwache Licht der Abenddämmerung umfing sie. Eine Zwergohreule stieß einen Ruf aus. Alex schlich weiter. Selbst der bedrohliche Holzfäller wäre ihr jetzt ein willkommener Anblick, denn wahrscheinlich besaß er ein Funkgerät oder ein Satellitentelefon.

Sie näherte sich dem Baum und kauerte sich zwischen einigen Heidelbeersträuchern hin. Anfangs hörte sie gar nichts. Dann vernahm sie Bewegungen oben im Baum.

»Agatha?«, rief sie leise. Sie wusste, wie weit Geräusche im Wald trugen, und sie musste nicht laut sprechen, damit Agatha sie oben auf ihrer Plattform hörte.

»Alex?«, kam die Antwort.

»Ja. Und ich brauche Hilfe.«

»Was ist denn los?«

»Ich brauche einen Rettungshubschrauber und die Polizei.«

»Ernsthaft? Was ist passiert?«

»Meine Freundin wurde angeschossen. Und der Schütze ist immer noch hier draußen.«

Sie hörte, wie Agatha herumrutschte. »Gott, es tut mir furchtbar leid, aber sie haben mir wieder Trevor geschickt, und der Trottel hat die Batterien für mein Funkgerät vergessen. Ich bin seit zwei Tagen ohne Funkverbindung.«

Alex versank in echter Verzweiflung. Sie konnte es nicht glauben.

Sie hatten den weiten Weg umsonst gemacht.

Sie blickte auf dem dunklen Waldboden um sich. »Kann es sein, dass er den Korb irgendwo hier unten liegen gelassen hat? Oder sind ihm die Batterien aus Versehen rausgefallen?«

»Ich glaube nicht. Er hat mir den Korb ja gebracht. Er hat

einfach nur vergessen, die Batterien reinzulegen. Trinkwasser hat er auch vergessen. Toll, oder? Hätte es nicht so oft geregnet, wäre ich verdurstet.«

Alex legte eine Hand an den uralten Baum, ihre Gedanken überschlugen sich. Sie erlebten einen Rückschlag nach dem anderen. Und Kathleen hatte nicht mehr viel Zeit. Sie hatte eine Menge Blut verloren, und mit dem Anbruch der Nacht würde es noch kälter werden.

»Was kann ich tun?«, rief Agatha herunter.

Alex überlegte. Früher oder später würde Cody darauf kommen, sich auch in dieser Gegend umzusehen. Ein Teil von ihr hoffte, dass er befürchtete, sie und Kathleen hätten bereits die Polizei informiert, und er war längst auf der Flucht. Er wusste ja, dass sein Bruder nicht bereit war, das Familiengeheimnis zu wahren.

Eines stand indes fest: Kathleen konnte nicht mehr weiter. Und Alex konnte sie nicht einfach im Wald liegen lassen. Sie blickte hinauf in die dunklen Äste des Baumriesen.

»Hast du dort oben ein Klettergeschirr?«

»Ja, klar.«

»Können wir meine Freundin zu dir auf den Baum bugsieren?«

»Ich … ich glaube schon. Denkst du, dieser Typ könnte auftauchen und nach ihr suchen?« Ihre Stimme klang ängstlich.

»Vielleicht. Möglich wäre es. Aber bei dir oben im Baum ist es viel sicherer als hier unten.« Sie blickte sich um. »Das Holzfällerlager ist etwa drei Kilometer von hier entfernt, oder?«

»Das kommt hin.«

»Weißt du, ob der Holzfäller ein Funkgerät hat?«

»Ja, hat er. Ich habe ihn gehört, wie er sich über mich beschwert hat.«

»Okay. Dann ist das der neue Plan. Ich hole meine Freundin. Kannst du das Gurtzeug runterlassen und wir befördern sie zu dir hoch?«

»In Ordnung.«

»Diesmal bist du die Retterin«, sagte Alex.

Sie eilte los, suchte im schwindenden Licht den Baum, an dem sie Kathleen zurückgelassen hatte.

Kathleen saß reglos am Stamm, die Augen geschlossen, der Mund halb offen, ihre Arme hingen schlaff an den Seiten herunter, und einen Moment lang ergriff Alex kalte Angst.

Sie kniete sich neben sie. »Kathleen?«

Ihre Freundin regte sich, schlug benommen die Augen auf, ihr Blick glasig, unfokussiert.

»Ich habe eine gute und eine schlechte Nachricht«, sagte Alex.

»Ich glaube nicht, dass ich noch mehr schlechte Nachrichten verkraften kann.«

Alex rang sich ein Lächeln ab. »Dann erzähle ich dir nur die gute Nachricht. Du wirst dich in einer Art Baumhaus ausruhen können, während ich zum Holzfällerlager laufe.«

»Sie hat kein Funkgerät?«, nuschelte Kathleen benommen.

»Nein. Aber das ist schon okay. Ich werde ein anderes benutzen und dich mit einem Rettungshubschrauber hier rausholen. Jetzt komm.«

Sie schob ihre Hände unter Kathleens Arme und hob sie hoch. Kathleen holte scharf Luft, sobald sie das doppelt verletzte Bein belastete. Alex warf sie sich wieder in Feuerwehrmannmanier über den Rücken und trug sie zum Fuß des Baumes.

Das Gurtgeschirr hing an Kletterseilen herab. Sie legte es Kathleen an, was kein leichtes Unterfangen war, da Kathleen ihr verletztes Bein anheben musste und bei jeder Bewegung zusammenzuckte. Aber dann war es vollbracht.

»Fertig!«, rief sie nach oben. Sie sah, wie sich die Seile strafften, und dann begannen Alex und Agatha gemeinsam, Kathleen mithilfe des Flaschenzugsystems auf den Baum zu hieven.

Als Alex einige Schritte von dem Baum zurücktrat, wurde ihr mit schwindelerregender Deutlichkeit klar, wie hoch sich Agatha in Gaias Geäst befand. Sie schätzte, dass über sechzig Meter Seil zwischen ihren Händen hindurchliefen, bevor sie spürte, wie das Seil abrupt zum Stillstand kam.

»Sie ist oben«, rief Agatha herunter. »Ich habe sie auf der Plattform.«

»Alles in Ordnung mit Kathleen?«, fragte Alex.

»Mir geht es gut«, kam die schwache Antwort ihrer Freundin.

Dann zog Agatha das Seil wieder in den Baum hinauf, aus dem Blickfeld. »Alles klar. Ich bin weg«, rief Alex nach oben. Sie wollte kein überflüssiges Gewicht schleppen, aber auf alle Eventualitäten vorbereitet sein, deshalb kehrte sie zu Kathleens letztem Versteck zurück und holte dort alles Unnötige aus ihrem Rucksack: Schlafsack, Isomatte, Zelt. Sie deckte die Sachen mit Ästen ab. Dann schulterte sie den nun deutlich leichteren Rucksack und machte sich auf den Weg.

Inzwischen war es richtig dunkel geworden. Der Mond war noch nicht aufgegangen, und es war so finster, dass sie praktisch blind war. Ihr missfiel der Gedanke, die Stirnlampe zu benutzen, aber es gab keine Alternative, wenn sie das Holzfällerlager in einer akzeptablen Zeit erreichen wollte.

Sie trank einen großen Schluck Wasser, dann knipste sie ihre Stirnlampe an und lief los.

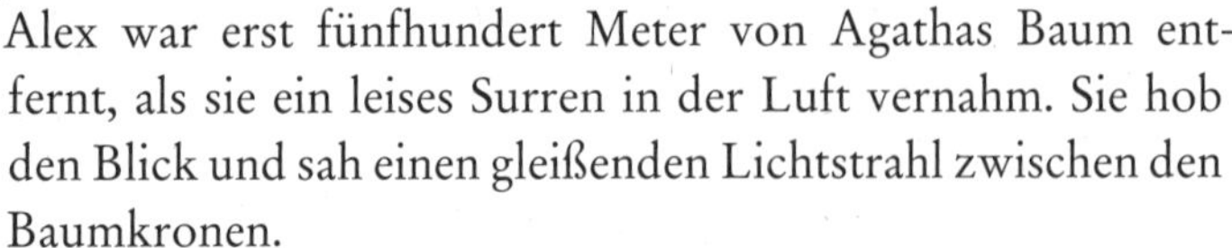

30. KAPITEL

Alex war erst fünfhundert Meter von Agathas Baum entfernt, als sie ein leises Surren in der Luft vernahm. Sie hob den Blick und sah einen gleißenden Lichtstrahl zwischen den Baumkronen.

Das Flugobjekt.

Panik wallte in ihr auf. Sie drückte sich an den nächstbesten Baumstamm, wenngleich sie wusste, dass dies zwecklos war, weil das Ding Körperwärme registrierte. Es sank zwischen den Baumkronen herab, sein Licht schwenkte direkt auf sie zu. Sie wusste, sie konnte sich vor ihm nicht verstecken.

Und es würde nicht lange dauern, bis es auch auf Agatha und Kathleen aufmerksam werden würde.

Sie musste es weglocken und einen Weg finden, es vom Himmel zu holen.

Als der Lichtkegel sie erfasste, stieß sie sich vom Baum ab und rannte los. Im nächsten Moment machte es wieder das ohrenbetäubende Geräusch, das sie nur zu gut in Erinnerung hatte von ihrer letzten Begegnung.

Sie warf einen Blick über die Schulter, hob einen Arm, um ihre Augen zu schützen. Sie wusste nicht, was es war – eine Art selbst gebaute Spezialdrohne?

Sie durfte nicht zulassen, dass es sie ins Visier nahm, deshalb rannte sie im Zickzackkurs zwischen den Bäumen hindurch. Plötzlich wurde der Lärm, den es ausstieß, unerträglich laut, sodass Alex die Hände an die Ohrmuscheln presste. Der Lichtstrahl folgte ihr unentwegt. Doch sie wusste, dass es nahe herankommen musste, um seinen Betäubungspfeil abfeuern zu können.

Sie rannte hinter einen riesigen Baum und blickte sich fieberhaft um. Am Boden lag ein langer Ast. Sie klaubte ihn auf. Jetzt musste sie schnell sein. Die Drohne stieß eine weitere ohrenbetäubende Lärmkaskade aus, und Alex' Herz klopfte wilder denn je. Was auch immer es war, es konnte einen Menschen zu Tode erschrecken.

Mit dem schweren Ast fest in Händen wartete Alex darauf, dass das Ding um den Baum bog und sie wieder anstrahlte. Dann musste sie augenblicklich reagieren. Sie hatte nur eine Chance.

Der Lichtstrahl kam näher, und Alex beruhigte ihre Atmung. Das Ding schwebte herab, bis es hinter dem Baum etwa auf ihrer Höhe war.

Im nächsten Moment schnellte sie hinter dem Stamm hervor, konnte aber im grellen Scheinwerferlicht nichts erkennen. Sie schwang den Ast seitwärts gegen das Gefährt. Durch die Wucht des Schlags ruckte das Ding heftig zur Seite. Es war leichter als erwartet. Sie sprang vor und schlug erneut zu, diesmal von oben, sodass es weiter herabsank.

Das grelle Licht blendete sie, und sie sah nur noch grüne und rote Punkte vor Augen. Doch sie schlug abermals zu, wieder und wieder, bis das Ding endlich inmitten der Tannennadeln auf dem Waldboden lag. Ihre Augen brannten und tränten wegen der Helligkeit, während sie den Ast mit aller Gewalt in das Fluggerät rammte.

Sie hörte ein Knirschen, und irgendein Plastikteil löste sich von der Maschine und schnellte gegen einen Baum. Sie stach immer wieder mit dem spitzen Ast auf das Fluggerät ein, rammte ihn wie einen Presslufthammer in den Rumpf.

Weitere Teile flogen durch die Gegend, verstreuten sich auf dem Waldboden. Sie musste die Stromquelle zerstören, damit das Licht ausging. Das Gehäuse zerbrach unter der Wucht ihrer Schläge, und sie spürte, wie etwas Großes herausbrach. Es fiel auf den Boden, und sofort gingen die Lichter aus und der Motor erstarb.

Plötzliche Stille senkte sich über sie herab, doch sie sah nur helle Farbflecke auf ihrer überreizten Netzhaut. Sie kniff die Augen zu, umfasste den Ast weiter so fest, dass ihr die Rinde in die Haut stach.

Langsam verblassten die Flecken, und Alex konnte endlich wieder sehen. Sie schaltete die Stirnlampe ein und nahm das Wrack in Augenschein.

Vor ihr lagen die Überreste eines Quadrocopters. Das Fluggerät war kleiner, als sie es sich vorgestellt hatte, aber es hatte lange hervorstehende LED-Leisten an zwei Querverstrebungen und einen ringsum verlaufenden Lichtring. An seinem Unterboden waren Lautsprecher montiert. Und auf der rechten Seite sah sie die Metallröhre, aus der die Spitze eines Betäubungspfeils ragte. Auf dem Waldboden lag ein großer Akku, und nun sah sie, dass es sich bei den Einzelteilen, die gegen die Bäume geprallt waren, um Propellerblätter handelte. Sie betrachtete das Durcheinander, das sich vor ihren Füßen ausbreitete. Fliegen würde das Ding nicht mehr.

Sie brauchte einige Sekunden, um wieder zu Atem zu kommen, dann ließ sie den Ast aus ihren zitternden Händen gleiten. Die Rinde hatte ihr die Haut zwischen rechtem Daumen und Zeigefinger aufgerissen, und aus der linken Handfläche ragte ein langer Splitter. Sie zog ihn heraus.

Wütend riss sie den Betäubungspfeil aus der Metallröhre und verstaute ihn in einer Außentasche ihres Rucksacks. Dann eilte sie los in Richtung Holzfällerlager.

Während sie durch die Dunkelheit hetzte, bemerkte Alex zwischen den Bäumen vor ihr ein schimmerndes Licht. Als sie näher kam, hörte sie ein dumpfes dröhnendes Geräusch, wie von einem Motorrad im Leerlauf. Sie blieb stehen, und erneut ergriff sie die Angst. Nach Luft japsend starrte sie auf das Licht.

Sie hetzte weiter, bekam Seitenstiche, und kurz darauf kam eine große Lichtung voller Baumstümpfe und schwerer Maschinen in Sicht. Das Holzfällerlager. In der Mitte ratterte ein kleiner Generator, der drei hohe Standscheinwerfer mit Strom speiste, die helles Licht auf den Fuhrpark warfen: Bulldozer, Holzschleppfahrzeuge, Fällkräne.

Von den Aktivisten, ihren Transparenten und Zelten war nichts mehr zu sehen.

Am Rand der Lichtung stand ein Wohnwagen; hinter dem zugezogenen Fenster brannte Licht, der Schatten eines Mannes beugte sich über eine Essnische. Sie eilte auf den Wohnwagen zu, aber bevor sie ihn erreichte, verschwand der Schatten, und die Tür des Wohnwagens flog auf.

»Wer zum Henker ist da draußen?«, bellte Clyde, der im Türrahmen stand. Er schwenkte eine große Taschenlampe umher.

Alex blieb stehen, versuchte, zu Atem zu kommen.

»Sie brauchen sich nicht zu verstecken. Ich sehe Sie auf den Überwachungsmonitoren.«

Der Lichtstrahl seiner Taschenlampe fiel auf sie, und sie ging mit friedvoll gehobenen Händen auf ihn zu. Sie nahm ihren Rucksack ab und stellte ihn an einen Bulldozer. Die kühle Luft am verschwitzten Rücken tat gut.

»Sie sind doch diese Biologin«, sagte er unwirsch.

»Ja. Ich muss Ihr Funkgerät benutzen«, entgegnete sie, immer noch schwer atmend.

Er stemmte die Hände in die Hüften, und sie sah das Funkgerät an seinem Gürtel. »Wozu? Das ist offizielles Eigentum der Diamond Logging Company. Man darf es nur zu Firmenzwecken benutzen.«

Sie richtete sich auf, ihre Seitenstiche brachten sie beinahe um. »Bitte. Ich muss Sheriff Taggert oder das FBI kontaktieren. Es handelt sich um einen Notfall. Meine Freundin wurde angeschossen.«

Verwirrt verzog er das Gesicht. »Wie bitte? Bei einem Jagdunfall, oder was? Ich hätte nicht gedacht, dass Typen wie Sie jagen.«

»Es war kein Unfall. Ein Mann ist hinter uns her. Derselbe Mann, der die Rangerin ermordet hat, deren Leiche in der Stadt gefunden wurde.«

Der Holzfäller schaute im grellen Standscheinwerferlicht um sich. »Und er ist hier in der Nähe?«

»Ja!« Alex war am Ende mit ihrer Geduld. »Bitte. Ihr Funkgerät.«

»Ich denke, *ich* könnte das für Sie machen«, bot er schließlich an. »Wen wollen Sie noch mal sprechen?«

»Funken Sie einfach den Sheriff an. Sofort, bitte! Sagen Sie ihr, Irmas Mörder ist Cody Wainwright.«

»Cody Wainwright!« Ein ungläubiger Ausdruck legte sich über Clydes Gesicht. »Das glaub ich nicht. Ich habe mit dem Burschen schon so einige Bierchen gekippt. Ist ein anständiger Kerl.« Er betrachtete sie argwöhnisch.

»Ich sage Ihnen die Wahrheit!« Wut flammte in Alex auf. Falls nötig, würde sie das Funkgerät gewaltsam an sich nehmen.

In dem Moment zog das Knirschen von Stiefeln auf Tannennadeln ihre Aufmerksamkeit auf die andere Seite des Lagers. Cody Wainwright kam auf sie zugeeilt. »Ich bin derjenige, der dein Funkgerät braucht«, sagte er mit leiser Stimme. »Ich wurde angegriffen. Die haben versucht, mich umzubringen. Mein Funkgerät ist im Fluss gelandet.«

Clyde blickte unsicher von Alex zu Cody. »Was ist denn passiert?«, fragte er Cody.

»Ich sagte, ich brauche dein Funkgerät«, knurrte Wainwright. Er schwankte, sichtlich angeschlagen. Sein Bruder hatte ihm ein blaues Auge und einen blutigen Kratzer an der Wange verpasst. An seinen Nasenlöchern klebte geronnenes Blut. Er hielt eine Hand an den Rippen. Die andere lag auf dem geöffneten Pistolenholster. Alex war enttäuscht, dass er die Waffe nicht zusammen mit seinem Funkgerät verloren hatte.

»Ich … funke besser mal Taggert an«, stammelte Clyde, der zu spüren schien, dass etwas nicht stimmte.

Blitzschnell zog Cody die Pistole. »Schade, das zu hören.«

Die Explosion zerriss die Nachtluft, Alex' Ohren klingelten. Sie duckte sich und sah aus dem Augenwinkel, wie die Kugel in Clydes Stirn einschlug. Er sackte zu Boden, während sie in den Schatten davonrannte.

Cody reagierte sofort. Er knipste seine Stirnlampe an, erfasste Alex im Lichtkegel und nahm sie ins Visier, als sie im Zickzackkurs zwischen den Bäumen verschwand. Er drückte ab, dann gleich noch einmal, verfehlte sie aber. Fluchend eilte er ihr hinterher und gab noch zwei Schüsse ab, aber hatte kein Glück.

»Verdammte Scheiße!«, blaffte er, rammte die Pistole ins Holster und zog das Tempo an. Alex sprintete durch die

Dunkelheit, sah aber den tanzenden Lichtkegel von Codys Stirnlampe direkt hinter ihr. Mit ausgestreckten Armen hechtete er ihr hinterher, holte sie ein und bekam ihre Beine zu fassen, riss sie um. Alex stürzte und schlug mit dem Kinn am Boden auf, biss sich auf die Zunge, schmeckte Blut. Im nächsten Moment spürte sie Codys erdrückendes Gewicht auf ihr. Seine Hände krallten sich in ihren Rücken, und sie rammte ihm einen Ellbogen gegen die Nase. Er stöhnte schmerzerfüllt auf, und sein Griff lockerte sich, während er sich instinktiv ins Gesicht fasste.

Sie rollte sich unter ihm herum, riss ein Bein hoch und rammte ihm den Stiefelabsatz in die Seite. Er krümmte sich, versuchte, seine Körpermitte zu schützen, und sie schob sich unter ihm hervor und drehte sich auf den Rücken. Sie trat nach ihm und traf ihn an der bereits verletzten Nase. Trüge sie ihren Rucksack bei sich, hätte sie ihm den Betäubungspfeil in den Arm rammen können.

Sie sprang auf und fuhr zu ihm herum, die Hände in der Jeet-Kune-Do-Verteidigungshaltung gehoben. *Lass deine Füße nicht zu Zement werden. Atme. Beweg dich. Sei auf alles gefasst.*

Er stand auf, wischte sich das Blut von der Nase und wandte sich ihr zu. Er hob die Fäuste wie ein Kneipenschläger, jemand ohne Kampftraining, aber voller Wut und noch etwas anderem. *Verzweiflung*, erkannte sie. Nach all der Zeit, nach allem, was sie mit angehört hatte, nach Kathleens Schilderungen über die herabwürdigende Art, mit der Otis ihm begegnet war, ihn niedergemacht und körperlich angegangen hatte, versuchte er, seinen Vater dennoch weiterhin zu schützen.

»Sie müssen das nicht tun«, sagte sie ihm. »Ihr Vater ist es nicht wert.« Sie überlegte, ob sie ihm verraten sollte, dass

Otis tot in einer tiefen Gletscherspalte lag, dass er ihn nicht mehr zu schützen brauchte. Aber die Wut über den Verlust könnte Cody nur noch gefährlicher machen.

Er griff nach seiner Waffe, doch als er die Pistole hochriss, schnellte sie heran und schlug sie ihm mit einer blitzartigen Wischbewegung aus der Hand. Die Pistole flog in hohem Bogen durch die Luft und landete in den Büschen.

Während sie miteinander rangen, blendete sie seine Stirnlampe, sodass sie seine Bewegungen nur schwer erkennen konnte. Sie versetzte ihm einen Kopfstoß ans Kinn, griff ihm mit beiden Händen ins Gesicht und drückte ihre Daumen in seine Augen, trieb die Kuppen zwischen die Augäpfel und das Augenhöhlengewebe. Er würde dadurch nicht erblinden, aber es tat höllisch weh.

Er schrie auf, und sie rammte ihm ein Knie in den Unterleib. Im nächsten Moment riss sie ihm die Stirnlampe vom Kopf.

Keuchend sank er auf die Knie und hastete dann in die Büsche. Vor Schmerz blinzelnd suchte er nach der Waffe, rang ohne seine Stirnlampe mit der Dunkelheit.

Alex nutzte die Gelegenheit, um ins Lager zurückzurennen. Dort angekommen, preschte sie an einem langen Holzschlepper vorbei zum Wohnwagen, vor dem Clydes Leiche lag. Sie tastete an seinem Gürtel herum, und ihre Hände schlossen sich um sein blutbeschmiertes Funkgerät.

Sie stieg in den Wohnwagen und zog die Tür zu. Als sie das elektrische Knistern im Funkgerät hörte, durchströmte sie Erleichterung. Sie stellte die Frequenz ein, die Fields für die Suchaktion gewählt hatte.

»Agent Fields, hier ist Alex Carter, Ende.«

Ein kurzer Moment des Wartens verging, dann ein weiteres

Knistern, und Fields' Stimme ertönte aus dem Funkgerät. »Carter? Wo sind Sie?«

»Im Holzfällerlager. Hören Sie, ich habe Kathleen gefunden, sie wurde angeschossen. Es war Cody Wainwright. Er steckt hinter alldem. Er ist bewaffnet und hinter mir her. Ich brauche Hilfe.«

»Verstanden«, sagte Fields. »Können Sie sich irgendwo verstecken, bis wir eintreffen?«

»Wie lange wird es dauern?«

»Mindestens eine halbe Stunde. Aber wir haben einen Hubschrauber. Halten Sie so lange durch?«

Alex' Mut sank. »Ich versuche es«, antwortete sie. »Beeilen Sie sich bitte.«

»Verstanden.«

Sie schaltete das Funkgerät aus, und die plötzliche Stille war bedrückend nach dem wohltuenden Klang von Fields' Stimme.

Ihr war klar, dass eine halbe Stunde ewig dauern konnte. Cody würde schnell darauf kommen, wo sie war, denn er wusste ja, dass sie nach einem Funkgerät suchte. Sie würde Widerstand leisten müssen. Vor allem, falls er mit seiner Pistole aufkreuzte. Und davon musste sie ausgehen. Außerdem durfte sie keinesfalls riskieren, dass er Kathleen fand. Sie ging im Wohnwagen umher und suchte nach einer Waffe. Doch sie fand lediglich eine halb leere Schachtel mit .308er-Munition, dasselbe Kaliber, mit dem man ihren Reifen zerschossen hatte. Das Gewehr hatte er anschließend wahrscheinlich entsorgt. Auf dem Tisch fand sie ein Versicherungsformular, das Clyde im Auftrag des Holzunternehmens wegen einer bei einem Regensturm verloren gegangenen Ladung Baumstämme ausgefüllt hatte.

Alex suchte weiter, aber die einzige Waffe im Wohnwagen war ein mit Marmelade verklebtes Buttermesser, das auf dem Tisch der Essnische lag.

Sie überlegte. Sie musste einen Weg finden, Cody zu stoppen, ihn außer Gefecht zu setzen. Ihr fiel das *Diphasiastrum*-Pulver in ihrem Rucksack ein.

Sie eilte nach draußen zu Clydes Leiche. An seinem Gürtel hing ein Schlüsselbund. Sie hakte es aus, aber die schiere Anzahl der Schlüssel ließ sie verzweifeln. Sie schaute nervös um sich – noch keine Spur von Cody.

Sie eilte weiter zu dem Bulldozer, wo ihr Rucksack stand, öffnete ihn und kramte nach ihrem Zippo-Feuerzeug. Sie fand es und holte es zusammen mit den beiden Plastikflaschen voller *Diphasiastrum*-Pulver heraus, die sie im letzten Tunnel gefunden hatte.

Den Rucksack schob sie nun unter das Holzschleppfahrzeug, richtete sich auf und schlich weiter. Sie stieß auf einen Entaster, ein schweres Gefährt mit einer Fahrerkabine und Greifklauen an einem ausfahrbaren Schwenkarm, mit dem man Äste von Baumstämmen abtrennte.

Sie blickte auf das Schlüsselbund herab. Sie konnte damit alle Fahrzeuge im Holzfällerlager starten, aber sie musste einen Weg finden, um das Pulver zu verteilen. Sie müsste nur die Spritzdüsen der Plastikflaschen entfernen, dann wäre es einsatzbereit. Sie hob den Blick und sah an einem der riesigen Bäume, die den Kahlschlag bislang überlebt hatten, einen tief herabhängenden Ast.

Sie eilte zum Rucksack und nahm das aufgerollte Kletterseil ab, das an der Außenseite befestigt war. Dann suchte sie am Boden nach einem geeigneten Felsbrocken und fand einen neben dem Bulldozer.

Sie rannte zu dem Baum und versuchte, ein Seilende über den herabhängenden Ast zu werfen. Beim zweiten Versuch flog das Seil über den Ast und fiel auf der anderen Seite zu ihr herunter. Sie ergriff es und knotete dieses Seilende an den Felsbrocken; das andere Ende befestigte sie am Bulldozer. Sie stieg in das Führerhaus und machte sich kurz mit den Bedienelementen vertraut.

Nun kehrte Alex zum Entaster zurück und platzierte die beiden *Diphasiastrum*-Flaschen so auf der unteren Greifklaue, dass die Spritzdüsen auf die Schaufel des Bulldozers zeigten. Sie zog das Seil straff, bis der schwere Felsbrocken direkt über den Plastikflaschen hing. Als Letztes schraubte sie vorsichtig die Spritzdüsen ab.

Dann stieg sie auf den Fahrersitz des Entasters. Der Schweiß rann zwischen ihren Schulterblättern herab. Ihr Herz pochte, und ihre Hände zitterten, während sie mit den vielen Schlüsseln herumhantierte. Sie probierte verschiedene aus und fand schließlich den richtigen.

Dies war der Moment der Wahrheit. Sobald sie den Schlüssel umdrehte, würde der Motor aufheulen. Sie musste bereit sein. Schnell sein.

Alex kniff die Augen zusammen, holte tief Luft. Dann startete sie den Motor und sprang von dem Forst-Fahrzeug herunter.

Sie rannte zum Bulldozer, stieg in dessen Führerhaus und suchte auch hier nach dem richtigen Schlüssel, fand ihn rasch. Der Motor erwachte stotternd zum Leben und tuckerte dann im Leerlauf vor sich hin. Sie schaltete die Scheinwerfer ein, deren helles Licht die Dunkelheit am Rande des Lagers durchdrang. Sie ließ die Schaufel des Bulldozers so weit es ging nach oben fahren.

Nun sprang sie aus dem Führerhaus und lief zum Entaster. Dort kauerte sie sich hin, das Zippo in der Hand, und wartete auf Cody.

31. KAPITEL

Wegen der beiden dröhnenden Motoren und des Scheinwerferlichts musste Cody wissen, wo sie war. Aber wegen des Lärms würde sie ihn nicht hören, wenn er erschien. Sie konnte nur hoffen, dass sie ihn sehen würde, bevor er sie sah. Sie wartete zusammengekauert neben dem Entaster.

Fünf Minuten verstrichen, dann zehn. Sie beschlich der Gedanke, dass er womöglich aufgegeben und sich aus dem Staub gemacht hatte. Oder vielleicht war er unterwegs zu seinem Vater, er wusste ja nicht, dass Otis tot war.

Aber dann kam eine schwankende Gestalt in Sicht. Sie sah die Pistole in seiner Hand, er zielte auf das Führerhaus des Bulldozers. Dann schoss er, und sie hielt sich schnell die Ohren zu, während die Kugel an dem Metall der Kabine abprallte.

Sie musste handeln. Jetzt. Sie ließ das Zippo aufflammen und stellte es vor die *Diphasiastrum*-Flaschen, dann schlich sie zum Bulldozer hinüber. Dessen Scheinwerferlicht war so grell, dass sie glaubte, dahinter unbemerkt ins Führerhaus klettern zu können.

Vorsichtig löste sie das Seil vom Bulldozer und hielt es mit aller Kraft fest, um den über den Flaschen hängenden Felsbrocken in der Schwebe zu halten.

Cody kam näher, seine Schusshand zitterte. Als er taumelnd in den Lichtkegel trat, sah sie sein hageres blutiges Gesicht, die gebrochene Nase.

Mit seiner freien Hand schirmte er seine Augen vor dem grellen Licht ab und hielt nach Alex Ausschau.

Sie legte sich auf den Boden des Führerhauses, lugte nach draußen. Mit einer Hand hielt sie das Seil, mit der anderen die Schaufelsteuerung.

Er gab einen weiteren Schuss auf den Bulldozer ab, und sie hörte, wie die Kugel von der Trittfläche abprallte. Ein dritter Schuss ließ Erde aufspritzen. Sie verharrte in ihrer Position und rang mit ihrer Angst, dass sie eine Kugel in den Kopf bekommen könnte. Aber sie vermutete, dass er sie nicht sah und sie nur aufzuscheuchen versuchte. Ihr Körper bebte, aber sie ergab sich der Angst nicht.

Er näherte sich dem Entaster und sah nun die flackernde Flamme das Zippos, das am Boden stand.

Er ging darauf zu, die Pistole im Anschlag, schussbereit, und sobald er vor den Pulverflaschen stand, ließ Alex das Kletterseil los.

Der Felsbrocken sauste herab, krachte auf die Plastikflaschen und setzte eine wogende Kaskade aus gelbweißem Pulver frei. Augenblicklich entzündete es sich in der Flamme, und auf Cody schoss eine Feuerbrunst zu. Er taumelte zurück, versuchte, die Flammen auf seiner Kleidung auszuklopfen, stand nun direkt unter der Bulldozer-Schaufel. Alex schloss die Faust um den Steuerknüppel und ließ die Schaufel herabfahren; sie traf ihn im Rücken, und er stürzte zu Boden.

Sie hörte ihn schreien und stoppte die Schaufel, als er hilflos unter ihr eingeklemmt war. Sie wollte ihn nicht töten, aber sie musste ihn aufhalten.

Sie kletterte aus dem Führerhaus und sah, wie er sich im Staub wälzte, die Schusshand ausgestreckt, und sie trat ihm die Pistole aus der Hand und hob sie auf.

Die Waffe auf seinen Kopf gerichtet, sagte sie: »Bleib einfach still liegen, Cody.«

Sie ging rückwärts zu ihrem Zippo, ihren Blick und die Waffe fortwährend auf Cody gerichtet, und klappte das Feuerzeug zu.

Cody zappelte herum, versuchte, sich durch den Dreck zu wühlen, um freizukommen, aber schließlich gab er auf. »Ich habe es für ihn getan, verstehen Sie«, sagte er und spuckte Staub aus. »Ich wollte den Frauen nichts antun.«

Erschöpft sank Alex zu Boden und setzte sich in den Schneidersitz, hielt weiter die Waffe auf ihn gerichtet. Sie entgegnete nichts, betrachtete nur sein müdes, geschundenes Gesicht im Scheinwerferlicht.

Zwanzig Minuten später vernahm sie endlich das Donnern der Hubschrauberrotoren. Dann kamen die blinkenden Lichter in Sicht, und ein heftiger Wind wehte herüber, als der Hubschrauber auf der Lichtung landete. Der Pilot stellte den Motor ab, und Fields sprang heraus, gefolgt von Lipkin und Hernandez.

Sie übergab Fields mit dem Knauf voraus die Waffe. Dann kletterte sie ins Führerhaus des Bulldozers und hob die Schaufel von Cody.

»Respekt«, sagte Hernandez und betrachtete die Szenerie. »Wie haben Sie das hinbekommen?«

Fields bückte sich und legte Cody Handschellen an. Als er ihn auf die Beine hievte, wandte sich Fields zu Alex. »Wo ist Kathleen?«

»Bei der Baumbesetzerin. Ich führe Sie hin.«

Er bellte Lipkin und Hernandez an: »Ihr beide passt auf den Mistkerl auf.« Er deutete mit dem Daumen zu Alex.

»Wir evakuieren zuerst das Opfer mit der Schusswunde.« Dann zu Alex gewandt: »Na los.«

Sie stiegen in den Hubschrauber und setzten die Kopfhörer auf. Sie dirigierte den Piloten in Richtung des Baumes. »Nicht weit von dort gibt es eine Wiese, auf der Sie landen können«, sagte sie ihm.

Als sie am Fuß des Baumes eintrafen, rief Alex freudig zu Kathleen hinauf: »Es ist vorbei! Jetzt geht's ab nach Hause!«

»Halleluja«, rief ihre Freundin herunter.

Mit Agathas Hilfe ließen sie Kathleen herunter, und das Rettungsteam schnallte sie auf einer Trage fest. Kurz darauf hoben sie in Richtung Krankenhaus ab.

Fields wandte sich auf dem Co-Pilotensitz um und betrachtete Alex auf der Rückbank. »Wie zum Teufel haben Sie rausgefunden, dass es Cody war?«

Sie schilderte ihm, wie sie die Hütte seines Vaters entdeckt hatte und mit Kathleen geflohen war. Dann beschrieb sie, wie sie Otis auf dem Blockgletscher eine Falle gestellt und Kathleen dann Cody wiedererkannt hatte. Sie erwähnte auch, dass der vermeintliche Landstreicher ihnen geholfen hatte.

Fields grunzte und wandte sich wieder um. Dann sagte er in das Headset: »Hey, Carter. Wer würde gewinnen: Sie oder eine Familie von mordlustigen Entführern?«

Trotz aller Strapazen musste sie lächeln. »Ich.«

»Da haben Sie verdammt recht«, entgegnete er und bedachte sie zum ersten Mal mit einem Lächeln. »Erstklassige Arbeit.«

Auf dem ganzen Weg zum Krankenhaus hielt Alex Kathleens Hand.

Nach der Landung auf dem Krankenhausdach brachte das Rettungsteam Kathleen schnell hinunter. Alex blieb mit Fields auf dem Landeplatz zurück. Er deutete hinter sich auf den Hubschrauber. »Ich muss zurück zum Holzfällerlager, den Mistkerl abholen und ihn in eine Arrestzelle stecken. Soll ich Sie mitnehmen?«

Weil das Krankenhaus mehr als hundertfünfzig Kilometer von Bellamy Falls entfernt war, beschloss sie, mit ihm zurückzufliegen, um ihren Jeep zu holen und danach zu Kathleen zurückzukehren.

Mit Alex und Fields an Bord kehrte der Hubschrauber zum Holzfällerlager zurück. Alex blickte nach unten, während der Hubschrauber auf Lipkin und Hernandez herabstrahlte, die mit dem gefesselten Cody auf sie warteten. Sie setzten auf, und Alex kletterte hinaus, während Cody in den Hubschrauber verfrachtet wurde. Ein Wirrwarr sorgenvoller Gedanken geisterte ihr durch den Kopf.

»Sie können gern mit uns zur Stadt zurückfliegen«, bot Fields ihr an.

»Mein Wagen steht am Feuerwachturm«, entgegnete sie.

»Ich kann Sie hinfahren, nachdem ich den Kerl in die Zelle gesteckt habe«, sagte er.

»Das ist sehr nett von Ihnen. Aber der Turm ist nicht weit von hier, und um ehrlich zu sein, könnte ich ein bisschen Ruhe gebrauchen.«

»Durch einen finsteren Wald zu wandern ist Ihre Vorstellung von Ruhe?«, fragte Fields und zog die Augenbrauen hoch.

Sie lächelte. »So ist es.«

Er schüttelte den Kopf. »Okay. Aber damit das klar ist: Sie sind verrückt.«

Seine Worte erinnerten sie an Zoe. »Das hör ich öfters.«

Fields ordnete über Funk an, dass sich ein Tatortteam um Clydes Leiche kümmern sollte, und wies Lipkin an, auf dessen Eintreffen zu warten. Dann hob der Hubschrauber mit Fields und Cody an Bord ab. Alex verabschiedete sich von Lipkin, holte ihren Rucksack und ging in den Wald. Nach einem halben Kilometer blieb sie in der stillen Dunkelheit stehen. Sie nahm einen tiefen Atemzug. Schaute zu den Sternen auf. Wartete, bis eine Sternschnuppe vorbeizog, und wünschte sich etwas. Danach machte sie sich auf den Weg zum Feuerwachturm, wo der Jeep stand.

32. KAPITEL

SHERIFFBÜRO BELLAMY FALLS
ZWEI TAGE SPÄTER

Special Agent Fields und Sheriff Taggert saßen Cody im kleinen Vernehmungsraum gegenüber. Ein Arzt hatte seine Wunden versorgt, und Cody hatte auf einen Anwalt verzichtet. Fields lehnte sich auf seinem Stuhl vor, fixierte Wainwright mit seinem Blick. Alle Aufmüpfigkeit hatte den Mann verlassen, Fields betrachtete einen Besiegten. Taggert hatte Cody über den Tod seines Vaters unterrichtet. Ein Ranger hatte sich in die Gletscherspalte abgeseilt und Otis' zerschmetterten Körper gefunden. Beim Aufprall hatte er sich das Genick gebrochen.

Nun saß Cody schlaff und welk da, die Augen gerötet und geschwollen von den Tränen.

Fields begann mit dem Verhör. »Möchten Sie uns schildern, wie Sie in all das hineingeraten sind?«

Cody holte zitternd Luft, nagte an seiner Unterlippe und verschränkte die Arme. »Es hat alles mit unserem Dad angefangen.«

Danach verstummte er, und Fields fragte sich, ob der Mann jetzt dichtmachen würde. »Wir hören Ihnen zu.«

Cody rutschte unbehaglich auf dem Stuhl herum. »Als wir noch Kinder waren, hatten wir noch unsere Mom. Aber dann ist unser Dad mit uns herumgezogen, nach Washington,

Idaho und Montana, mal hier, mal dort.« Er schniefte und verstummte.

»Und was geschah dann?«, fragte Fields.

»Ungefähr als ich sieben war und Jacob zwölf, verschwand unsere Mom einfach. Sie sagte, sie würde mit Dad angeln gehen, aber sie kam nicht zurück. Unser Dad hat gesagt, dass sie abgehauen ist und dass sie uns nicht mehr lieb hat.« Er wischte sich über die Nase. »Danach wurde er komisch. Er redete dauernd davon, dass es Aufgabe der Frau ist, sich um Küche und Kinder zu kümmern, und dass unsere Mom versagt hat. Er war total besessen von diesen Gedanken und wurde immer zorniger.«

Fields stützte sich mit den Ellbogen auf die Tischplatte und wartete, dass Cody fortfuhr. Dieser Mann hatte offensichtlich eine Form von emotionalem oder körperlichem Missbrauch erlitten.

Schließlich fuhr Cody fort: »Ungefähr drei Monate nach ihrem Verschwinden brachte Dad die erste Frau nach Hause. Sie hat die ganze Zeit geweint und immer wieder versucht wegzulaufen.« Er schüttelte den Kopf. »Ich verstand nicht, warum sie überhaupt da war, wenn es sie so unglücklich machte.« Er schaute Fields an, dann Taggert, dann wanderte sein flackernder Blick zur Tür, und er schlang die Arme um die Brust. »Ich wusste nicht, dass er sie entführt hatte, hab's nicht verstanden. Und dann verschwand die Frau ein paar Monate später auch.«

»Wissen Sie, was mit ihr passiert ist?«, fragte Taggert.

Cody schüttelte den Kopf. »Er hat uns gesagt, sie ist abgehauen, wie unsere Mutter. Hat uns die Schuld gegeben. Er meinte, wir würden ihm auf der Tasche liegen. Und dann …« Seine Stimme brach.

Fields musterte ihn. »Ja?«

»Und dann brachte er die nächste Frau ins Haus. Sie hat auch die ganze Zeit geweint. Aber diesmal hatte er eine Kette mit einer Fessel, damit sie nicht weglaufen konnte. Er meinte, das macht er so, damit sie nicht in den Wald geht und sich verirrt.« Er schaute auf. »Ich habe ihm *geglaubt*«, sagte er. »Ich war ein Kind. Dad sagte doch, dass sie die Dinge nicht richtig macht. Dass sie faul ist, dass sie nichts taugt. Und eines Tages nahm er sie mit an den Bach zum Wäschewaschen, und als er zurückkam, war sie nicht mehr bei ihm.«

Taggert schüttelte den Kopf. »Was wurde aus ihr?«

Cody zuckte mit den Schultern. »Keine Ahnung. Danach ist er mit uns wieder herumgezogen, wir haben unterm Radar in verschiedenen Bundesstaaten gewohnt. Aber er brachte uns immer mal wieder zu der Hütte zurück, in der wir gelebt hatten, als wir noch ganz klein waren und unsere Mom noch bei uns war.«

»Wo war das?«, fragte Fields.

Cody sah ihn an, als wäre Fields etwas Offensichtliches entgangen. »Na dort, wo er Irma und Amelia festgehalten hatte. Dort, wo Carter die Frau vom Feuerwachturm gefunden hat.« Dann lächelte er wehmütig, sein Blick richtete sich in die Ferne. »Ich mochte es, wenn wir dorthin zurückkehrten. Es war mir vertraut. Dort habe ich mich meiner Mom näher gefühlt.«

»Wahnsinn, diese Geschichte«, murmelte Taggert, doch Cody schien sie nicht zu hören. Er erzählte einfach weiter, seine Gedanken verwoben mit der Vergangenheit.

»Eines Tages zog Dad los, um Brennholz zu besorgen, und kehrte nicht zurück. Da war ich siebzehn. Zuerst dachten Jacob und ich, jetzt hätte er uns auch verlassen. Ich flehte Jacob an, ihn zu suchen. Jacob wollte nicht. Er meinte, wir sollten einfach abhauen. Er sagte, Dad baut immer nur Scheiße. Aber ich wollte ihm nicht glauben. Ich habe nicht aufgehört, ihn anzuflehen, und ihn praktisch aus der Hütte gezerrt. Wir fanden Dad dann unter einem verkohlten umgestürzten Baum, der ihm das Bein gebrochen hatte.« Cody schob seine Finger ineinander und griff so fest zu, dass seine Knöchel weiß hervortraten.

»Und was haben Sie gemacht?«, fragte Fields.

»Er wollte nicht zum Arzt. Er sagte, Ärzte würden alles nur noch schlimmer machen. Wir haben sein Bein so gut es ging gerichtet. Aber dann sagte er, wir müssten ihm eine Frau finden, die ihn pflegt. Er hätte in der Stadt eine gesehen, die ihm gefiel. Er sagte, sie hätte nichts dagegen, sich um uns zu kümmern, wir müssten sie nur überreden. Er meinte, ich wäre ja praktisch noch ein Kind, eines ohne Mutter, und das würde ihr das Herz brechen. Selbst wenn wir sie gewaltsam herschaffen müssten, würden wir ihr mit der Zeit ans Herz wachsen.

Jacob weigerte sich. Aber ich tat, was Dad wollte. Ich hab sie in der Stadt eingesackt.« An dieser Stelle hielt Cody inne und blinzelte die Tränen aus den Augen. Er sah Fields traurig an. »Sie müssen verstehen, dass ich *geglaubt* habe, was mein Dad uns erzählt hat. Ich kannte ja nichts anderes. Mir war nicht klar, dass keine dieser Frauen bei uns sein wollte, dass wir sie aus ihrer Existenz gerissen hatten.« Er schniefte. »Zumindest nicht bis zu dieser. Als ich mit ihr nach Hause kam, legte Dad ihr die Fußfessel an.«

Er richtete seinen Blick auf Taggert.

»Es war der Tag, an dem Jacob abgehauen ist. Er ging zum Militär, wurde Army Ranger. Er war jahrelang weg. Und auch ich begann, eigene Wege zu gehen, war nicht mehr so oft zu Hause. Es war schwer für mich, diese Frau dort zu sehen, zu wissen, dass ich sie dorthin verschleppt hatte. Aber ich wusste nicht, was ich hätte tun können. Und dann hat Dad sie *auch* verschwinden lassen. Also musste ich ihm eine andere Frau besorgen. Dad wurde alt, seine Kräfte schwanden allmählich, verstehen Sie? Und ich wollte ihn nicht im Stich lassen. Ich durfte meinen eigenen Dad nicht verraten.« Er begegnete Fields' strengem Blick mit flehenden Augen. »Sie verstehen das doch, oder? Ich meine, er war mein *Dad.*«

Fields schürzte die Lippen. Natürlich verstand er es nicht. Seine Kindheit war ebenfalls kein Zuckerschlecken gewesen, genau deshalb hatte er sich dazu entschlossen, Menschen in Not zu helfen, nicht, ihnen zu schaden.

Cody schüttelte den Kopf, schlug die Hände gegeneinander. »Das war der Moment, als alles zusammenbrach. Die nächste Frau hab ich, hab ich … versehentlich getötet, als ich sie in die Hütte verschleppte. Sie hat nicht aufgehört, sich zu wehren, verstehen Sie? Sie ist unglücklich gestürzt und mit dem Kopf gegen die Ecke des Ofens geknallt. Ich war fassungslos, wie betäubt. Dad half mir, die Leiche zu verscharren. Er sagte, ich soll losziehen und ihm eine andere Frau besorgen. Aber ich wollte da nicht mehr mitmachen. Ich hatte mir in der Stadt inzwischen ein Leben aufgebaut, hatte einen Job. Mir wurde schlecht bei dem Gedanken an das, was ich getan hatte. Aber er drohte mir. Er sagte, er würde mich für den Mord hinter Gitter bringen. Damit hatte er mich in der Hand.«

Er schaute auf, reckte das Kinn vor. »Mir blieb keine andere Wahl. Und bei der nächsten Frau war ich dann total vorsichtig. Aber ich fühlte mich gefangen. Und als ich dann eines Tages Jacob im Wald sah, konnte ich es kaum glauben. Er war zurückgekehrt, fest entschlossen, uns das Handwerk zu legen. Wir fühlten uns verraten, als er Irmas Leiche aus unserem Versteck geklaut und im Stadtpark hingehängt hat.

Und dann hat er Fallen aufgestellt in Gebieten, von denen er wusste, dass wir dort Holz sammeln oder jagen.« Cody schaute zu Fields und Taggert hinüber, plötzlich hoffnungsvoll. »Haben Sie ihn gefunden? Jacob?«

Fields hatte nicht vor, diesem Mann irgendwelche Informationen zu geben. Seine Agenten und das Sheriffbüro hatten im Anschluss an Kathleens Rettung nach Jacob gesucht, aber bisher nur verlassene Tunnel gefunden.

»Sie haben ihn nicht gefunden, stimmt's?«, sagte Cody und wischte sich den Rotz von der Nase. »Er ist abgehauen. Lässt mich wieder mal hängen.« Fields sah, wie Codys Gesichtszüge in sich zusammenfielen. »Glauben Sie mir«, schluchzte er jetzt, »jedes Mal, wenn ich eine Frau entführen musste, habe ich mich mies gefühlt. Wirklich! Aber Dad sagte, dass er dort draußen nicht alleine überleben kann.«

Stirnrunzelnd dachte Fields daran, wie Otis Kathleen und Alex im Wald hinterhergejagt war, trotz gebrochenen Arms, trotz seines Alters und seiner vermeintlichen Gebrechen. Er war überzeugt, dass Otis sie übertrieben hatte, um Cody bei der Stange zu halten.

Cody fuhr fort: »Und er wollte nicht in der Stadt leben. Da war er wirklich stur. Sie kannten ihn nicht«, sagte Cody ernst. »Er konnte richtig gemein sein, fies und gemein. Was immer ich tat, dauernd hat er geschimpft, mich runtergeputzt, manchmal auch geschlagen. Ich dachte immer, wenn ich ihm nur die perfekte Frau besorgen könnte, würde er mir verzeihen. Aber stattdessen habe ich ihn immer wieder enttäuscht.« Er wischte sich über die Augen. »Ich war ihm kein guter Sohn.«

Unfassbar, dachte Fields. *Kein guter Sohn? Was für eine Psychonummer hat das Monster mit dem Burschen abgezogen?* Cody schien das Ausmaß seiner abscheulichen Taten nicht im Ansatz zu begreifen.

»Und was haben Sie dann getan?«, fragte Taggert.

»Ich hab mich geschämt, weil ich ihn immer wieder enttäuscht habe. Deshalb habe ich mich von ihm zurückgezogen, so wie Jacob. Wie gesagt, ich hatte mir in der Stadt ein Leben aufgebaut, kam immer seltener in den Wald. Aber ich konnte ihn nicht ganz verlassen. Wenn er eine neue Frau brauchte, die ihm den Haushalt besorgte, habe ich ihm im Wald eine gesucht. Ich habe eine Drohne modifiziert, um die Suche zu erleichtern. Auf diese Weise fand ich Amelia. Aber als sie weg war, wollte Dad eine neue Frau. Bei der Jagd hatte er in der Nähe des Feuerwachturms Kathleen gesehen und wollte sie haben. Also habe ich sie ihm geholt.«

Mannomann, dachte Fields. *Wie er redet, klingt es, als hätte er für seinen alten Herrn Lebensmittel eingekauft.*

Cody gab ihnen Informationen über insgesamt elf Vermisstenfälle in Montana, Washington und Idaho, die drei Jahrzehnte zurückreichten.

Als Cody endlich fertig war, lehnte Fields sich in seinem Stuhl zurück und seufzte. Zumindest würde der vorliegende Fall für viele Familien einen Abschluss bringen, auch wenn die Nachricht herzzerreißend sein würde.

EPILOG

An dem Abend, als Kathleen ins Krankenhaus transportiert worden war, hatte Alex nach ihrer Rückkehr den größten Teil der Nacht an der Seite ihrer Freundin verbracht. Die Kugel war entfernt worden, und sie lag bequem im Krankenbett, als Alex schließlich nach Hause fuhr, um zu duschen und sich ins eigene Bett zu werfen.

In den nächsten Tagen schlief Alex lange und besuchte Kathleen einige Male am Nachmittag. Heute war es bereits kurz nach zwölf am Mittag, als sie aus dem Bett stieg und sich endlich richtig ausgeruht fühlte. Sie frühstückte in aller Ruhe, trank zwei Becher starken Schwarztee und sah sich am Küchentisch die Karibu-Videos der letzten Tage an.

Während sie das Material studierte, machte sie sich fleißig Notizen, und allmählich ergab sich ein Bild. Bisher verbrachte das Karibu etwa vierzig Prozent seiner Tageszeit mit Fressen, dreiundzwanzig Prozent mit Wiederkäuen, elf Prozent mit Herumlaufen, zwölf Prozent mit Naturbetrachtungen im Stehen oder Sitzen, sieben Prozent mit Dösen und einen kleinen Prozentsatz mit Trinken und dem Auflecken von Nährstoffen am Boden. All das waren wertvolle Daten, die dem Land Trust Aufschluss darüber geben würden, wie sie seine Lebensumstände weiter verbessern konnten.

Das Telefon klingelte.

Alex freute sich, am anderen Ende der Leitung Zoes Stimme zu hören. Sie erzählte ihr, was sich ereignet hatte, und Zoe hörte aufmerksam zu, seufzte währenddessen gelegentlich erschrocken auf.

»Geht es dir gut?«, fragte sie Alex, nachdem sie alles gehört hatte.

»Ich glaube schon.«

»Und die sind sich sicher, dass sie alle bösen Jungs erwischt haben? Es gibt keinen dritten geistesgestörten Bruder dort draußen, der in den Wäldern ahnungslosen Wanderern auflauert?«

»Gott, ich hoffe nicht.«

»Verrückt.«

»Allerdings.«

»Du solltest dir wirklich einen weniger gefährlichen Job suchen«, erklärte Zoe. »Zum Beispiel in haiverseuchten Gewässern angeln und dabei einen Fisch-Anzug tragen.«

Alex lachte. »Das merke ich mir. Das Gute bei alledem ist, dass ich dem Bundesrichter, der über das Abholzungsmoratorium entscheidet, Beweise dafür vorgelegt habe, dass ein Karibu dieses Land nutzt.«

»Die Wälder mit den alten Bäumen könnten also gerettet werden?«

»Ich hoffe es«, sagte Alex. »Und was ist mit deinem eigenen Mysterium?«

Zoe gluckste. »Oh, nach all dem Trubel hat sich rausgestellt, dass es Waschbären waren.«

»Was?«

»Ja. Sie haben in den Wänden der alten Klangbühne gelebt. Haben an der Kabelage geknabbert, Essensreste hinterlassen und in rauen Mengen gekackt. Eine ganze Zwischenwand war voll mit Waschbärenkot.«

»Igitt.«

»Aber das erklärt, warum ständig Beleuchtung und Klimaanlage ausgefallen sind und warum es so fürchterlich gestunken hat. Offenbar hatte sich ein Teil der Waschbärenkacke durch einen Kurzschluss entzündet und vor sich hin gekokelt, aber für einen Brand gab es anscheinend nicht genug Sauerstoff.«

Alex lächelte. »Also war es kein Geist oder ein rachsüchtiger Schauspieler.«

»Nope.«

Alex dachte einen Moment nach. »Aber wart' mal – ich begreife ja, dass eure Waschbären dafür verantwortlich sein könnten, dass der Alien durchgedreht ist, als du vor dem Greenscreen gehangen hast. Aber wie sollen die Waschbären ihn dazu gebracht haben, zielgerichtet zu deinem Wohnwagen zu gehen?«

Am anderen Ende der Leitung war Zoe verstummt.

»Zoe?«

»Daran habe ich noch gar nicht gedacht. Wie konnte der Alien *derart* zum Leben erwachen?«

»Ich weiß es nicht. Vielleicht war es ja doch ein Geist?«

»Verdammt noch mal, Alex. Gerade als ich mich wieder besser fühle, musst du so etwas sagen.«

»Halte einfach das Ouija-Brett bereit.«

»Verdammt! Das ist wie in einer TV-Serie aus den Achtzigern, in der es in einer Folge um Geister oder Vampire oder so geht, und am Ende stellt sich heraus, dass es für alles eine logische Erklärung gibt. Aber *ganz* am Ende wechselt das Bild dann auf eine Kerze im Fenster, die plötzlich wild hin und her flackert. Und plötzlich ist wieder alles infrage gestellt. Genau das machst du mit mir, Alex.«

»Hast du dir in letzter Zeit Folgen von *Mord ist ihr Hobby* reingezogen?«

»Kann schon sein.« Zoe seufzte. »Das Gute ist, morgen ist der letzte Drehtag. Falls es also einen Geist in der alten Klangbühne gibt, hat er nur noch einen Tag Zeit, uns heimzusuchen.«

Sie unterhielten sich noch einige Minuten, dann rief ein Hupsignal Zoe zurück ans Set. »Ich muss los. Pass auf dich auf.«

»Das werde ich.«

Sie legten auf, und fast augenblicklich klingelte das Telefon erneut. Es war Sheriff Taggert.

»Sheriff, wie geht es Ihnen?«, fragte Alex.

»Prima. Haben Sie sich von Ihrer Tortur erholt?«

»So gut wie.« Eine Brise wehte durchs offene Fenster und trug den Duft von sonnengewärmten Kiefern herein.

»Cody ist voll geständig. Der Bursche ist schwer gestört. Das FBI hat begonnen, das Land hinter Otis' Hütte umzugraben. Bisher haben sie nicht nur die Überreste von Codys Mutter gefunden, sondern auch die von zwei weiteren Frauen, eine war in einem von Jacobs alten Tunneln versteckt.«

»Grauenvoll«, flüsterte Alex.

»Cody sagte, er sei sich nicht sicher, wo in den anderen Bundesstaaten sein Vater die Leichen vergraben hat, aber zumindest werden keine weiteren Frauen mehr entführt.«

»Wenigstens das ist eine gute Nachricht.«

»Es gibt noch mehr. Der Bundesrichter, der über das Abholzungsmoratorium befinden sollte, hat soeben entschieden, dass das von dem Kongressabgeordneten ausgenutzte Schlupfloch rechtswidrig war. Hilfreich bei seiner Entscheidungsfindung waren auch Ihre Informationen über das Bergkaribu, das in das Gebiet zurückgekehrt ist. Das Moratorium gilt ab sofort dauerhaft.«

Alex sprang auf. »Das ist fantastisch!«

»Und Amelia spricht endlich wieder, auch wenn noch nicht viel. Doch sie ist deutlich munterer, seit ihre Töchter eingeflogen sind.«

»Das freut mich ungemein.«

»Und Agatha kommt heute von ihrem Baum herunter«, fügte Taggert hinzu.

»Oh, wow. Der Tag wird immer besser.«

»Soweit ich weiß, wird eine große Menschenmenge sie unten begrüßen. Kommen Sie also ruhig vorbei.«

Draußen sang eine Zwergdrossel eine lyrische Melodie. Der Wald rief nach ihr. »Ich denke, das werd' ich tun.«

Nachdem sie aufgelegt hatten, nippte Alex an ihrem Tee. Sie dachte an Jacob, der zurückgekehrt war, um dem mörderischen Treiben seines Vaters und Bruders ein Ende zu bereiten. Sie vermutete, dass er die Fotos auf den selbstauslösenden Kameras gelöscht hatte, damit niemand von seiner Rückkehr und seinen Verstecken im Wald erfuhr.

Sie blickte aus dem Fenster auf die Natur. Nach der Aufregung der letzten Tage sehnte sie sich nach dem Frieden, den sie in den Wäldern empfand.

Sie machte sich startklar, packte Müsliriegel, Trinkflasche und Wasserfilter in ihren Tagesrucksack, dazu ihre Kamera und das GPS-Gerät. Dann machte sie sich auf den Weg hinaus in den strahlenden Nachmittag.

Ihr erstes Ziel war Agathas Baum. Beim Näherkommen hörte sie Jubelrufe. Sie stieg über die Anhöhe und erblickte eine große Aktivistengruppe, die sich am Fuß von Gaia versammelt hatte; alle lagen sich in den Armen. Ein Mann spielte eine beschwingte Melodie auf einer Ziehharmonika, zwei junge Frauen trommelten dazu auf Bongos. Viele Leute tanzten. Unter ihnen erkannte sie Dennis, den ersten Aktivisten, dem sie begegnet war.

»Dr. Carter!«, rief er.

»Hi. Ich habe hört, dass Agatha runterkommt.«

»Ja. Sie packt gerade ihre Sachen zusammen.«

Alex hielt nach dem übernervösen Trevor Ausschau, entdeckte ihn aber im Gewühl nicht. Sie fragte sich, ob er zu Hause geblieben war, weil er sich für seine Patzer schämte.

Ein Kletterseil fiel vom Baum herab und landete auf dem weichen Waldboden. Alex schaute nach oben und sah Agatha in einem Klettergurt herabsteigen. Sie plumpste zu Boden, und noch bevor sie sich aus dem Gurt befreien konnte, stürmten ihre Gefährten auf sie zu und schlossen sie in die Arme, klatschten sie ab. Alex wartete, bis der größte Trubel vorbei war, und ging dann auf Agatha zu, während diese sich aus dem Klettergeschirr herausschälte.

Sie reichte ihr die Hand. »Ich bin Alex Carter.«

Agatha grinste und schlang ungestüm die Arme um sie. »Schön, dich endlich kennenzulernen.« Agatha war eine gertenschlanke junge Frau mit feuerroten Dreadlocks und einem hellen sommersprossigen Gesicht.

»Nochmals danke für das, was du für meine Freundin getan hast«, sagte Alex.

»Und dir danke ich, dass du immer wieder den Holzfäller verscheucht hast.« Sie zog die Stirn kraus. »Ich habe gehört, was mit ihm passiert ist.«

Alex schlug die Augen nieder. »Ja. Es war ziemlich brutal.«

Die Leute drängten sich immer noch um sie, riefen und jubelten. Viele begannen wieder zu tanzen, als die Trommeln und die Ziehharmonika das Tempo anzogen.

»Glückwunsch zur Rettung des Waldes«, sagte Alex.

Agatha blickte nach oben in Gaias dichtes Geäst, das in den letzten sieben Monaten ihr Zuhause gewesen war. »Es war mir ein Vergnügen.«

Agatha umarmte sie erneut, und dann ließ Alex die Aktivistengruppe allein weiterfeiern, stieg die Anhöhe hinauf und betrat das Reservat. Schon bald verklang die Musik, wurde abgelöst vom Vogelgezwitscher und dem Rauschen eines nahen Baches. Sie wanderte weiter, atmete den erholsamen Duft des Waldes ein, die Sonne wärmte ihren Rücken.

Da hörte sie plötzlich links von ihr einen Zweig knacken. Sie riss den Kopf herum, und dort stand das Karibu in einem Sonnenflecken und fraß Flechten von einem niedrigen Ast.

Alex grinste.

Sie beobachtete, wie es gemächlich am Hexenhaar knabberte und dann einige Schritte weiterging, um an den ledrigen grünen Blättern eines Moosbeerenstrauchs zu schnuppern. Sie hörte das charakteristische Klacken in seinen Füßen, als seine Sehnen sich über die Fußknöchelchen spannten. Alle Karibus machten beim Gehen dieses Geräusch; sie malte sich aus, wie es klang, wenn sich eine ganze Karibu-Herde in Bewegung setzte.

Der Bulle lief nicht davon, sondern beäugte Alex nur misstrauisch, fluchtbereit, falls sie eine plötzliche Bewegung machte. So blieb Alex reglos stehen und lauschte darauf, wie nach dem jüngsten Regen die Wassertropfen von den Ästen auf das weiche Moosbett herabfielen. Der Wald roch feucht und gehaltvoll, der Duft von Erde und Moos.

Das Karibu graste weiter, dann wiederkäute es, sein Kiefer mahlte in kreisförmigen Bewegungen, seine großen braunen Augen waren auf einen fernen Punkt am Horizont gerichtet. Sie betrachtete seinen Schwanz, der viel kürzer war als der anderer Hirsche, was ihn in den langen Wintern vor Erfrierungen schützte. Sonnenstrahlen fielen auf seine samtene, nährstoffreiche Geweihhaut. Bald würde sie austrocknen und langsam abfallen. So bildet sie eine wichtige, kalziumreiche Nahrungsquelle für alle möglichen Wildtiere, darunter Nagetiere, Wiesel, Füchse und sogar andere Hirscharten.

Aber bis dahin würde sein stattliches Geweih diesem Bullen vortreffliche Dienste erweisen, falls er im Herbst mit Geschlechtsgenossen um eine Partnerin würde konkurrieren müssen.

Alex ließ sich auf einem mit Flechten bedeckten Felsen nieder und beobachtete, wie das Karibu gemächlich durch den Wald davontrottete, hier und dort an einem Strauch knabbernd.

Dann setzte sie ihre Runde durch das Reservat fort, prüfte zwei der Kameras und wechselte die Speicherkarten.

Als die Sonne allmählich hinter den Bergen versank, kehrte Alex widerwillig zum Farmhaus zurück, hin- und hergerissen zwischen dem Bedürfnis, in der Wildnis zu bleiben, und dem Wunsch, Kathleen im Krankenhaus anzurufen. Sie war beinahe schon zu Hause, als sich zwischen den Bäumen ein Schatten bewegte, etwa fünfzehn Meter vor ihr. Alex blieb stehen und kauerte sich neben einen Baum. Der Schatten verschwand aus ihrem Blickfeld. Aber es war ein Mann gewesen, dessen war sie sich sicher. Jacob? Jemand Drittes, der mit Cody unter einer Decke steckte?

Sie lauschte, ihre Hand an der rauen Rinde des Baumstamms. Sie wartete, sah aber nichts. Vielleicht war es nur eine optische Täuschung gewesen. Leise erhob sie sich, blieb aber an Ort und Stelle stehen.

Dann zog ein klitzekleines Geräusch ihre Aufmerksamkeit

nach rechts. Dort verschob sich etwas beinahe unmerklich zwischen den Bäumen. Sie erstarrte. Der Schatten bewegte sich, richtete sich auf, genauso wie sie es eben getan hatte, eine Hand an einem Baum. Nun sah sie die ganze Gestalt, deren Silhouette sich schwarz zwischen den Baumstämmen abzeichnete. Ein Mann, die Arme locker an den Seiten; der Lauf eines Gewehrs, das er am Rücken trug, reflektierte das silbrige Mondlicht.

Dann trat er vor, zeigte sich ihr offen. Alex fuhr halb herum, um wegzulaufen, schaute dann aber noch einmal genauer hin. Schulterlanges schwarzes Haar umrahmte ein vertrautes Gesicht, die blasse Haut war in Mondlicht getaucht. Casey. Sie packte den Baum fester.

Eine Welle flutete über sie hinweg, ein überwältigender Strom gemischter Gefühle. Der Teil von ihr, der sich durch ihre gemeinsamen Erlebnisse auf dem arktischen Eis mit ihm verbunden fühlte, wollte zu ihm hinübereilen und ihm in die Arme fallen. Der andere Teil, der, der sie wie angewurzelt stehen bleiben ließ, war zerrissen von ihrer Angst, dass mit diesem Mann etwas ernsthaft nicht stimmte. Er hatte Menschen getötet. Aber das hatte sie auch. Die Leute, die er getötet hatte, waren gewalttätige, hasserfüllte, verachtenswerte Individuen gewesen. Sie selbst hatte immer nur in Notwehr getötet, wenn ihr keine Wahl geblieben war. Sie wusste, dass dies bei ihm nicht der Fall war. Er hatte seine Opfer ausgewählt. Hatte sie gejagt.

»Alex.« Seine Stimme drang so leise zu ihr herüber, dass sie sich kurz fragte, ob er wirklich etwas gesagt hatte.

Ihre Füße wollten sich nicht rühren. So labil er auch sein mochte, tief im Innern wusste sie, dass er ihr nichts antun würde.

Er kam nicht näher, blieb im Schatten stehen. »Ich wollte nicht herkommen«, flüsterte er. »Aber dann habe ich von deinen Problemen gehört, von der Gewalt. Den Entführungen. Ich wollte nach dir schauen.« Der vertraute Klang seiner Stimme mit dem melodischen schottischen Akzent ließ in ihr eine Flut von Erinnerungen und Gefühlen aufsteigen. Er verlagerte sein Gewicht. »Das … das alles tut mir so leid.«

Er schaute sie lange an, sein suchender Blick auf ihrem Gesicht, ein sehnsüchtiger Ausdruck in seinen blauen Augen. Dann beugte er sich vor, als wollte er zu ihr herüberkommen, hielt aber inne. »Na dann …«, flüsterte er. Nach einem letzten Blick wandte er sich um und verschwand im Dunkel des Waldes.

Als er einige Schritte gegangen war, erwachte sie aus ihrer Erstarrung. »Casey.«

Er wandte sich um.

Sie ging einen Schritt auf ihn zu, dann noch einen, schritt ihm dann zielstrebig entgegen. Alex betrachtete seine vertrauten Gesichtszüge, erinnerte sich, wie er ihr mehr als einmal das Leben gerettet hatte. Ihm wohnte etwas Getriebenes inne, etwas, das ihn zwang, die Gerechtigkeit in die eigene Hand zu nehmen. Aber er war nicht böse. Das wusste sie. Und ebenso wusste sie, dass er sie mochte. Sehr mochte. Mit einem Kloß im Hals wurde ihr bewusst, dass auch sie ihm das Leben gerettet hatte und dass sie die gleichen Gefühle für ihn hegte wie er für sie.

»Casey«, flüsterte sie. Sie streckte eine Hand nach ihm aus, wollte seine berühren, doch im nächsten Moment breitete er die Arme aus, und sie lag in ihnen, presste ihr Gesicht an seinen Hals, spürte die Wärme seiner Haut.

»Ich habe mich gefragt, ob ich dich je wiedersehen würde«,

flüsterte sie in seinen Mantelkragen. Sein Duft erfüllte ihre Sinne.

Er schaute auf sie herab, sein intensiver Blick traf ihren. »Du hast ihnen nicht von mir erzählt. Damals in Churchill. Du hast Boston nicht erwähnt.«

Sie löste sich ein wenig von ihm. »Ich war mir nicht mal sicher, ob Casey MacCrae dein richtiger Name ist oder wo sie dich hätten finden können.«

»Das war also der Grund?«

Sie hielt seinem Blick stand, während ihr Magen plötzlich eine akrobatische Verrenkung vollführte. Nach einem langen Moment des Schweigens, in dem sie in ihren Ohren das Blut rauschen hörte, flüsterte sie: »Nein. Das war nicht der Grund.«

Plötzlich wurde sie sich ihrer Nähe nur allzu gewahr. Sie roch seinen Atem, registrierte darin den schwachen Hauch von etwas Süßem. Eine schwarze Haarlocke hing ihm in die Stirn, erreichte seine blauen Augen. Er verströmte Wärme. Sie trat einen Schritt zurück.

»Hat du die vermissten Frauen gefunden?«, fragte er.

»Ja.«

»Ich wusste, dass du es schaffen würdest.«

»Kannst du bleiben?«

Er schüttelte den Kopf. »Etwas Schlimmes braut sich zusammen. Etwas, worum ich mich kümmern muss.«

»Was denn?«

»Je weniger du weißt, desto besser.«

»Was ist das, glaubhafte Abstreitbarkeit?«

»Etwas in der Art. Wünsch mir Glück.« Und dann tätschelte er lächelnd ihren Arm, wandte sich ab und verschwand einmal mehr in der Nacht.

Alex blieb noch eine ganze Weile dort stehen und fragte sich, ob er zurückkehren würde. Doch er tat es nicht. Sie fühlte sich sonderbar, verspürte einen leichten Herzschmerz. Schließlich schlug sie den Weg Richtung Farmhaus ein und dachte über den Tag und all die positiven Entwicklungen nach.

Sie dachte an das Karibu, das durch den Wald stromerte, zurück in seinem früheren Lebensraum. Und da der alte Baumbestand nun glücklicherweise intakt bleiben würde, hatte es noch bessere Überlebenschancen.

Vielleicht, so hoffte Alex, und der bloße Gedanke ließ ihr Herz höherschlagen, vielleicht würde der Graue Geist des Waldes ja doch überleben.

NACHWORT

In den letzten Jahren hatte ich mehrmals das Glück, als ehrenamtliche Mitarbeiterin bei zwei Halsbandkameraprojekten für Karibu-Herden, die zwischen dem Yukon, den Northwest Territories und Alaska umherzogen, das Filmmaterial sichten zu dürfen. Genauso wie Alex Carter im Buch fand auch ich es herzerwärmend, mir die Karibu-Videos anzusehen und die Tiere dabei zu beobachten, wie sie sich in ihrem Lebensraum bewegen, wie sie ihre Jungen aufziehen und wie sie in atemberaubenden Landschaften nach Nahrung suchen; es waren wunderbare Einblicke in das Leben der Karibus.

Aber es ist nicht alles zum Besten bestellt. Im Gegenteil. Wie ich im vorliegenden Roman erzähle, befindet sich die südliche Bergkaribu-Population in einer mehr als schwierigen Lage. Die US-amerikanischen Primärwälder, auf die sie angewiesen sind, wurden – und werden – in einem alarmierenden Tempo abgeholzt. Die Erderwärmung führt zur Verringerung der Schneedecke. Selbst dort, wo noch Flechten wachsen, erreicht die Schneedecke oft nicht mehr die erforderliche Höhe, damit die Karibus die hoch in den Bäumen hängenden Flechten erreichen können. Die durch die Abholzung veränderte Waldzusammensetzung lockt Elche und Hirsche an, und mit ihnen kommen die Wölfe, die dann eben auch Bergkaribus jagen – ein weiterer Stressfaktor, dem Bergkaribus normalerweise nicht ausgesetzt wären. Die gesetzlichen Schutzmaßnahmen für Karibus einschließlich diverser Moratorien gegen den Holzeinschlag in Primärwäldern reichen nicht aus.

Bergkaribus leben in deutlich kleineren Gruppen als ihre Barren-Ground-Artgenossen, zählen oft nur fünfzig Herdenmitglieder. Aufgrund der zunehmenden Bedrohung durch Klimawandel, Abholzung und die Gefahr durch Wölfe sind diese Herden noch kleiner geworden. Dies bedeutet, dass ein einziges Ereignis eine ganze Herde auf einen Schlag auslöschen kann. Im kanadischen Banff-Nationalpark war die dortige Bergkaribu-Herde auf eine Handvoll Tiere geschrumpft. Und an einem traurigen Tag im Jahr 2009 riss dann eine Lawine an einem Berghang nördlich des Lake Louise alle verbliebenen Tiere in den Tod. Die Bergkaribu-Population in Banff war offiziell ausgestorben.

Und in den USA (abgesehen von Alaska) gibt es inzwischen auch keine Bergkaribus mehr. Wie konnte es geschehen, dass sie trotz des *Endangered Species Act* (ESA) von 1984 verschwunden sind?

Der wirksame Schutz einer Tierart durch dieses Gesetz ist oft ein viel längerer, komplizierterer und politisch befrachteter Prozess, als vielen Leuten bewusst ist. Um unter Schutz gestellt zu werden, muss eine Tierart bereits stark geschrumpft sein. Dann benötigt der *U.S. Fish and Wildlife Service* (USFWS) oft mehrere Jahre, um den Fall zu prüfen, bevor über die Aufnahme in die Schutzliste entschieden wird. Aber selbst wenn eine Tierart im Rahmen des ESA als gefährdet eingestuft wird, müssen erst noch explizite Maßnahmen ergriffen werden. Der USFWS muss einen Erholungsplan entwickeln und einen Lebensraum für die bedrohte Tierart ausweisen. Dies nimmt viele weitere Jahre in Anspruch, und oft überschreitet die Regierung bestimmte Fristen und wird dann von Naturschutzorganisationen verklagt, um endlich tätig zu werden. Bis alle nötigen Komponenten zueinanderfinden, kann die betreffende Tierart, wie im Fall des Bergkaribus geschehen, bereits aus den USA verschwunden sein.

Wir leben in nie da gewesenen Zeiten, in denen der Mensch die Erde bereits auf vielfältige und zumeist gefährliche Weise verändert hat und weiter verändert. Wir haben Lebensräume zerstückelt und zerstört, die Zusammensetzung der Erdatmosphäre alteriert und zahllose Tierarten vom Antlitz des Planeten verschwinden lassen.

In den Nachrichten konfrontiert man uns ständig mit drohenden Schreckensszenarien. Der Zwischenstaatliche Sachverständigenrat für Klimaänderungen (IPCC) warnt uns in seinen Berichten immer wieder, dass es aufgrund unserer Untätigkeit zu spät ist, um einige der Auswirkungen des Klimawandels zu verhindern. Wir erleben ja bereits verheerende Waldbrände, den Anstieg des Meeresspiegels und katastrophale Stürme, Überschwemmungen und Dürren. Angesichts dieser Nachrichtenlage verliert man leicht die Hoffnung und bekommt das Gefühl, dass es zu spät ist, um sinnvolle Maßnahmen zu ergreifen.

Doch es ist noch nicht zu spät. Den IPCC-Berichten zufolge können wir die *schlimmsten* Auswirkungen des Klimawandels noch abwenden, wenn wir sofort handeln.

Statt in Hoffnungslosigkeit zu erstarren, sollten wir alle zusammenarbeiten.

Auf dem Spektrum vom Nichtstun bis hin zum rund um die Uhr tätigen Aktivisten gibt es vieles, was jeder Einzelne tun kann, zum Beispiel Mails an Abgeordnete, Vorstandsmitglieder und Chefs von Unternehmen zu schicken, die fossile Brennstoffe herstellen, uns in der Wissenschaft engagieren,

Strände und Flüsse säubern, unseren Fleischkonsum reduzieren, an Demonstrationen teilnehmen und vieles mehr.

Derzeit erwägen viele Regierungen, neue Gesetze zum Klimaschutz zu erlassen, zögern aber mit einschneidenden Beschlüssen, die wirklich etwas bewirken würden. Wir müssen uns Gehör verschaffen, und zwar nicht nur bei Regierungen, sondern auch bei den Unternehmen, die unseren Repräsentanten Spendengelder zukommen lassen.

Wir müssen weiterkämpfen, denn wenn wir aufgeben, uns der Hoffnungslosigkeit ergeben bis hin zur Untätigkeit und Apathie, dann ändert sich wirklich nichts, es wird nur immer schlimmer.

Anstatt den Klimawandel als etwas zu betrachten, für dessen Abwendung wir Opfer bringen müssen, sollten wir anders darauf blicken; wir sollten an all die wunderbaren Dinge denken, die wir gewinnen können. Stellen Sie sich vor, was für eine strahlende Zukunft wir haben könnten, mit sauberer Luft, sauberem Wasser, gesunder Ernährung und einem blühenden Planeten mit einem Artenreichtum, von dem wir alle profitieren. Alles ist miteinander verbunden, und eine gesunde Umwelt kommt jeder Spezies zugute, einschließlich des Menschen. Gemeinsam können wir etwas bewirken.

Mehr über Bergkaribus

Buch

Moskowitz, David. *Caribou Rainforest: From Heartbreak to Hope.* Seattle: Braided River, 2018.

Dokumentarfilme

The Last Mountain Caribou. Produziert von Bryce Comer. 2018. Film.
http://thelastmountaincariboufilm.com/the-film.html.

Last Stand: The Vanishing Caribou Rainforest. Regie: Colin Arisman. Produziert von David Moskowitz. Caribou Rainforest, 2017. Film.
https://caribourainforest.org/film.

Podcast

Saving the Mountain Caribou. Produziert von Matt Martin und Chris Morgan. Geschrieben von Chris Morgan. *The Wild*, April 20, 2021. NPR. Podcast, 28:00.
https://www.kuow.org/stories/saving-the-mountain-caribou.

Mehr über den Einsatz von Halsbandkameras bei Karibus einschließlich exemplarischer Aufnahmen

Fortymile Caribou Herd: Video Footage from Caribou Collars. Alaska NPS, 8. Mai 2021. Lehrvideo, 01:45.
https://www.youtube.com/watch?v=2IRiXDoP-vA.

Ehlers, Libby, u. a. *Critical Summer Foraging Tradeoffs in a Subarctic Ungulate. Ecology and Evolution 11*, Nr. 24 (Dezember 2021): 17835–17872.
https://onlinelibrary.wiley.com/doi/10.1002/ece3.8349.

Für freiwillige Helfer

1. Wenn Sie Flechten sammeln möchten, um die Ernährung von Bergkaribus zu unterstützen, können Sie dies über die Selkirk Conservation Alliance tun. Hier erfahren Sie mehr:
   https://scawild.org/come-collect-lichens-with-us/.

2. Sie können auch über die Arrow Lakes Caribou Society Flechten sammeln:
   https://arrowlakescaribousociety.com/lichen-collection-for-southern-mountain-central-selkirk-caribou/.

3. Besuchen Sie diese beiden Websites, um alle Arten von wunderbaren wissenschaftlichen Gemeinschaftsprojekten zu entdecken, an denen Sie sich beteiligen können und die eine Reihe verschiedener Spezies betreffen:
   https://www.zooniverse.org und https://scistarter.org.

4. Falls Sie bei dem wissenschaftlichen Gemeinschaftsprojekt mitwirken möchten, an dem Alex' Dad beteiligt war, bietet die Xerces Society einige erstaunliche Möglichkeiten, um Bienen, Schmetterlingen und anderen wirbellosen Tieren zu helfen:
   https://xerces.org.

Organisationen für den Erhalt von Karibu-Populationen

Arrow Lakes Caribou Society:
https://arrowlakescaribousociety.com.

Caribou Rainforest:
https://caribourainforest.org.

Conservation Northwest:
https://www.conservationnw.org/our-work/wildlife/mountain-caribou.

Selkirk Conservation Alliance:
https://scawild.org/south-selkirk-mountain-caribou.

Yellowstone to Yukon Conservation Initiative (Y2Y):
https://y2y.net/caribou.

Wildsight:
https://wildsight.ca/programs/mountaincaribou.

Mehr über den gemäßigten Regenwald in Kanada und den USA

Nutzen Sie diesen Link für eine virtuelle Reise in den atemberaubenden Regenwald:
https://y2y.net/ucfilms.

Die *Yellowstone to Yukon Conservation Initiative* (Y2Y) hat eine sehr informative Website über alten Baumbestand:
https://y2y.net/oldgrowth.

Social Media

Mountain Caribou Initiative:
https://www.facebook.com/mountaincaribou.

DANKSAGUNG

Vielen Dank an den absolut besten Agenten aller Zeiten, Alexander Slater, für alles, was Sie für mich tun. Danke, dass Sie ab Tag eins an diese Reihe geglaubt haben. Ich bin meiner wunderbaren Lektorin Lyssa Keusch extrem dankbar für ihr unschätzbares Feedback. Ein herzliches Dankeschön an Nancy Singer, die wieder einmal unglaubliche Arbeit bei der Innengestaltung geleistet hat.

Vielen Dank an Jeff Wells, Martin Kienzler, Gabrielle Coulombe, Libby Ehlers und Mark Hebblewhite für die Beantwortung meiner technischen Fragen über den Einsatz der Halsbandkamera und das Betäuben eines Karibus.

Mein Dank auch dem pensionierten Detective Corporal Scott Stricker vom St. Charles County Sheriff's Department für seine Ratschläge zur Polizeiarbeit.

Es ist immer eine Freude, von Lesern zu hören, daher danke ich allen, die mich wissen ließen, dass ihnen die bisherigen *Alex Carter*-Bücher gefallen haben. Besonderen Dank an Dawn, Jen, Jon, Tina, Gordon und Sarah.

Vielen Dank an meine Sandkastenfreundin Becky. Und wie immer gilt mein herzlicher Dank Jason, einem befreundeten Wildtierforscher und -aktivisten, meinem Seelenverwandten, der an mich glaubt und mir stets Mut zuspricht.